KB198083

사랑과 시간의 알레고리

고은영 장편소설

"외로운 사람은 티가 나."

"어떻게?"

"텅 빈 소리를 내면서 돌아다니거든. 사랑해달라고."

1

"별똥별이 떨어질까?"

"아마도."

새로운 한해가 시작되었다. 나이를 한 살 더 먹었다.

'먹었다'라고 이야기하는 것이 새삼 이상하다는 생각이 들었지만, 다들 그렇게 말하니까. 말은 말일뿐이다. 고작 하루 차이인데 다들 뭐가 그렇게 유난인가 싶다가도 시우와 함께 별똥별을 보고 싶었던 것도 새해를 기념하고 싶은 마음에서 비롯되었으니. 별반 다를 것 없이 일반적이라는 생각이 들었다. 크리스마스라든가, 새해라든가, 몇 주년 기념이라든가 하는 것들을 굳이 챙겨야 한다고 생각하진 않았지만. 모르는 척 넘어가면 그것 역시도 아쉬운 마음이 들었다.

　새은은 마음속에 숲을 떠올렸다. 오래전에 시우와 함께 보냈던 가장 행복한 기억 중 하나였던 그곳의 풍경은 언제라도 꺼내볼 수 있게 마음 한켠에 간직해두고 있었다. 요즘 들어 자꾸만 그 숲 속이 생각나는 이유는 무엇일까. 점점 더 비어버리는 것만 같은 불안은 어디서 오는 것일까. 그 숲에서 보았던 움직이는 밤하늘의 구름 모양이 새은의 마음과 같이 흔들리는 듯하다가 더는 또렷하지 않게 흐트러지고 있었다.

　새은은 생각했다. 외로울 이유가 하나도 없다. 시우와 미영, 태성 그리고 제제가 있으니까 외로울 이유는 전혀 없었다.

　새해에 별똥별이 떨어진다는 뉴스를 본 새은은 시우에게 12월 31일 밤에 별똥별을 보러 가자고 말했다. 사실, 특별히 어딘가를 가자는 것은 아니었다. 집 위 옥상에 올라가서 하늘을 보는 것만으로도 충분했다.

"31일에는 일 해야 해." 시우는 대답했다. 생각해보면 함께하는 10년이 조금 넘는 기간 동안 카운트다운을 하며 새해를 맞이하는 것, 첫 일출을 보는 것. 그런 일을 해본 기억이 없었다.

새은은 침대에 누워 떨어지는 별똥별을 생각했다. 그러다가 시우가 일하는 카페 마감 시간에 맞춰 시우를 보러 갈까 생각했다. 지금 나가면 시우와 함께 별똥별을 볼 수 있을지도 모른다. 혹시 모르게 한 개 정도는 떨어지지 않고 시우와 새은의 시간에 맞춰 남아있지 않을까. 잠시 고민을 하다가 푹신하고 온몸을 아주 잘 감싸주는 아늑한 침대에 누워있기로 결정했다. 밖은 너무 춥고 바람이 많이 분다. 그리고 새은에게는 예전과 같은 열정이 남아있지 않다. 예전만큼 시우를 열망하지 않는다. 시우도 예전만큼 자신을 원하지 않는다. 사랑한다는 말도. 자신을 따라 미세하게 움직이던 눈동자도. 양쪽 어깨가 다 보이게 열어 앉은 몸짓도. 새은을 웃게 하던 작은 칭찬들도 시우는 더는 하지 않는다. 함께 있을 때도 늘 다른 생각을 하고 등을 돌려 앉았으며, 무관심한 태도로 대하고 있다고 새은은 생각했다. 시우의 왼쪽 등을 보는 것이 언제 이렇게나 익숙해졌을까. 언제부터 시우는 새은에게 이렇게 아까운 것이 많아졌을까. 비난하지 않으려고 해도 서운한 마음이 드는 것은 어쩔 수 없는 일이다.

눈을 감고 떨어지는 별의 모양을 생각했다. 어린 시절, 시골 산에 올라갔을 때 보았던 별똥별을 떠올렸다. 그 모양이 마치 투명한 물컵에 미끄럽게 기름이 한 방울 떨어지는 것만 같다고 새은은 생각했다. 별은 자신에게서 눈을 뗄 수 없게 만드는구나. 어떻게 저렇게 일정한 모양으로. 반원을 그리듯이 예쁘게. 부드러운 곡선의 모습으로 떨어질 수 있을까. 별은 새은이 상상했던 것보다 느리게 떨어졌다. 그것은 별이 낙하하는 평균 속도일까. 아니면 실제로 평소보다 느리게 낙하한 별이었을까. 처음이자 마지막으로 별똥별을 본 기억이기에 다르게 비교할 기억이 없었다. 푸른 감색의 하늘. 투명한 하얀색의 별들. 새은이 좋아하는 라벤더 향의 오일이 한 방울 떨어지는 것처럼. 이번 별똥별도 그렇게 여유롭게 떨어졌을까. 라벤더 오일을 손목에 바르면서 생각했다. 아마도 그랬겠지.

보지 못한 것이 아쉽다고 아침에 눈을 떠서 생각했다. 하지만 뉴스에서 별똥별이 떨어진다고 했을 뿐이지 어느 쪽으로, 어느 하늘에서 떨어진다는 말은 하지 않았으니까. 어차피 어젯밤에 시우와 하늘을 올려다봤어도 떨어지는 별똥별을 보지 못했을 것이다. 반짝이고 아름다운 것은 시우와는 보지 못할 것이라고, 곤히 잠들어 있는 시우의 머리카락 끝을 살짝 만져보며 생각했다.

2

"내가 시우의 첫 번째 짝사랑이었잖아."
"짝사랑이라고 말할 것까지는 없다니까. 관심이 있었다는 표현이 더 맞아."

새은은 놀리듯이 말했고 시우는 동의하지 않았지만, 정말로 그러했다. 새은은 시우가 처음으로 짝사랑한 이성이었다. 아직까지도 시우는 새은을 처음 보았던 그날을 떠올려볼 때가 있었다. 고등학생 때의 모든 시간이 점점 더 흐릿해져도 그날만은 계속해서 공들여 닦은 은장식의 골동품처럼 반짝하고 생기가 있었다.

　새은과 시우는 고등학교 입학식에서 처음 만났다. 입학식에
전교생이 체육관에 모여야 하는 이유는 무엇일까. 재미있는
이야기를 하는 것도 아니고. 유용한 것들을 알려주는 자리도
아닌데. 시우는 그 모든 것이 불만스러웠다. 아무것도 하지 않
고 줄을 맞춰 서 있기만 하면 되는데도 이상하게 자꾸만 손가
락이 간지럽고 온몸이 불편했다. 다리를 오른쪽, 왼쪽 그리고
다시 오른쪽으로 움직이면서 주위를 둘러봤다. 그다지 춥지
않았다. 그래도 햇볕이 따뜻하게 느껴지는 3월이었다.
　자꾸만 이리저리 몸을 움직이자 담임 선생님이 시우를 무섭
게 째려봤다. 체육을 담당하고 있는 담임 선생님은 벌칙이 쌓
이면 운동장을 돌게 할 것이라고 통지했었다. 밉게 보이면 3
년이 괴로울 것이라는 생각에 시우는 가만히 있으려고 노력했
다. 시선을 한 곳으로 정하는 것이 가만히 있는 것에 도움될
것이다. 시우는 천장이 높은 체육관의 창문을 응시하기 시작
했다. 하얀 하늘. 햇살이 이렇게 내리쬐는데도 하늘이 푸른색
이지 않을 수가 있구나. 떠다니는 하얀 구름이나 창문 너머 새
와 같은. 움직임이 있는 것은 아무것도 없고 그저 하얀 하늘

만 있었다. 시우는 그 하얀 창문을 더욱 집중해서 보았다. 그러자 공기의 모양이 보였다. 작고 가벼운 움직임이 보였다. 커다란 체육관 안으로 사뿐히 내려앉는 공기를 따라 시선을 움직였다.

그 시선 끝에서 시우는 새은을 처음 보았다. 수많은 아이들의 뒷모습에서 새은만이 돋보였다. 아마도 머리 위에 반듯하게 씌어 있는 머리띠가 반짝하고 시우의 눈에 날카롭게 반사되었기 때문일까. 새은의 모습이, 새은의 형태가. 체육관을 가득 채운 빛을 반사하고 있는 것처럼 유난히도 잘 보였다. 조금 촌스럽다. 그렇지만 아주 잘 어울린다고 시우는 생각했다. 새은의 길고 검은 머리카락, 대조되게 하얀 옆모습. 새은은 아무런 움직임도 없이 곧게 서 있었다. 아주 반듯하게. 시우처럼 손가락을 맞잡으며 문대지도 않고 다리를 비비 꼬지도 않았다. 체육관 창문 밖에 보이는 하늘의 공기처럼 하얗고 깨끗하다고 시우는 생각했다.

새은과 연인이 되고 나서 시우는 여러 비밀을 서슴없이 말했지만, 딱 한 가지 이야기는 할 수 없었다. 바로 꿈에 관한 이야기였다. 시우가 그 시절에 새은에 대한 꿈을 꿨다는 것, 이상하게도 그 말만은 꺼낼 수가 없었다. 아마도 혼자만 남겨두고 싶은 꿈이었기 때문일까. 좋아하는 여자아이에 대한 꿈을 꾸었다는 것은 어딘가 음침한 구석이 있어 보이지만 특별한 꿈은 아니었다. 음흉한 꿈도 아니었다. 그저 처음 꿔보는 낯선 꿈이었다. 그 기이한 꿈은 언제나 그림으로 그려볼 수 있을 만큼 또렷했다.

꿈에서 눈을 뜨자 어떤 미로에 던져졌다. 밤의 어두운 미로였지만 이상할 정도로 기분이 좋았다. 시우는 미로에서 열심히 뜀박질을 했다. 눈앞에는 새은이 뛰어가고 있었다. 환한 달빛이 하얀 원피스를 입은 새은을 반사하고 있었다. 입학식 때 하얀 머리띠가 새은을 빛나게 한 것처럼. 숲으로 만들어진 미로. 이슬에 젖은 잔디. 맨발바닥에 느껴지는 촉감. 시우는 새은과 술래잡기 중임을 알았다. 새은은 무척이나 잘 달렸다. 너무나도 빨라서 잡을 수가 없었다. 숨이 가빠지고 이마에 땀이 맺혔다. 모퉁이를 돌자 새은이 사라졌다. 자리에 멈춰서 양쪽으로 갈라진 길들을 보았다. 시우는 왼쪽 길을 선택해 달리다가 뒤쪽에서 들려오는 나뭇잎이 부스러지는 소리에 고개를 돌렸다. 그 소리 끝에는 아무도 없었고 시우가 달려왔던 길게 뻗은 길만 텅 비어 쓸쓸하게 있었다. 계속 앞으로 달려가야 할지, 뒤로 돌아 달려야 할지 헷갈리던 와중에 새은이 뒤쪽에서 덮치듯이 나와 시우를 잡았고 같이 뒤엉켜 엎어졌다. 새은의 손이 덧없이 시우에게 붙잡혔다. 시우가 새은의 위에 쓰러지듯 넘어지자 배시시 웃는 새은의 얼굴이 한눈에 들어왔다. 귓속말을 하려는 듯이 뺨을 가까이 대자 시우는 식은땀을 흘리며 잠에서 깨었다.

기분 나쁜 꿈이다.

자신이 새은을 따라가는 것도. 새은의 생긋 웃는 입 모양도. 잘 알지도 못하는 여자아이가 꿈에 나온 것도 기분 나쁘게 오싹하다고 열일곱 살의 시우는 생각했다. 하지만 그 이상한 꿈 때문에 새은을 좋아하게 된 것 같기도 하다는 생각이 들었다. 가령 인기 배우가 꿈에 나오면 없던 관심이 생기는 미묘한 심리와 비슷했다. 저 아이는 어디서 온 것일까. 작은 동네에서 왜 한 번도 마주치지 못했을까. 시우는 새은의 정보들을 햄스터가 먹이를 입안에 넣어 모으는 것처럼 조금씩 수집했다. 작은 빵부스러기도 놓치지 못했다. 놓치지 않았다가 아니라 못했다는 것이 맞다. 듣지 않으려고 해도 새은에 대한 이야기가 나오면 신경이 곤두섰고 기억하지 않으려고 해도 기억이 났다. 뇌세포에 강렬한 전기자극을 받은 것처럼. 충격적인 사건을 경험한 것처럼 새은과 관련된 것들은 쉽게 지워지지 않았다.

"진짜 웃겨."
그때의 이야기를 들려주면 새은은 자지러지게 웃으며 좋아했다. 뭐가 그렇게 웃기냐는 물음에 "그냥. 내가 그렇게 못돼 보였나. 싸가지 없다는 소문이 제일 많았다며."라고 말했다.

시우는 그때의 새은을 떠올렸다. 확실히 지금보다는 차가워 보인다. 그러니까 친절해 보이지 않는다는 표현이 좀 더 어울린다. 큰 키에 새초롬한 표정. 입을 꾹 닫고 무표정한. 새은의 눈을 빤히 쳐다보면 어딘가 움츠러드는 느낌을 시우도 동감했다. 이렇게까지 검은색 일 수 있을까 싶은 허리까지 오는 윤기나는 머리. 길고 크게 찢어진 눈. 아름다운 얼굴의 여자아이가 표정 없이 뚫어지게 자신을 응시하면 관찰당하는 기분이 들었다. 숨기고 싶은 것들도 모조리 꿰뚫어 볼 수 있다는 듯한 태

생적인 그 태도에 기분이 묘해졌다. 물론 새은이 아무런 생각
도 하지 않고 있다는 것을 이제는 알게 되었지만.

"좀 그래 보이긴 했지."

새은은 눈을 얇게 뜨고 시우를 째려봤다. 확실히 이전보다
둥그레졌다. 날카로운 가시를 뾰족하게 세운 것 같은 표정도.
그 누구와도 말을 섞고 싶지 않다는 무의식적인 태도도. 확
실히 분위가 부드러워졌다고 시우는 생각했다. 그리고 그것
은 아마도 자신 덕분이라고, 그렇게 생각하면 기분이 좋았다.

고등학교 3학년 때는 같은 반이었지만, 대화를 나눈 기억은
없다. 제대로 대화를 나눠본 것은 성인이 된 이후였다. 스물
한 살, 1월 1일. 고등학교 3학년 같은 반 친구들이 모두 모이
는 자리에서. 만약에 둘 중 한 명이 감기에 걸렸거나 귀찮아서
나오지 않았더라면. 아마 평생 볼 일이 없었을 것이라고 새은
은 말하곤 했다. 그렇기에 대단한 우연이고 운명이라고. 그러
나 시우의 생각은 조금 달랐다.
이번에는 반드시 새은과 대화를 해봐야 한다. 물론 새은이

나타나지 않았더라도 어떻게든 새은을 만났을 것이다. 1년 늦게 대학에 들어간 시우가 새은의 대학을 따라갔으니까. 꼭 새은만이 이유가 되는 것은 아니었지만, 모든 것이 동일한 조건에서 새은이 다니는 대학인지 아닌지를 완전히 배제할 수는 없었다. 그러니까 새은이 생각하는 것처럼 우연이나 운명 같은 알 수 없는 초자연적 힘에 의한 것이 아니었다. 자연스럽게 일어난 것이 아니라 시우가 만들어낸 우연이었다. 물론 새은은 그런 법칙에 어긋난 것들, 이를테면 운명적인 만남 등을 더 좋아하니까. 굳이 이야기하진 않았다.

스무 살, 모두 대가 없는 자유를 얻은 것처럼 보였다. 술을 마시고 친구들과 놀러 다니고 새로운 경험을 하고. 스무 살의 시우는 자신만 혼자 뒤처지는 것 같다고 느꼈다. 대학 입시에 실패하고 혼자 책상 앞에 앉아 공부하고 있는 자신이 한심했다. 무엇보다 좋아하는 여자아이에게 아무런 표현을 하지 못한 것이 가장 답답했다.

사랑이라는 감정을 처음 경험한 사람이라면 모두 자신의 마음을 이해할 수 있을 거고 시우는 생각했다. 시우는 처음 경험하는 그 낯선 감정이 생경했다. 그리고 그 낯선 마음을 스스로에게도 숨기기로 결정했다. 마음을 숨기는 것은 아주 쉬운 일이었다. 가능한 모르는 척하는 것. 눈을 마주치지 않는 것. 그것을 넘어서 새은의 존재를 인식하지도 못한 척하는 것이다. 시우는 고등학교 3년 동안이나 그것들을 아주 능숙하게 해냈다. 하지만 스무 살이 되어서도. 시우는 새은을 떠올렸다. 혼자 조용한 독서실에 앉아있으면 자연스럽게 새은이 생각났다. 아무리 모르는 척하고 무시해도. 잔무늬가 비치는 커튼의 얇은 그림자 밑이나 교실 거울 속에 반사되는 얼굴의 윤곽이 자꾸만 머릿속에 잔상처럼 남아 시우를 괴롭혔다.

"너 지우개 있어?"
"아니."

누구와 나누어도 별 관계없는. 심지어는 누가 말을 꺼냈는지도 중요하지 않은. 그 대화가 고등학교 내내 시우와 새은이 나눈 전부였다. 한심하다. 스무 살의 시우는 자신이 한심했다.

그리고 드디어 다시금 새은을 마주한 시우는 절대로 후회하지 않겠다고 다짐했다. 새은의 옆자리를 차지하고 끊임없이 대화를 했다. 대화의 내용은 정확히 기억나지 않아도 그 느낌이 기억에 오래 남는 대화가 있다. 그날 시우와 새은이 나눈 대화가 그랬다. 비슷하다. 같은 것을 보고 웃고, 같은 사건을 듣고 같은 의견을 내놓는다. 이렇게까지 말이 잘 통하는 사람이 있을 수가 있을까.

스물한 살 1월, 시우가 새은에게 고백을 했고 둘은 연인이 되었다. 스물한 살의 시우에게는 새은이 전부였다. 시우의 하루에는 새은밖에는 존재하지 않았고 가끔 새은이 곁에 없는 하루를 보내면 새은에 대한 생각들로 보고 싶어 괴로웠다.

"새은이는 내 전부야." 시우는 이야기했지만 그럴 때마다 새은은 생기 없는 반응을 보일 뿐이었다.

그때의 새은은 시우를 사랑하지 않았다. 정확히는 사랑이 무엇인지도 모르는 것 같았다. 어린 새은은 시우를 괴롭게 했다. 한밤중에 보고 싶다며 집 앞으로 오라고 하고는 마음이 바뀌었다며 5분 만에 다시 돌아가라고 한 적도 있었다. 약속 시각은 지킨 적이 없었고 미안하다는 말도 할 줄 몰랐다. 시우가 기분이 상해서 아무 말도 하지 않으면 새은도 아무 말 없이 집으로 가버렸다. 그때마다 시우는 어쩔 줄 몰라하며 사과했다. 정말로 잘못했다고 생각했던 것이 아니라 새은을 너무 좋아했기 때문이었다. 미안하다고 하지 않으면 새은이 자신을 떠나버릴 것만 같았다.

시우는 토라진 새은의 눈을 보면 어떻게 해야 할지를 몰랐다. 화가 난 모습도, 짜증이 난 모습도 모두 사랑스럽게만 보였다. 시우가 좋아하는 피자도 언제든지 마지막 한쪽을 새은에게 양보할 수 있었고. 새은이 혼자 밤늦게 집에 들어가기라도 한다면 불안해서 어느 때라도 새은을 데리러 갔다. 시우는 항상 새은이 내리는 버스 정류장에서 내려 집 앞까지 데려다주고 다시 버스를 탔다.

5분. 버스 정류장에서 새은의 집까지는 5분 정도 걸리는 아주 짧은 길이었지만, 시우와 새은은 항상 그 이상의 시간을 함께 걸었다. 날이 좋은 날은 특히. 집을 지나쳐서 짧은 산책로를 계속해서 걷기도 했고 벤치에 앉아 열심히 서로의 입술에 입을 맞추기도 했다. 마지막 버스인 것을 알면서도 시우는 새은의 집 앞에서 내렸다. 집으로 걸어 돌아가는 그 길이 전혀 힘들지 않았다. 새은의 집에서 시우의 집까지 걸어서 40분. 시우는 그 길이 항상 가깝게만 느껴졌다.

  함박눈이 내리던 날. 시우는 새은이 잘 어울린다고 말해주었던 검은색의 떡볶이 코트를 입고 새은을 데려다주었다. 한 손은 코트 주머니에, 다른 한 손은 하나씩 장갑을 나누어 끼고 두 손을 꼭 맞잡았다. 그렇게 한참을 함께 걸었다.

"얼른 들어가. 춥잖아."

  시우는 얼른 들어가고 싶지 않았다. 새은의 장갑을 돌려주고 맨손으로 새은의 어깨에 쌓인 눈을 털어주었다. 자신의 코트와 머리 위에 쌓인 눈송이는 아랑곳하지 않고 후드를 뒤집어 쓴 새은의 어깨와 머리에 잔뜩 쌓인 눈을 털었다.

"차갑지 않아?"

  새은이 장갑을 벗고 시우의 양손을 잡았다. 그리고 입김을 불었다. 후. 차가운 열기가 따뜻하게 시우의 손가락 사이사이까지 퍼져나가는 순간이었다. 눈사람처럼 눈이 소복하게 쌓여

있었지만, 개의치 않았다. 그들은 한참을 왔던 길을 다시 아주 천천히 걸었다. 끝나지 않을 것처럼. 시우는 가슴 터질 듯한 행복을 느꼈다. 아주 짧은 행복이었다. 얼마 후 시우가 입대를 하자 새은은 시우를 잊은 듯했다. 점점 더 통화 시간은 짧아졌고 새은의 일상에 관심을 가지는 시우를 귀찮아했다. 시우는 자신이 새은을 사랑하는 것보다는 새은이 자신을 사랑하지 않는다는 것을 알고 있었다. 알고는 있었지만 이렇게 빠르게 일상에서 자신을 지울 수 있다는 것에 당황했다. 새은은 시우에게 모든 것이 부질없게 느껴진다고 말했다.

"너는 내가 없어도 재미있게 잘 지내는 것 같아."

"무슨 말이야? 네가 없으니까 난 아무것도 하면 안 된다는 말이야? 만나지 못하는 건 누구의 잘못도 아니잖아. 근데 왜 아무것도 못 하게 해?"

"못 하게 한다니. 난 그냥 새은이를 걱정하는 거잖아."

"걱정하는 게 아니고 네가 없는데도 내가 잘 지내는 게 싫은 거잖아."

같은 대학교의 선배들이 새은을 여기저기에 부르는 일이 많앉고 자연스럽게 모르는 사람과 술을 마시는 날이 잦았다. 시우는 그것이 싫었다. 배려가 없는 행동이다. 그렇게 술을 마시지 않으면 대학 생활을 할 수 없는 것도 아닌데. 부른다고 그런 자리에 스스럼없이 나가는 새은이 미웠다. 남자들이 얼마나 음흉한 생각을 가지고 새은을 볼지를 생각하면 당장 달려나가고 싶은 마음이었다.

　결국 그들의 첫 연애는 그렇게 끝이 났다. 새은과의 일주년을 얼마 남기지 않은 어느 날이었다. 생활관에 누워 불이 꺼진 천장을 멀뚱하게 바라보면서 시우는 다시는 새은을 보고 싶지 않다고 생각했다. 새은이 미웠다. 그러나 아무리 시우가 새은을 생각하지 않으려고 해도 새은의 존재는 늘 시우를 쫓아다녔다. 대학 동기들에게 이런저런 소식이 들려왔고 원하지 않아도 새은의 소식이 들렸다. 새은은 아무렇지 않아 보였다. 짐작은 했지만, 조금의 슬픔도 스치지 않는 것만 같은 새은의 소식은 시우를 여전히 마음 아프게만 했다.
　2년의 시간이 지나고 다시 연락을 한 것은 시우였다. 제대 후 복학을 하면 새은과 언젠가는 다시 마주칠 것이고 어색한 기류가 흐르지 않았으면 좋겠다고 친구들에게 변명했지만, 사실은 새은이 무척이나 보고 싶었다. 언제나. 새은의 웃는 얼굴, 단정하고 빳빳한 교복 카라를 끝까지 채워 리본 타이를 묶은 모습, 그 위로 머리를 묶으면 드러나는 얇고 하얀 목과 어깨의 부드러운 곡선. 밝은 눈동자와 같은 것이 자꾸만 생각났다. 시우는 집 앞을 걷다 문득 가로등 불빛이 새은의 집 앞의 것과 닮았다는 것을 떠올렸고. 자신이 새은을 진심으로 사랑했다는 것, 그리고 지금도 여전히 그녀를 사랑한다는 것을 인정해야만 했다. 옆에 있을 수 있다면, 친구로 지내자던 새은의 말에 동의해야겠다. 2년 만에 카페에서 새은을 다시 만난 날. 짧은 머리를 한 시우가 먼저 어색한 인사를 건넸다.

"와. 진짜 오랜만이다. 진짜 반갑다. 왜, 어린 시절 친구를 다시 만난 것처럼."

시우를 다시 본 날 새은이 처음으로 했던 말이었다. 어떤 것이 그렇게 반가운 것일까. 시우는 태연하고 해맑은 새은의 얼굴을 보았다.

"그러게. 나 보고 싶었어?"

"음. 그것보다 가끔 미안했어. 너는 너무 좋은 사람이었는데. 함부로 대한 것 같아서. 너에게 너무 못되게 굴었나 했어."

시우는 아무 말도 하지 못했다. 괜찮다는 말을 하기엔 괜찮지 않았고, 과거의 일을 따져 물으려고 다시 만난 것도 아니었기 때문에. 커피를 반쯤 마셨을 때, 그제야 시우는 담담한 척 말을 건넸다.

"어떻게 지냈어?"
"너무 바쁘게 지냈지."

그러니까 새은은 시우가 없어도 외롭지 않다는 말을 아주 돌려서 전달한 것일 테다. 새은 주변에는 늘 사람들이 많았고 그 수많은 관계 속에서 외로움을 느낄 틈이 없다는 사실을 시우는 이미 알고 있었다.

그럼에도 시우는 가슴이 뛰었다. 새은의 모든 것은 여전했다. 시우는 새은이 말하는 그 얼굴을 보았고. 붉은 입술, 또렷하게 자신을 보는 눈, 예쁜 귓불까지도 그대로인 모습에 묻어

두었던 원망이 그리고 새은에 대한 사랑이 다시금 환기되었
다. 원하는 마음과 그 마음을 전달할 수 없는 것. 자신의 어
깨에 기대어 손가락을 매만지던 새은이 이제는 테이블 하나
를 사이에 두고 절대로 닿을 수 없는 사람이 되자 결국 시우
는 새은을 향한 마음을 티 내지도 못한 채 오히려 뽀로통하게
카페를 나왔다.

 결국에 시우는 새은을 잊기로 다짐했다. 그 탁자 사이의 거
리를 영원히 남겨둘 수 없다. 새은과 이렇게 진정한 친구로 지
낼 수는 없다. 새은은 연인으로서의 시우가 전혀 그립지 않아
보였다. 기어이 그렇게 될 일이 벌어지고 만 것이었다. 시우는
새은을 잊기 위해 수많은 노력을 했다. 새로운 여자친구를 만
들면 새은을 잊을 수 있을까, 시우는 억지로 소개팅을 하고 여
자친구를 만들었다. 그래도 새은을 잊을 수 없었다. 새은처럼
술을 마시고 친구들과 어울리기도 했다. 그래도 여전히. 무엇
을 해도 재미가 없었다. 결국은 모두 실패였다. 여자친구가 생
겨도 새은에게 말하지 않았다. 지금 와서 생각해보니 시우는
그때 만났던 여자친구에게 미안했다. 이상한 점은 시우도 새
은으로부터 직접 남자친구가 생겼다는 말을 듣지 못했다. 소

문으로만 들었을 뿐.

 시우와 새은은 표면적으론 친구가 된 것 같았다. 가끔 안부를 물었고 시간이 되면 카페에서 시답지 않은 이야기를 했다. 점점 더 만남이 늘어갔고 어느새 이전처럼 새은의 집 앞 산책길을 걷기도 했다. 그렇게 대략 1년 정도 동안 연인도 아닌. 그 무엇도 아닌 관계를 유지했다. 다시 만나자고 한 것은 새은이었다.

"내가 사랑을 잘 몰랐지."

 그때의 새은이 얼마나 미웠는지를 떠올리면 가끔 짜증이 났지만, 자기가 잘못한 행동을 이야기하면서 삐친 것처럼 입술을 툭 내밀고 이야기하는 것은 왜일까. 그럴 때마다 시우는 아무 말 없이 얄밉게 튀어나온 새은의 입을 잡아당기곤 했다.

3

미영은 버터를 얇게 바른 빵을 생각했다. 잘 구운 빵은 고소하고 포근포근한 향이 난다. 부드러운 버터를 발라 먹는 것이 잘 어울린다고 미영은 생각했다. 그리고 토스트를 먹을 때면 어김없이 그 향과 닮은, 턱수염이 짧고 넓게 자라난 자신의 남편 태성이 생각났다.

　아이가 생기지 않는 것은 어떤 이유일까. 미영은 바사삭하고 씹히는 베이글을 한 입 베어 물고 생각했다. 벌써 결혼한 지 5년이나 되었는데, 아직도 아이가 생기지 않고 있다. 그렇게까지 늦은 나이는 아니라고 위로해보아도 생물학적으로 노산이라는 생각이 들 때면 조급함을 강요받는다는 기분이 들었다. 미영은 사실 아이를 낳아도, 낳지 않아도 된다고 생각하고 있었다. 그러니까 미영에게 아이에 관한 일은 베이글을 베어 물면서 생각할 수 있는 정도의 무게였다. 태성과 관계가 나쁜 것도 아니었다. 오히려 너무 좋아서 문제라고 느껴질 때도 있었다. 미영은 태성이 없으면 살 수 없다고 생각했다. 인생에서 소원이 하나 있다면 태성과 같은 날에 죽는 것이라고 자신 있게 이야기할 수 있다. 그렇게 이야기할 때면 태성은 짧게 기른 더부룩한 턱수염을 쓱 만지고는 "그럼 아이들은 어떡해."라며 있지도 않은 아이들에 대한 걱정을 했지만, 태성도 미영 없이는 살 수 없다고 생각하고 있었다.

새은도 어서 결혼을 해야 할 텐데. 시우와 새은은 너무 느긋하다. 둘이 같이 살고 있으면서, 그렇게 오래 연애했으면서 결혼하지 않는 이유는 무엇일까. 미영은 아줌마답게 타인의 삶을 걱정하고 있는 자신을 발견하고 흠칫 놀랐다. 벌써 아줌마같아지면 안 된다. 그래도 아직은. 생각하다가 거울 속에 비친 자신의 모습을 살폈다. 후줄근한 티셔츠, 동그란 얼굴과 밋밋한 눈, 곱슬하게 파마를 한 머리카락. 영락없이 아줌마의 모습이다. 그러다가 문득 처녀 시절의 자신의 모습을 떠올린다. 그래도 그때는 날씬하고 지금보다는 매력적이지 않았나. 태성은 어김없이 예쁘다고 이야기해주지만. 이미 꺾여버린 자존감을 채우기에는 부족했다.

새은은 항상 미영에게 아주 조화로운 얼굴이라고 이야기했다. 실제로 미영은 빼어난 미인은 아니지만 대칭적인 얼굴의 턱선과 모날 것 없는 부드러운 곡선의 눈. 얇고 꽤 오뚝한 콧날을 가지고 있었다. 미영이 키만 컸어도 모델이 되었을 거라고 새은은 늘 이야기했다. 정작 미영은 옷이나 머리나 메이크업 같은 자신을 꾸미는 것에는 아무런 관심이 없었지만. 그런 부수적인 것이 없어도 미영은 풍기는 이미지에서 묘한 매력이 있는 사람이었다. 외모가 예쁘지 않아도 그 사람과 대화를 하다 보면 사람을 푹 빠지게 만드는 사람들이 있었다. 심지어는 어떤 필터가 쓰인 것처럼 본래의 얼굴보다 훨씬 아름다워 보이기까지 했다. 미영은 그런 사람이었다. 미영은 사람을 편하게 해주는 대화 방법을 가지고 있었다. 가끔 맥락 없는 칭찬을 던져 상대를 설레게 만들기도 했던 미영의 스킬은 삶을 살아가면서 터득한 것이 아니라 타고난 것이었다.

전업주부가 매우 바쁘다는 것은 이제 대부분의 사람들이 알고 있어서 다행이라고 생각한다. 미영은 전업주부는 아니지만, 집에서 일할 수 있는 직업을 갖고 있었다. 최근에는 일을 거의 하지 않고 있어서 전업주부처럼 지내고 있는데, 그런 자신을 보면 가끔 공허함이 밀려왔다. '지금 무얼 하고 있는 거지.' 미영은 대뜸 식물의 분갈이를 하면서 이런 생각을 하곤 했다. 그래도 미영은 집안일을 싫어하는 사람이 아니었다. 오히려 좋아하는 축에 속했다. 주말이면 집 안 청소를 하려는 태성의 동작을 멈추게 할 만큼. 집이라는 것은 미영에게 아주 소중한 것이었다. 자신이 결정하지 않은 것은 그 어디에도 없다. 모든 물건이 그 자리에 들어가야 하는 응당한 이유가 있고 모든 청소에는 순서가 있었다. 그것을 태성에게까지 강요하는 것은 옳지 않다는 생각이 들기 때문에 말하지는 않았다. 그래서 태성이 청소를 하는 모습을 보면 속이 터질 듯이 답답했다. 그럴 바에는 차라리 본인이 하는 게 더 낫다고 생각했다. 미영이 집에 얼마나 집착적인지는 말하지 않아도 모두가 알고 있었다. 물론 집에 놀러 온 모든 손님에게 깔끔을 강요하는 결벽증세를 보이는 건 아니지만 미영의 취향이 아닌 인테리어 소품을 선물해준다거나 인테리어에 대한 훈수를 들으면 "그렇네요. 좋네요." 하고 호호 웃어버리곤 했다. 그 웃음이 거짓이라는 것을 태성과 새은 그리고 시우는 알고 있었다.

새로 산 TV를 설치하는 날. 미영이 없고 태성이 집에 있었다. TV를 설치하러 온 설치 기사님은 태성에게 아주 어려운 결정을 하라고 이야기했다. 벽걸이 TV를 70cm 높이로 달면 사람이 눈으로 TV를 보기 편한 위치이지만 전선이 보일 것이고 조금 아래인 60cm로 달면 소파에서 약간 내려다보겠지만 전선은 보이지 않을 것이라고 했다. 태성은 고민하다가 자신이 결정하면 안 될 것 같은 불안감에 미영에게 전화를 걸었다. 친구 결혼식에 참석 중인 미영은 전화를 받지 않았다. 한참을 고민하던 태성은 집에서 TV는 본래 편하게 봐야 한다고 생각하며 70cm에 달아달라고 이야기했다.

그날 집에 돌아와서 걸려있는 TV와 전선을 보며 그렇게 충격받은 미영의 표정은 살면서 본 적이 없다고 태성은 생각했다. 항상 모든 일에 '그럴 수도 있지. 그런 일도 있는 거지.' 하는 잔잔한 성격의 미영이었다. 늘 모든 것에 어떤 요동도 없던 미영이 실망과 충격 속에서 빠져나오지 못하는 모습을 보자 결국 태성은 사과했고, 다음날 설치 기사님께 다시 연락을 드릴 수밖에는 없었다.

"자기가 잘못한 건 아니지. 내가 전화도 안 받았잖아."

역시 좋은 여자다. 항상 사람을 편하게 해주는 사람이다. 태성은 아내의 그 초연함에 늘 감탄했다. 어떤 잘못을 해도 너그럽게 넘어가 주는 것이 미영의 장점이었으니까. 물론 태성도 엄청난 잘못을 하는 편은 아니었지만. 태성은 그런 미영을 두고 어딘가 권태감을 느낄 수 있을 것이라고 한 번도 생각하지 못했다. 신혼 초였던 5년 전에도, 5년이 지난 지금도 태성은 미영이 없으면 살 수 없을 것이라고 생각했다. 다만 익숙함을 넘어 있는 듯, 없는 듯한 이 편안한 감정이 좋으면서도 한편으로는 옳지 않은 것 아닌가. 미영은 어떻게 생각할까. 불안한 마음도 들었다. 애초에 미영에게 미친 듯한 끌림은 없었다. 다만 미영이 아닌 다른 여자와 사랑을 나누는 것은 생각해 본 적도 없는 것이었다. 그러니까 태성에게 미영이라는 존재는 이성적인 충동이 아니라 안정적이고 무조건적인 사랑이었다. 영화나 드라마에서 나오는 강렬한 끌림을 한 번도 경험해본 적이 없었기에 그것이 잘못된 것인가 하는 고민은 있었지만 미영이 아닌 다른 사람을 만나보고 싶다는 생각은 한 적이 없었다. 태성은 자신의 턱을 어루만지는 미영을 물끄러미 쳐다봤다. 태성은 자신이 미영에게 그런 권태를 느낀다는 것이 아니라. 미영이 당연해졌다는 말이 아니라. 혹시 미영이 그렇게 생각하면 어떻게 해야 할지 그게 더 걱정이었다. 미영도 태성에게 새은과 시우가 느끼는 것과 같은 빠르게 뛰어오르는 충동은 느끼지 못했을 것이다. 괜찮은 것일까, 자신과의 관계에서 불만족하는 것은 없을까 하는 걱정 어린 얼굴로 미영을 쳐다보면 미영은 늘 그렇듯이 편안한 미소로 태성을 바라봤다.

 괜찮아. 당신과 함께라면 무엇이든 괜찮아.

하고 미영이 대답해주는 것 같다고 태성은 느꼈다. 대화를 하지 않아도 서로의 기분을 읽을 수 있다. 말이 오가지 않아도 서로의 사랑을 느낄 수 있다. 미영과 태성은 서로를 바라보는 눈동자와 그 다정한 음성의 톤과 손길로 서로의 사랑을 늘 확인했다.

 곧 있으면 매장을 오픈하는 날이다. 태성은 자신이 알게 모르게 마음이 불안하고 불편한 이유를 찾았다. 다니던 직장을 반강제적으로 그만두고 술집을 운영하기로 했다. 미래를 걱정하는 태성에게 미영은 단단한 지지목이었다. 평소에 늘 와인 바 운영에 동경이 있었던 태성에게 용기를 북돋아 준 것도 미영이었다. 미영이 없으면 자신은 아무것도 아니었을 것이라고 태성은 느꼈다. 그건 미영도 마찬가지였다. 별 볼 일 없는 자신을 태성이 늘 특별한 사람처럼 생각해준다고. 그러니까 이렇게 평온한 것이 다행이다. 미영과 태성은 같은 생각을 했다.

4

눈이 내리고 있었다. 새은은 창밖에 두툼하게 쌓이는 눈송이들을 보며 시우와 함께 보고 싶다고 생각했다. 일어날 생각 없이 눈을 꼭 감은 시우의 얼굴. 잠에 든 사람의 숨에서는 단내가 난다. 시우가 내쉬는 달콤한 숨과 밖에서 들어오는 시원 쌉쌀한 박하향의 겨울 공기를 맡으면서 커피를 내렸다. 좋은 시작이다. 새해에는 모든 것이 다 잘될 것이다. 새은은 문득 근거 없는 행복을 자신했다. 어느 새인가부터 터무니없는 행복을 장담하지 않으면 마음이 불안했다. 긴 머리를 질끈 묶고 냉장고를 열어보았다. 요리하는 것은 재미있다. 본래는 관심이 없었지만, 미영이 요리하는 모습을 지켜보면서 새은도 요리를 하고 싶다는 생각이 자연스레 들었다. 관심이 없는 것들도 좋아하는 사람이 즐겁게 하는 일이라면 자신도 모르는 사이에 흥미가 생기는 새은이었다.

"과정 자체는 무료할지 몰라도 사랑하는 사람들이 내가 만든 음식을 만족하며 먹어주는 게 기쁘잖아."

　미영은 말하곤 했다. 새은은 그 말에 동의했다. 가끔은 요리를 하는 것보다 그 말을 상기하는 것이 더 즐거웠다. 새은은 조금 특별한 음식을 만들고 싶다고 생각하다가 새해 아침이니까. 떡국을 끓여보기로 했다. 미영이 보내준 가래떡이 냉동고에 있었다. 언제 받은 것인지 모르겠지만, 냉동고에 넣어둔 것은 그래도 먹을 수 있는 시간이 길어지지 않나, 생각하면서 뜨거운 물에 가래떡을 담가두고 말랑해지기를 기다렸다.
　식탁에 앉아 내려놓은 커피를 마시면서 창밖을 봤다. 서른 셋. 적지 않은 나이지. 생각하다가 인생을 백 살까지 살 것이라면 아직은 3분의 1의 지점밖에 오지 않았다고 위안했다. 새은은 대학을 졸업하자마자 바로 취업한 직장에서 꾸준히 버텨나가고 있었다. 컴퓨터로 늘 비슷한 것들을 옮겨 적어 넣는다. 생각보다 정적이고 단순하고 반복되는, 누구나 할 수 있는 일에 보람을 느끼기는 어렵지만, 그런대로 나쁘지 않다. 새은은 딱히 싫어하는 것과 열망하는 것. 남들보다 더 많이 이뤄내야 한다는 욕망, 질투 따위가 없었다. 없어야만 한다고 늘 되뇌었다. 어차피 가질 수 없으니까. 언제부터였을까. 새은은 뜨거운 커피를 한 김 식히면서 옛날 일을 떠올려보았다.

언젠가 그림을 그리는 사람이 되고 싶다고 생각했었다. 언제부터 그런 꿈을 가졌는지는 잘 기억이 나지 않지만, 미술관에 놓인 그림을 볼 때면 어떻게 이런 표현을, 자신의 생각을, 아무것도 없는 빈 종이 위에 그대로 옮겨 놓을 수 있을까. 경외심이라는 단어를 이해할 수 있었다. 고등학생 1학년 때. 새은은 대부분의 시간을 그림을 그리며 보냈다. 수업 중에도 하교 후에도 모든 정신을 그림 그리기에 전념했다. 텀블러에 그려진 귀여운 고양이 그림, 교과서에 그려진 캐릭터를 따라 그리며 그림에 몰두했다. 잘 그리지도 못했고 모방하는 것뿐이었지만, 재미있었다. 화가, 디자이너, 일러스트레이터. 그것을 부르는 이름이 무엇이든, 그림을 그릴 수 있는 직업을 가지고 싶었다. 아빠를 설득해서 미술 학원 상담을 받으러 갔던 17살의 겨울. 새은은 자신이 원하는 것을 욕심내는 것이 사랑하는 사람에게 상처를 줄 수 있다는 것을 배웠다.

"기다리고 있어 봐."

50만원짜리 화구박스를 들고 있던 새은의 손이 새빨개질 때까지 아빠는 나오지 않았다. 그리고 새은은 잠시나마 들어보았던 그 무거운 꿈을 금방 내려놓을 수밖에 없었다. 그때는 남들 다 다니는 학원을 왜 자신은 다닐 수 없을까. 놀겠다는 것도 아니고 배우겠다는 것에 아빠는 왜 대답을 하지 않을까 의아했지만, 아빠가 그 학원의 원장에게 겨울 특강과 미술용품 비용을 나눠서 낼 수는 없는지 부탁하면서 어떤 수모를 겪었는지 태성에게 듣고 난 뒤론 예술과 관련된 꿈을 접었다. 그 후론 그림과 관련된 것들은 일부러 멀리했다. 학교 미술 시간, 결국 다니지 못했던 미술 학원에 다녔던 친한 친구, 제일 좋아하는 장소였던 미술관. 미술과 관련된 모든 것이 새은의 마음을 꾹 찌르면서 쬐어오는 것처럼 불편하게 만들었다. 그 모든 것이 눈에 보이지 않았으면 좋겠다. 그때부터였던 것 같다. 원하는 것에 대한 포기는 새은에게는 쉬운 일이 되었다. 그것을 부정적인 대상으로 인식하고 다시는 눈에 들이지 않는다. 눈에 들어오지 않으면 마음에 들어오지 않는다. 빠르게 취업할 수 있는 전공을 선택해야겠다. 자신은 다른 아이들과 같은 환경에 있지 않다고 새은은 생각했다.

사회는 냉혹한 부분이 있었다. 엄격하다. 인생은 늘 하나를 선택해야만 하고 결과의 책임을 져야 한다. "몰랐는데."라는 변명은 통하지 않는다. 새은이 집안의 경제 사정을 전혀 모르고 아빠에게 의도치 않은 상처를 준 것처럼. 진심은 간혹 외면받는다. 선의도 실패할 수 있었다. 새은도 아빠의 의도와는 다르게 더 이상 그림을 그리지 않았으니까.

떡이 어느 정도 불었다. 새은은 보기 좋게 반듯한 사선 모양으로 떡을 자르고 고기를 볶고 육수를 우려낸 냄비에 그것들을 넣었다. 간을 보면서 소금을 적당히 넣고 계란 지단을 예쁘게 만들어 얇게 썰었다. 완벽하다. 아주 맛있게 만들어졌다.

정말로 진정한 어른이 되었다고, 조금은 단단한 사람이 되었다고 자각한 것은 꽤 되었지만. 여전히 어떻게 살아야 할지 잘은 모르겠다고 생각했다. 연초에는 그런 불안감과 두려움이 더욱 가중되었다. 어떤 삶이 나다운 것이고 나의 행복을 가장 위하는 일일까. 지금까지의 삶에서 무언가를 잘못 선택했기 때문에 오늘이 완벽하게 느껴지지 않는 것이라면 앞으로는 무엇을 선택해야 완벽하게 행복할 수 있을까. 세상은 나이의 제

곱근씩 점점 더 냉정해졌다고 새은은 생각했다.

"제제도 배고파?"

부드럽게 씹히는 고소한 떡국을 먹으며 자신의 종아리 가까이에 다가온 제제를 보았다. 제제가 귀엽게 고개를 갸웃했다. 가끔은 시우와 이렇게 안정적으로 살다가 결혼해서 늦지 않게, 내년쯤이나 내후년쯤에 아이를 낳고 제제와 함께 늙어가는, 평범하지만 해내기 어려운 삶을 살고 싶다가도. 정말로 원하고 열망하는 일을 해서, 무엇인지 모르겠지만, 성공해서 돈을 많이 벌고 좋은 차를 타고 떠나고 싶을 때 훌쩍 떠날 수 있는 삶을 살고 싶기도 했다. 원하는 대로 다 할 수 있는 것은 아니지만, 생각은 해볼 수 있는 것이니까. 물론 그런 '생각만'을 하는 것은 변화에 아무런 도움이 되지 않는다고 시우는 늘 이야기하곤 했다. 그런 대답을 들을 때면 새은은 빨갛고 깨끗한 사과가 한 입씩 베어 물어져 방치된 채 점차 변색 되어버린 인간이 되어가는 것만 같았다.

어리고 생기있던 그녀의 피부도 점점 더 푸석해졌고 자고 일어나기만 해도 반짝하던 아름다움은 서서히 사위어가고 있다. 눈가에는 다크서클과 노란 피부, 새치와 어딘가 모르게 처진 얼굴을 한 여자가 거울 앞에 서 있다. 좀 더 잘 꾸밀 수 있게 되었을 뿐. 아무것도 바르지 않은 민낯은 당연히 예전보다 빛나지 않았다. 새은은 사회의 쳇바퀴에서 누구도 부과한 적 없는 의무들에 점점 더 짓눌리고 있다고 생각했다. 그 묵직한 중력을 느끼며, 언제까지나 청춘일 것이라는 당당함이. 끝없이 펼쳐진 가능성 속에 무엇이든 될 수 있을 것 같은 갈망이. 결말에는 행복한 사람이 되리라는 그 마땅한 생각들이 커다란 망치로 쳐내려 부수어지는 것 같았다.

"가슴이 뻥 뚫린 것 같다고 해야 하나? 가사도 있잖아. 총 맞은 것처럼."

"다들 어느 정도는 그러니까 그런 가사가 있는 거 아냐? 공허하고 허무한 느낌."

"그래?"

"응. 근데 내 생각엔 새은이는 구멍이 뻥 뚫린 게 아니라 우울한 일이 있을 때면 구덩이를 파고 들어가는 것 같아. 자꾸만 아래로 내려가는 거지. 그리고 네가 경험했던 모든 우울함을 꺼내보고는 더 깊게 내려가는 거지."

"곧 있으면 우울의 구덩이에 빠지겠군."

"그래도 들여다보는 게 좋아. 구덩이에 발부터 머리끝까지 담가서 헤엄쳐 봐. 안 빠져보는 것보다는 나을 것 같아."

"수영하는 것처럼?"

"그런 셈이지."

"미영이 수영 못하잖아."

"배영은 해."

미영과 대화를 나누는 것은 언제나 새은의 기분을 조금 나아지게 만들었다. 미영은 새은의 오랜 친구이자 친오빠의 아내였다. 그러니까. 새은의 새언니였다. 가장 친하다고 생각했던 두 사람이 결혼하는 것에 이유를 알 수 없는 매스꺼움을 느끼기도 했지만, 미영과 진짜 가족이 된 것은 기뻤다. 미영은 아빠와 닮았다. 포근하고 다정한 사람이다. 새은과 미영이 중학생이었을 때 어느 심리학자가 TV에 나와 "인간의 자존감은 부모로부터 절반씩 받는다. 유전자도 그렇고 성격도 그럴 수밖에 없다."라고 말하는 장면을 보고는 "아빠만 있는 나는 절반밖에 없는 사람인 건가."하며 우울한 표정을 지어 보이자 "엉

터리야."라고 말하며 TV를 꺼준 것도 미영이었다. 중학생의 미영과 새은은 항상 함께 시간을 보냈다. 누군가의 집으로 가서 TV를 틀어놓고 조금 보다가, 나중에는 아무도 그것을 보지 않았다. 서로가 하고 싶은 이야기를 실컷 나누다가 라면 같은 것을 끓여서 나눠 먹었다. 미영은 요리하는 것을 좋아했다. 아빠는 바빴고 오빠는 요리를 못했다. 그럴 때면 미영이 새은과 같은 어린아이의 손으로 먹어본 적은 없지만 맛은 나쁘지 않은 요리를 해줬다. 처음에는 면과 국물로 이루어진 간단한 것이었지만 시간이 갈수록 꽤 요리다운 요리를 해줬다. 따뜻한 음식. 온기가 있는 음식. 누군가가 정성으로 만들어준 음식. "사랑하는 사람들이 내가 만든 음식을 만족하며 먹어주는 모습이 기쁘잖아." 새은은 그때의 온기를 절대로 지울 수 없었다. 땀이 맺히는 정도의 온기. 그때부터 누군가를 위해 요리한다는 것이 마음을 주는 것과 같다고 느꼈다.

이제 일어났으면 좋겠는데. 만들어 놓은 떡국이 말랑하다 못해 서로 쩐득하게 달라붙어 가고 있었다. 맛이 없어질 것 같아 걱정이다. 프리랜서 디자이너로 일하고 있는 시우는 언제나 원하는 시간대에 일어났다. 친구가 운영하는 카페 겸 바에서 한 달만 일을 도와주기로 약속한 것이 어느새 익숙해졌는 지 벌써 6개월째였다. 일주일 중 하루는 그곳에서 일하고 나머 지 시간에는 자신의 작업에 몰두하는 시우가 얼마나 피곤할지 알 것 같아 새삼 대단하다고 생각했다. 새은은 시우가 엎드려 자고 있는 모습을 보았다. 시우는 종종 엎드려서 잠을 잔다. 베개를 팔로 안고 얼굴 옆면을 보이면서 아이 같은 자세로. 불 편하지 않을까. 숨이 잘 안 쉬어질 것 같은데. 이런저런 걱정 을 했지만 엎드려서 자는 시우의 모습은 항상 편안해 보였다.

눈 밑까지 내려온 긴 머리. 눈썹 사이 찡그린 근육을 엄지와 검지를 이용해서 쭉쭉 펴주었다. 언제 이렇게 나이가 들었을 까. 새은은 열아홉 살 때부터 지금까지 변함없이 소년미를 잃 지 않은 시우의 얼굴을 좋아했다. 이제는 나이가 많이 들었지 만, 여전히 어린 소년 같다고 생각하며 그의 뺨을 어루만진다. 부드러운 시우의 뒷어깨를 가볍게 쓸어올리면서 작게 그려 진 달과 늑대 문신을 보았다. 신체의 어떤 부분들은 스스로는 보지 못하게 숨겨져 있다. 날개뼈 부근에 있는 뒤쪽 어깨도 그 랬다. 마치 보여주기 위해 존재하는 것만 같은 부분. 물론 거 울에 비치는 모습을 보는 것은 가능하지만, 거울로 보는 것은 직접 눈으로 보는 것과 조금 다르지 않나, 생각하면 어딘가 이상한 기분이 들었다. 다른 누구도, 시우 본인도 쉽게 보지 못하는 그곳을 볼 수 있음에 새은은 스스로가 특별하게 느껴졌다. 사람은 누군가가 곁에서 바라봐 주어야만 완성되는 것일까. 새은의 곁에 시우가 있어, 새은이 완성되었고 시우의 곁에 자신이 있어 시우가 완성되었다고 생각하는 것처럼.

"너는 나의 달이야."
"그럼 너는 늑대야?"
"응. 나는 달을 보고 달려가는 늑대야."
"그럼 우리는 못 만나는 거 아니야?"
"분위기 깨지 말아줄래?"

하며 서로를 껴안았던 어린 날을 떠올려본다. 새은을 품 안에 가득 안고 행복하다고 말하는 시우의 얼굴이 기억난다. 시우의 말이 무슨 말인지 새은은 모자람 없이 알고 있었다. 서로가 서로를 끊임없이 원하는. 서로를 밝혀주는 그런 존재가 되어주자는 말이었다. 가장 어두운 시간에 눈을 밝혀주는 새은의 달. 시우는 새은의 달이었다. 새은은 한 치의 거짓 없이 맑은 시우의 눈을 보면 시우의 모든 생각과 마음을 알 수 있을 것 같았다.

새은은 깊게 잠든 시우를 바라봤다. 꼭 감은 눈꺼풀의 어떤 동요도 없었다.

"일어나. 잠꾸러기야."

귀를 잡아당겨 살짝 속삭여도 일어날 생각이 없다. 제제가 아무리 잠든 시우를 괴롭혀도. 새은이 일어나라고 팔을 쭉 잡아당겨도. 시우가 일어날 리 없다는 것을 너무 잘 알고 있었다. 시우는 한번 잠이 들면 혼자서 깨지 않는 이상 절대로 일어나지 못했다. 정말로 신기한 것은 일어나야 하는 중요한 일이 있을 때에는 혼자서도 귀신같이 일어난다는 것이었다.

"일어나지 못하는 게 아니라. 일어나기 싫어서 안 일어나는 거지? 사실은 잠에서 깰 의지가 없는 거잖아."

하루는 볼멘소리로 새은이 말했지만, 시우는 아무 대답하지 않았다. 더 이상으로 깨우지 말자. 혼자서 떡국을 한 그릇을 더 먹었다. 간이 딱 맞게 짭조름했다. 떡이 풀어졌지만 그래도 아직은 모양을 유지하고 있었다. 말캉하고 따뜻하게 씹히는 떡국을 넘기면서 새은은 창밖을 보았다. 하얀 눈송이가 진눈깨비 같아지더니 비처럼 내리기 시작했다. 눈이 단단한 결정의 모양으로 내리는 것은 기분 좋은 일이다. 그 위를 걸을 때 나는 뽀득뽀득 소리와 잔뜩 쌓인 새하얀 눈이 깔끔하게 모든 것을 뒤덮어주니까. 하지만 눈이 내리다가 비가 내리는 것은 싫다. 눈이 슬러시처럼 변하면서 신발 사이로 물이 들어오고 색깔도 진흙 같아져 보기 싫어지기 때문이다. 눈이 덮인 풍경을 함께 보고 싶었는데. 새은은 생각했다. 역시나 이번에도 시우와 예쁜 풍경을 보지 못했다고.

5

새은이 자신에게 조금 뻣뻣해진 것은 언제부터일까. 요즘의 새은은 어딘가 이상하다. 항상 불만이 있는 것만 같은 이상한 기시감이 느껴진다. 기분 탓인지, 정말로 새은의 기분이 나쁜

것인지. 생각해볼 겨를이 없었다. 잘 생각해보면 언제부터 그
랬는지도 모르겠다. 꽤 오래전인 것 같기도 하다. 그렇지만 새
은이 아무 이야기도 하지 않으니까 괜한 기우일 수도 있다. 가
끔 지갑을 두고 나온 것 같은 불안감에 가방을 뒤져보면 아무
문제 없이 그곳에 잘 자리하고 있는 것을 발견하는 것처럼.

 시우는 본래 다정다감한 사람이 아니었다. 아주 어린 막내
여동생과 쌀쌀맞은 형이 한 명 있고 아버지, 어머니는 어릴 때
부터 늘 무뚝뚝하셨다. 그런 가정환경에서 다정한 사람이 되
는 것은 상당히 희박한 일이었다. 그래도 시우는 새은에게만
은 매우 다정한 연인이었었다. 새은은 기억하지도 못할 만큼
아주 오래전 같다고 말하지만, 분명 그런 면이 있었다. 변해버
렸다고 이야기하면 시우는 이상하다고 생각했다. 변하지 않는
것은 없다. 모든 것은 처음에 만들어진 것과는 다른 것이다.
아주 오래된 건물도 조금씩은 보수공사를 하고. 가장 아끼던
티셔츠는 집에서 입는 잠옷으로 바뀌고. 귀여웠던 막냇동생은
이제 시우에게 인사도 하지 않는다. 그래도 중요한 것은 그 형
태를 유지하고 있다는 것이 아닌가. 세상은 원래 그런 것이었
다. 이전에는 해줬던 것을 왜 이제는 해주지 못하냐고 이야기

하면 잘 이해가 되지 않았다. 서로가 편안해지고 당연해지는 것이 어째서 변했다며 비난받아야 하는 일인가. 그렇게 치자면 새은의 장점들도 어느 정도는 색깔이 변했다. 그런데 어째서 자신만은 이전과 동일하기를 바라는 것일까.

새은이 입을 내밀고 "옛날에는 더 다정했는데."라고 이야기하면 시우는 새은이 자신을 비난하고 있는 것 같다고 느꼈다. 단순히 회상에 젖어 말을 꺼내는 것이 아니라. '지금은 왜 다른 거지?'와 같은 의도가 숨어있음을 알고 있기 때문이었다. 그럴수록 시우는 어떻게 행동해야 할지 몰랐다. 공부를 하지 않고 시험을 보는 것처럼 불안감에 사로잡혔다. 새은은 본인이 원하는 말과 행동은 모조리 해야 직성이 풀리는 사람이었고 시우는 가끔은 그런 새은이 벅차게 느껴졌다.

과거에 시우는 다정하려고 노력했고 새은의 일상을 나누고 싶어 했다. 모든 시간을 함께하고 싶었지만 그럴 수 없었으니까, 같이 보내지 않을 때는 새은의 하루들이 빠짐없이 궁금했다. 아침에 일어났는지. 점심은 먹었는지. 누구와 먹었는지와 같은 아무것도 아닌 하루에 대해. 그런 시우를 불편하다고 여겼던 것은 새은이었다.

"난 당연히 시우 너를 좋아해."

"그런데?"

"근데 왜 다른 친구들을 못 만나게 해?"

"남자잖아. 그리고 네가 그 사람들하고 같이 있으면 연락을 제대로 안 하잖아."

"겨우 세네 시간이야. 그리고 다른 사람이 앞에 있는데 어떻게 휴대폰을 봐. 그건 예의가 아니지. 난 이미 남자친구 있다고 했어. 너한테 연락한 거 다 말해줬잖아."

"새은아. 말도 안 되는 소리 좀 하지 마. 절대 안 돼. 애초에 답장을 왜 하는 거야?"

"그럼 무시해?"

"응. 그리고 나한테나 답장 좀 빨리해줘. 부탁할게."

그때의 새은은 분명히 시우를 이해할 수 없다고 했다. 하루 종일 아무것도 하지 않고 시우의 눈치만 살필 수는 없다고. 집착처럼 느껴져 답답하다고 말하며 시우에게 상처를 줬었다. 그렇지만 이제는 정반대로 행동하고 있었다. 일관성이 전혀 없다. 이제는 시우가 전화를 받지 않거나. 카페에서 아르바이트하며 답장을 하지 않으면 새은은 짜증을 내고 시우는 그런 새은이 답답했다. 어차피 모든 일상을 함께 보내고 있는데, 그런 것들이 뭐가 중요할까. 시우 입장에선 예전에는 집착이라 느꼈던 행동들이 이제 와 사랑의 표현이라 여기는 새은이 분명 이상했다.

과거의 시우는 싫다고 말했음에도 계속해서 이성 친구들을 만나려는 새은의 이기적인 모습을 보고 자신이 상상했던 새은의 모습과 다르다고 느꼈다. 그리고 그 모든 상황에서 시우는 다른 사람들이 아닌 새은을 도무지 이해할 수 없었다. 다른 이성과 연락을 해야 하는 이유가 무엇일까. "이성적인 호기심이 아니라. 인간적인 호기심."이라고 말하지만, 그것이 이성이라면, 이성에게 느끼는 인간적인 호기심은 사랑의 감정으로 발전할 수 있다고 시우는 생각했다.

"이건 다르지. 시우에게 느끼는 감정과는 아주 다르다고. 너는 내 모든 인간관계를 단절시키고 싶은 거야?"

몇 번 더 비슷한 이야기를 나눴지만 결국에는 포기했다. 새은이 원하는 대로 더는 그런 것들에 집착하지 않기로 결정했지만 과거의 모든 흔적에서 벗어나서 현재를 살 수는 없는 법이었다. 새은은 그때의 나쁜 점은 기억나지 않는 사람처럼 좋았던 점에 대해서만 이야기하고 자신이 시우를 어떻게 대했는지 기억하지 못한다. 결과적으로 지금의 시우는 과거의 새은이 만든 형태였다. 새은이 말하는 '더 다정한 예전의 모습'을 떠올릴 때면 시우는 종종 새은에게 존중받지 못했던 장면들이 함께 떠올랐다. 그 기분 나쁜 찝찝함이 양치를 하고 입안을 헹구지 않은 것처럼 마음속에 남아 있었다. 마음속 어딘가가 뒤틀리고 꼬이며 알 수 없는 복수심이 생겨났다. 생각을 하면 할수록 기분이 나빴다. 자신이 그렇게 새은에게 매달린 것. 새은의 잘못에도 사과한 것. 더 많이 배려해준 것들에 대해 억울한 마음마저 들었다. 그래서 시우는 새은이 원하는 말과 행동을 알고 있지만, 더욱 반대로. 자꾸만 더 어긋나게 행동하고 싶었던 것일지도 모른다.

"넌 가끔 일부러 그러는 것 같아."

"뭐가?"

"일부러 나한테 상처를 주려고 그러는 것 같아."

새은의 말이 완전히 틀린 것은 아니었다. 하지만 그런 행동
과 생각이 새은을 사랑하지 않는다는 말은 아니었다. 사랑이
라는 감정은 그렇게 둘 중의 하나로 결론 내릴 수 있는 것이
아니었다.

 새은은 입을 삐죽 내미는 표정도, "좀 더 다정하게 대해줘."
라든가, "날 좀 배려해줘." 아니면 "우리 이야기 좀 해."와 같
은 말들을 언젠가부터 하지 않았다. 처음에는 그것이 편했지
만 나중에는 새은이 다른 식으로 불만을 표출하고 있는 것은
아닐까 하는 생각이 들었다. 쌀쌀맞게 행동하면서 시우가 "기
분 나쁜 거 있어?"라고 물어주기를 바라는 것일까.
 새은과의 관계를 되짚어 보면 둘의 능선은 매번 달랐다. 처
음에는 시우가 먼저 더 많은 사랑을 주었고 그 후에는 새은이
더 많은 것을 주었다. 지금은 어디쯤에 있을까. 지하철을 타고
끝없이 달리는 전철의 부드러운 움직임처럼. 둘의 관계는 계
속해서 부드럽게 움직이고 있었다.
 아마도 작년, 아닌가. 어쩌면 재작년. 그러니까 새은이 갑자
기 결혼 이야기를 꺼냈을 때 시우는 당황했다. 그리고 그 당황
스러움을 모조리 들키고 말았다. 짐작해보니 그때부터인 것

같다. 그때부터 새은이 자신을 대하는 태도가 조금은 퉁명스러워졌다. 새은의 평소 대화방식이 직설적이긴 하지만 결혼에 대해 그렇게 대놓고 물어본 적은 없었다. "우리 결혼 언제 할 거야?"라는 질문이 시우에게는 여름에 겨울옷이 어디 있냐고 묻는 것처럼 굉장히 뜬금없다고 느껴졌다. 결혼. 결혼을 꼭 해야만 하는 것일까. 결혼을 하면 뭐가 달라지는 것일까. 지금처럼 새은의 집에서 제제와 함께 셋이 살아가는 것이 당연하다고 생각했다. 현상이 아닌 상황을 한 번도 생각해본 적이 없었다. 언제나 함께 있을 것이라는 그 당연한 믿음이 있었다. 아이를 낳고 안 낳고는 서로 자세하게 생각해본 적이 없었다. 대화해본 적이 없으니까. 새은의 성격상 생각해봤다면 먼저 이야기를 꺼냈을 것이다. 아이가 생기면 기쁘겠지만 지금 생기면 기쁘다는 이야기는 아니었다. 지금으로서는 경제적으로 안정되지도 않았고 상황도 편리하지 않다. 어머니는 건강이 좋지 않고 아버지는 정년퇴직을 하시고 실의에 빠져 계신다. 동생은 어리고 형은 결혼해서 아내와 아이들과 할머니를 데리고 함께 미국에 있다. 그런 상황에서는 아무래도 시우가 좀 더 가족에게 신경을 써야 했다. 그것을 새은이 당연하게 이해해 줄 것이라고 생각했다.

새은의 말을 듣고 "1년 후에."라고 대답했던 것 같다. 정말로 1년 후를 말하는 게 아니라는 것을 새은도 알고 있었을 것이다. 확신 없는 목소리와 표정. 새은은 날카롭게 그런 것들을 파악해버린다. 가끔은 무섭다고 느껴질 정도였다. 스스로가 어떤 감정을 느끼는지 알지 못할 때도 새은은 정확하게 알고 있었다.

시우는 부담스러웠다. 아직은 자신이 가정을 책임질 수 없다고 생각했다. 하지만 그런 말을 한다면 101%의 확률로 새은에게 상처가 될 것이었다. 사소한 말은 싸움을 부른다. 차라리 이야기하지 않는 편이 낫다. 시우는 정말로 그 대화를 없던 일로 만들고 싶었다. 아무래도 새은에게는 온전한 가족이라는 갈증이 항상 존재했을 것이다. 시우도 언젠가는 새은과 그런 완전한 가족이 될 것이라고 생각하고 있었다. 다만 지금이 아닐 뿐이다. 나중에 모든 준비가 끝나면 멋지게 프러포즈를 하고 싶다고 생각하곤 했다.

그러니까 아마도 재작년, 어쩌면 그보다 더 되었을 수도 있겠다. 싸움은 잦아들었지만 새은은 어딘가 더 예민하고 날카로워졌다. "빨래가 산더미네."라고 이야기하면 이전에는 "안 그래도 지금 하려고. 같이할까?"하며 기분 좋게 함께 마른빨래를 개었다. 그러나 요즘에는 "빨래가 많군."하면 "대부분 너 옷이야."하고 모른 척 읽던 책을 마저 읽거나 제제를 산책시키겠다며 밖으로 나가버렸다. 목소리의 톤, 불만족한 표정, 탓하는 듯한 행동. 그런 것들로 불평이 있다는 것을 짐작했다. 하지만 시우가 알아서 알아내기를 바라는 사람처럼 행동하는 그 태도가, 마치 '네가 잘못한 것은 네가 제일 잘 알겠지.'라고 말하는 듯했다. 본인은 아무런 잘못도 없는 사람처럼 표현하는 유치한 방식에 시우도 기분이 나빴다. 특히 아무 말 없이 내리간 눈 밑 그늘이 제일 거슬렸다. 시우는 새은의 감정을 상하게 하고 싶지도 않았고 그렇게까지 잘못한 것이 없다고 생각하기도 했다.

오래전에 시우는 기분이 상한 새은을 달래주는 것은 불필요한 일이라고 학습했다. 심지어는 새은이 기분이 나쁠 때, 시우가 도리어 화를 내는 편이 더 편안한 결과를 가져온다고 느꼈다. 시우가 화를 내면 새은이 터무니없는 이야기로 무장해 항변하듯이 불만을 이야기했다. 그 말도 안 되는 이유들을 듣고 시우가 더 화를 내면 그제야 새은이 사과를 했다.

그런 유치한 다툼을 하기에는 시우도 너무 많이 지쳤다. 이제는 예전처럼 새은이 기분이 나쁜 이유를 듣기 위해 납작 엎드려 달래주거나 오해를 풀기 위해 화를 내지 않았다. 언제부턴가는 지금처럼 무시를 하는 것이 싸우지 않기 위한 최선이라는 생각이 굳어가고 있었다. 불만에 대해 싸우지도, 화해를 위한 대화를 하지도 않았다. 서로의 감정을 모른 체하면서 둘의 관계가 서먹해진 것도 꽤 오래되었다. 그래도 그것도 그것 나름, 관계의 어떤 부분에 도달해서 지나가는 중이라는 생각도 들었다. 물론 여유가 생긴다면 지금 당장 가족이 되는 것도 문제없다. 하지만 새은이 눈을 반짝이며 미래에 대한 이야기를 하던 어린 시절, 그러니까 이십 대 초반, 그때와 지금은 많은 것이 달랐다.

"빨간 스포츠카를 타고 함께 해변을 달리는 거야."

빨간 스포츠카는 고사하고 운전면허도 없었다. 새은은 여전히 꿈을 꾸고 있을까. 비용이 많이 나올까 봐 치과 가기가 무섭고 쇼핑을 하겠다는 의욕조차 사라져 허름한 옷만 입고 다니는 지금에도 새은은 꿈을 꾸고 있을까. 하기야 식자재를 사는 것도 두려운데 무슨 옷. 이제 더 이상 "그것도 괜찮아."라고 이야기할 수 없었다.

"사는 게 이렇게 재미없을지 몰랐어."

새은이 기다랗게 한숨을 내쉬었던 기억이 난다. 새은은 그런 성향을 가진 여자였다. 우울감이 감싸고 있는 사람. 그리고 그 것을 본인이 원하는 사람. 우울한 감정이 지속되는 것은 자신 뿐만 아니라 주변도 갉아먹는 일이었다. 아무리 새은을 기쁘 게 해주려고 노력해도 새은에게 깊게 배인 우울감은 줄어들지 않는다. 기분이 좋아졌다가 다시 기분이 나빠지는. 그런 상태 가 반복될 뿐이었다. 언제나 시우는 그녀의 그물망이 되어주 고자 노력했었다. 서글퍼 하는 그녀를 무릎에 앉혀 다독여주 었다. 제제처럼 품에 풀썩 안아서 프랭크 시나트라의 〈That's life〉를 불러주었다. 시우는 눈물을 흘리는 그녀의 머리를 쓰 다듬어주며 작게 읊조렸다.

"That's life. That's what all the people say. You're riding high in April, shot down in May. But I'm back on top in June."

새은의 머리카락이 시우의 손가락 사이로 스며드는 것처럼, 가벼운 민들레 홀씨의 움직임처럼 부드러웠다. 시우는 새은의 마음이 한결 편안해질 것을 생각하면 기분이 좋아졌다.

"새은이도 곧 다시 올라갈 거야."

시우는 새은을 쓰다듬어주며 더 좋아질 거라고 생각했다. 하지만 잘 되어가는 것은 아무것도 없었다. 새은은 계속해서 5월에 머물러 있는 것 같았다.

"올해가 가기 전에 목표가 있어."
"뭔데?"

1월달에 신년 계획을 세우는 것은 상당히 새은스러운 것이었다. 세웠던 계획을 행동으로 옮겼던 것이 몇 번이나 되는지 모르겠지만, 새은은 항상 이런저런 것들에 대해 이야기하곤 했다. 퇴사를 하고 무언가 대단한 일을 하겠다, 어떤 것을 배우겠다, 어딘가로 여행을 가겠다. 하지만 그런 것들은 모두 말뿐이었다. 그래서 시우는 새은이 무언가를 하겠다는 말에 크게 의미를 두지 않았다.

"첫 번째로는 운전면허 따기."

"좋지."

"두 번째는 목공방에 등록하기."

"왜?"

"배워보고 싶으니까."

"안돼."

"왜 안돼?"

"갑자기? 뜬금없잖아. 남자도 많을 거고."

"그럼 나도 안돼."

"뭐가."

"내 마음대로 할 거야."

　시우는 컵라면에 뜨거운 물을 붓고 양배추를 씹으며 생각했다. 그러라고 해야 할까. 아니면 안 된다고 완강하게 말해야 할까. 새은의 말대로 양배추는 씹을수록 달달한 맛이 났다. 새은이 만들어 놓은 떡국은 떡이 너무 불어 형태를 알아볼 수 없었다. 시우는 냄비의 뚜껑을 닫고 컵라면을 꺼냈다. 건강한 음식을 먹으라며 새은이 썰어준 양배추도 먹었다. 달콤하고 고소한 양배추를 한 입 먹고 제제에게 한 입 주었다. 제제의 부드러운 머리를 쓰다듬으며 차분하게 생각해보니 목공소에 다니겠다는 말은 사실이 아니라 그저 자신의 감정을 상하게 만들기 위해 하는 말일 수도 있겠다는 생각이 들었다. 평일에는 출근을 하고 주말 내내 집에만 있는 새은이었다. 그런 그녀가 주말 아침, 일찍 일어나서 무언가를 배우러 간다는 것은 말이 안된다. 그러니까 새은은 이유는 알 수 없지만 새롭게 생긴 불만 때문에 일순간적으로 자신의 기분을 망치려는 것은 아닐까. 새해부터 너무하다는 생각이 들었다. 아마도 별똥별을 같이 보지 않아서 일 것이다. 아니면 아침에 일어나서 옆에 나란히 앉아 떡국을 먹지 않아서. 시우는 곰곰이 생각해보다가 마음대로 하라고 말했다. 새은은 변하지 않았다. 시우의 단점들이 늘 변하지 않는다고 이야기하지만 정작 새은도 변하는 것이 하나도 없었다. 예전처럼 아무것도 하지 말고 본인의 옆에만 붙어있으라는 대답이 듣고 싶어서 그런 마음에도 없는 말을 했을 것이다. 컵라면이 적절하게 익었다. 새은은 머리를 말리고 화장을 했다. 어딜 가는 것일까. 함께 가자고 묻지 않는 것이 내심 서운했다. 오늘 새은과 함께 시간을 보내려고 아무런 약속도 잡지 않았다. 밖에 나가서 맛있는 저녁을 먹는 것도 좋겠다고 생각했지만, 어쩌면 문을 연 가게가 없을지도 모른다. 아니면 매번 그랬듯이 TV에서 틀어주는 특선 영화를 보는 것도 괜찮겠다고 생각했다. 하지만 새은은 혼자서 다른 일정을 잡아둔 모양이었다. 항상 이렇다. 새은도 시우보다 중요한 것이 늘 많았다. 시우는 코끝을 손가락으로 가볍게 쓸었다. 서운하다는 감정은 굳이 전하지 않고 컵라면을 먹었다.

그때 모르는 번호로 메세지가 왔다. 은하. 새은이 듣지 못하게 그 이름을 작게 발음해보았다. 은. 입꼬리가 살짝 올라가는 모양이 된다. 하. 입을 살짝 벌려 호흡이 나오는 모양이 된다. 은하. 기억났다. 대학 시절 같은 과 후배였다. 은하는 프리랜서 디자이너에 대해 물어볼 게 있다고 했다. 가수의 꿈은 접은 모양이었다. 무슨 사연일까. 창밖을 보니 비가 왔다. 새은은 잠시 아빠를 보고 온다며 두꺼운 코트를 입고 있었다.

"오늘 산책은 무리겠지?"

"완전."

"아침에는 눈이 왔었는데…"

도어락이 경쾌하게 열리는 소리가 들리고 새은이 나갔다. 시우는 고민하다가 오늘 할 일이 딱히 없으니까 은하를 만나는 것도 나쁘지 않겠다고 생각했다. 새은이 새해 첫날부터 혼자 나간 것에 대한 복수심이 조금은 있었는지도 모르겠다. 게다가 가수를 한다고 대형 소속사에 들어갔던 후배가 이제 와서 디자인 관련된 질문을 한다는 것은 충분히 궁금증을 불러일으킬 만했다. 한 시간 정도 카페에서 얼굴을 보는 것은 큰 문제가 되지 않는다. 도움이 필요한 사람의 부탁을 거절할 수는 없다. 새은에게 이야기할까 고민하다가 이야기하지 않기로 했다. 불필요하게 새은의 기분을 상하게 만들 필요는 없는 것이다.

메세지를 보냈다. 은하는 한 시간 뒤에 시우네 집 앞 카페로 오겠다고 말했다. 시우는 제제의 커다란 앞발을 들어 사람처럼 같이 춤을 추듯이 흔들어보았다.

"제제. 샤워할래?"

제제는 똑똑하다. '샤워'라는 말을 알아듣고 싫다는 표현을 해 보였다. 처음 시우가 제제를 데려왔을 때, 새은은 싫다고 했다. 어린 시절 데려오자마자 죽었다는 강아지 생각이 나서 그런 거라고 시우는 생각했다. 하지만 제제는 시우가 맡지 않으면 추운 공장 바닥에서 평생을 살아야 할 수도 있었다. 이건 연민의 감정을 잘 느끼는 새은을 설득할 수 있는 중요한 요소였다. 물론 이제는 새은이 더 제제를 좋아하는 것 같아 다행이라는 생각이 든다. 시우는 아주 오랜만에 제제를 목욕시켰다. 축축하게 젖은 제제가 온 집안에 물 발자국을 남겼다. 귀여운 발바닥 모양이었다. 시우도 샤워를 하고 옷을 갈아입고 밖으로 나갔다. 비가 온다. 날이 춥다. 은하가 춥게 먼저 와서 기다리고 있지 않아야 할 텐데. 걱정되었다.

6

미영은 행복하게 일어났다. 잠을 잘 잤고, 자연스럽게 눈이 떠졌다. 태성의 옆에서 누워 함께 자는 것은 기분 좋은 일이다. 태성은 소리 내지 않고 조용히 어두운 방 안에서 자는 것을 좋아하고 미영도 소리와 불빛이 차단된 공간에서만 잠을 잘 수 있었다. 태성과 결혼하기 전에는 무서운 꿈에 시달리기도 했는데, 태성의 옆에서 자고 나서는 한 번도 악몽을 꾼 적이 없었다. 이름은 기억나지 않지만, 악몽을 막아준다는 장신구의 역할을 태성이 해주는 것은 아닐까, 생각해보았다. 태성이 일어나서 커피를 내려주었다. 곧이다. 이제 곧 함께 매장을 운영하는 날이 올 것이다. 두려움에 떨리기도 하도 즐거움에 전율이 오는 것도 같은 복잡한 느낌이 들었다. 아마도 도전할 때 느껴지는 뇌 호르몬의 도파민, 엔도르핀, 뭐 이런 것들과 관련된 화학반응이 아닐까. 과학은 잘 모르지만 미영은 그런 것을 처음 느껴보는 것 같았다. 애초에 순간적인 즐거움을 위해 위험을 감수하는 행동들을 좋아하지 않았다. 암벽등반이라든가 패러글라이딩 같은 위험하지만 짜릿한 즐거움을 주는 스포츠 같은 것들도 태성과 미영의 취향은 아니었다. 처음으로 안정을 벗어나 위험한 것을 도전하면서 미영도 스스로 이런 것에 은근한 떨림을 느낄 수 있다는 걸 알게 되었다.

"불안하지만 은근히 즐거워. 옛날에 TV에서 본 것 같아. 뇌과학 뭐 그런 거. 인간이라면 무조건 이런 위험을 조금은 즐기나 봐."

"뭐 위험 상황을 인지하고 도망가라는 신호를 준다는 말은 들어본 적 있는 것 같아. 그래도 눈앞에 호랑이가 나타나는 것 같은 실질적인 위험은 아니니까. 그래서 그냥 즐거움을 주는 정도의 불안인 거 아닐까?"

새은의 말에 미영과 태성은 어느 정도는 동의했다. 잘은 모르겠지만 어딘가 설득력이 있었다. 새은이 시우를 사랑하는 것도 그런 마음이려나. 미영과 태성은 생각했다.

"둘이 정말 미친 듯이 싸우는데. 그렇게 다시 붙어있는 것도 신기해. 싸우면서 어떤 도파민이 생성되나?"
"그럴지도 몰라. 뇌에서 뭔가 신호 자극을 보내는 거지."

정말로 그런 것인지 아닌지는 알지 못하지만, 뇌 호르몬에 의해 감정이 좌지우지된다는 생각이 미영은 마음에 들었다. 감정이라는 것이 기원이 없이 나오는 것이 아니라 과학적인 기반에서 호르몬에 의해 움직이는 것이라고 생각하면, 스스로 어쩔 수 없음을 받아들일 수 있지 않을까. 그리고 그 호르몬에 속지 않으려고 노력한다면 어느 정도 통제 가능한 부분이라는 생각도 들었기 때문에 오히려 마음이 편안해졌다.

"좋겠다."

 새은은 종종 뜬금없이 같이 커피를 마실 때나 밥을 먹을 때 그리고 자려고 침대에 누웠을 때 진실을 털어놓는 버릇이 있었다.

 "무엇이?"하고 물으면 "안정감이."하고 대답한 것이 최근의 일이었다. 새은이 좋겠다고 이야기한 것이 한두 번은 아니었지만 그럴 때면 태성도 미영도 어쩔 줄 몰랐다. 새은을 빼고 둘이서만 행복한 것 같은 미안한 감정이 느껴졌다. 새은이 그런 것을 의도한 것은 아니겠지만.

 새은은 이번에도 새해를 맞이해 기분이 좋지 않은 모양이다. 평소에는 냉철할 만큼 객관적인 사람인데도 1년에 한 번 정도는 기분이 저점을 찍는다. 서른 살이 넘어가고부터는 대부분 새해에 그랬다. 시우와 문제없이 잘 지내는 것 같기도 하지만 한편으론 그저, 이제는 더 이상 시우와의 관계에 대한 마음들을 세세히 말하지 않는다는 것을 짐작하고 있었다.

"요즘 자주 그런 생각이 들어. 언제 어디서라도 떠날 마음을 가진 사람이 승리하지 않을까 하는."

"어째서?"

"그냥… 잃어버릴 것이 없으니까."

회사에서 갑자기 그만둔 일 잘하는 선배 이야기를 하다가 그런 말이 나온 것은 아마도 퇴사하고 싶다는 이야기가 맥락상 맞을 테다. 하지만 어쩐지 미영은 그것이 시우와의 관계에 대해 이야기하는 것이라 느꼈다. 3자의 입장에서 미영은 새은과 시우를 바라보는 것이 마냥 즐겁지는 않았다. 특히 태성은 새은의 오빠이기 때문에 더욱 그랬다. 끔찍하게 사랑하지 않더라도 핏줄이라면 어쩔 수 없이 아끼는 마음이 존재하게 된다. 그렇지만 태성은 새은을 끔찍하게 사랑하는 편이기까지 했다. 어린 시절 태성은 자신이 새은에게 하나의 역할을 더 해줘야 한다고 생각했다. 빈자리를 느끼지 않도록. 그렇기 때문에 태성은 새은을 지치게 하는 시우가 점점 더 싫어졌다. 미영은 중립을 지키려고 노력했지만, 원래 새은의 친구였기 때문에 새은의 입장을 좀 더 잘 이해했다.

새은이 어딘가 가슴이 뻥 뚫린 것 같다는 이야기를 했을 때 미영은 무언가 새로운 일을 도전해보라고 권유했었다. 그 말이 새은에게 어떤 것을 던져줄지 알지 못했다. 그저 새롭게 배울 일을 해보는 것이 좋지 않겠냐는 권유와 예전에 배우고 싶었던 목공에 대한 이야기를 꺼냈을 뿐이었다.

사람들은 자신의 말이 타인의 인생에 어떤 영향을 끼치는지 모른다. 물론 아무런 영향을 끼치지 않는, 타격감 0의 말도 있지만. 별말이 아닌데도 그 사람의 인생을 송두리째 바꿔버리는, 타격감 100의 말도 있는 법이었다.

"마음이 불편할 때는 몸을 움직이는 게 최고잖아. 특히 새로운 거 배우고 새로운 환경에 가보는 거 말이야."

미영은 그래도 새은이 새로운 것에 도전하지 않을 것이라고 생각했다. 새은은 어릴 때는 좀 더 도전적인 사람이었다. 무언가를 배우고 새로운 것을 보며 스트레스를 해소했다. 하지만 시우는 새은의 그런 부분을 싫어했다. 시우 본인은 인정하고 싶지 않은 것 같지만 시우는 질투가 많은 남자친구였다. 새은도 마찬가지로 질투가 많았다. 연애 초반에는 새은이 새로운 무언가를 찾아다녔다가 둘이 많이 다투곤 했다. 미영이 생각하기엔 새은은 '새로움'를 선호하는 것이 아니었다. 그저 의미 있는 시간을 보내는 것을 원했을 뿐이었다.

"내가 자기한테 떨어져 나가고 싶어서 그런 행동을 하는 것 같대. 그리고 위험한 일이 생길 수도 있는데 왜 그렇게 새로운 것을 추구하는지 모르겠다고 하던데."

미영이 보기에는 시우도 새로운 것을 좋아하면서 왜 새은에게만 엄격한 잣대로 아무것도 못 하게 하는지 이해할 수 없었다. 미영은 새롭게 개발한 양송이 구이를 한입에 넣었다. 그리고 그렇게 말하면서 입꼬리를 올렸던 어린 새은의 모습을 떠올렸다. 기분이 좋아 보인다고 생각했었다. 시우가 자신에게 집착하는 것을 기분 좋게 여기는 새은의 모습도 어딘가 이상하다. 아무튼 미영의 입장에서는 잘 이해가 되지 않는 사랑을 하고 있다고 생각했다. 연인은 서로에게 더 좋은 것을 나누어 주는 존재가 아니었던가. 새은과 시우는 더 많은 신뢰와 더 많은 발전을 나누지 못하는 듯하다고. 미영은 느꼈다. 양송이버섯은 소스를 바꿔서 그런지 이전보다 훨씬 다양한 풍미를 풍겼다. 토마토소스로 볶은 야채들을 위에 올리고 얇고 작은 부추를 올렸다. 태성이 어떤 부추의 종류라고 이야기해줬지만 기억이 나지 않았다.

"영양 부추. 새은이 목공소에 등록했대."

태성이 그렇게 이야기했을 때 미영은 조금 놀랐다. 자기보다 태성이 그 사실을 먼저 알아서 놀란 것도 있었지만, 새은이 정말로 등록을 했다는 사실이 더 놀라웠다. 새은은 시우가 자신을 가두는 것에 만족하는 것이 아니었나. 둘의 관계는 정말 알다가도 모르겠다고 생각했다.

미영은 1월 1일이 생각났다. 유난히 새은이 보고 싶었던 올해의 첫날. 미영이 메뉴 개발에 집중하면서 함께 보내는 시간이 많이 줄어들었다. 간만에 새은의 집에 놀러 가고 싶다고 생각했었다. 1월 1일의 오후, 미영은 새은에게 전화를 걸었다. 태성에게 함께 가자고 물어볼까 했지만, 앞치마와 턱수염에까지 밀가루를 잔뜩 묻힌 모습을 보고 묻지 않았다. 미영은 새은이 돌아오기 전까지 집 앞 카페에서 기다리겠다고 했다. 제제를 산책시켜 줄까 싶어서 시우에게 전화를 걸었지만

받지 않았다. 책을 한 권 챙겨가면 시간을 보내는 데 도움이
될 것이다. 새로운 메뉴를 만들어내는 것에서 머리를 식힐 필
요가 있었다.

밖으로 나와보니 조금씩 비가 내리고 있었다. 새로운 시작을
축하하듯. 아침에 태성과 함께 눈이 내리는 장면을 기분 좋게
바라보았다. 따뜻한 온기가 느껴지는 집 안에서 눈이 내리는
창밖의 풍경을 보는 것은 기분이 좋은 일이었다. 미영은 우산
을 챙기기 위해 다시 집으로 들어갔다. 어차피 제제를 산책시
킬 수는 없겠구나, 생각하며 들어간 김에 집에서 만들었던 까
눌레를 챙겨 나왔다. 새은이 특별히 좋아하는 디저트니까 좋
아할 것이 분명했다. 장화를 신고 연노란색의 우산을 챙겼다.

"귀여워. 노란 병아리 같아."
"정말?"

태성이 웃으며 미영의 뺨에 입을 맞췄다. 온몸에 묻은 밀가
루가 조금씩 미영의 뺨에 옮겨 묻었지만 미영은 괜찮았다. 오
히려 태성의 까슬거리는 턱수염이 달콤한 디저트처럼 느껴졌
다. 미영은 기분 좋게 집 밖을 나와 새은의 집 앞 카페까지 걸

어갔다. 날이 춥지만 아예 걷지 못할 정도는 아니었다. 겨울용 장화 안은 따뜻한 털로 뒤덮여있어 따뜻했다. '장화가 이렇게 좋은지 알았으면 진작 사는 건데.' 눈에서 물웅덩이로 변해버린 거리를 거침없이 걸으면서 생각했다. 카페 앞에 도착했을 때 미영은 창밖에서 익숙한 실루엣을 보았다. 뒷모습만 보아도 알 수 있었다. 시우였다. 그리고 시우의 앞에는 단발머리의 여자가 앉아있었다. 당연하게 새은은 아니었다. 미영은 이상하다고 생각했다. 새은에게 듣기론 분명 시우가 집에 있을 것이라고 했다. 어떻게 해야 할까. 당당하게 카페 안으로 들어가서 시우에게 인사를 해야 할까. 그리고 저 모르는 여자에게 친절하게 인사를 건네면서 누구냐고 물어봐야 할까. 아무 사이가 아니라는 것을 확인받고 괜한 의심을 했다며 사과하고는 새은에게 주기 위해 준비한 까눌레를 하나씩 줘야 할까. 까눌레는 네 개니까 개수는 충분하다. 미영은 발길을 돌렸다. 그리고 다시 집으로 돌아갔다.

"왜 그냥 왔어?"

태성은 의아해하며 물었다. 미영은 "그냥. 추워서."라고 대답

했다. 그리고 앉아서 포장한 까눌레를 꺼내 먹었다. 그때 미영
은 둘 사이에 어떤 변화가 생길 것 같다고 느꼈다. 올해는 괜
찮을까. 미영은 새은과 시우의 관계가 어디로 흘러서 어디에
도착할지 불안했다.

7

시우와 영원히 사랑할 수 있을까.

새은은 집으로 돌아오는 버스 안에서 생각했다. 아빠를 모셔
놓은 납골당이 가까워서 좋다. 오늘따라 아빠가 보고 싶었다.
납골당 안으로 비치는 유리 창문이 반짝이는 것을 보면서 새
은은 영원에 대해 생각했다. 영원. 그나마 영원할 수 있는 것
은 어쩌면 감정일지도 모른다고. 버스 창문을 타고 흘러가는
빗방울의 둥글고 투명한 모양을 보며 생각했다. 모든 것은 변
하지만. 그리움. 어떤 감정은 영원히 변하지 않았다. 그리움은
시간이 지날수록 더욱 짙어졌다.

새은은 잃어버린 아빠의 얼굴을 떠올렸다. 눈썹이 진하고 오빠와 매우 닮은 얼굴이었다. 자신과 닮은 점은 있었던가. 시간이 많이 흘렀지만, 새은은 여전히 아빠의 모든 사소한 것들도 기억하고 있었다. 손의 모양이 어떠했는지. 수염이 자란 아빠의 모습은 어떠했는지. 웃음소리는 어떠했는지. 추운 겨울날에 운전하는 아빠의 옆 조수석에 앉으면 새은이 어느새 조용히 잠이 들었고 무릎 위에는 따뜻한 담요가 덮어져 있었다. 새은은 자신을 깨우는 부드러운 아빠의 음성을 정확하게 기억했다. 그 기억은 새은에게 영원의 한 부분이었다.

시우와의 감정도 이와 같을까. 시간이 지나도 시우를 사랑하는 감정은 영원히 변하지 않을까. 그것은 간단해 보이지만 간단하지 않은 자문이었다. '사랑하는가, 아닌가'라고 묻는다면 당연히 그를 사랑한다. 시우와 연애할 때, 설렘을 동반한 두근거림을 늘 느끼곤 했다. 그렇게 오랫동안 시우의 얼굴을 알았지만, 그 부드러운 눈동자, 살짝은 각지고 날렵한 턱선, 얇은 입술, 긴 속눈썹, 하얀 살결, 작은 코, 특히나 한결같이 익숙하고 잠이 오는 느긋하고 낮은 목소리. 새은은 확실하게 그런 시우를 사랑했다. 먼 곳을 응시하는 그의 옆모습을 볼 때. 넓고 예쁜 어깨라인이 부각되는 매끄러운 뒷모습을 볼 때면 항상 가슴이 떨렸다. 아래를 내려다볼 때면 긴 속눈썹이 차분하게 내려앉는 눈가를 사랑했고 함께 누워 손끝으로 시우의 부드러운 머리끝을 만지작거리며 책을 읽는 그 시간들을 사랑했다. 햇살 아래 강아지가 뛰노는 공원을 볼 때처럼 충만한 행복감에 심장이 세게 쥐어지는 것 같았다. 창가의 얇은 시폰 커튼 사이로 햇살이 비추고. 가끔 안경을 쓴 그가 커피를 마시며 멍한 듯이 잠을 이겨내는 모습. 함께 껴안으며 장난을 치고. 자신보다 힘이 센데도 그녀에게 깔려주는 그가. 그의 미소가. 그의 살결이. 그 모든 것을 느끼는 것. 정말로 아름다운 사랑의 시간이었다.

새은은 시우의 겨드랑이 사이에 얼굴을 파묻고 그의 향기를 잔뜩 맡았다. 그러면 간지럽다는 듯이 시우는 웃었다. 모든 것이 행복하고 아름다웠다. 하지만 모든 것에는 양면성이 존재하듯, 새은이 끔찍하게 싫어하는 시우의 모습들도 분명하게 시우 안에 있었다. 시우의 그 싫은 모습들은 오래전에 떠 놓은 컵 속의 물과 같았다. 언제나 같은 모양으로 존재하는 것. 그 모양이 언제나 그 자리에 똑같은 모습으로 있는 것. 알 속에서 깨어 나오지 못하는 사람. 변하지 않는 사람. 시우는 늘 변하지 않았다. 늘 그대로였다.

시간이 흐르면서 새은은 스스로가 성숙해졌다고 생각했다. 이제는 생각하는 대로 행동하지 않는다. 느끼는 감정 그대로를 표현하지 않는다. 사람을 대할 때 가끔은 그들이 원하는 답을 말해줄 때도 있어야 한다고. 자신의 고집만을 내세우지 않는다고. 그것이 성숙이라고 생각했다.

"새은 씨는 생각이 많아 보여요."
"적지는 않죠."
"그래도 고집이 세지는 않네요?"

언젠가 들었던 그 말이 새은의 마음속에 깊게 자리하게 되었다. 고집이 세지 않다. 시우에게 늘 고집이 세다는 말을 들었던 새은이었다. 조금은 성격이 부드러워진 것 같다. 타인을 대하는 방법에 대해 배우고 싶지 않아도 체득해버리는 일들이 있다. 연애에 대한 생각도 많은 것이 달라졌다. 이전에 그녀가 시우를 힘들게 했던 것들. 마음을 아프게 했던 것들. 배려가

하지 못했던 것들을 생각하면 부끄러웠다.

문제는 시우가 그런 그녀를 가만히 내버려 두지 않았다는 것이다. 새은이 보기엔 시우는 과거에 갇혀있는 사람 같았다. 수없이 사과했던 것들을 다시금 꺼내 이야기하며 그녀를 힘들게 했다. 새은은 잘못을 절대로 반복하지 않았다. 하지만 시우는 그러지 않았다. 시우는 새은이 싫어하는 일을 끊임없이 반복했다. 시우가 자신의 말을 전혀 듣지도 않는 것이라고 새은은 생각했다. 들었다면 어떻게 그럴 수가 있을까.

"제발 부탁인데, 새벽에 자다가 깨서 게임할 때 휴대폰 소리 좀 꺼주면 안 돼? 나 한 번 깨면 다시 잘 못 자는 거 알잖아."

"그래. 미안해."라고 말했지만, 새은은 새벽에 게임이나 유튜브 같은 각종 소음 때문에 잠이 깼고 결국은 이어플러그를 꽂고 잘 수밖에는 없었다. 몇 번이나 말해도 제대로 잠들지 못해 괴로운 것은 새은이었으니까. 어쩔 수 없는 선택이었다.

자신을 절대로 버리지 못하는 사람. 사소한 것들의 포기가 어째서 그렇게 어려운 것일까. 시우에게는 유아적인 태도가 설명할 수 없는 본질에 배어있다. 몇 년 전에 시우에게 결혼

에 대해 이야기했을 때. 시우는 "1년 후에."라고 대답했다. 그
로부터 그 몇 년이 지나버린 지금. 마치 없던 일처럼 그 주제
를 건너 뛰어버린 시우의 뒷모습을 보았다. 시우는 그 일을 존
재하지 않았던 일이라 여기고 싶어 한다. 새은은 그것을 너무
나도 잘 간파했다. 이야기하기 싫은 주제는 꺼내지 않으면 없
던 일이 된다고 굳게 믿고 있는 것일까. 마치 초코케이크를 입
가에 잔뜩 묻혀놓고 자기가 먹지 않았다고 이야기하는 어린아
이처럼. 일을 할 때도 시우는 감정적인 태도로 인해 좋은 기회
를 여러 번 놓치기도 했다. 새은은 그런 시우가 진심으로 걱
정되어 조언했지만 그럴 때면 시우는 듣고 싶지 않다고 말하
곤 했다.

"너한테 조언은 듣고 싶지 않아."
"왜? 난 너 생각해서 말하는 거잖아."
"아니. 내가 하는 일에 대해서 모르잖아. 그냥 안 듣고 싶어."

그때부터 새은은 시우가 하는 일에 대해서는 어떤 말도 꺼내
지 못했다. 시우가 고민이 있다는 듯이 이야기할 때도 새은은
긍정의 말도, 부정의 말도, 아무 말도 할 수 없었다. 무엇을 원

하는 것인지 알 수 없었으니까. 그래서 늘 그런 식으로 대화가 줄어들었다고, 시우를 탓하는 마음이 생겼을지도 모른다.

　사면이 막힌 박스가 서서히 새은을 죄어온다. 그 공간이 더욱 좁아지고 있다. 종종 새은은 시우와의 관계에서 그리고 새은을 둘러싼 모든 것에서 그런 답답함을 느꼈다. 물론 시우와의 관계에서도 그런 답답함을 느낀다고 시우에게는 말하진 못했지만.
　새은이 가진 괴로움을 말하면, 시우는 잠이 들려고 누운 새은의 이마를 손으로 쓸어 넘기고 노래를 불러 주었다. 그 노래가 영화 조커의 OST라는 것을 알기 전까지는 꽤 로맨틱하다고 생각했었다. 시우가 새은을 위로해주려고 하는 것임을 알았기 때문에. 조금은 기분이 나아지는 것도 같지만, 새은이 정말로 원하는 것은 아니었다. 생선의 가시가 목에 걸린 것처럼 새은은 "고마워."라고 대답할 수밖에는 없었다. 노래를 듣고 침대에 돌아누워 집안에 남은 마지막 스탠드 조명을 달칵 눌러 끄면, 어둠 속에서 새은은 아무것도 달라진 것이 없음을 느꼈다. 해결된 것은 아무것도 없다. 행위는 고맙지만 실질적인 해결책이 아니다.

스스로의 한계를 인지하는 것. 그 한계가 얼마나 협소한지를 알아버리는 것. 고작 그 작은 박스 정도가 삶의 전부라는 것을 깨달았고 상자 밖으로 나가고 싶지만 방법을 알지 못한다는 사실이 인생에서 무엇보다도 슬픈 일이었다. 그것을 단순하게 감정의 변화가 심해서 그럴 뿐이라 여기며 노래를 불러주는 일은 새은 입장에선 '나'라는 존재를, '새은'이라는 사람 자체를 시우가 어떻게 이해하고 있는 것일지 의심이 생길 정도였다.

노란색과 파란색의 잔꽃이 잔뜩 프린팅된 베갯잇의 꽃밭을 양손으로 꾹 눌러보았다. 누르는 만큼 꾹 모양이 생기는 베개의 꽃잎들이 뭉그러지면서, 한쪽 볼을 눌러 베며 시우와 제대로 된 대화를 다시 시도해볼까 고민했다. 몸을 돌아누워 시우를 바라보려 하던 와중에. 시우의 휴대폰 불빛이 반짝이고 게임 소리가 들리면 건설적인 말들이 오고 가는 것을 원하는 사람은 본인뿐이었음을 깨닫고 이어플러그를 귀 안쪽으로 꾸겨 넣었었다.

그리고 눈을 말똥하게 뜬 채 생각했다. 시우는 자신의 말에 표면만을 받아들인다고. 새은에게는 우울한 '감정'이 중요한 것이 아니었음을. 시우는 전혀 알지 못한다고. 그러니까 그렇게 빨리 관심을 돌릴 수 있는 것이다. 시우는 새은의 인기척도 무시한 채 복잡한 문제는 생각하고 싶지 않은 사람처럼 게임 속의 세상으로 돌진했다. 시우가 자신보다 게임이 더 중요한 것처럼 여긴다고 느끼는 자신의 옹졸한 생각까지도 기분이 나빴다.

"계획만 세우는 것은 의미 없지."

시선이 단절되었다는 것은 관심이 단절되었다는 것이다.

시우와는 단순한 이야기들, 국가 대표 축구팀이 우승한 일, 연예인이 무슨 이슈에 시달린 사건과 같은 것들은 즐겁게 대화할 수 있었지만 좀 더 복잡한 문제들에 대해서는 입을 꾹 다물고 앞, 옆으로 작게 입안에서 입술을 씹으며 시선을 내리깔고 아무 대답도 하지 않았다. 그리고는 상황의 겉면만을 인식했다. 이를테면 '새은은 지금 우울함', '새은은 지금 기분이 상함' 정도로만 입력해서 귀찮은 사건으로 정의 내려놓는 것 같았다. 그렇기 때문에 따분한 표정으로 한숨을 쉬거나 그런 터무니 없는 위로를 전달한 것이라고 새은은 생각했다. 시우의 위로는 새은을 위한 것이 아니었다. 시우 본인을 위한 행동이었다. 새은은 그런 시우의 모습을 볼 때면 의도치 않게 장난을 치다가 시우의 손톱에 긁힌 것처럼 씁쓸한 마음이 들었다. 진심으로 이해받지 못하는 것만 같은 느낌. 그것은 사랑하는 사람에게서 절대로 느끼고 싶지 않은 감정이었다.

 하지만 새은은 시우를 사랑하기 때문에 시우가 주는 사소한 상처를 용서했다. 새은에게 사랑이란 가능한 상대방의 모든 행동을 이해하는 것이었다. 시우는 자신을 오해한다. 정확하게 어떤 오해인지는 모르겠지만 분명히 부정적인 것이다. 자신을 비판적이고 예민한 사람이라고 생각하는 것이다. 시우는 자신을 부정한다. 요즘 들어 새은에게 부쩍 더 불만이 생긴 것만 같았다. 목공방을 등록했을 때도 "너무 무턱대고 일을 벌이는 거 아니야?"라며 시우는 작은 소리로 중얼거렸다.

 그런가. 또다시 말도 안 되는 생각으로 시간을 허비하는 건가. 어깨 쪽의 근육이 짧게 움츠러드는 것처럼 뻣뻣했다. 시우는 항상 새은이 하고 싶은 것에 대해 생각만 너무 많다고 했다. 그런 것은 의미 없다고 말하면서 정작 새은이 행동을 하면 또다시 생각할 거리를 무책임하게 던져놓는 시우가, 가끔은 마음에 안 들었다.

"그럼 어떤 걸 하면 좋을까?"하고 물으면
"뭘 하는 게 중요한 게 아닌 것 같은데."라면서 이야기를 돌리며 새은의 머릿속을 복잡하게 만들었다.

 시우는 컴퓨터로 작업에 집중하면서 자신의 코끝을 조금씩 만졌다. 그 모습이 코끝에서 무언가 걸리는 부분을 찾으려는 것 같기도 하고 간지러워서 살짝 긁는 것 같기도 했다. 시우가 코끝을 살짝 건드리면서 그런 이야기를 할 때면 새은은 묘한 불쾌함까지 느꼈다. 목공을 배우는 일이 쓸모없는 일이라는 시우의 말은 맞는 말이다. 3개월 동안 주말만 배워서 무언가 대단한 작품을 만들어내는 것은 어려울 것이다. 게다가 수강료가 200만 원가량 되었고, 새은의 경제 상황에는 꽤 큰돈이 분명했다. 그 시간에 아르바이트를 더 하는 게 이득일 수도 있다. 새은은 쓸모없는 행위라 할지라도 삶의 생기를 불러올 수 있다면 그것만으로도 충분하다고 생각했다. 그것을 통해 무언가를 이뤄내지 않아도 그 자체가 충족될 뿐이었다. 그러면 시우는 뭐 하러 그런 것을 굳이 하냐고 묻는다. 그럴 때면 새은은 정말로 말문이 막혔다. 그 어떤 반박도 생각나지 않았다.

"혹시 모르지. 목공이 너무 적성에 맞아서 나중에 작은 목공소를 차리게 될 수 있을지도?"라며 장난식으로 대답했지만 시우는 "하고 싶은 대로 해."하며 전혀 동의하지 않는다는 목소리로 무성의하게 대답했다.

목공방을 등록하고 돌아온 날부터 시우가 자꾸만 자신에게 시비를 거는 것 같다. 아침에 해준 계란요리, 들어오면 외투를 의자에 걸어놓는 것, 수건을 쓰고 걸어두지 않고 바로 빨래통에 넣는 것. 평소에는 아무 말 없던 시우가 유난히 더 트집을 잡는 것에는 진짜 이유가 있다고 느꼈다. 너무나 분명한 이유. 자신이 하지 말라고 한 것을 하는 것에 대한 보복. 새은은 그런 보복을 당하고만 있는 사람이 아니었다. 새은도 시우가 내는 짜증들을 무시해버렸다. 유치하게. 마치 초등학생 여름방학에 자주 했던 물풍선 던지기 놀이처럼. 물풍선을 들고 젖지 않으려고 서로에게 조금씩 던진다. 명중시키지도 못하면서 발 언저리에 작은 물풍선들을 툭툭. 새은은 서서히 그리고 더 확실하게 시우가 성숙해지면 썩기라도 하는 계란처럼, 어른이 될 줄 모르는 아이처럼 행동한다고 느꼈다. 반복되는 싸움에 이제는 진절머리가 나버렸다.

 내일이면 목공방에 가는 첫날이다. 시우의 기분을 신경 쓸 여유가 없다. 기대가 되면서 무섭기도 하다. 어떤 분위기일까. 새로운 환경에 가는 것은 오랜만이었다. 예전에는 스스럼없이 자연스럽게 모르는 사람들과 잘 뒤섞일 수 있었을 텐데. 첫 만남이 불편하지 않고 즐거웠을 텐데. 시우를 만나면서 그런 사회성을 조금 잃어버린 것 같다고 생각했다.

8

"왜 또 기분이 안 좋아."

 이야기하면 분명 새은은 이렇게 말할 것이다.

"기분이 우울한 것에는 정답이 없어! 요즘 이래저래 고민도 많고 앞으로 어떻게 살아야 할지 걱정도 된다고! 왜 너는 태평해?"

어째서 새은이 그렇게 감정적으로 행동하는지 이해가 되지
않는다. 새은이 원하는 대로만 행동하고 있으면서 뭐가 그렇
게 불만인 걸까. 새은의 생각과 감정을 알아주려고 하는 것은
의미가 없다. 스스로도 기분 나쁜 것의 이유를 알지도 못하면
서 타인에게 위로를 바라는 것이 말이 안 된다고 생각한다. 삼
십 대가 되면서부터는 이런 반응에 거짓 없이 진실한 마음으
로 대응하지 않았다.

시우와 새은은 오래 만났지만, 아주 많이 달랐다. 특히 사소
한 것이. 새은은 눅눅하다 느낄 만큼 오래 조리된 크림 종류
의 파스타를 좋아한다. "파스타 면은 푹 익혀 부드럽고 소스
는 조린 시간만큼이나 깊게 배인다니까."라고 이야기하면서
시우에게 크림 파스타를 만들어준다. 하지만 시우는 그런 파
스타를 좋아하지 않는다. 약간은 딱딱하다 싶은 오일 파스타.
씹는 맛이 살아있고 오일의 감칠맛을 선호한다. 시우가 좋아
하지 않는 것을 알면서도 아침부터 그런 파스타를 만들어주고
맛있다고 이야기해주길 바라는 새은의 표정을 시우는 이해할

수가 없다. 시우는 건포도를 싫어한다. 건포도가 음식에 왜 들어가야 하는지 잘 모르겠다고 생각한다. 그나마 건포도가 들어간 것 중에 먹는 음식은 건포도 빵이다. 새은은 건포도를 빵에서 쏙 골라 먹을 정도로 좋아하는데, 새은이 건포도를 쏙 골라 먹으면 시우는 빵 전부를 버리게 되었다고 생각한다. 마음대로 빵을 헤집어 놓고 먹지 못하게 만드는 것을 이해할 수 없다. "그렇게 빼먹지 말라니까."라고 말해도 "새로 사 오면 되잖아. 어차피 먹지도 않으면서."라고 새은은 자기 생각을 정당화한다. "알겠어. 안 할게."라고 이야기한 적이 거의 없다. 새은은 시우에게는 엄격하면서 스스로에게는 관대하다. 시우는 물을 싫어하고 무서워하지만 새은은 바다와 수영장을 제일 좋아한다. 그는 게임을 좋아하고 그녀는 게임을 하면 어지러워서 토할 것 같다며 시간 낭비라고 말한다. 그는 책 읽는 것이 지루하다고 여기지만 그녀는 책을 좋아한다. 그는 단순한 것과 정적인 것을 좋아하고 그녀는 정교하고 활동적인 것을 좋아한다. 그는 매운 음식을 먹으면서 땀을 흘리지만 스스로 매운 음식을 잘 먹는다고 생각한다. 새은은 그것이 일종의 사소한 거짓이라고 지적한다. 그러면서 그런 것 때문에 시우가 사소한 거짓을 즐겨한다고 생각한다. 작은 것도 좋게 포장해서 말하는 버릇이 있고 항상 좋은 게 좋은 거지라는 방식으로 어물쩍 넘어가는 버릇이 있다고 그녀는 그를 그렇게 평가했다.

"시우 말은 절반이 거짓말인 거 같다는 생각이 들어."
"왜?"
"우선 첫 번째로 떡볶이를 싫어한다고 했으면서 나 때문에 주문하는 거라고 시켜놓고 자기가 더 많이 먹어. 심지어 난 떡볶이 별로 안 좋아하는데. 그리고 두 번째로 맨날 다 먹을 수 있다면서 떡볶이 제일 매운맛이랑 튀김, 순대까지 시켜놓고 절반도 못 먹잖아. 그러니까 이런 걸 종합해보았을 때 자기는 진실이 아닌 것을 포장하고 과장되게 말하는 버릇이 있는 거 같아."

  새은은 매운 떡볶이를 먹으며 땀을 흘리는 시우를 보고 이렇게 말도 안 되는 궤변을 늘어놓았다. 그 당시에는 그렇게 손가락을 접어가면서 똑 부러지게 말하는 새은의 모습이 귀여웠지만, 그 내용은 어딘가 시우의 마음에 남아서 울컥하고 짜증을 유발했다. 그 말이 서운하다고 새은에게 전하면 5년도 더 넘은 이야기를 아직도 한다면서 시우를 이상한 사람으로 만들었다. 풀리지 못한 감정은 시간이 흐를수록 더욱 단단하게 꼬여 갔다. 시우는 거짓말을 할 이유가 없다. 무엇을 과장해서 말한 적도 없다. 그럴 때면 시우는 새은에게 어떤 시험에 평가받는 사람처럼 자신을 증명해야 한다는 압박을 느꼈다. 늘 그녀는 그의 사랑을 끊임없이 갈취하지만, 그에게 무관심했다.

새은이 좋아하는 것과 시우가 좋아하는 것. 취향과 취미가 모두 달랐다. 물과 기름과 같은 것이다. 이러한 흔한 비유 말고는 다른 것이 특별히 생각나지 않는다. 얼핏 보면 닮아있다. 비슷한 색깔에, 위에서 아래로 흐르고 같은 그릇에 담기면 모양도 비슷해 보인다. 하지만 둘은 절대. 절대 섞일 수 없었다. 그 차이가 그들을 끈질기게 붙여놓으면서도 붓과 물감처럼 하나로 만들지는 못했다.

"시우."

아무 말도 없이 식탁에 앉아있던 새은이 시우를 불렀다. 새은은 가끔 알 수 없는 질문을 했다. 도무지 알 수 없는 것도 있었고 완전히 정답을 알 것 같은 것도 있었다.

"시우"

"왜?"

"날 사랑해?"

"갑자기 그런 걸 왜 물어?"

"듣고 싶어서."

"당연한 걸 뭐 하러 물어봐."

당연한 질문을 하는 이유는 무엇일까. 자기가 원하는 방향으로 대답을 해줘야만 하면서. 다른 대답을 이야기한다고 해서 시우의 마음이 달라지는 것도 아닌데.

새은은 시우의 눈치를 전혀 보지 않는다. 이번에도 자기 마음대로 통보하고 목공방을 등록해버렸다. 싫은 티를 몇 번이나 냈지만 이미 등록비용을 냈다며 어쩔 수 없다는 식이다. 근래에는 계속해서 비가 왔다. 새은은 비 오는 날을 좋아하지 않는다. 비가 오는 날을 유난히 좋아하는 사람이 있을지는 모르겠지만, 새은은 겨울에 비 오는 날을 특히 싫어했다. 비가 오면 더 날카로워지는 새은의 신경에 거슬리지 않기 위해 늘 눈치를 보는 것도 이젠 지겹다고 시우는 생각했다.

새은이 목공방을 나간 첫날. 시우는 목공방까지 새은을 따라 갔다. 시우는 목공방 내부를 천천히 둘러봤다. 생각보다 큰 규모에 약간 놀라기도 했고 공사장처럼 어딘가 위험해 보인다는 생각에 다시금 못마땅했다.

언제나 새은을 보호해줘야 한다. 그것이 시우가 표현하는 사랑의 방식이었다. 간단하게 목공방을 둘러보고 주차장 쪽에 작은 흡연실에서 담배를 피웠다. 그리고 누가 오는지 얇게 뜬 눈으로 관찰했다. 시우는 새은이 속한 새로운 환경에 자신의 존재를 알리고 싶었다. 아무도 새은을 함부로 대할 수 없게. 함께 수업을 듣는 사람들로는 의외로 나이가 꽤 많아 보이는 아주머니 한 명과 아저씨 두 명, 젊은 남자 세 명이 전부였다. 아무래도 새은 나이 또래의 여자는 한 명도 없었다. 집으로 돌아가야 할까. 고민하다가 목공소 앞의 카페에서 작업하면서 새은을 기다리겠다고 했다. 점심시간까지 기다려서 함께 점심을 먹기로 했다. 점심으로는 목공소 앞의 청국장집으로 갔다. 새은이 좋아하는 메뉴였다. 자극적인 맛을 좋아하는 시우에게는 새은이 좋아하는 음식들은 항상 어딘가 허전하게 느껴졌지만 오늘은 새은이 힘들었을 테니까, 새은이 좋아하는 음식을 먹어야겠다고 생각했다. 시우는 순두부찌개를 주문했고 새은은 청국장을 시켰다. 칼칼하고 매콤한 순두부찌개가 겨울과 잘 어울렸다.

"젊은 사람들이 많아 보이던데."

"다들 서로한테 별 관심 없어."

"너는 관심이 있나 보지?"

"절대. 오늘은 오리엔테이션 들었어. 나무에 대한 간단하고 기초적인 성질을 교육받았어. 그래도 재미있었어."

"남자들은 많아?"

"음…. 목공소 대표님하고 수업 보조해주시는 펠로우 선생님들 세 분 정도 계셔."

"흠."

역시나 마음에 들지 않았다. 목공소 수업이 끝나는 저녁 여섯 시까지 기다려야겠다고 생각했다. 새은을 보내고 시우는 카페에 앉았다. 작업에 집중이 되지 않았다. 순두부찌개는 맛있었지만 시우는 피자나 햄버거, 치킨 같은 것이 먹고 싶었다. 역시 어딘가 속이 공허하다는 기분이 들었다.

얼마 전에 카페에서 만난 은하에게 메시지가 왔다. 시우는 무성의한 답장을 보냈다. 어쩌다 보니 매일 연락을 하게 되었지만, 전부 작업과 관련된 것이었다. 은하는 새은과 다르다. 새은보다 예쁘지는 않지만 그런대로 귀여운 느낌을 가진 사람이었다. 시우는 새은의 얼굴과 은하의 얼굴을 머릿속으로 떠올려보았다. 둘의 얼굴을 붙여놓으면 당연히 새은이 훨씬 아름다웠다. 새은은 눈에 띄게 화려한 얼굴을 가져서 은하의 얼굴이 살짝 밋밋하다고 느껴질 정도였다. 하지만 은하는 표정에서 귀엽고 다정한 성격이 드러난다. 따뜻한 얼굴이다. 생각하자 살짝 웃음이 나왔다. 은하를 다시 만났을 때, 대학 시절과는 다르게 조금은 성숙해지고 잘 다듬어진 여자가 된 것 같다고 생각했다. 게다가 새은과 다르게 배려와 애교가 많은 여자였다. 시우와 약속 장소를 잡은 것만 생각해보아도 그렇다. 새은이라면 절대로 시우가 있는 곳까지 와주지 않을 것이다. 코앞에 사는 시우가 조금 늦을 것 같다고 이야기하는데 웃으며 "괜찮아요."하고는 시우의 음료까지 주문해주겠다고 말했다. 그런 여자를 싫어할 남자는 없을 것이다.

그렇게 은하를 생각하다가 은하가 기특하다는 듯이 웃는 자신의 모습을 자각하고 새은에게 미안한 감정이 들었다. 사실 미안할 이유는 없었다. 그때 이후로 은하를 다시 만난 적 없었고 이성적인 감정은 전혀 없었다. 은하도 필요한 게 있어서 연락을 하고 있는 것뿐이다. 은하는 도움을 준 것이 고마워서 맛있는 것을 사주겠다고 했다. 피자가 먹고 싶다. 새은과는 먹을 수 없으니까. 시우는 다음 주에 피자를 먹자고 했다. 아무 사이는 아니어도 피자는 먹을 수 있으니까. 물론 새은에게 알리지는 않을 것이다.

 여섯 시가 되었다. 새은이 신이 난 발걸음으로 시우에게 왔다. 새로운 환경에 간 것이 재미있었던 모양이었다. 시우는 카페에서 혼자 새은을 기다리는 그 시간이 너무나 지겨웠지만 새은을 위해 참고 기다렸다. 기다려줘서 고맙다는 말을 듣고 싶었던 것은 아니었지만, 시우 나름대로 새은에 대한 사랑을 표현하고 있는 것을 알아주었으면 했다. 말로만 사랑을 표현하는 것은 사랑이 아니라고 시우는 여겼다. 말로만 하는 것들은 누구나 할 수 있는 것이다. 그리고 말은 언제나 변하기 나름이니까. 시우는 시우의 방식대로 새은에게 사랑을 표현했다. 사랑한다는 말이 무엇이 중요할까. 당연하게 사랑하니까 새은을 위해 이미 많은 것을 맞춰주며 노력하고 있었다.

"손이 너무 아파."

"아파? 내가 주물러줄게."

돌아가는 버스에서 시우는 새은의 손을 주물러 주었다.

"옛날 생각나서 기쁘다."

"옛날 생각?"

"옛날에 같이 버스 타고 네가 집까지 데려다 줄 때, 그때 내가 손 시리다고 하면 항상 따뜻하게 만져줬잖아."

"맞아."

"고마워. 기쁘다."

　새은의 순수한 얼굴을 보았다. 기분이 좋을 때 나오는 표정들. 그대로다. 여전히. 맑은 눈동자와 언제나와 같이 반짝이게 웃는 모습. 더는 손이 떨릴 정도로 심장이 뛰지 않아도 시우는 새은을 사랑한다고 확신할 수 있었다.

　새은은 시우의 어깨에 고개를 기댔다. 시우도 새은의 머리에 가볍게 머리를 기대고 새은의 머리를 쓰다듬는다. 1월은 아직 춥다. 버스 창문 밖으로 지나가는 길거리의 나무는 여전히 앙

상한 줄기만을 내놓고 봄을 기다린다. 뱃속이 허전하다. 피자 생각이 난다. 새은은 은하에 대해서는 아무것도 모른다. 당연하게 아무것도 알 수 없다. 시우는 역시 은하와의 약속을 비밀로 하기로 한 선택이 옳았다고 믿었다. 어차피 별일이 아니니까. 그리고 새은에게 전해야 할 나쁜 소식도 조금 미뤄야겠다는 생각이 들었다. 이렇게 평온한 새은의 감정 상태는 오랜만이니까. 새은의 아무 걱정이 없어 보이는 표정에서 시우는 자신의 역할을 잘하고 있다고 생각했다.

9

기분 좋은 우울감이 느껴진다. 인간은 끝없이 자신을 불행 속에 넣어두려는 존재인가.

은하는 계속해서 슬픈 일을 만들어내려고 하고 있었다. 끊임없이 자신을 불행에 집어넣으면서. 은하는 자신이 그런 종류의 인간이라고 생각했다. 다른 사람들은 어떤 생각을 하면서 사는지 알 수 없지만. 자신은 그런 사람 중 하나라고. 버석한 손끝의 지문들을 매만지면서 생각했다.

　세상에 대해 아무것도 배우지 못하면서 이십 대를 허비했다.
가끔 친구들이 세금이나 정치, 주식과 같은 어려운 이야기를
하면 머리가 아팠다. 그냥 아무 말 없이 작게 고개를 끄덕이며
미소를 지으면 친구들은 그녀가 자신의 의견에 동의한다고 생
각했다. 문제를 만드는 것은 싫다. 사소한 마찰 같은 것은 최
대한 피하고 싶다.
　여럿 중에 하나를 선택해야 하는 이유는 절대적으로 없다.
어릴 때의 은하는 세상에 대해 알 이유가 없었다. 그 커다랗고
두려운 존재에 대해. 사회는 냉정하고 엄격했다. 선택에는 책
임이 따른다. "어려서 뭘 몰라서 그래."라는 말은 더 이상 통하
지 않는다. 그럴 때마다 은하는 사회에게 속았다고 생각했다.
세상은 유명한 영화에 나오는 것처럼 사랑만으로도 충분한 것
이 아니었나. 아무도 그녀에게 경제나 정치, 세금, 법률과 같
은 것에 대해 알려주지 않았고 스무 살까지 배워온 모든 교육
은 모조리 다 쓸모가 없는 것들이었다.

　은하는 스스로가 동화 속에서 쫓겨난 공주님처럼 느껴졌다.

스무 살 이전까지는 아무것도 선택할 수 없게 만들어 놓고. 왜 29살이 된 지금은 무엇도 선택하지 않으면 바보 같은 것이라고 할까. 은하는 자신의 존재 목적이 무엇인지 혼란스러웠다. 사회가 그녀에게 그저 귀여운 얼굴로 웃음이나 보이며 같이 있는 사람을 즐겁게 해주는 것을 요구함과 동시에 적당한 지위에 올라 자신의 몫을 해내는 사람이 되기를 강요하는 것도 같고. 순종적이고 수동적인 여성을 원하는 것도 같은 알 수 없는 혼란을 느꼈다.

이렇게 마음이 불안할 때면 은하는 자신이 과거에 했던 선택들 가운데 가장 잘한 선택을 순차적으로 떠올렸다. 예를 들면 스물다섯 살 때 유명 대형 소속사를 나온 일 같은 것. 그날의 일을 떠올리면 스스로의 그 용감한 결단력에 살짝 웃음이 나온다. 은하는 그날의 일을 영화 속의 한 장면처럼 떠올려본다.

S#1. 어울리지 않게 높은 굽의 구두를 신고 진한 화장을 한 은하가 사무실로 들어간다. 사무실에는 아무도 없다. 잠시 망설이다 시계를 본다.

은하: 점심시간인가 보네….

은하가 사무실을 도망치듯 나선다. 집으로 돌아가려던 은하. 지하철 앞에서 갑자기 울음을 터뜨린다. 행인(1, 2)가 놀란 듯 쳐다본다.

행인2: 괜찮으세요?
은하: 네.

행인2가 건넨 휴지를 받는다.

이런 식으로.

은하는 지하철 앞에서 어쩔 줄 모르고 두려움에 떨던 어린 소녀가 갑자기 큰 결심을 한 듯 다시 소속사 사무실 문을 박차고 들어가 의자에 앉은 모습을 생각한다. 그리고 모든 것을 또렷하게 하고 싶었던 자신의 모습을 떠올리면서, 아주 멋있었다고 생각한다.

어릴 때부터 가수가 되고 싶었다. 하지만 아무 노력도 하지 않았다. TV나 인터넷에 나오는 유명 가수들의 이야기를 들으면 모두 원한 적이 없는데 길거리에서 캐스팅되었거나 친구를 따라간 오디션에서 자신만 붙었거나, 그런 식으로 의도치 않은 우연한 경우가 더 많았다. 그래서 은하도 아무것도 하지 않고 그런 운명을 기다렸다. 고등학생이 되면서 그나마 좋아하는 그림을 그렸고 생각보다 좋은 대학교에 입학했다. 대형 소속사에 들어갈 수 있었던 것은 그토록 바라던 타이밍이 왔을 뿐이었다. 만약 은하가 그 대학에 가지 못했더라면, 그리고 그 대학 축제에서 노래를 부르지 않았더라면 은하에게는 가수가 될 기회가 주어지지 않았을 것이다. 그러니까 모든 것이 은하가 유명한 가수가 되기 적합한 운명처럼 느껴졌다. 스무 살 때 유명한 대형 기획사에 들어가자 그제야 가수가 되고 싶다고 말했을 때 비웃었던 사람들 모두 은하를 인정했다. 어째서 자신의 꿈을 타인에게 증명해 보여야 하는 것인지 이해할 수 없었지만, 한편으론 그 긍정의 반응이 '너도 사회에서 역할을 해내는구나.'와 같은 필수적인 승인을 받은 것 같았다. 그래서 은하는 그 회사에 속해있다는 것만으로도 안정감을 느꼈다.

이상하다는 생각은 사실 스물두 살 때부터 들었던 것 같다.

그 회사는 노래를 부르면서 춤을 추는 그룹 형태의 댄스 가수들이 많았다. 은하는 잔잔한 노래를 부르는 솔로 가수가 되고 싶었다. 자신이 엄청난 몸치라는 것은 이미 알고 있었고 차분한 재즈풍의 노래가 취향이었기 때문이기도 했다. 그럴 때면 회사 대표는 "더 잘 팔리는 것을 선택해야지."라고 말했다. 그러면서 늘 은하가 원한 적 없는 조언을 해주었다.

"네가 아직 사회 경험이 없어서 잘 모르나 본데. 너 좀 이상한 거 알지? 여기 나가서 뭘 할 수 있을 것 같아? 네가 아직 어려서 사람들이 너를 좋아해 주는 것뿐이야."

은하는 눈을 끔뻑이며 그렇게 말하는 대표의 입 모양을 빤히 쳐다봤다. 그 불규칙한 치열이. 어떻게 저렇게 불규칙할까. 밥을 먹을 때, 양치를 할 때 불편하지 않을까. 그리고 거울 앞에 서서 자신의 치열 모양을 확인해봤다. 다행히도 반듯하고 하얀 모습이었다. 담배는 피우지 말아야겠다는 생각을 했다. 대표의 치아가 너무 노랬고 그 입에서 나오는 냄새가 지독했기 때문이었다.

"너 같은 여자애들이 세상에 얼마나 많은데. 너보다 예쁘고

어린 여자애들이 정말 많아. 네가 대단하다고 생각해? 아니
야. 우리가 대단한 거지. 우리가 널 예쁘게 잘 꾸며서 만들어
주는 거야."

대단하다라. 은하는 자신이 대단한 사람이라고 생각하지는
않았다. 다만 적어도 어딜 가도 예쁨 받는 사람이라는 생각은
있었다. 만약에 누군가 자신을 예뻐한다면 그것은 오로지 타
고나게 사람에게 호감을 주는, 사랑스러운 천성 덕분이지 다
른 이유 때문이 아니다. 그저 호감형의 외모 때문에, 아직 어
린 소녀이기 때문에 사람들이 좋아해 주는 것은 아니라고 생
각했다.

아무렇지 않은 척 평소대로 살짝 웃고 고개를 끄덕였지만 그
냉소적인 말들이 날개가 칼날로 되어있는 나비가 되어 계속해
서 맴돌면서 은하를 조금씩, 아주 얇게 생채기 내고 있었다.
은하는 그 지겨운 시간 동안 아무런 반항도 하지 않았다. 시키
는 대로 입고 원하는 대로 행동했다. 어느덧 서서히 은하는 대
표의 말이 모두 맞다고 생각했다. 자신이 특이한 사람이어서.
사회에 맞지 않는 사람이어서 모든 것이 다 자기가 잘 해내지
못해서. 기대에 부응하지 못해서라고 생각했다. 그 말이 모두

맞는 말이었다. 이제는 어딜 가도 사람들이 아무런 이유 없이 자신을 예뻐해 주지 않았다.

그래서 더욱 무엇이 되고 싶은지, 어떤 것을 이루고 싶은지, 어떻게 살아가고 싶은지와 같은 생각들을 확실하게 할 수 없었다. 이상한 자신이 한 선택이 옳다는 확신을 가질 수가 없으니까. 은하는 예쁨을 받고 싶었다. 잔잔하고 고요한 노래가 자신의 취향이었지만, 그렇게까지 하고 싶은 것은 아니었고. 춤은 배우다 보면 할 수 있다는 대표의 말에 노력하면 인정이라도 받을 수 있겠지, 예쁨을 받을 수 있겠지 하는 생각으로 회사에서 시키는 것을 열심히 했다.

대표는 은하를 자주 사적인 자리에 불렀다. 모르는 사람이 많은 단란주점에서 노래를 부르거나, 알 수 없는 행사에서 남의 노래를 부르게 했다. 자신이 원하는 가수가 아니라는 것을 알게 된 관중들이 그녀에게 욕을 하며 야유한 날도 있었다. 남의 노래를 부르는 가짜. 아무것도 하지 않았는데 소속사에서는 여러 가지 명목으로 그녀의 꿈에 빚을 달았다. 문맥 없는 가사들과 이상한 옷과 화장을 한 자신의 모습이 낯설게 느껴졌다. 거울을 볼 때마다 '이게 정말 내가 원한 것인가?' 자문했다. 알 수가 없다. 마치 수영장에서 잠수함을 타고 있는 것 같

은 기분. 무거운 갑옷을 입고 눈앞도 보이지 않는 기분. 어디
로도 가지 못한 채 그저 부식되어 가기만 한다.

"어차피 모든 사람을 만족시킬 수는 없어. 그래서 네가 원하
는 게 뭔데?"

스물다섯 살이 되던 해의 3월. 같은 대학 사람들과 아닌 사람
들까지 전부 모여 술을 마시는 자리가 생겼다. 우연히, 운명적
으로 옆에 앉은 시우는 그렇게 말했다.

"원하는 게 뭔지 모르겠어요."
"네가 원하는 걸 선택해. 그게 인생을 책임을 지는 거야."

다음날 은하는 남자친구와 재미없는 뮤지컬 영화를 보면서
시우의 말을 생각했다. '내가 원하는 것'. 영화의 내용과는 전
혀 상관없이 허무감이 밀려왔다. 벽에 단단히 박아 둔 선반이
갑자기 예고 없이 무너지는 것처럼. 선반 위의 모든 것이 떨어
져 깨지고 망가졌다. 갑작스레 찾아온 선반의 종말. 못이 흔들
려 빠지는 것을 못 본 척한 것일까. 은하는 그날 결심했다. 더

이상은 다른 사람이 자신의 삶을 끌고 다니지 못하게 하겠다고. 무엇이라도 진정한 자신의 것으로 만들고 싶다고. 그 형태가 가수가 아닐지라도.

어이없게도 인생의 중요한 결정은 전혀 상관없는 것에서 시작되곤 했다. 불행인지 다행인지. 그 재미없는 영화의 줄거리는 전혀 기억에 남지 않았지만 재미없다는 그 감정만은 은하에게 깊은 깨달음을 주었다. 잠수함에서 나와서 수영장의 넓이가 얼마나 되는지, 깊이가 깊은지 알아보기로 했다. 열심히 빠져봐야 헤엄칠 수 있으니까. 생각보다 좁고 얕을 수도 있으니까.

물론 태도는 노력해도, 행동은 한순간에 달라질 수 있는 것은 아니었다. 다음날 은하는 기세 좋게 회사를 찾아갔다. 예상과 다르게 비어있는 사무실을 보고 문득 마음속에서 은하를 잡아 앉히는 본능이 끓어올랐다. 은하는 잠시 주저하다가 누가 들어올까 봐 몰래 사무실을 빠져나왔다. 여전히 아무것도 매듭짓지 못하는, 어떤 것도 요구하지 못하고 바보 같이 울고 있는 지하철 입구 유리창에 비친 자신의 모습이 보였다. 반사되어 보이는 빛깔 없는 자신의 얼굴. 은하는 모르는 사람의 얼굴을 본 것만 같다고 느꼈다. 알고 있던 스스로의 얼굴이 아니다. 늘 당당하고 즐거움이 가득했던 자신의 모습이 아닌 상태로 얼마나 오랜 시간을 보냈던 것일까.

"나에게 왜 그랬냐."라고 똑 부러지게 따지고 싶었는데. 어른스럽게 이성적으로 그들이 자신에게 잘못했던 것, 어긋났던 것을 말해주고 싶었는데. 무엇 때문에 무서운 것일까. 왜 눈물이 나오는지를 생각했다. 온몸이 떨리고 호흡이 거칠었다. 부정하고 있었지만 인정할 수밖에 없었다. 두려웠다. 인생이 너무나 무서웠다. 스물다섯 살이나 되었는데 아직도 그 대표의 말처럼 아무것도 할 수 없다는, 세상은 은하가 상대하기에 너무 크고 견고하다는 그 공포가 투포환처럼 은하를 산산이 부쉈다. 겁쟁이가 되어버린 것이었다. 호흡을 가다듬고 시우의 말을 떠올렸다. 책임을 져야 한다. 원하는 것을 선택해야 한다. 다시 소속사 사무실 안으로 들어가 대표를 기다렸다. 점심 식사를 마치고 돌아온 대표에게 회사를 나가겠다고 말했을 때, 대표는 이쑤시개로 불규칙한 치아를 쑤시면서 말했다.

"마음대로 해."

허무한 자유였다. 투쟁을 하면서 얻은 것도 아니었고 어긋나는 것에 대해 확실한 전달을 한 것도 아니었다. 그렇게 인정받고 싶었던 은하는 그들에게 아무런 존재도 아니었음을 확인했다.

 무언가 확실한 흔적을 남길 수 있는 것이 없을까. 문밖에는 노랗고 예쁜 난꽃 화분이 놓여 있었다. 계약을 할 때 대표 자신이 가장 아끼는 화분이라고 소개한 난. 어느새 노란 꽃이 예쁘게 피어나 향긋한 향기가 났다. 그것에게 "미안해."라고 작게 속삭이고 손가락을 가볍게 가져다 댔다. '픽'하는 소리. 엉망이 된 바닥. 화분이 터지는 소리가 커다랗게 났다. 구두 앞코에 화분의 작은 돌멩이와 흙이 묻었다. 은하는 곧장 챙겨간 계약서를 '북'하고 찢어 그것들을 쓱쓱 닦아내고 나왔다. 그래도 불행 중 다행인 것은 그들이 끝까지 은하를 크게 신경 쓰지 않았다는 점이었다. 신고를 하면 문제가 될 수도 있었을 텐데. 모두들 은하가 한 것을 분명 알았겠지만 별다른 일은 없었다. 비싼 화분이라고 들었었는데. 그래도 마무리는 깔끔한 사람이었나. 은하는 종종 생각한다.

 '네가 원하는 것'. 은하는 그때 처음으로 시우를 제대로 인식했다. 적당히 아는 선배 정도였던 시우가 저렇게 괜찮은 사람이었나. 무언가를 보는 옆모습이, 그 눈빛이 참 다정하고 생각이 깊어 보인다. 첫사랑과 장기연애를 할 만큼 진실하고 참을성이 있는 사람이다. 은하는 긴 연애를 한 번도 해보지 못했다. 여섯 달 정도가 넘어가면 누구의 잘못인지 모르겠지만 이별을 했다. 그리고 은하는 그 이별의 이유가 대부분 자신이 만났던 남자들의 잘못이라고 생각했다. 연애를 시작하는 것은 은하의 결정이었지만 끝을 맺는 것은 은하가 만난 남자들의 선택이었기 때문에. 이제는 이별을 선고받기 전에 자신이 먼저 말해야겠다는 생각이 들 정도였다. 그래서 은하는 시우가 궁금했다. 어떤 남자인지 알아보고 싶었다. 하지만 그때는 은하도 만나고 있는 사람이 있었기 때문에 시우를 향한 궁금증은 술기운과 함께 금방 날려버렸다.

10

오전에는 이론 수업을 듣고 오후에는 공정이 단순한 것들을 만들기 시작했다. 작은 트레이를 하나 만들고 새은은 이루 말할 수 없는 성취감을 느꼈다. 손잡이에 곡선이 들어간 트레이. 노트북 보다도 작은 사이즈였지만 모든 것을 직접 고르고 디자인한 것이었다. 누군가는 그걸 보고 엉성하다고 할 수도 있고 누군가는 진열대에 올려진 여러 트레이 중 하나라고 생각할 수도 있다. 다만 새은에게만은 단순히 물건을 담아 옮기는 사물 그 이상이었다. 무언가를 시도해도 이렇게 빠르게 결과가 손에 잡히는 일은 많지 않았다. 가끔은 회사에서 회의감에 빠질 때가 있었다. 생각을 직설적으로 말하는 것도 허용되지 않았다. 하나의 부품처럼 자신이 아닌 다른 사람으로 언제든지 대체될 수 있을 것만 같았다. 하지만 이 체리 나무로 만든 트레이는 새은이 하나부터 열까지 모든 것을 결정해서 손에 쥐고 있었다. 잠시도 쉬지 않고 다른 사람들보다 부지런히 집중한 결과가 마음에 들었다. 종일 나무의 특성을 배우고 끌과 망치로 나무를 다듬었다. 생각보다 나무는 만만치 않았다. 톱날은 무섭게 돌아가고 트리머를 잡으면 손뼈가 저릴 정도로 진동이 강했다. 무섭다. 손이 너무나 아프다. 새로운 배움은 정말 매력적인 일이다.

같이 수업 듣는 사람들도 새은의 트레이를 구경하고 이런저런 칭찬을 해주었다. '색이 예쁘다.', '나뭇결을 예쁘게 조립했다.', '디자인이 잘 뽑혔다.'와 같은 작은 칭찬에 이렇게까지 인정받는 기분이 드는 스스로의 모습에 놀랐다. 새은은 한참을 트레이를 들고 다녔다. 시우와 함께 버스에 오를 때도 가방에 넣지 않고 손에 들고 탔다. 시우도 "예쁘다."라고 칭찬해주었지만 "200만 원짜리 쟁반이네."라는 말도 잊지 않고 해주었다. 그 가벼운 농담에도 기분이 조금 상한 자신이 속 좁은 사람이 된 것 같아 그저 대답 없이 입꼬리에 힘을 잔뜩 주어 뻘쭘한 듯 웃어 보였다.

집에 도착하자마자 식탁에 트레이를 내려놓고 주방을 한눈에 볼 수 있게 한 발 뒤로 물러서 보았다. 허리에 손을 올리고 체리 쟁반과 식탁이 잘 어울리는지, 무엇을 더 만들 수 있을지 고민하다가, 문득 어느샌가 하루에서 많은 부분을 목공과 관련된 생각을 하고 있다는 것을 깨달았다. 새은은 주말을 기다리는 마음이 생겼다. 월요일에도 출근이 괴롭지 않았다. 전날 느꼈던 손의 아린 감각은 사라지고 나무들을 얼른 다듬고 싶다는 생각이 들었다. 새은은 처음의 순간이 생경하게 느껴졌다. 마치 스스로가 처음의 떨림을 접해본 적이 없는 사람인

듯했다. 다가오는 주말이 모든 주말에서 처음인 것처럼 특별
하게. 즐거웠다.

"아침부터 신나 보이네?"

시우가 새은을 흘긋 보고 이야기했다.

"오늘 목공방 가는 날이잖아."
"손은 안 아파?"
"응. 덕분에."

어젯밤 시우가 한참을 손을 주물러주었다. '뾰족뾰족 못생긴
손'이라는 새은이 장난식으로 부르던 노래를 불러주며 새은의
작고 못생긴 손을 꾹꾹 눌러주었다. 손과 마음이 편해진다. 웃
음이 난다. 새은은 자신의 손이 정말 못생겼다고 생각했다. 시
우에게 손을 펼쳐 보여주면 시우는 아니라고 대답하면서도 이
따금 '뾰족뾰족 못생긴 손'을 불러주는 것은 왜일까. 새은은 시
우를 껴안고 고맙다고 이야기했다. 시우에게 온몸을 맡긴 채
조금씩 근육이 풀어지는 것을 느꼈다. 항상 시우와 있으면 몸

이 나른해진다.

 거울을 보고 머리를 아래로 묶었다. 편하지만 단단한 반팔 셔츠에 긴 조거 팬츠를 입고 위에 얇고 짧은 검은색의 패딩을 입었다. 제법 목공작업을 하는 사람의 모습 같아 보인다. 목공을 할 땐 버리는 옷을 입고 가는 것이 좋다. 앞치마를 하지만 미세한 나무 조각과 가루들이 사방으로 튀어 옷의 섬유에 예리하게 박히기 때문이다. 저번에는 새은이 아끼는 신발을 신고 나갔다가 나무 먼지를 뒤집어써서 종일 신경이 쓰였다. 그리고 새은이 조금이라도 좋아하는 멀끔한 옷을 입으면 시우가 한참을 툴툴거리기 때문에 더욱 편안한 옷차림을 선택했다.

"어때, 전혀 걱정되지 않는 복장이지?"
"응. 그러네."
"다녀올게."
"잠깐, 같이 가."
"지금 작업하는 중 아니야?"
"맞아. 잠시만."
"나 그냥 혼자 다녀올게. 늦었어."

"그럼 같이 택시 타고 가자. 버스 타면 오래 걸리는 거지, 택시 타면 엄청 가깝잖아."

"시우 얼마나 걸리는데?"

"오 분."

"알겠어."

시우의 작업은 역시나 오 분 이상 걸렸고 새은은 간신히 제시간에 도착할 수 있었다. 목공방에 오고 갈 때 시우가 함께하길 원한 적은 없었지만, 분명 시우는 새은을 기쁘게 하려고 했을 것이다. 그것을 너무 잘 알고 있어서 불편했다. 자신을 위해서 한 행동이 오히려 행복한 하루의 시작을 조금 망쳐버린 것처럼 느껴진다. 갑갑하다. 새은은 스스로의 예민함에 대해 생각했다. 정해진 것은 꼭 정해진대로 해야 한다. 특히 시작이 어긋나는 것은 모든 것이 틀어지는 것 같다. 미안하다는 말을 듣고 싶었던 걸까. 미안하다는 말로도 충분히 새은의 예민한 성향을 가라앉힐 수 있다는 것을 알고 있었을 것이다. 시우를 카페 앞에 내려주고 목공방 안쪽으로 들어가는 택시 안에서 새은은 배려받지 못한다고 느꼈다. 미안하다는 기색이라도 느꼈다면 이렇게까지 기분 나쁘지 않았을 것이다. 오히려 시우의 작업에 방해가 될까 봐 그로인해 시우의 기분을 망칠까 봐 눈치를 살펴야 했다. 시우는 뻔하게 정답이 정해진 상황에서도 마음이 내키지 않으면 말하지 않는다. 마음에 없는 말을 하지 못한다. 미안하다는 생각이 들지 않는 것일까. 아니면 미안하지만 이야기하지 못하는 걸까. 항상 그랬다. 당연한 정답을 듣고 싶어 묻는다는 걸 잘 알면서도 그 대답을 내놓지 않은 이유가 새은은 이따금 궁금했다.

조용한 집안. 비가 오는 날이었다. 침대에 누워있는 시우를 보며 그런 생각을 했다. 함께 밥을 먹고 함께 잠을 자는 그 시간 동안 정말로 같이 있다는 기분이 전혀 들지 않는다고. 언제부터였을까. 같은 공간에서도 따로 떨어져 있는 그런 기분이 어느새 움터났다. 기억도 나지 않았다. 눈동자를 또렷하게 봐주었던 것은. 팔뚝을 맞대 사소한 대화를 나누며 웃었던 것은 언제였을까. 시우의 마음은 어떤 것일까. 새은은 시우의 옆에 누워서도 시우를 생각했다. 시우의 옆에서도 시우와의 관계에 대해서 생각했다. 시우는 이제는 더 이상 새은이 휴대폰 속의 게임보다도 재미있지 않은 것 같았다.

"시우."

"응."

"날 사랑해?"

"당연한 걸 뭐 하러 물어봐."

'사랑한다'라는 단어가 어려운 것일까. '사랑한다'는 말과 '잘한다'는 말은 언제 들어도 기분이 좋은 것이었다. 품질과 양 모두를 충족해서 듣고 싶은 종류의 말이었다. 다정하게 늘 확신을 주던 시우의 말투가 조금 변해버린 것은 꽤 오래되었지. 새은은 생각했다. 거실에서는 아끼던 화분이 말라 죽어가고 있다. 물을 줘야겠다며 자리에서 일어났다.

"나중에 집에 올 때 저기서 꽃다발 하나 사다 줘."

서른한 살쯤이었을 것이다. 길가에 있는 꽃 트럭을 볼 때면 새은은 시우가 그곳에서 오천 원짜리 꽃다발 하나를 사다 주었으면 했다. 더 좋고 화려한 것은 필요하지 않았다. 그녀가 원한 것은 딱 그 꽃 트럭에서 파는 갈색 재생지를 돌돌 말아주는 꽃 한 다발이었다. 하지만 시우가 외출하고 집으로 돌아올 때 손에 꽃다발이 들려있었던 적은 단 한 번도 없었다. 시우는 아직도 스물한 살의 새은이 했던 말을 기억하는 것일까. "꽃은 시들잖아. 의미 없는 것 같아."라고 말했던 그 날 이후로 시우는 한 번도 꽃을 선물해준 적 없었다. 그때 이후로 시우의 관념 속에는 새은이 꽃을 싫어한다는 생각이 강하게 자리 잡은 것일지도 모른다. 사실 그때의 새은이 그렇게 말한 것은, 꽃다발에 기분이 좋아지는 평범한 여자처럼 보이기 싫다는 치기 어린 마음이었을 뿐이었다. 무엇보다 가장 큰 이유는 스물한 살의 시우에게 괜한 부담을 주고 싶지 않았기 때문이었다. 새은은 사실 꽃을 매우 좋아했다. 예쁜 꽃잎들은 보기만 해도 기분이 좋다. 향기도 좋다. 시들기 때문에 의미가 있는 것이다. 시우가 선물을 하는 것 자체를 싫어하는 것은 결코 아니었다. 시우는 새은이 좋아하고 필요한 것들, 시우가 좋아하는 스타일의 옷과 같은 것들을 심지어는 아무런 기념일이 아니어도 종종 선물해주었다. 가끔은 평소 입는 스타일이 아니라서 의아했지만 그가 선물해준 덕분에 다른 스타일에도 도전해 볼 수 있어 좋다고 생각했다.

물론 꽃을 사달라는 이야기는 지나가듯 서너 번 정도 했던 터라 까먹었겠거니, 하고 가볍게 생각하려고 했다. 돌아오는

길에 버스에 내려서 꽃을 사고 다시 버스를 타는 것이 귀찮아
서 그랬을 거라고. 기념일에 사주려고 그랬을 거라고. 한참을
정성껏 생각했지만 이해가 되지는 않았다. 새은은 일부로 꾀
를 내어 시우에게 꽃 한 다발을 선물해 보기도 했다. 꽃을 받
는 일이 얼마나 기쁜 건지 안다면 자신에게도 꽃을 선물해주
지 않을까 하는 나름의 전략이었다. 간만에 데이트가 있는 날
이었다. 잊고 있다가 문득 알게 된 기념일이었다. 새은은 시우
를 닮았다고 생각한 노란색 프리지아를 골랐다. 시우와 비슷
한 따뜻함이 가득해 보였다. 달콤한 향기도 무척이나 만족스
러웠다. 새은은 꽃다발을 크게 안아 보았다. 얼굴을 잔뜩 들
이밀어 향기도 맡아보았다. 분명 좋아할 것이다. 분명히 감동
할 것이다. 입가에 잔뜩 미소가 떠올랐다. 설레었다. 시우에
게 꽃을 선물한 것은 처음이니까. 시우가 꽃을 받고 기뻐하는
표정을 빨리 보고 싶었다. 하지만 꽃을 받은 시우는 언제나와
같이 무표정했고. 프리지아는 꽃병에 꽂히지도 않고 거실 식
탁에 툭 무심하게 올려졌다.

  방치되었다. 새은은 생각했다. 새은이 정성껏 전달한 마음이
방치된 것 같았다. 결국 그녀가 꽃병을 찾아 꽂아두고 매일 물

을 갈아주었다. 프리지아의 향기가 거실 안에 가득했다. 달콤한 꽃향기를 맡을 때마다 그녀는 슬펐다. 그 향기가 새은에게만 존재하고 새은만이 인식하고 있다는 사실이, 상쾌하게 더욱이 화려하게 피어가는 것이 그녀의 마음을 더욱 시들어가게 만들었다. 피지 못한 초록색 봉오리들이, 노란 꽃잎들이 저물었다. 거실에서 더는 슬픈 프리지아 향기가 나지 않을 때쯤 새은에게 좋고 행복한 것이 시우에게는 무의미할 수 있다는 것을 깨달았다.

　나무를 무언가 쓸모 있는 것으로·만드는 과정은 복잡하고 불편했지만 즐거웠다. 먼저 성인의 키보다도 커다란 나무를 적당한 크기로 자르고 아직은 다듬어지지 않아 더러운 나무를 잡아 한 면을 깔끔하게 대패를 쳤다. 깔끔해진 나무는 턱수염이 덥수룩한 남자를 면도해준 것처럼 반짝이고 매끈했다. 예쁜 속살을 드러낸 나무를 원하는 모양에 맞게 바꾸는 방법에는 여러 가지가 있었다. 어떤 모양인지 어떤 방식을 선택하는지에 따라 다양한 방법으로 만들 수 있었다. 곡선이 들어가면 그 과정은 몇 배로 힘들어진다. 트리머를 이용하여 하나씩 덩어리를 덜어내거나 나무를 얇게 켜서 물을 먹여 붙인 다음에 구부리는 방법 등이 있었다. 어떤 기법을 선택하느냐에 따라 같은 곡선이더라도 아주 다른 결과가 나왔다. 계획했던 대로 조립하기 위해 먼저 가조립을 한다. 조립하는 방식도 여러 가지가 있지만 새은은 주로 구멍을 뚫고 그 공간을 나무와 목공 풀로 채워 조립하는 방식을 선호했다. 나무에 구멍을 뚫는 것은 힘이 많이 들어가는 일이었지만 따로 홈과 장구를 만들어 끼워 넣으면 보이는 이음새가 밖에서 보이지 않아, 새은이 보기에 더 깔끔하고 완성도가 있어 보였다. 가조립을 하고 샌딩기를 이용해 표면을 두 번 정도 다듬고 최종적으로 조립을 했다. 그리고 오일을 바르고 다시 샌딩을 하고 오일을 바르는 과정을 반복하면 완성이었다.

새은은 그 모든 과정에서 오일 작업을 제일 좋아했다. 차분하게 마지막으로 자신이 만든 것을 정성스럽게 닦아주며 생각대로 만들어졌는지. 어디가 모나게 찍히거나 마스킹 글씨가 남아 있는 부분은 없는지. 씻겨주는 기분으로 하나하나를 세심하게 만졌다. 오일 작업실도 새은이 가장 좋아하는 공간이었다. 그 오일 작업실은 시끄럽게 기계들이 돌아가는 공방에서 유일하게 조용한 장소였다. 다락처럼 반 층 올라간 곳에 있어 마치 다른 공간에 온 것 같은 느낌이 들었다.

새은은 그 고요함이 참 좋았다. 창문 사이로 들어오는 빛이 차분하게 나무 먼지들을 가라앉히고. 그 누구도 그녀를 보고 있지 않고. 어떤 것도 바라지 않고. 모든 것이 멈춘 것 같았다. 평일 지하철에 타면 모두가 바쁘게 움직인다. 모두 자기 할 일을 잘해나가고 있다. 새은만 혼자 멀뚱하게 무엇을 해야 하는지 모르겠다고. 모두들 어떻게 이렇게 확신할 수 있냐고 생각하다가. 움직이지 않으면 안 되니까. 무엇이라도 움직여야만 했다. 모두가 스스로의 목적을 알고 있는 것만 같았다.

조용한 오일 작업실은 평일 전철과 다르다. 새은만이 이 공기의 정적을 깨고 있었다. 온전한 혼자가 된 것에 평온함이 느껴졌다. 가구를 만드는 과정은 잠시의 쉴 틈도 필요 없는 과정이었다. 자르고 다듬고 조립하고 샌딩하는 모든 과정을 쉴새 없이 한숨에 달려올 수 있었다. 하지만 오일을 바르는 작업은 달랐다. 무언가를 하고 싶어도 가만히 나무를 내버려 두어야만 했다. 오일마다 다르지만 마르는 데 걸리는 시간은 짧게는 네 시간에서 길게는 꼬박 하루가 걸렸다. 그 시간 동안에는 나무를 가만히 내버려 두어야만 했다. 나무도 고생했다고 잠시 쉴 시간을 주는 것이라고 새은은 생각했다. 손이 아프게 한참을 움직이다가 얻는 그 완벽한 타의에 의한 휴식은 정말로 지루한 한편 달콤했다. 새은은 앞주머니에서 초콜릿을 하나 꺼내 입 안에 넣었다.

오일 작업실에 앉아서 가만히 그것을 내려다보았다. 반짝이듯 빛나는 오일이 나무의 결을 따라 잘 스며드는. 그 나뭇결마다 기분이 좋았다. 바니쉬 오일은 부드럽게 흘러다니며 바르는 사람이 미처 발견하지 못한 부분까지 채워주는 섬세함을 지니고 있었다. 그렇지만 나무에 물이 칠해지는 것처럼 색깔이 진해지는 아쉬움도 있었다. 그럴 때는 어떻게 해야 하는지 펠로우 선생님에게 여쭤봐야겠다는 생각이 들었다. 그러다 문득, 새은은 이곳에서는 어떤 다른 걱정도 고민도 하고 있지 않다는 것을 알았다. 다른 생각들은 접어둘 수 있었다. 시우와의 관계 대해 혼자 집착하며 고민하다 상처받지 않을 수 있었고. 앞으로의 문제들, 결혼과 집과 차와 같은, 따분한 현실을 잊을 수 있었다. 목공소에 도착하기 전까지만 해도 많은 고민이 새은을 괴롭히고 있었다. 그런데 신기하게도 나무를 만지작거리다 보면 모든 것이 사라졌다. 커다란 톱이 앞에 놓여있고 자신의 몸보다 큰 나무를 잘라 작은 것으로 만들 때, 정신을 다른 곳에 집중하고 있으면 손가락이 잘릴 수 있다. 지금 눈앞에 있는 나무를 자신이 원하는 대로 잘 자르는 것과 다치지 않는 것이 제일 중요하다. 그 일차원적인 공포는 새은을 단순히 지금이 순간에 집중하도록 했다. 오랜만에 느끼는 걱정 없는 가벼운 머리다. 오롯이 자신만을 위한 몰두와 몰입이다. 교과서에 그림을 그렸던 고등학생의 그때처럼.

점심시간이 되었다. 새은은 카페로 갔다. 아침에 시우에게 느꼈던 서운한 감정은 다 사라지고 없었다. 시우는 카페에서 작업에 몰두하고 있었다. 새은은 시우 앞에 조용히 가서 앉았다. 약간 놀라게 해 줄 요량으로 슬그머니 다가가 앉았지만 시우는 새은을 흘긋 보고는 "응. 왔어?"할 뿐이었다. 새은은 웃는 얼굴로 시우를 바라보았다. 시우는 계속해서 작업을 했고 새은은 컴퓨터를 바라보는 시우의 속눈썹이 길고 예쁘다는 생각을 했다.

"나 오늘 완전 재미있었어."
"음⋯."

정적이 흐른다. 이상하게 새은은 근래에 시우와 있을 때면 정적이 불편하게 느껴졌다. 분명 아무런 말을 나누지 않아도 마음이 편안했던 시절도 있었는데. 예전에는 어땠던가. 새은은 곰곰이 생각해보았다. 예전의 시우였다면 "진짜? 뭐가 재미있었는데?"하면서 눈썹을 잔뜩 올려 장난을 치듯 놀란 눈을 하고 새은을 쳐다보았을 것이다. 요즘에는 자꾸만 시우의 생각이 어디론가 날아가 버리는 것만 같았다. 짧은 순간에도 시우는 새은에게 집중해주지 못한다. 새은과 함께하기 위해서 기다리고 있던 것이 아니었던가. 새은은 짧은 대화의 공백에도 마음이 불안했다. 시우는 밥을 먹을 생각도. 새은이 재미있었다던 목공소의 일도. 새은의 표정에도 아무런 관심이 없는 것만 같았다.

"배고프다. 우리 뭐 먹지?"
"음… 새은이 먹고 싶은 거? 아…. 다른 외장 하드를 가져왔네."
"왜. 뭐 두고 왔어?"
"응. 다른 거 가져왔나 봐… 정말… 짜증 나는군."
"그럼 집에 다녀올래?"
"아냐. 됐어. 밥 먹으러 가자."

"아니야. 나 혼자 밥 먹어도 되니까."

"괜찮아."

아무 말 없이 자꾸만 코끝을 톡톡 건드리는 시우를 보았다. 코끝을 건드리는 것은 무언가 마음에 들지 않는다는 증거였다. 새은은 자신 때문에 이곳에 와서. 그의 작업이 잘되지 못하고 있는 것 같아 죄책감이 들었다.

11

카페를 나와 바로 앞에 있는 피자집에 들어갔다. "시우 피자 먹고 싶을 때가 되었는데."하고 새은이 말했지만 시우는 이미 얼마 전에 은하와 피자를 먹었기 때문에 별로 먹고 싶지 않았다. 그렇지만 먹고 싶지 않다고 대답하면 새은이 왜냐고 물을 것이고 그렇게 되면 아주 귀찮은 상황이 될 것이다. 시우는 그러자고 대답하고 피자를 먹으러 갔다. 피자를 먹으면서도 시우는 한참이나 두고 온 외장 하드에 대해 생각했다. 당장 그것이 없으면 할 수 있는 것이 없었다. 시우는 집으로 돌아가고 싶었다.

"시우."

"응?"

"밥 먹고 집에 갈래?"

"왜?"

"해야 하는 거 집에 가면 해결 되는 거 아니야?"

"괜찮아."

"미안해."

"뭐가 미안해. 괜찮아. 그냥 저녁에 해결하지 뭐."

"진짜 집에 가도 되는데."

"내가 집에 갔으면 좋겠구나."

　시우는 웃으며 말했다. 농담이었다. 새은을 불편하게 만들
고 싶지 않아서. 이야기 꺼내고 싶지 않았고, 당장 그것이 아
니라 할 수 있는 다른 것을 찾아보기 위해 혼자서 생각을 정
리하고 있었다.

"그게 아니고. 미안하니까 그렇지."

미안하다면서 짜증을 내는 이유는 무엇일까. 새은이 벌컥 짜증을 내는 것처럼 느껴졌다. 배려를 하고 있는데도 기분이 상한 티를 내는 새은이 이해되지 않았다.

"괜찮다니까."
"알겠어."

시우와 새은. 둘 다 아무런 말도 하지 않고 피자를 먹었다. 시우는 외장 하드 없이 무엇을 해야 하지 생각하면서 맛없게 굳어버린 피자를 베어 물었다. 앞에 앉은 새은의 불만 가득한 얼굴을 보자 이번에도 자신이 무언가를 잘못한 사람처럼 느껴졌다. 이번에는 어떤 잘못을 해서 새은의 기분을 상하게 한 것일까. 시우는 답답했다. 오늘 오전에 목공 작업이 즐거웠는지 물어보지 않아서일까. 사람을 앞에 두고 휴대폰을 해서일까. 무엇을 느꼈고 어떤 생각을 새로 하게 됐는지 물어보지 않아서 화가 난 것 같다고. 시우는 결론을 내렸다. 하지만 아무런 말을 하지 않았다. 대화가 되지 않는다면 대화하지 않는 것을 선택한다. 그것이 그들이 선택한 소통 방식이었다.

오래전 일이었다. 스물아홉 살의 겨울이었다. 새은은 집에 들어오자마자 이불에 누워 따뜻하게 데워진 시우의 품에 들어가 안기는 것을 좋아했다. 그것은 그녀만의 일종의 겨울 의식 같은 것이라고 말했다. 편안함을 느끼기 위한 행위. 그 따뜻한 온기를 느끼면 하루를 위로받는 기분이라고 말했지만, 시우는 그것을 좋아하지 않았다. 차가운 감촉이 갑작스럽게 자신을 덮치는 것이 마냥 즐겁지는 않았다. 특히 새은이 야근이나 회식을 하고 늦은 밤에 바깥의 차가운 공기와 회식에서 먹은 삼겹살 냄새를 품고 돌아와 이불 안으로 점프하듯이 불쑥 들어오면 갑작스럽게 느껴지는 그 서늘한 감촉에 짜증이 밀려오기도 했다. 조용히 다가오는 졸음을 즐기고 있을 때, 새은 때문에 차가운 강물에 빠진 것처럼 잠이 달아났다. 시우는 잠에서 깨어나면 다시 잠드는 것이 어려웠다. 새은도 그것을 알고 있었다. 한 번 잠에서 깨면 아침까지 잠을 설치곤 했다. 그렇기 때문에 새은이 조금만 자신을 배려했다면 그러지 않았을 것이라고 생각했다. 그래도 겨울이면 하루도 빠지지 않고 매일 자신의 품으로 파고드는 새은을 시우는 아무 말 없이 끌어안아 주었다. 몸 사이로 비집고 들어오는 차갑게 번지는, 새은의 살결들을 녹여주었다. 언젠가 이야기를 해야겠다고 생각했지만, 새은은 싫은 소리 듣는 것을 좋아하지 않는다. 조금의 불편함을 말하는 것도 자신을 비난한다고 생각하는 새은에게 어떻게 이야기를 꺼내는 것이 좋을까. 고민 끝에 기분이 좋을 때 차분하게 이야기하는 게 좋겠다고 생각했다. 강변에서 연등 축제를 하는 날이었다. 간만에 데이트를 하면서 진지하게 그것에 대해 이야기를 꺼냈다. 상당히 오랜 기간 새은이 기분 상하지 않게 전하려고 고민하고 이야기한 것이었다. 서로가 기분 좋게 대화를 나눌 수 있는 순간을 기다린 것이다.

"새은아. 근데 그렇게 옷도 제대로 안 갈아입고 침대로 들어오는 거, 안 하면 안 돼?"

"왜? 따뜻하고 간지러워서 좋은데. 싫었어?"

"나는 아무래도 기분이 좋지는 않지. 자꾸 놀라니까."

"그럼 미리 말을 하지. 미안해. 근데 우리 오랜만에 데이트 나와서 잘 놀고 있었는데 갑자기 그런 말 들으니까 당황스럽다."

"지금 기분 좋으니까. 이야기하는 게 좋을 것 같았어."

"알겠어. 미안해."

전혀 미안해 보이지 않은 사과를 하고 새은은 한참이나 말이 없었다. 말없이 멍하니 강을 옆에 두고 걸었다. 길을 따라 예쁘게 놓여있는 연등이 물에 부수어져서 잔잔히 흐르고 있었다. 시우는 예쁘고 반짝이는 것들 앞에서 함께해도 더는 즐겁지 않다고 느꼈다. 새은은 또다시 막무가내의 걸음걸이로 길을 걸었다. 또 앞을 제대로 보지 않아서 다른 사람과 부딪힐 뻔했다. 그런 새은의 팔뚝을 시우가 몇 번이나 잡아줬는지 모르겠다. 새은은 기분이 나쁘면 항상 자신밖에 생각하지 못한다. 어릴 때부터 늘. 예측했던 대로 가장 최악의 결과가 나왔다고 시우는 생각했다. 여전히 시우는 새은에게 그 어떤 불만도 말하지 못한다. 무조건적인 칭찬과 사랑만을 말해야 한다. 숨을 쉴 수 없게 갑갑하다. 연예인을 좋아하는 팬의 마음으로 새은을 찬양해야 만족할 것 같다고 시우는 느꼈다.

"근데 그걸 굳이 지금 이야기할 필요가 있어? 평소에 잘하지도 않던 데이트를 하면서. 왜 추억을 망치려고 들면서 시비를 거는 건지 모르겠어. 그리고 그렇게 기분이 나빴으면 진작 이야기했으면 됐잖아."

"전에 이야기하지 않았어? 무엇보다 침대에는 잠옷만 입고 눕자고 했잖아. 난 가끔 소름 끼친단 말이야."

"그 규칙은 너 혼자 정한 거잖아. 그리고 뭐? 소름 끼친다고?"

또다시 한 단어에 꽂혔다. 그 단어 하나 때문에 모든 잘못은 또 시우의 잘못이 되었다. 대화방식이 마음에 들지 않는다. 불빛에 비쳐 반짝이는 새은의 얼굴은 불만이 가득 찬 얼굴임에도 예뻤지만, 잘못한 것이 없음에도 새은의 기분을 풀어줄 수는 없었다. 이십 대 초반에는 그럴 수 있을지도 몰라도 이제는 아니었다. 갑자기 새은이 빠른 걸음으로 성큼성큼 걸어나갔다. 언제라도 금방 시우를 떠날 수 있는 사람처럼. 시우는 그 뒤를 천천히 걸어갔다. 어느새 둘의 거리는 점점 더 간격이 생겼고 서로가 그 공간을 더욱 늘려가고 있었다. 시우는 지금 새은을 잡지 않으면 새은이 더욱 화가 날 것이라는 걸 알고 있었다. 멈춰 서서 돌아보는 것은 잡아달라는 무언의 표현이라는 것도 잘 알고 있었다. 하지만 시우는 점점 더 그러고 싶지 않았다. 지금 잡는다면 앞으로도 계속 새은을 붙잡고 달래주어야 한다. 그 지겨운 이해를 언제까지 해야 하는 것일까. 새은은 늘 원하는 대로 행동하게 만들기 위해서 그런 억지를 부린다.
새은은 자신이 기분이 나쁘면 감정적으로만 행동한다. 더는 이야기하고 싶지 않다면서 대화를 차단한다. 한참을 그렇게 뒤를 쫓다가 시우가 새은을 붙잡아주면 그제야 아이처럼 투정을 부리고 화해하자며 안아달라고 했다. 그러면 아예 없던 일이 되거나 시우의 잘못이 되었다. 새은이라는 사람은 하고 싶은 대로 행동하게 내버려 두면 자신이 잘못한 것을 모른다. 늘 그런 식이었다.

그날의 청계천 거리에서는 떠나는 새은을 잡아주지 않을 것처럼 시우는 가만히 그 자리에 멈춰 서버렸다. 한참을 새은이 걸어가는 뒷모습을 바라보았다. 점점 더 작아지더니 골목을 꺾어 사라졌다. 그런 그녀의 뒷모습을 보면서 시우가 느낀 허무함이란 이루 말할 수 없었다. 삼십 분 뒤 새은은 울고불고 전화를 했고 왜 그렇게 바보처럼 떠나는 자신을 바라보고만 있었냐고 질책했다. 시우는 기분이 좋지 않았지만, 돌아오라고 말할 수밖에는 없었다.

그날은 서로에게 큰 상처를 준 날이었다. 서로가 서로를 잃어버린 최초의 날이었다. 그 이후로 새은은 성큼성큼 걷는 것과 겨울에 침대 속에 들어오는 것을 멈추었다. 서로를 잃어보아야만 문제가 해결되는 것일까. 그날 이후로 시우는 다시는 새은이 원하는 대로 말하면서 자신을 상처 주고, 하고 싶은 대로 행동하면서 존중 없는 태도로 대하게 내버려 두지 않겠다고 다짐했다.

피자는 많이 남았다. 새은은 몇 입을 먹더니 더는 입에 대지 않았다. 시우는 결국 외장 하드를 가지러 집으로 돌아갔다. 새은이 계속해서 그러길 원한 것도 있었고 생각해보니 할 수 있는 일이 전혀 없었기 때문이기도 했다. 집으로 돌아가 보니 여러 가지 레퍼런스를 담은 외장 하드에도 시우가 원하는 것이 없었다. 시우는 맛없게 굳어버린 피자를 생각했다. 외장 하드를 찾았지만, 문제는 해결되지 않았다. 기분 좋게 배가 부르지도 않았다.

피자를 떠올리자 은하가 생각났다. 은하와 먹던 피자는 이것보다 훨씬 맛있었다.

"유명한 피자집이래요."라고 말하던 은하의 생기있는 얼굴이 생각난다.

어떤 것이 그렇게 신이 나는 것일까. 피자집이 신기한 것일까. 그 집의 인테리어가 유명한 미드에 나온 곳과 비슷하다며 한참을 시우는 알지 못하는 드라마에 대해 이야기했다. 시우는 그 드라마에 대한 흥미는 전혀 없었지만, 그렇게 이야기하는 은하의 모습이 보기 좋아서 가만히 은하의 이야기를 들었다.

"이렇게 멋진 피자집은 처음이에요."
"여기가 멋져?"

시우는 주변을 둘러보았다. 특별할 것 없는 곳이다. 벽돌을 쌓은 듯한 생맥주 호스가 여러 개 달린 벽에 초록색의 조명, 미국 성조기가 달려있고 그 옆에는 서부 카우보이들의 사진이 잔뜩 걸려있다. 모래바람을 일으키며 달리는 말을 타고 있는 모습이나 담배를 물고 카메라를 응시하는 멋을 부린 모습. 새은과 이곳에 왔다면 둘이서 이 가게의 인테리어에 대해 신랄한 비판을 했을지도 모른다. "담배와 피자라니."라든가 "초록색 조명은 뭔가 식욕이 떨어지는데."하는 식의 자신들만의 유머를 나누고 맛없게 피자를 나눠 먹었을지도 모른다.

"우와. 카우보이. 서부 지역이 피자가 유명해요?"

"미국은 피자가 다 유명하지."하고 대답했지만, 시우는 미국의 서부 지역이 피자가 유명한지. 어느 지역이 서부인지도 알지 못했다. 모래바람과 피자. 어울리지 않는다. 은하는 항상 즐거워 보인다. 긍정적인 에너지가 넘쳐흐른다.

"음. 너무 맛있어."하고 고음의 감탄을 연발하는 은하를 보면서 시우도 첫 입에 느꼈던 맛보다 괜찮다고 느낀다. 높은 톤의 반복적인 특이한 웃음소리를 듣고 있다 보면 시우도 웃음이 나왔다. 웃는 것은 전염성이 있었다. 은하는 어릴 때의 새은처럼 작고 사소한 것들에도 웃음이 많았고 신기한 것과 궁금한 것이 많았다. 은하는 피자를 다 먹은 빵의 끝 부분을 피클 국물에 푹 적셔서 먹었다.

"그렇게 먹으면 맛있어?"

"네. 진짜 맛있어요."

시우는 은하를 따라 피자의 빵 부분을 피클에 푹 담그고 한 입 베어 물었다. 시우가 의아하다는 듯이 이상한 표정을 보였고 은하는 그 모습을 보고 웃었다.

"맛있네. 나름."

"나름?"

"꽤. 괜찮네."

재미있는 하루였다.

시우는 은하에게 가지고 있는 레퍼런스를 공유해줄 수 없는지 물었다. 은하는 알겠다고 대답하면서 저녁밥을 먹었냐고 물었다. 시우는 먹지 않았다고 이야기했다. 맛있는 저녁을 사주면 레퍼런스를 주겠다고 은하는 말했다. 원하는 것을 당돌하게 요구한다. 여섯 시가 되면 새은이 올 것이다. 시우는 창밖을 쳐다보았다. 아직은 해가 지지 않았다. 시우는 "다음에." 라고 대답했다.

은하는 예전에 만났던 시우네 집 앞 카페에 있다고 이야기했다. 프리랜서로 일하는 것은 외로운 일이었다. 예전부터 늘 함께 작업 할 수 있는 동지가 있으면 좋겠다고 생각했다. 저녁을 함께 먹지 않아도 커피 한 잔 정도는 할 수 있다. 어차피 밤에는 친구네 가게에서 아르바이트를 해야 하니까.

"오빠."

은하가 환하게 미소를 지으며 손을 높이 올려 흔들어 시우를
부른다. 시우에게 반갑게 인사를 한다. 시우를 보는 것이 즐
겁다는 듯이. 풋풋하다. 젊음은 확실히 그 존재 자체만으로도
빛이 난다. 시우는 은하의 젊음이 부러웠다. 어느새인가 자신
도 나이가 많이 들었다. 은하는 아직 스물아홉 살이었다. 서른
셋의 시우가 보기엔 청춘을 보내고 있는 것이었다. 시우는 이
제 모든 것에서 무료함을 느꼈다. 어떤 것도 새롭지 않았다.
즐거운 일도, 맛있는 것도, 화나는 일도, 슬픈 일도, 그때 은하
와 갔던 신기한 인테리어의 피자집도. 그렇게 강렬한 감정으
로 다가오지 않았다. 그럴 힘이 남아 있지 않다. 어리고 생기
있는 뺨을 반짝이는 은하를 보면서 분명히 불타는 열정을 가
지고 있었던 자신의 어린 날을 떠올렸다. 그리고 은하와 있으
면 자신이 20대의 그때 그 시절로 돌아간 것 같다고 느꼈다.

'밤에 산책하자.'

새은에게 연락이 와있었다. 시우가 밤에 아르바이트를 나간

다는 사실을 모른다. 말하지 않았나. 생각이 들었다. 어서 집
으로 돌아가서 새은에게 아무 일 없던 것처럼 인사를 하고 다
시 아르바이트를 하러 나와야 한다. 이상하게 집으로 돌아가
고 싶지 않다는 생각이 들었지만.

12

식성도 취미도 다른 그들이었지만 서로가 똑같이 좋아하는
것들도 있었다. 그들은 함께하는 산책을 좋아했다. 하루 중에
서 온전하게 서로만 남기는 시간이다. 시간대는 상관없는 것
같았다. 저녁이 되기도 하고 아침이 되기도 했다. 시우도 새
은도 그 산책을 무척 좋아했다. 미영과 태성이 여러 번 그 산
책에 끼어들려고 해도 쉽게 허락해주지 않았다. 아마도 그 산
책이 그들만의 것으로 남기를 바라는 마음에서 그랬을 것이라
고 미영은 생각했다.

미영은 새은이 부지런한 사람이라는 것을 알고 있었다. 미영
이 태성과 결혼하기 전, 아주 잠깐이지만 새은과 함께 지낸 적
이 있었다. 그때 지켜본 새은의 부지런함에 미영은 조금 놀랄

수준이었다. 주말에도 이른 오전에 일어나 커피를 한 잔 내리고 간단하게 스트레칭을 했다. 미영도 일찍 일어나서 운동을 해보려고 했지만 아침 운동이 여간 귀찮은 일이 아니라는 것을 깨닫고 그만두었다. 딱히 어딜 나가는 것은 아니었지만 늘 집 안 청소를 깔끔하게 하면서 몸을 움직이는 새은을 보고 성실함은 타고난 사람에게만 가능한 유전적인 것이 아닐까 하면서 소파에 누워 새은을 지켜보았다. 새은에게 듣는 그 일상들은 여전히 크게 다르지 않은 것 같았다.

새은이 스트레칭이나 요가를 하고 나면 시우도 일어나 커피를 마시며 휴대폰으로 게임을 조금 하고 그녀의 옆에 앉았다. 그리곤 뻣뻣한 몸을 조금이나마 풀고 제제를 데리고 같이 산책을 하러 나갔다. 저녁을 따로 먹더라도 누군가 운동복을 입으면 같이 나갈 준비를 했다. 일주일에 세 번 이상은 산책을 했다. 한 번도 약속하지 않았지만 중요한 일정처럼. 그런 이야기를 들을 때면 그들의 모습을 늘 눈을 감고 상상해보아도 한 치의 오차 없이 똑같이 그려낼 수 있을 것만 같다는 조금 특이한 생각이 들기도 했다.

미영은 그들의 산책이 잘 알려지지 않은 마을의 풍습 같다고 생각했다. 그만큼 그 산책은 특이하고 오래되었다. 제제가 없을 때부터 행해졌던 그 산책은 반드시 지켜야 했고 약속하지 않아도 늘 이뤄졌다. 미안한 것이 있는 사람이 대화를 청하기 위해 이용되는 수단이기도 했고 의논할 것이 있을 땐 중요한 회의처럼 이루어지기도 했다. 어떤 마법의 장소로 둘만 빠진 것처럼. 이유는 모르지만 서로가 부드러워졌다. 휴대폰은 내려놓고 온전하게 서로만을 바라보았다. 시우는 매일 휴대폰을 붙잡고 살았다. 가끔은 미영이 태성과 새은의 눈치를 보느라고 민망할 정도였다. 다만 그 산책에서는 한 번도 다툰 적이 없었고 대화가 풀리지 않은 적이 없었다고 새은은 자랑하곤 했다. 평소에도 그렇게 하면 참 좋으련만. 시우와 새은을 보면서 미영은 그렇게 생각했다.

"휴대폰으로 할 일이 있어서."

새은이 웃으며 눈치 보는 미영에게 입 모양으로 이야기했다. 미영은 시우가 휴대폰으로 다른 것들을 하거나 게임을 하는 것을 알고 있었지만, 아무 말도 하지 않았다. 그런 시우가 휴대폰을 내려놓는 시간은 아마 그 산책을 할 때가 유일할 것이다. 서로의 손을 잡고. 얼굴을 마주하고. 오늘 하루 어떤 일이 있었고. 어떤 걱정이 있었는지 이야기하는 유일한 시간이었을 것이다.

가끔 그들과 함께 걸을 때면 미영도 태성도 평소와는 다름을 느낄 수 있었다. 시우가 그 산책길에서 조잘거리며 이야기하며 좋아하는 모습이. 새은과 그 많은 어떤 것을 해도. 그저 산책하며 같이 이야기를 나누는 것이 가장 행복한 사람처럼 티 없이 보였다. 미영이 보기에는 시우는 타고나길 무정한 사람이었다. 귀찮은 것은 제일 싫고. 더운 여름에 길을 걷는 것은 더 싫어했다. 다정한 칭찬은 어딘가 소름 돋아 한다.

"더운 거 제일 싫어하잖아. 산책은 그래도 여전히 열심히 하네?"
"걷다 보니 좋아졌어."

걷다 보니 좋아지고. 하다 보니 좋아지는 것. 미영도 그것이 무슨 마음인지 알았다. 미영은 요리하는 것을 좋아하지 않았다. 하지만, 태성과 새은이 음식을 맛있게 먹어주는 모습을 보며 미영은 그들의 행복을 위해서라면 사소한 불편쯤은 이겨낼 수 있는 마음이 들었다. 그래서 계속해서 요리를 해주었다. 기뻐하는 태성과 새은의 얼굴을 보는 것이 자신에게도 행복이었다. 하고 싶지 않은 것을 계속하다 보면 정말로 좋아질 때가 있었다. 아마도 시우에게 그 산책 역시 그랬을 것이다. 새은도 산책을 하며 대화를 할 때면 다른 누구보다도 시우가 가장 자신을 잘 이해해주고 있다고 느낀다고 말했다. 그때만큼은 그들이 안정적인 연인 같아 보였다. 그래서 미영은 가끔 따라나가 같이 걷기도 했고, 그 산책길에서 나누는 이야기를 새은을 통해 듣는 것이 재미있었다. 누군가가 읽어주는 동화책을 듣는 것처럼 순수한 기분이 들었다.

가끔은 시간을 정해두고 달리기도 하고 정해진 거리 이상으로 나가보며 새로운 경로를 탐험하기도 한다. 여름 장마철에는 그친 줄 알았던 비가 갑자기 다시 쏟아져 비를 맞으며 함께 손을 잡고 여유롭게 걸었던 적도 있었다고 했다.

"이미 너무 멀리 나와버렸고 주머니에는 든 것도 없었거든."
"로맨틱한데."

미영은 둘이서 비를 맞으며 여유롭게 걷는 모습을 상상했다. 오직 둘만이 존재하는 것처럼. 바쁘고 분주하게 비를 피해 가는 사람들 사이로 여유롭게 걷는다. 축축하게 젖은 옷을 입고 아무런 말 없이 서로를 보며 웃는다. 옷의 섬유의 색이 점점 더 짙어지는 것처럼 사랑의 농도가 더욱 짙어진다. 걷고. 웃고. 서로의 손끝을 만지며. 사랑을 확인하는 그 얼굴이 광고의 한 장면처럼 눈에 보이는 듯했다.

안정적인 일상과 안정된 마음. 그런 것은 쉽게 얻을 수 있는 것이 아니었다. 영원히. 그리고 어떤 일이 있더라도 '우리'라는 생각은. 그들이 그렇게 오랜 기간 싸우고 화해하고 기대하고 실망으로 증오했다가 사랑하면서 만들어 낸 결과물이었다. 그 긴 세월은 쉽게 놓아버릴 수 없는 것이었다. 미영은 생각했다. 가끔은 그들의 사랑 이야기가 꼭 로맨스 영화 같다고. 치열하게 싸우고 사랑하는 그들의 모습이 가끔, 아주 가끔은 부러웠다. 새은이 미영과 태성을 부러워하는 것처럼.

그런데 시우가 다른 여자와 카페에 같이 있는 모습은 로맨스 영화의 슬픈 결말을 보는 것 같아 당황스러웠고 불쾌한 기분

까지 들게 했다. 새은은 알고 있을까. 알지 못한다면 새은에게
말해야 하는 것일까.

　태성은 아무것도 모르는 표정으로 미영을 쳐다보았다. 태성
은 이미 너무 많은 고민을 하고 있었다. 일주일 뒤면 매장 가
오픈날이다. 잘될 것이라고 말했지만 잘되지 않으면 큰 고민
거리가 될 것이다. 함께 있으면 어떤 것도 상관없지만 미영은
태성이 실망하는 것이 싫다. 새은이 실망하는 것도. 미영은 불
편한 마음을 숨기기 위해 곧 있으면 오픈할 매장 '소행성'으로
향했다. 미영은 제제가 보고 싶었다. 그 커다란 털을 만지면
마음이 편해질 것이다. 제제의 털에서는 포근한 향기가 났다.
미영은 새은에게 제제를 산책시키고 싶다고 말했다. 새은이
제제와 함께 나왔다. 그리고 그들은 소행성까지 함께 걸었다.

"이제 곧이네."
"그렇지."

　미영은 제제를 위해 물 한 그릇을 떠다 놓았다. 얌전한 강아
지 제제는 미영의 손짓에 가만히 몸을 맡기고 물을 마셨다. 부
드럽다. 부드러운 털이 미영의 손가락에서 기분 좋게 움직였

다. 사람의 온기보다 온도가 높은 제제를 안고 있는 것만으로도 미영은 조금은 복잡한 마음을 가라앉힐 수 있었다. 제제는 아무런 생각이 없겠지만, 미영은 제제의 온도를 느끼고 말랑한 살갗을 살짝 움켜쥐는 것으로도 위로를 받는 것만 같았다.

"위스키 한 잔 줄까?"

"좋아. 근데 난 위스키는 잘 모르잖아."

"향 먼저 맡아볼래?"

"와. 수술실 냄새나."

"다른 걸로 줄까?"

"아니. 이걸로 마실게. 한 잔이니까."

"너무 쓰면 물을 타 봐. 태성이는 그렇게 마시는 건 위스키가 아니라고 하지만 난 그게 좋더라. 양송이 구이도 만들어줄게. 조금만 기다려."

미영은 제제를 내려놓고 새은에게 위스키 한 잔을 내주었다. 새은은 한 번 마셔보고 바로 물을 탔다. 정확히는 물에 위스키를 탔다는 표현이 더 맞는 것 같을 정도였다. 그러자 물인지 위스키인지 모르는 것이 얼음에 담겨 시원해졌다.

"맛있다."

"맛있네."

어딘가 밍밍한 위스키의 맛이 아직 아무것도 접하지 않은 미영의 입안에서 특유의 오크 향을 뿜냈다.

"오빠랑은 잘 지내지?"

"그렇지."

"너랑 오빠가 결혼한다고 했을 때 했던 말 기억나? '어차피 평생 연애할 거 결혼해서 하기로 했어.' 이 말 진짜 로맨틱했는데."

"그렇게 느끼하기 말했나?"

"응. 그러니까 이제 소행성 뜻 좀 알려주지. 그만 부끄러워하고."

"아, 그 뜻…. 결혼하기 전에 내가 그랬거든. '나는 당신이 나를 항상 조금만이라도 더 사랑해줬으면 좋겠어. 내가 당신을 사랑하는 것보다 조금 더 당신이 나를 사랑해줬으면 좋겠어.'라고. 그러니까 너희 오빠가 그러는 거 있지. '티끌만큼?'"

새은이 호탕하게 웃었다. 역시 태성에게 달콤한 말을 기대하는 것은 어려운 일이라고 답하면서.

"그래서 내가 '티끌만큼만 나를 더 사랑해준다고?'라고 말했어. 그랬더니 그러더라고. '내 사랑은 우주야. 거기서 티끌은 소행성만큼이야.'라고."
"간지러워."
"간지럽지. 그래서 말 안 한다고 했잖아."
"나도 시우가 나보다 조금만 더 날 사랑해줬으면 좋겠다."

시우가 다른 여자와 카페에 있었다는 사실을 말해야 할까. 미영은 고민이 되었다. 온전하게 잘 이어져 있는 둘의 관계를 자신이 망쳐버릴까 봐.

"결혼하면 어떤 것 같아? 온전한 관계가 될 수 있어? 상대를 사랑하는지 걱정하지 않고 언제나 함께라는 믿음이 생겨?"

불안하구나. 미영은 새은의 질문의 본질을 읽었다. 미영은 새은이 불안하지 않기를, 안정적인 마음을 가질 수 있기를 늘 바라고 있었다. 미영은 태성과 새은에게 가족의 부재가 어떤 것을 의미하는지 충분히 이해하고 있었고, 그 공허가 채워지기를 진심으로 바랐다. 그러므로 미영은 농담으로 혼자가 더 좋다고 이야기해버리고 카페에서 시우와 함께 있던 그 여자 이야기를 머릿속에서 잊어버려야겠다고 생각했다.

양송이버섯이 알맞게 구워졌다. 미영은 그것을 가지런하게 줄을 맞춰 동그란 접시에 내놓았다. 이번에도 역시 맛있게 먹는다. 미영은 가끔 새은이 자신의 음식을 맛있게 먹어주는 것이, 자신이 맛있는 음식을 먹는 것보다도 행복하다고 느꼈다. 마치 자신의 아이처럼. 미영은 새은을 그렇게 여겼다.

역시 아이를 낳고 싶은 것도 같다. 미영은 태성에게 아이를 갖기 위해 노력해보자는 이야기를 해야겠다고 생각했다. 걱정되는 것이 있었다. 미영은 임신이 어려운 몸이라는 것을 스스로 알고 있었다. 태성도 알고 있었지만 문제 되지 않는다고 말했다. 검사를 받아 불임 판정을 받으면 어떻게 되는 것일까. 태성과의 관계에서도 변화가 생길 수도 있을까. 물어보지 않아도 태성은 아이를 원하고 있었다. 자신과 사랑하는 사람을 닮은 아이를 낳고 싶은 것은 당연한 일이다.

"고민 있어?"

"응? 아니. 요즘 목공방은 어때?"

"힘들어. 그래도 재미있어. 역시 몸을 움직이는 게 좋아."

"위스키 한 잔 더 줘?"

새은은 눈을 오른쪽 위로 굴리더니 귀여운 표정을 지어 보였다. 고민은 되지만 긍정의 대답을 내놓을 것이다.

"그래."

역시나. 귀여운 제제는 바닥에 누워 잠을 잤다. 미영은 식기들을 정리하며 새은과 수다를 떨었다. 간만에 새은과 깊은 시간을 보냈다. 고민은 많지만 즐거운 하루라는 생각이 들었다.

13

시우는 더 이상 새은을 따라 목공방에 가지 않았다. 아무 말도 하지 않았다. 그것이 더 편했다. 목공방에 가는 내내 그녀를 따라다니겠다고 장담했던 시우가 주말 중 하루씩 오지 않더니 아예 나오지 않았다. 서로 불편을 느꼈고 그것에 대해 내색하지 않는 것이 익숙했다. 어릴 때처럼 울고불고 서운함을 토로하지 않았고 언성을 높이며 싸우지도 않았다. 평온하게도.

 일상에서 새로운 바람이 불어오는 것만으로도 삶의 생기가 느껴졌다. 새은은 살짝 풀어진 날씨에 꽉 닫아놓은 창문을 열어 환기를 했다. 선선하고 말끔한 바람이 들어왔다. 숨을 크게 쉬어 폐에 가득 채웠다. 시우는 부스스한 머리를 하고 일어났고 새은은 침대에 누워있는 시우에게 달려가 그를 꽉 끌어안았다.

 잘 지낸다. 모든 것이 올바르게 흘러가고 있다. 삶의 이런 생기가 시우와의 관계에서도 긍정적으로 작용할 것이라고 믿었다. 목공방에는 예전보다 더 자주 나가게 되었다. 퇴근 후에나 연차를 사용해서 평일에도 목공방에 나가서 다른 수업을 듣는 사람들을 방해하지 않는 정도의 작은 작업들을 할 수 있었다. 예전보다 시우와 함께 있는 시간은 줄었지만 그것이 오히려 더 좋을 수도 있겠다는 생각이 들었다. 어느 정도의 멀어짐이 필요하다. 서로가 일상에 집중하고 어느 정도 간격이 있게 떨어져 있으니 같이 살지 않았을 때처럼 그리움이 생겼고 그 것이 예전처럼 소중함을 일깨워주었다. 간단하게 식탁에 놓인 빵을 우물우물 씹어 넘기며 커피를 내렸다. 그날 따라 시우는 더욱 침대 밖에서 나오고 싶지 않아 했다. 텀블러에 커피를 담고 가방을 메고 시우의 이마에 뽀뽀를 했다.

"나 갈게."
"응. 아침밥은?"
"빵 먹었어. 미안. 오늘은 시우가 알아서 먹어."
"다녀와."

시우는 인사를 하고 다시 이불 속으로 들어갔다. 목공소의 하루는 늘 빠르게 지나갔다. 점심시간에는 혼자서 도시락을 먹었다. 다른 사람들은 처음부터 함께 점심을 먹었기 때문에 이제 와서 시우가 없다고 갑자기 함께 나가는 것이 어색할 것 같았다. 목공을 다닌 지 벌써 한 달 반 정도가 되어가고 있었 지만 특별히 친해진 사람은 없었다. 사람들은 모두 친절했지 만 새은은 그 이상의 틈을 주지 않았다. 단순한 대화를 나눌 수도 있었지만, 대화를 이어나가는 것이 상대에게 관심이 있다는 의미가 절대 아니라는 사실을 알고 있지만, 그럼에도 이성과 일상적인 대화를 하지 않는 것이 시우와 새은 사이의 암묵적인 규칙 같은 것이었다. 다른 이성과 하나의 점도 만들지 않는 것. 하나의 점을 만드는 것은 언제든지 선과 원을 그릴 수 있는 시작이라고. 시우는 이야기했고, 경고했다. 사람들을 주의해야 한다고.

'저녁 같이 먹으려고. 할 이야기도 있고. 기다리고 있어.' 시우에게 연락이 와 있었다. 무슨 말을 하려는 것일까. 그 말보다도 새은은 시우가 자신을 기다리고 있다는 말에 더 집중이 되었다. 혼자 먹는 점심도 외롭지 않은 듯했다. 새은은 작은 사이드 테이블을 가조립 해보았다. 생각보다 아주 예쁘게 만들어진 것 같다. 이음새가 부드럽고 자연스러웠다. 실수는 있었지만 티는 많이 나지 않았다. 집에서 시우가 자신을 기다리고 있다. 어서 시우를 보고 싶다. 오늘 하루가 아주아주 짧을 것 같다.

새은이 집으로 돌아가자 시우가 무언가 요리를 해두고 기다리고 있었다. 시우가 요리한 음식을 먹을 때면 항상 아빠가 만드는 음식이 떠올랐다. 뭔가 노력을 한 듯하지만 결정적으로는 무슨 음식인지 알 수가 없다. 친구네 집에서 먹었던 음식을 만들어 봤다고 시우는 종종 이야기했다. 아마도 대표되는 재료만 가지고 맛을 유추해서 만들다 보니 알 수 없는 맛이 되는 것 같았다. "무슨 음식이었는지 이름을 물어봐."라고 몇 번을 이야기했지만 시우는 아무 대답이 없었다. 그 이상한 고집을 새은이 꺾을 수는 없는 법이었다.

이번에는 근사한 양식을 만들고 싶었던 것 같았다. 느타리버섯과 계란, 레드 와인에 절인 듯한 소고기가 이번에도 약간은 이상한 맛을 냈지만 먹을만했다. 아니, 평소에는 전혀 요리를 하지 않는 시우가 불 앞에서 낑낑대었을 생각을 하니 아주 맛있게 느껴졌다.

식탁에는 노란색의 촛불이 살짝씩 오르내리고 있었다. 새은이 좋아하는, 그러나 시우는 눈이 아프다고 싫어했던, 노란색 조명을 켜두고 와인까지 준비했다.

"언제 이런 걸 다 준비했어?"

"목공방 가 있을 때."

아침에 보았던 부스스한 모습과는 전혀 다르게, 시우는 간만에 새은이 좋아하는 네이비색 세미 정장 바지에 흰 셔츠를 깔끔하게 차려입고 새은을 바라보고 있었다. 그 멀끔한 모습에 새은은 새삼스럽게 시우에게 다시 반할 수밖에 없었다. 오랫동안 연애를 하면서도 상대에게 가슴 떨리는 순간이 있다고 주변에 이야기할 때면 모두가 놀라곤 했다. "가끔 시우를 보면 떨린다."라고 이야기하면 "장기연애를 하며 가슴 설레는 것은 어디서 듣기로는 심장병이라더라."라고 할 만큼 다들 믿지 못했지만, 새은은 정말이지 이유 없는 떨림을 느꼈다.

중요한 이야기를 하려나. 새은은 시우가 중요한 말을 할 것이라고 직감했다. 불편하다면서 평소에 잘 입지 않았던 옷. 자꾸만 새은의 눈치를 살피는 눈. 포크질을 할 때 어색하게 떨리는 손. 새은의 이런저런 이야기를 들을 여유가 없다는 듯이 마르는 입술. 새은은 그 이상한 신호를 보면서 혹시. 혹시나 하는 기대를 했다. 시우가 자신에게 프러포즈를 할지도 모르겠다는 기대. 그것이 아니면 다른 이유가 없다.

역시 기분 좋은 하루로 마무리될 것 같았던 그 느낌이 틀리지 않았다. 새은은 가슴이 두근거려 터질 것 같았다. 다른 말로는 설명할 수 없었다. 붉은색의 혈액이 혈관을 타고 이리저리 빠르게 움직인다. 볼과 귓불까지. 아주 빠르게 혈류가 흐른다. 순간적으로 얼굴과 머리카락이 곧게 꽂혀있는 귓바퀴의 끝쪽이 뜨거워지는 것을 느낀다. 관계에 전환점이 필요하다는 생각은 하고 있었다. 시우와의 완전한 결합. 혹은 완전한 이별. 그런 상태의 변화가 당연한 순서처럼 필요하다고 생각했다. 그 변화는 결혼이라고. 새은은 응당하게 생각하고 바라왔다. 가끔 견딜 수 없는 권태를 느끼면서도 시우와 완전한 이별을 생각한 적은 없었다. 오히려 더욱 강한 유대를 원했다. 그것이 지금 이루어질 것만 같은, 그렇게 오랜 시간 침묵하던 시우가 대답해 줄 것 같은 이 상황이 새은의 가슴을 터질 듯이 뛰게 만들었다.

"어째서 집에서 옷을 차려입고 있어?"

새은은 조금 긴장하고 기대하는 목소리로 물었다. 아마도 그 목소리에서 떨림이 다 느껴졌을 것이다. 시우는 새은이 기대를 하고 있다는 것을 아는 것 같았다. 심지어 무엇을 기대하는 지도 알고 있는 것 같았다. 시우와 함께라면 가능할 것 같다. 아무리 다투더라도 시우와 새은은 항상 함께였다. 싸우더라도 함께 아침을 맞고, 함께 산책을 하고, 함께 밥을 먹었다. 크게 다투더라도, 떨어질 수 없는 우리라는 마음이. 항상 함께일 것 이라는 그 마음이 언제나 그들을 다시 붙여두었고. '시우의 옆 에는 새은이 있고 새은의 옆에는 시우가 있다.'라는 당연한 명 제를 함께한 긴 세월 끝에 그들은 완성해냈다.

"할 말이 있어서."

"응."

"일단 먹고."

 말하고자 하는 것을 미룬다. 더욱이 중요한 일이기 때문에 그런다는 것. 시우가 프러포즈를 할 것이라는 더는 불신할 필 요 없는 확신. 새은은 그런 확고한 생각을 했다. 시우가 결혼 하자고 하면 어떻게 대답해야 할까. 울어야 할까. 기쁘다는 듯 이 약간 입꼬리를 올리고 "그래."라고 대답해야 할까. 아니면 약간은 거절할 듯 애태우며 대답을 미루는 척하다가 실망하는 시우의 표정을 보면 장난스레 웃고 "좋아."라고 대답할까. 그 대답이 무엇이든 긍정임은 분명했다. 마침내 시우가 입을 떼고 말하려고 할 때 그녀는 그의 입술의 모양을 단 하나도 놓칠 수 없었다.

"나 본가로 들어가 봐야 할 것 같아."

예상했던 말이 아니었다. 순식간에 모든 흐름이 멈추어졌다. 그녀의 얼굴에 당황스러움과 실망이. 창백한 어둠의 그림자가 생겨났다. 흔들리던 촛불이 흔들리지 않는 것 같았고 의자 옆에서 꼬리를 좌우로 움직이던 제제의 몸짓이 멈추었고 손끝에서 빠르게 뛰던 심장의 파동이 멈춘 것만 같았다.

새은은 시우에게 왜 그래야 하는지를 물어봤다. 시우가 뭐라고 설명을 덧붙여 이야기했지만 새은에게 들리지 않았던 것만은 확실했다. 시우는 굳어진 새은의 얼굴을 보고 당황을 감추지 못했다. 무표정한 새은의 얼굴에 시우가 황급하게 이런저런 이야기를 꺼내었다. 시우의 설명에 따르면 곧 결혼할 것이기 때문에. 어차피 신혼집을 이곳으로 할 생각은 없었기 때문

에. 어머니의 건강이 급격히 악화되어 고향으로 내려가서 살
기로 결정하셨기 때문에. 집에서 누군가 막내를 돌보아야 하
는데 봐줄 사람이 없어서. 시우가 일 년 정도 본가에서 시간
을 보내면서 동생이 대학생이 되면 그때 결혼하는 것이 좋겠
다고.

  새은은 최대한 자신을 잘 이해시키려는 시우의 다정한 설명
을 들었다. 말을 건네는 시우의 표정과 방식은 따뜻했지만 새
은을 우선순위에 둔 선택은 하나도 없었다. 모든 시우의 결정
에는 새은이 없었다. 시우의 상황을 이해하지 못하는 것은 아
니었지만 함께 고민해보고 결정했으면 어땠을까. 똑같은 결
론이 나오더라도 조금이라도 자신에게 선택권이 있었다면, 이
렇게까지 충격적이지 않았을 것이라고 새은은 생각했다. 언
젠가부터 시우는 새은을 최선으로 선택하지 않았다. 분명 모
든 문제를 제쳐놓고 새은에게 달려왔던 옛날 시우의 모습을
바라는 것은 아니었지만. 시우에게 차선이 된 것을, 어쩌면 그
보다 더 후순위가 되어버린 것을 깨달아버리기를 원하는 것
도 아니었다. 새은은 그 따뜻한 말투가 이제는 지겹고 지친다
고 생각했다.

"그치만 동생은 지금 중학생이잖아."

"이제 고등학교 1학년이 됐지."

"그럼 적어도 삼 년 뒤인데?"

"아직 정확하지는 않은데 형네 가족이 한국에 돌아올 때까지. 그러니까 일 년에서 삼 년 정도."

"그렇게 해야만 하는 거지?"

"아무래도 그렇지."

"알겠어."

새은은 아무 말도 할 수 없었다. 시우도 마찬가지였는지 더는 어떤 말도 덧붙이지 않았다. 새은이 시우에게 고집을 부리며 안 된다고 말할 수 있는 관계도 아니었고 시우 또한 그녀가 무엇을 기대했는지 모르지 않았다.

시우의 본가가 아주 먼 곳도 아니었고 차를 타고 삼십 분이면 갈 수 있는 곳에 살고 있었기 때문에 새은은 어떤 핑계를 대면서 그를 붙잡을 수도 없었다. 새은은 반동적으로 재빠르게 긍정적인 생각들을 불러왔다. 사실상 그가 없으면 더 쾌적하게 지낼 수 있는 것은 맞으니까. 주방이 연결되어있어 침실로 사용되는 작은 거실 같은 방 하나와 그보다 조금 더 작은 방.

그리고 제일 작은 방(방이라고 부를 수 없을 만큼 작은. 책상과 침대, 옷장을 넣으면 더 이상 들어갈 것이 없는 사이즈. 지금은 옷방으로 사용되고 있는)이 전부인 집에서 살고 있었기 때문에 가끔은 좁다고 느껴질 때도 있었다. 그녀는 오히려 '잘되었다. 잘된 일이다.'라고 생각했다. 어차피 아빠가 돌아가시면서 받은 집이었기 때문에 시우가 들고 온 짐만 가지고 나가면 될 일이었다.

"생각보다 오래 나와 있었던 거긴 했지."
"그러니까."

길게 머물다가 간다. 그저 손님처럼 잠깐 있다 가는 것이라고 생각하면 되는 것이었다.

"이런 맛이 아니었는데. 좀 짜게 만들어졌다. 맛없지 않아?"
"아니야. 맛있어. 지금까지 중에 첫 번째로 맛있어."
"그래 봤자 내가 해준 요리가 열 개도 안 되잖아."
"그건 그렇지."
"새은이가 해준 건 정말 맛있는데."

"뭐가?"

"그때 해준 스테이크는 정말 맛있었는데."

"기념일에?"

"응. 이제 곧이네."

곧 둘만의 기념일이 다가온다. 그때 시우가 없을 것이라는 생각이 들자, 새은은 갑자기 눈물이 나올 것 같았다. 새은은 시우가 해준 요리 중에서는 가장 맛있는 요리를 먹으면서 코쪽이 시큰해지는 것을 느꼈다. 곧 있으면 눈물이 나올 것이라는 신호. 시우와 새은은 아무 말도 없이 스테이크를 먹었다.

와인은 반 정도를 남겼다. 식탁을 정리하고 설거지를 하면서 혼자 살게 되면 좋은 점에 대해 생각해보았다. 시우는 샤워를 하고 있었다. 새은은 서로의 떨어짐에 대해 실질적으로 생각해볼 수 있었다. 그 떨어짐에 대해 생각해보면서 그녀가 그리고 싶었던, 결국 그려보지 못했던 배경만 칠해진 캔버스가 생각났다. 그려보았으면 완성할 수 있었을까. 그림을 보며 기분 좋았을까. 혼자 살게 되면 그림을 그려볼 수 있을까. 시간도 공간도 더 많아질 테니까. 작은 방을 화실처럼 꾸며볼 수도 있을 것이다. 목공이 끝나면 그림을 제대로 배워보는 것도 좋은 생각처럼 느껴졌다. 이제는 그림을 그리는 생각을 해도 더는 마음이 쓰라리지 않았다. 생각해보면 정말로 혼자 살아본 적이 없었다. 혼자 장을 보고 청소를 하고 혼자 잠드는 하루가 실감 나지 않았다. 결혼을 하게 될 것이라고 생각했던 것도 부끄러웠다. '그게 아니라 떠난다는 이야기를 하는 건데. 바보 같네.'하고 자책했다. 시우와 같이 살며 숨이 막힌다고 생각한 적도 있었는데. 혼자 지내보고 싶다고 생각하기도 했었는데. 그런 생각은 하지 않는 것이 좋았을 텐데. 혼자 있고 싶다는 상상을 머릿속으로 떠올리지 않는 것이 좋았을 텐데. 새은은 마치 자신이 그런 부정적인 미래를 생각해서 시우가 떠나는 것처럼 느껴졌다. 그리고 이 감정에 대해 시우와 이야기를 나누고 싶었지만 그럴 수 없었다. 서로 감정이 상할 것이 분명했다. 대화가 되지 않을 것 같으면 대화하는 것을 중단한다. 그것은 이해를 가장한 포기였다. 단단하게 깨어진 구슬이었다. 새은은 결국 시우 몰래 조용히 수도꼭지에서 떨어지는 물방울에 눈물을 같이 떨어뜨릴 수밖에 없었다.

"생각보다 간단하네?"

시우는 커다란 캐리어 한 개와 백 팩 그리고 운동할 때 가지고 다니던 커다란 크로스 백을 메고 현관문 앞에 섰다.

"여름옷은 우선 안 챙겼어. 천천히 가지고 가지 뭐."
"앞으로 이 집은 출입 금지야. 몰랐어?"
"그럼 이참에 전부 새로 사야겠네."

새은은 생각보다 멀쩡하게 혼자만의 독립을 받아들이고 있었다. 울고 불며 시우에게 어리광을 부리지도 않았고 바짓가랑이를 붙잡고 늘어지는 새은을 시우가 발로 차며 떠나는 일도 없었다. 물론 자신이 원해서 하는 독립도 아니고 시우가 새은을 떠나는 것이니 어떻게 보면 시우가 독립하는 것이라고 볼 수는 있겠지만, 그는 가족에게 돌아가는 것이니 자신의 독립이 맞는 표현인 것 같다고 생각했다. 이것을 '이별'이라고 표현할 수도 없을 것 같았다. 관계의 끝은 아니니까. 그리고 그렇게 이야기하면 정말로 자연스럽게 이별을 맞이할까 봐 두려웠다. 시우와 떨어지는 것에 대한 상상이 정말로 현실로 이루어진 것처럼. 함께 살다가 헤어지는 것에 좀 더 좋은 표현은 없을까. 서로가 떨어지는 것. 그런 것에 대한 아름다운 단어는 없는 것 같았다.

"택시 불렀어?"
"응."
"같이 나가줄까?"
"뭐 하러."
"응."
"자주 올게."
"누구 마음대로."

하고 웃었지만 아마도 그것이 진짜 미소 같아 보이지는 않았는지 시우도 쓸쓸한 미소를 보였다. 서로의 표정을 따라 하는 습관이 있었으니까. 아마도 지금 그의 표정. 그러니까 울 듯하고 머쓱한데 입꼬리는 웃고 있는 그 표정이 새은의 표정과 같음을 알 수 있었다.

문소리가 쾅하고 들리자 새은은 현관문의 소리가 저렇게나 컸다는 사실에 놀랐다. 남겨지는 사람은 거의 시우였으니. 자신이 나갈 때 시우는 항상 이 문소리를 들었겠구나, 생각했다.

현관문 앞으로 살짝 움직이자 반짝하고 불빛이 켜졌다. 별것 아닌 것에도 새은은 흠칫 놀랐다. 방 안으로 들어가면 시우가 있을 것 같다. 방금 시우와 작별 인사를 했는데도 시우가 조용히 잠을 자고 있을 것 같았다. 괜히 헛기침을 해보았다. 커다랗게 울리는 소리를 내어도 듣는 것은 자신 혼자뿐이었다. 밤열 시였다. 다음 날 가라는 완곡한 부탁으로 일주일이 흘렀다. 새은에게 그 일주일은 그들이 최근에 함께 보냈던 그 어떤 시간보다도 좋았다. 시우는 다시 예전처럼 다정한 모습으로 돌아온 것 같았다. 설거지를 하는 새은을 안아주기도 하고 새은을 빤히 쳐다보기도 했다. 시우가 떠나는 날이 오지 않았으면 좋겠다. 이대로라면. 이렇게 다시 사랑을 느낄 수 있다면, 처음과 비슷한 느낌이라면. 근래에 새은이 경험했던 수많은 서러움도 모두 없던 것처럼 잊을 수 있을 것 같았다. 갑자기 시우 아버지의 전화를 받기 전까지만 해도 같이 영화를 보며 잠이 들 생각이었다.

"가봐야 할 것 같아."

"갑자기?"

"아버지가 다음 주에 내려가려고 하셨던 고향 집에 곧 가서야 할 것 같대."

"…"

"그리고 명절 연휴에는 가족이 함께 있는 게 좋을 것 같다고
하셔서."

　그렇게 이야기하고 시우는 새은을 쳐다보지 못했다. 시우는
간결하고 정확하게 계획된 것처럼 짐을 챙겼다. 불필요한 동
작은 아무것도 없었다. 한 치의 망설임도 없었다. 마치 이날
을 기다린 사람처럼 체계적이고 흐트러짐 없는 태도였다. 챙
겨두었던 짐을 빠르게 들고 집을 나갔다. 시우가 이렇게 밤중
에 떠날 것이라고 생각하지 못했던 새은은 아무런 대책 없이
시우를 떠나보내야만 했다.

　갑자기 아주 많은 시간이 생긴 것 같은 기분이 들었다. 침대
에 누워서 왼쪽으로 몸을 누웠다가 오른쪽으로 돌아 누워보며
잠이 잘 들 수 있는 편한 자세를 찾아보았다. 태아처럼 몸을
웅크리면 잠에 잘 들 수 있다고 들었는데 전혀 효과가 없었다.
머리맡에 두었던 라벤더 오일을 손목에 잔뜩 뿌려도 보고 잠
이 잘 오는 호흡법으로 숨을 쉬어도 봤다. 그 무엇을 해도 잠

이 오지 않았다. 밤의 시간이 아주 긴 것처럼 느껴졌다. 어둠 속에 눈을 떠서 시우가 있던 자리를 바라봤다. 시우는 왼쪽. 새은은 오른쪽. 항상 지켜진 자리였다. 시우의 몸의 곡선에 꼭 맞게 매트리스가 움푹 들어가 있는 것만 같았다. 새은은 자신의 왼쪽 매트리스를 쓱 하고 올려보았다. 평평하게 만져지는 부드러운 침대보 위로 아무런 자국도 느껴지지 않았다. 원래부터 아무도 눕지 않았던 것처럼. 새은은 이 시간을 무엇으로도 채울 수 없을 것만 같았다.

'가슴이 뻥 뚫린 것 같다.'

정말로 그런 것 같았다. 허전하고 차가운 것이 심장 부근에서 느껴지는 것 같았다. 새은은 손을 들어 가슴 가까이에 올려놔 보았다. 손바닥에 차갑게 식은 심장의 진동이 미세하게 느껴졌다. 새은은 자신의 심장을 내려다보았다. 온기가 필요했다. 빈 침대가 어색하다. 새은은 제제를 데리고 올라와 같이 누웠다. 제제는 평소에도 침대에는 잘 올라오지 않았기 때문에 그 어색함이 싫은지 금방 새은의 품을 벗어나 내려가 버렸다. 누군가 자신을 안아주었으면 좋겠다고 생각했다.

'정말로 가슴이 뻥 뚫렸나?'라는 고민을 했다. 두 손을 비벼 뜨거운 온기를 내고 심장에 손을 올려두고 옆으로 누워서 몸을 잔뜩 웅크렸다. 시우가 없는 밤은 정말로 오랜만이었다. 시우의 몸에서 천천히 번지는, 존재만으로도 따뜻했던 그 온기도 사라졌다. 그날 밤, 잠에 쉬이 들지 못하다가 결국은 악몽을 꾸어야만 했다.

아침에 눈을 떴다. 침대 옆을 보자 제제가 걱정스러운 얼굴로 처다보고 있다. 제제를 키우면서 알게 된 신기한 점은 동물도 표정이 있다는 것이었다. 당연한 말일 수도 있겠지만, 새은이 제제를 알기 전까지는 정확하게 모르던 사실이었다. 제제도 시우가 없는 것이 어색한 것 같았다. 시우가 없는 첫날 아침이다. 변한 것은 거의 없었다. 연휴인데도 새은은 원래대로 아침 여덟 시 삼십 분에 일어나서 커피를 한 잔 내리고 제제 밥을 챙겨주고 요가를 하며 굳은 근육을 풀었다. 유튜브에 나오는 선생님이 알려주는 요가였다. 예전에 요가 학원에 다니면서 배우던 것보다 더 좋다고 느꼈다. 근육을 가볍게 풀어주는 동작으로 이루어져 어깨의 움직임을 부드럽게 만들어주었다. 요가에도 분명 여러 방향이 있겠지만 이렇게 몸의 근육을 가볍게 늘려주는 동작들을 좋아했다. 어깨의 근육을 늘리면서 새은은 지난밤에 느꼈던 고통에 대해 생각했다. 그 좋지 않은 꿈에 대해. 물론 존재하지 않는 일이지만 시우가 자신을 속이고 다른 여자들과 함께 술을 마시고 노는 꿈을 꾸었다. 잠을 잘 자지 못하면 날개뼈 안쪽이 뻐근했다. 오랜만에 느끼는 근육의 통증이었다. 시우에게는 아무 연락이 없었다. 집에 잘 도착했냐고 묻는 새은의 연락이 읽지도 않고 남아 있었다. 요가를 다하고 가볍게 제제와 산책을 하고 샤워를 했다. 아침 겸 점심을 먹으며 시계를 보았다. 한 시가 가까웠다. 아무 연락도 없다. 새은은 시우의 연락을 기다리는 것이 이상하게 느껴졌다. 이전에는 어느 정도의 연락을 했는지 기억나지 않았다. 벌써 같이 산 지 4년이나 되었기 때문에 따로 살았던 날들이 아주 먼 옛날 같이 느껴졌다. 삼십 분이 지나도, 한 시간이 지나도 연락이 오지 않았다. 새은은 기다려야만 했다. 지루한 명절이었다. 오늘은 할 일이 없었다. 미영과 태성의 집에는 내일 갈 예정이다. 이참에 영화관에 가볼까 하는 생각이 들었다. 이전부터 보고 싶었던 영화가 생각났다. 새은은 영화를 보거나 전시회를 보는 것을 좋아했다. 몇 년 전에 시우와 함께 보았던 사진 전시가 마지막이었다. 나중에 날이 조금 따뜻해지면 전시회를 보러 가자고 했었다.

영화관에 갔다. 보고 싶었던 전시는 시우와 함께 봐야 하니까. 영화는 생각보다 재미없었고 맨 앞쪽 끝자리에 앉아서 불편했다. 새은은 혼자 반 이상 남아버린 팝콘을 들고 영화관 밖을 나왔다. 팝콘은 늘 캐러멜 팝콘을 먹는다. 캐러멜 코팅이 되어 바싹하게 씹히는 겉면이 좋았다. 어린 시절에 처음으로 캐러멜 팝콘을 먹어보고 나서는 다시는 그냥 팝콘을 먹을 수가 없었다. 한 가지 아쉬운 점은 어느 정도 먹고 나면 지겨워진다는 것이다. 그래서 늘 새은이 조금 먹고 나면 먹성 좋은 시우가 남은 팝콘을 전부 먹어 치워서 양이 알맞았다. 이번에 본 영화는 시우가 보기 싫다고 이야기했던 영화였다. 간만에 같이 영화를 보러 가자고 했지만 시우는 재미없을 것 같다며 단칼에 거절했다. 이번에도 시우가 맞았다. 영화는 정말로 재미없었고 열린 결말로 찝찝하기까지 했다. 새은은 열린 결말을 싫어했다. 이야기를 만드는 사람이라면 그 이야기의 주인공들이 어떻게 되었는지, 어떤 삶을 선택 했는지는 알려주어야 한다고 생각했다. 물론 현실은 영화와 다르니까, 영화 속 주인공이 친한 친구와 아무런 이유도 없이 스리슬쩍 멀어질 수도 있고 나이가 들면서 회사와 가정과 육아 같은 현실적인 이유들로 감동도 없이 살아가게 될 수도 있다. 그런 것들이 재미없을지는 몰라도, 적어도 새은은 앞으로 주인공들이 어떻게 살아갈 것인지는 알고 싶었다. 그런 의미에서 이번 영화는 두 주인공이 만남과 이별 중에서 그 무엇도 선택하지 않고 애매하게 끝이나 버려서 다 보고 나온 후에 짜증이 날 정도였다.

　다만, 혼자 영화를 봤다는 것, 그 행위 자체에 기분이 들떴다. 생각해보면 혼자 영화관에 온 것은 처음이었다. 딱히 혼자서 영화관에 올 이유가 없었다. 어린 시절에는 친구들과 함께, 시우를 만나고는 시우와 함께 영화관에 왔었다. 뭔가를 해낸 기분이 들었다. 새은은 보고 싶은 것도, 사고 싶은 것도 없지만 괜히 영화관 근처의 서점에 들렀다. 서점에 있으면 시간이 빠르게 지나간다. 다양한 책들의 냄새도 좋았다. 그 옆에 나란하게 붙은 문구를 파는 곳도 가보았다. 다양한 필통과 공책 심지어 모자와 목도리, 인형까지 있었다. 인형은 그렇다고 쳐도 모자는 대체 왜 있는 것일까. 이상하다는 생각이 들었지만 모든 것이 정해진 카테고리에 속해있을 필요는 없으니까 대수롭지 않게 여겼다. 새은은 그곳에 있으면서 어린 학생들의 맑은 웃음소리와 목적 없이 떠드는 대화를 몰래 엿들었다. 그리고 어린 시절에는 비싸고 필기하기 불편해서 망설이던 예쁜 볼펜도 두 개 골라 집었다. '이렇게나 문구들이 발전했나.'라는 생각을 하면 세상이 빠르게 변하는 것 같았다. 수채화 물감과 수채화 색연필. 미술 학원에 갔을 때 화구에 넣어줬던 것과 비슷하게 생긴 것이 있었다. 그것들까지 구매하니 양손이 무거워졌다. 집으로 돌아가서 옷방을 정리해야겠다. 아니면 거실에 놓인 식탁을 정중앙으로 가져와서 그림을 그릴 수 있는 책상처럼 만드는 것도 좋을 것 같다. 집으로 돌아가는 길에 과일을 하나 샀다. 과일은 연휴답게 비쌌다. 어째서 이번 겨울은 이렇게도 추웠을까 생각했다. 그래도 집에서 그것을 잘라 먹을 생각을 하니 매우 기뻤다. 시우에게는 한 시간 전에 연락이 와있었다. 혼자서도 생각보다 시간을 빠르게 보냈다. 시우가 옆에 있지 않아도 나쁘지 않은 하루를 보냈다. 벌써 해가 저물고 있었다. 집에 가서 제제와 한 번 더 산책을 해야겠다.

14

은하는 시우와 비슷한 식성을 가지고 있다. 식성만 비슷한 것이 아니었다. 밖에 나가는 것보다 집에 있는 것을 더 좋아하는 성향도 비슷했고 게임을 좋아하는 것, 몸에 열이 많아서 더운 것보다는 추운 것을 좋아하는 것. 운동을 싫어하는 것. 쌍둥이를 만난 것처럼 많은 면이 비슷하다고 생각했다.

시우는 은하를 만날 때면 새은을 만날 때처럼 마음에 들기 위해 노력하지 않아도 된다는 것이 좋다고 생각했다. 처음 새은을 만날 때처럼 멋있어 보이기 위해 노력하지 않아도 되었고 자신을 꾸며내면서까지 은하에게 좋은 사람이 되기 위해 노력하지 않아도 되었다.

시우는 은하를 좋아하지는 않지만, 은하와 있는 것이 편했다. 그리고 새은과 그렇게 오랫동안 맞춰오던 성향이 은하와는 단박에 맞아버리자, 잘 맞는 사람이 있다는 말은 은하 같은 사람을 두고 하는 말이 아닐까 생각했다.

새은과의 관계를 생각하면 머리가 아팠다. 복잡했다. 진취적인 새은의 성향은 장점이면서 단점이 되었다. 시우는 새은의 그런 모습이 좋았지만, 자신과 다툴 때도 진취적인 모습을 보이는 것은 괴로웠다. 새은이 좀 더 자신을 내버려 둘 수는 없는 것일까. 왜 항상 자신과 다투려고 하는 것일까. 왜 마음을 불편하게 만들려고 하는 것일까. 시우도 다투는 것이 힘들었다. 새은은 시우가 싸움을 좋아하는 사람처럼 말을 하지만, 정말로 싸움을 좋아하는 것은 새은이라고 시우는 생각했다.

목공소에는 더 이상 따라가지 않았다. 목공소에는 남자들이 많았지만, 새은 취향의 남자는 없다는 것이 안심되었다. 그리고 무엇보다 새은을 믿었고 다른 것들 때문에 더 생각할 여유가 없었다. 필요한 외장 하드를 두고 왔을 때, 그녀는 그곳에서 자신을 기다리면서 작업하는 것에 부담을 느낀다고 생각했다. 그래서 계속해서 집으로 돌아가라며 짜증을 냈으리라. 시우는 자신의 호의가 또다시 불편함이 되어 돌아오자 기운이 빠지는 것 같았다. 그래서 더는 새은을 위해 귀찮음을 감수하고 싶지 않았다. 그렇지만 은하는 달랐다. 만날 때마다 시우의 마음을 편하게 해줬고 늘 고마움을 표현했고 자신을 배려해주었으며 무엇보다 상냥했다. 새은은 야생에 풀어진 표범같았다. 잡아두고 싶지만 잡기 위해서는 많은 희생이 필요하다. 그에 비해 은하는 잘 길들여진 하얀 고양이 같았다. 물론 그런 식으로 새은과 은하를 비교하고 싶은 것은 아니었다. 다만 시우는 은하와 함께 있을 때 결이 맞는다는 편안함을 느꼈음은 분명했다.

시우는 본가로 돌아가고 나서 혼자 있는 시간이 많아졌다. 두고 온 제제 생각이 났다. 떨어져 지내야 하기에 제제에게 미안한 감정이 들었지만, 지금은 제제도 새은도 없이 혼자 있는 것이 더욱 즐겁다고 느꼈다. 4년이라는 시간 동안 혼자 있는 시간이 거의 없었다. 매 순간을 새은과 함께했다. 가끔은 혼자 있고 싶다고 느꼈다. 종일 누군가와 함께 있는 것은 시우의 성향과 맞지 않았다. 최근에는 뚱한 표정으로 다른 곳을 보거나 이상한 질문, 이를테면 갑자기 자신이 없어지거나 다른 사람을 만나면 어떨 것 같냐는 식의 질문을 해대는 새은으로 인해 지쳐가고 있었다. 새은은 어째서 자신을 조금도 편하게 내버려 두지 않을까. 그래서 도망치듯이 새은의 집에서 나왔다. 물론 정말로 어린 동생이 혼자 지내게 되는 것이 걱정되기도 했다.

새은을 오랫동안 만났지만 그녀는 여전히 매력적인 여자였다. 나이가 들어가면서 새은은 특유의 매끈한 얼굴형이 더욱 성숙해 보였고 눈동자에는 깊이가 담겨있었다. 그렇기에 은연중에 붙잡고 있는 새은을 뿌리치는 것은 어려웠다. 새은의 굴곡진 허리에 손을 올리고 부드러운 머릿결을 쓰다듬고 같이 누워 TV를 보는 저녁은 시우가 새은과의 하루 중 유일하게 느끼는 편안함과 행복이었다. 그런데 막상 혼자가 되어보니 그 저녁이 전혀 그립지 않았다. 왜일까. 왜 더 이상은 새은과의 시간이 그립지 않은 것일까.

 아침 아홉 시였다. 자동으로 눈이 떠졌다. 커피를 내려 마시던 새은의 모습이 보이는 듯했다. 새은이 내려주는 커피는 맛있었다. 따뜻한 것은 불만이었지만 맛은 아주 좋았다. 시우는 믹스커피를 뜯어 물에 탔다. 제제가 있었으면 제제를 산책시켜주었을 것이다. 하지만 지금은 제제도 없고 동생도 학교에 나가고 없고 부모님은 시골로 내려가셨기에 아무도 없다. 시우는 아무것도 챙길 것이 없다는 생각에 자유로웠다. 간만에 그림을 그려봐야겠다. 그림 그리는 일이 직업이 되고부터는 개인적인 작업은 거의 하지 않았다. 얼마 전 은하와 영화를 보고 갔던 서점에서 은하가 선물해준 드로잉 펜을 꺼내 스케치를 했다. 가볍게 쓱쓱 움직이는 펜이 머릿속에 있는 모습을 표현해주었다. 그때 미영에게 전화가 왔다. 이제 매장을 가오픈한다고 했다. 태성이 매장을 열겠다고 이야기한 것은 새은이 스무 살이 되던 무렵부터였다. 그때부터 태성은 매장을 운영하고 싶다고 했다. 시우는 태성이 매장을 운영하고 싶다고 말만 하는 모습이 마음에 들지 않았다. 태성도 새은처럼 행동하지 않고 말하는 것만 좋아하는 성향을 가진 사람이었다. 태성은 미적인 감각이 전혀 없다. 호감형인 동생과 달리 태성은 약간은 험악해 보이는 인상을 가지고 있다고 생각했다. 그런 태성이 무표정한 얼굴로 사람들에게 서빙을 하면 앉아있던 손님도 전부 나가버릴 것이라고 생각하자 조금 웃기기도 했다. 시우는 태성이 자신을 마음에 들어 하지 않는다는 것을 알았다. 분명 어릴 때는 호의적이었는데. 언젠가부터 자신을 적대하는 태도를 숨기지 않고 드러냈고 시우는 그런 태성을 이해할 수 없었다. 원래 오빠들이 여동생의 남자친구를 싫어하는 법이니까. 태성은 새은을 끔찍하게 생각하니까. 그럴 수 있을지도 모르지만 자신과도 알고 지낸 시간이 꽤 길었기에 약간은 섭섭한 마음이 들었다. 태성의 태도가 어느 순간부터 적대적으로 변한 이유는 아마 새은 때문일 것이다. 새은이 자신에 대한 나쁜 이야기를 스스럼없이 태성에게 말했으리라. 시우는 어디 가서도 새은에 대한 나쁜 이야기는 절대 하지 않았다. 스스로를 욕되게 하는 일이니까. 하지만 새은은 미영과 태성에게 모든 일에 대해 시우 자신만 불리한 방향으로 말해버린다는 것을 어렴풋하게 짐작할 수 있었다.

새은에게 전화와 메시지가 와있었다. 일곱 시까지 미영의 매장으로 올 수 있냐고 묻는 연락이었다. 시우는 알겠다고 했다. 해야 할 일이 있지만, 그렇게 급한 일은 아니다. 새은을 보지 못한 지도 일주일 정도 되었다. 꽤 오래된 것처럼 느껴지던 참이었다. 이전에 어떤 데이트를 했는지 기억도 나지 않는다. 함께 살기 시작하면서 데이트를 거의 하지 않았다. 사용하지 않는 능력은 퇴화하는 것처럼 시우는 이제 데이트라는 것은 어떻게 약속을 잡고 무슨 옷을 입고 무엇으로 시간을 채워나가야 하는지 기억나지 않았다. 이유 없이 만나고 약속을 잡는 게 어색하다고 느껴졌다.

시우는 간만에 정장을 꺼내 입었다. 새은이 좋아하던 긴 머리를 유지한 지 꽤 오래되었다. 앞머리가 눈을 찔렀다. 머리를 자를까 고민했다. 그렇지만 새은이 좋아하는 머리 스타일을 하기 위해서는 긴 머리를 유지해야 했다. 시우는 머리에 왁스를 발랐다. 머리가 꽤 잘되었다고 생각했다. 거울 앞에 자신의 모습이 마음에 든다. 멋진 자신의 모습을 보면서 은하 생각이 난 것은 왜일까. 아마도 은하에게 보내줘야 하는 작업물이 생각났기 때문일 것이다. 문득 은하는 어떤 머리 스타일의 남자를 좋아할지 궁금했다.

날이 무척이나 추웠다. 코트 사이로 찬 바람이 들어왔다. 가게에 도착했는데 생각보다 사람이 많았다. 시우가 아는 사람도 몇 보였다. 미영과 태성은 밝은 표정으로 사람들에게 인사를 했다. 새은은 보이지 않았다. 일곱 시였다. 이번에도 늦는다. 새은은 시간을 지키는 법이 없다. 시우가 몇 번이나 이야기했지만 도무지 고쳐지지 않았다. 시우는 혼자 바 자리에 앉았다. 사람들은 모두 즐거워 보였고 가게는 생각보다 멋졌다. 인테리어는 미영이 했을 것이다. 미영은 미적 감각이 좋으니까. 시우는 태성과 미영이 잘 어울리는 커플이라고 생각했다. 태성의 모자란 부분은 미영이 채워주었고 미영의 모자란 부분도 분명히 태성이 채워줄 것이다. 미영은 시우가 보기에는 여자로서 매력은 없지만 엄마 같은 부분이 있었다. 그 평온함 덕분일까. 태성의 인상이 한결 부드러워졌다.

"새은이는?"

"오고 있는 것 같은데."

"뭐 먼저 마실래?"

"그래."

메뉴판을 보다가 아드벡 한 잔을 주문했다. 아드벡은 새은이 병원 소독약 냄새가 난다고 했던 위스키였다. 어떤 맛이 느껴진다기보다는 강한 알코올의 맛이 느껴졌고 입 안에 머금고 있다 보면 특유의 구수한 훈연 향이 느껴졌다. 위스키를 즐겨 마시지만 정확한 정보를 배워가면서 마실 정도는 아니었다. 그저 어떤 느낌의 맛이 자신이 좋아하는 맛이라는 것 정도만 알면 된다고 생각했다.

"위스키에 대해 공부해보는 건 어때?"

새은은 말했지만, 무언가를 좋아할 때 반드시 정확한 정보를 배워야 하는 것은 아니라고 생각했다. 특히 술을 마실 때 그렇다고 시우는 생각했다. 향을 맡고 액체를 넘기는 그 행위를 통해서 자신이 좋아하는지 아닌지를 판단하면 되는 것뿐이다. 취향의 위스키가 싱글몰트라고 해서 모든 싱글몰트가 반드시 자신의 취향은 아닐 수 있다는 말이었다. 대체로 싱글몰트 위스키의 맛이 취향에 맞기는 했지만.

시우는 아드벡을 니트로 한 잔 마셨다. 얼음은 조금도 타지 않는다. 시우가 좋아하는 방식이었다. 위스키를 반 정도 마셨을 때 새은이 왔다. 평소에 신지 않던 높은 구두를 신었다. 커다랗고 노란 꽃다발을 들고 잘 어울리는 원피스를 입은 새은의 모습은 모든 사람이 쳐다볼 정도로 아름다웠다. 새은은 사람들의 넋을 놓게 만드는 특유의 분위기가 있다. 걸어들어오기만 했을 뿐인데 시선을 집중시키는 알 수 없는 에너지가 있었다. 시우는 그렇게 아름다운 그녀가 또각또각 걸어서 자신의 옆에 앉는 것이 기분 좋았다. 모든 사람이 바라본 여자가 자신의 옆에 앉았다.

"늦어서 미안."

"응. 집에 있다가 온 거야?"

"응. 잠깐 목공방에 뭐 좀 두고 오느라 좀 늦었다. 미안해. 뭐 좀 시켰어?"

"이거 한 잔 마시고 있었어."

"밥은?"

"먹어야지."

"여기서 양송이 구이 먹어봤어. 맛있어."

"양송이 구이?"

"싫으면 리소토 먹자."

시우는 리소토와 오픈 샌드위치를 하나 시켰다. 새은도 이미 먹어본 양송이 구이보다는 리소토가 좋을 것이라 생각했다. 새은은 미영에게 꽃다발을 주고 오겠다고 했다. 이름을 알지 못하는 작은 꽃과 커다란 노란 꽃들이 한군데에 잔뜩 묶인 꽃다발이었다. 새은은 꽃을 좋아한다. 꽃을 좋아하지 않는 여자는 없는 것일까. 은하는 꽃을 좋아하지 않는다고 말했던 게 생각났다. 시우에게는 꽃 선물이 의미가 없는 것처럼 느껴졌다. 꽃은 빠르게 시들어버린다. 시들고 나면 볼품없이 쓰레기통에 처박힌다. 바스락거리는 마른 꽃들을 구겨 넣으면 그 꽃은 아무 의미가 없는 것이 되어버린다. 그때 은하에게 전화가 왔다. 새은은 미영과 대화를 나누고 있었다. 시우는 은하의 전화를 받았다. 은하는 무엇을 하고 있냐고 물었다. 은하는 새은과 시우가 연인 사이라는 것을 알고 있다. 카페에서 다시 만난 날에 은하는 시우에게 대학생 때 만나던 여자친구를 여전히 만나고 있냐고 물었고 시우는 그렇다고 답했다.

시우는 새은의 이야기를 꺼내지 않고 친구네 매장에 놀러 왔다고 이야기했다. 보내주기로 한 것을 보내주지 않아서 전화

했을 것이라는 예상과는 다르게 은하는 관심 있던 작업 분야의 전시회가 열리니 함께 보러 가자고 말했다. 시우는 알겠다고 답했다. 그리곤 전화를 끊었다. 단둘이 보자는 것일까. 아니면 이전에 말했던 것처럼 대학 동기들과 함께 보자는 것일까. 시우는 무엇도 상관없다고 생각했다. 그 전시는 무척이나 보고 싶었던 전시였으니까. 새은과 전시회를 보러 간 것은 언제였을까. 잘 기억이 나지 않는다는 생각이 들었다. 집에서 편안한 자세로 누워있으면 일어나기 싫어졌다. 분명 밖에서 데이트하기로 약속한 날에도 누군가가 먼저, 아마도 새은이 먼저 "밖에 추운가?"하고 물어봤다. 그러면 시우는 새은이 나가기 귀찮은 것은 눈치채고 "춥긴 하지."하고 대답했다. 그럼 새은은 "나가기 귀찮아?" 물어보고 시우가 "조금."이라고 대답했다. 그러면 일정은 자연스럽게 취소되고 집에 있게 되었다. 새은은 전시를 보는 것을 좋아하는 편이 아닐 것이다. 아마 시우가 전시를 좋아하니까. 전시회를 보러 가자고 종종 이야기해준 것일 테다. 하지만 시우는 같은 감동을 나누지 못하는 상대와 무언가를 보는 것은 의미가 없다고 생각했다. 그래서 새은을 위해서, 새은을 생각해서 전시 보러 가자는 이야기를 하지 않았다.

그때 미영과 대화하던 새은이 돌아왔다. 새은은 와인을 한 잔 마셨다. 시우와 새은 사이에는 어색한 침묵이 흘렀다. 대화할 이야기가 없었다. 이미 너무 많은 것을 알고 있었다. 그리고 새은은 시우가 이야기하는 것을 열심히 듣지도 않았다. 일과 관련된 고민을 이야기하면 어차피 알아듣지도 못하니 재미없을 것이다. 과거의 모든 사건, 사소한 사건들까지도 이미 서로가 알고 있는 일들이었다. 어릴 때 자전거를 타다가 넘어져서 생긴 팔꿈치의 상처, 길고양이들에게 밥을 주다가 차에 치인 사건, 친구들과 계곡에 놀러 가서 기절한 일 등. 그런 재미있고 충격적인 사건들도 반복되는 강의처럼 몇 번이고 지겹게 들으니 더는 새로울 것이 없었다. 시우와 새은. 둘 다 기억력이 짧은 편이기 때문에 짧은 일주일의 사사로운 일들은 잘 기억나지 않았고 딱히 흥미롭지도 않았다. 서로 어떤 생각을 머릿속에 담고 있는지 충분히 파악하고 있는 것 같다고 여겼다. 더 궁금하지도, 새롭지도 않았다.

  "그때 내가 봤다고 했던 영화 있잖아."

  "응."

  "자기 말대로 재미없더라."

"그래?"

"응."

짧은 대화를 하고 새은은 와인 잔으로 시선을 돌려버렸다. 분명히 그것은 기분이 나쁘다는 제스처였다. 무엇이 마음에 안 드는 것일까. 또 어떤 부분이 짜증이 났을까. 시우는 꽉 조이는 넥타이를 맨 것처럼 목이 답답했다. 새은은 역시 자신을 불편하게 만든다. 새은과 함께 있는 것이 더 이상 즐겁지 않았다.

15

어른의 정의는 무엇인가. "스스로의 인생을 책임질 수 있는 것."이라고 은하는 대답한다. 그러면 그녀는 어른이 되었는가 하는 질문에 고개를 갸웃할 수밖에 없었다. 그녀는 어째서 "나 노래를 그만 부르고 싶어."라고 선포할 만한 용기도 없는 어른으로 자랐을까.

운이 따르지 못하는 애매한 재능. 그건 재능이 없는 사람보다도 못했다. 정말로 잔인했다. 낙천적인 사람이 애매한 재능을 가지고 있는 것은 아무런 꿈이 없는 사람이 인생을 착실하게 살아가는 것보다 훨씬 못했다. 은하가 그것을 깨달았을 때는 스물다섯 살, 너무 늦었다고, 다시 새로 시작하기엔 자신은 너무 늙어버렸다고 생각했다. 지금 와서 생각해보면 전혀 늦지 않은 나이였지만.

친구들은 이제 모두 직장인이다. 몇 명은 흔히 말하는 엘리트의 삶을 탄탄대로처럼 살고 있다. 스무 살의 은하는 생기있는 피부에 붉게 올라온 뺨을 반짝 뽐내며 '나는 다 잘 될 거야. 그런 느낌이 있어.'라며 긍정적으로 생각했다.

꿈을 이루고자 노력하는 것이 사실은 현실을 외면하고 있던 것. 미래의 자신에게 모든 책임을 떠맡겨 놓은 것이라는 걸 몰랐다.

은하는 일기장에 감정과 생각을 써놓곤 했다. 친구들에게는 이야기할 수 없는 혼자만의 슬픔을 적어놓곤 했다. 은하는 부정적인 감정은 혼자만 알아야 한다고 생각했다. 밖으로 드러내어 보이면 다른 사람들이 부담스러워할 것이다. 은하의 슬

픔은 혼자만 알아야 하는, 반드시 숨겨야 하는 그런 부끄러움
이었다. 은하는 복잡한 사람이었다. 가끔은 안정적인 것을 싫
어하면서도 스스로 극도로 추구한다고 느끼는데 그 이유를 알
수 없었다. 그리고 오히려 그런 상충하는 희망이 은하를 더욱
무기력하게, 아무 힘도 내지 못하게 만들었다. 은하에게는 높
은 이상도, 지금과 같은 평범한 안정도 모두 가지고 싶다는 생
각이 있었다. 그 공존할 수 없는 상황을 어떻게 가지려고 하는
것일까. 가끔은 스스로가 궁금했다.

  은하는 아르바이트를 하는 골프 매장의 계산대 앞에 서서 지
구본 모형을 내려다보았다. 그리고 문득 그런 생각을 했다.

  사랑이 무엇일까.

  더 정확히는 '영원과 사랑이라는 것이 존재하기는 하는 것일
까.' 하는 그 이상한 생각이 마치 지구본을 내려다볼 때 느끼
는 감정과 동일하게 의문스러웠다. 나무로 만든 지구본이 계
산대 앞에 당당하게 자리하고 있다. 지구본을 본다. 그것을 만
져볼 수도 있다. 나무 원목의 받침대 안에 동그랗게 자리하고

있다. 지구를 똑같이 만들어 놓은 지구본을 지구라고 할 수 있는 것일까. 은하는 지구를 만져본 적이 없다. 당연하게 실제의 눈으로 본 적도 없다. 다만 사람들이 지구는 이렇게 생겼다고 정의 내려놓았기 때문에 이것이 지구의 모양이라고 믿고 있었다. 은하가 누군가를 사랑하는 것도 직접 눈으로 확인해볼 수 없다. 만져볼 수도 없다. 다만 사회적으로 정해놓은 정의가 그것이 사랑이어서 자신이 사랑한다고 착각하는 것일까. 알 수 없다고 느낀다. 그것은 아마 평생 실제 눈으로 지구를 볼 수 없는 것과 같을 것이다. 그러니까 그것이 착각이어도 절대로 알 수 없다.

역시 판매하는 일에는 소질이 없었다. 은하는 스스로가 좋은 아르바이트생은 아닌 것 같아 미안했다. 멍하게 자기 생각에 빠져 손님들을 놓친 적도 몇 번이나 있었다. 역시 일을 그만둬야겠다. 어차피 돈 때문에 하는 일이 아니었다. 돈은 엄마, 아빠에게 받으면 된다. 잘되지 않는 일을 할 땐 그만두는 것이 최선이다.

오후 다섯 시쯤 되었을까. 하늘이 온통 오렌지색으로 물들고 있었다. 달고 새큼한 오렌지를 그대로 착즙한 백퍼센트의 오렌지 주스를 은하의 팔과 다리 그리고 약간은 밝은 갈색의 눈동자, 작은 주근깨들, 굵게 웨이브진 갈색의 단발머리 사이에 뿌려 놓은 듯 온 세상이 물들고 있었다. 그런 세상의 공기 속에서 아무런 감흥 없이 그저 존재하다가 문득 약간은 고통스러웠던 아침을 떠올렸다. 아침에는 엄청난 배고픔이 느껴졌다. 속이 비어있는 기분. 허기짐. 정말로 오랜만에 느끼는 공복감이었다. 적게 먹고 잠을 잔 것도 아니었는데, 근래에 종종 이런 공복감이 느껴졌다. 그리고 그런 느낌은 음식으로는 채울 수 없는 것이었다. 단순히 위가 비어서 그런 것일까. 늦은 점심으로는 샌드위치를 챙겼다.

딱딱한 벤치가 조금 춥게 느껴질 때쯤 자신의 손가락을 유심히 쳐다보았다. 손마디가 수분감 없이 푸석하게 바짝 굳어있었다. 원래는 길고 가늘고 예뻤던 손이 노인 같아졌다. 종일 폴리백에 쌓여있던 옷을 꺼내 스팀다리미로 열심히 다렸다. 뜨거운 김을 내뿜을 때마다 다리미가 그녀의 손가락을 괴롭혔다. 하필이면 오늘, 새로운 시즌의 옷들이 들어오는 날이었다. 그리고 하필이면 오늘, 지원한 라이브 바에서 연락이 왔다. 확인하고 싶은 동시에 확인하고 싶지 않았다. 그저 집으로 돌아가고 싶었다. 집으로 가서 따뜻하고 푹신한 침대에 몸을 던져 푹 쉬고 싶다는 생각을 했다. 아무것도 하지 않아도 이상하게 계속되는 피로감이 느껴졌다.

토마토가 신선하게 씹혔다. 한동안 자신과 결이 맞지 않을 것 같은 회사나 재즈바 같은 라이브 바에는 지원하지 않을 것이고 작사와 작곡은 소질이 없으니 하지 않겠다는 신념이 있었지만, 여유 부릴 틈이 없었다. 살면서 무슨 노력을 했던가. 생각해보면 아무것도 끈질기게 노력해보지 않은 것 같았다. 이제까지와 같을 수는 없었다. 일주일에 3일은 아르바이트를 하고 저녁에는 좋아하는 캐모마일 티를 주전자에 한가득 우려 놓고 작업을 지속했다. 은하의 남자친구는 갑자기 적극적인 그녀를 이상하게 쳐다보았다. 궁지에 몰린 사람처럼 몰두하자 말도 걸지 않고 내버려 두었다.

그 노력의 첫 결과를 오늘 마주하는 것이다. 아무도 없는 곳을 찾아 도망쳤다. 백화점 화장실 안으로 숨어도 보고 백화점과 연결되어있는 지하철 지하보도를 하릴없이 어슬렁거리기도 했다. 휴대폰을 열어서 결과를 확인하면 되는 것인데, 그 별것 아닌 동작을 하기 위한 부수적인 행동들이 너무나도 많이 필요했다.

결국 돌고 돌아 집 앞에 우편함을 한번 확인하고 우편물을 모조리 꺼내어 집에 들어갔다. 남자친구가 집에 있었다. 아침부터 또 다퉜다. 기분 나쁜 표정으로 자신을 쳐다볼 게 뻔한 그 집에서 오디션 결과를 확인하고 싶지 않았다. 은하는 들고 온 우편물을 도로 가지고 나왔다.

"나갔다 올게."

　남자친구는 대답도 없었다. 어째서 자신의 집에서 이렇게까지 불편해야 할까. 은하는 어서 빨리 남자친구와 헤어져야겠다고 생각했다.
　'지원해주신 것은 감사하나… 어쩌고'.
　그럴 줄 알았다고 생각하면서도 불합격은 언제봐도 참 기분 나쁜 것이었다. 태연한 척 손에 쥐고 있던 우편물을 확인했다. 통지서였다. 여기저기에서 돈을 내라는 말들이 친절하게 적혀있었다. 친절하고 사무적인 어투의 통지서를 반듯하고 예쁘게 종이 접어 봉투에 넣은 것은 누구일까. 은하는 이런 것들은 아직도 사람이 할까, 기계가 할까. 궁금했다. 잔뜩 연체된 세금 고지서가 한 통 있었다. 누굴 탓할 수 없다. 아주 명백하게 자신의 실수이다. 납부할 것들을 확인하는 일도, 지원한 것에서 떨어진 것도 모든 것이. 중의적으로 모든 것에 대해. 벤치에 앉아 바라보는 풍경은 나쁘지 않았다. 아주 청량하고 밝았다. 은하를 무시하고 미소 짓고 있었다. 이상할 정도로 계절에 맞지 않게 눈부신 공기. 황홀하게 반짝 햇빛을 반사하는 하늘. 길거리에 아이들의 순수한 웃음소리까지도 완벽했다. 다만 그것이 그녀에게 어떤 긍정적인 영향을 주지 못했을 뿐이었다. 무료했다. 모든 것이 무료하고 무기력했다. 그녀는 여전히 명태 같은 눈을 하고 멍하니 앉아있을 뿐이었다. 졸음이 쏟아지고 있었다. 원인을 알 수 없는 피로감에 짓눌리고 있었다. 즐거움이 강요되는 수준의 경쾌한 조화가 은하를 둘러싸고 춤을 추고 있다. 손을 잡고 일어나서 함께 춤을 추자고. 기분 나쁜 일은 접어버리라고 부드럽게. 응당한 권유를 하는 것만 같았지만, 은하의 감정은 맥없이 솟아오르지 못하고 자꾸만 거꾸로 비상하고 있었다.

은하는 시우를 생각했다. 시우에게 여자친구가 있는 것은 알고 있지만 신경 쓰이지 않았다. 시우는 아마 그 여자에게 지겨움을 느끼고 있을 것이다. 은하가 생각하기론 많은 남자들이 그랬다. 어느 정도 여자를 만나고 나면 아무리 좋은 사람을 만나고 있어도, 사랑한다는 생각이 있어도 새로운 여자에게 관심을 갖는 생물이었다. 그래도 시우는 그런 남자들에 비하면 훨씬 나은 편이었다. 은하는 시우를 그 여자에게서 뺏고 싶다고 생각했다. 자신도 시우 같은 남자를 만나면 안정감을 느낄 수 있을 것이다. 어떻게 시우에게 연락할까 고민하다가 포토폴리오를 핑계 삼아 부담되지 않게 연락하기로 마음먹었다. SNS 메신저를 통해 연락할까 하다가 잘 하지 않는다는 말이 기억나서 저장해놓은 번호로 연락했다. 너무나도 쉽게 '그래 만나자.'하는 대답이 왔다. 어차피 지금 만나는 남자친구는 혼자가 되고 싶지 않아서 만나고 있었을 뿐이었다. 진짜로 사랑하는 것은 아니었다.

은하는 연애라는 것이 게임 같다고 생각했다. 승률이 높은 게임. 연애를 시작할 때는 보편적인 선호만 잘 맞추면 되었다. 여자나 남자나 똑같았다. 우선적으로 쉽게 호감을 살 수 있는 외형은 중요했다. 은하는 그것을 아주 잘 갖추었다. 친절한 웃음과 잘 차려입은 옷. 좋은 향기가 나는 향수. 잘 관리된 손톱. 과도한 칭찬과 마음에 없는 존중. 사람이라면 누구나 인정받고 싶은 욕구가 있다. 은하는 이해할 수 없지만, 남자들은 자신에 대한 불만을 이야기하지 않고 내버려 두는 것을 가장 원초적인 인정이라고 생각하는 것 같다고 느꼈다.

연애를 처음 시작하는 연인들의 행태는 늘 비슷했다. 처음에는 먼저 남자가 사랑을 갈구하고 나중에는 여자가 그 사랑을 갈구한다. 마음이 편안해진 남자들이 자신의 모습으로 돌아가면 여자들을 불안하고 조급해지면서 외로움을 느낀다. 그 불안을 이기지 못하고 남자의 달라진 점을 지적하면서 하루빨리 남자가 연애 초반의 모습으로 돌아가기를 원한다. 여자의 그런 초조함을 남자들은 집착이라고 여기며 답답한 구속이라 느끼고 그것에서 벗어나고 싶어 한다. 그게 은하가 지금까지 해 온 연애였다. 그러니까 은하는 자신이 세상의 모든 남자와 여자를 아는 것은 아니었지만, 보고 경험한 세상이 전부라고 생각할 수밖에 없었다. 그런데 시우는 그런 남자들과 조금 다르다. 그러니까 잘은 몰라도 적어도 자신이 사랑하는 사람에게 금방 흥미를 잃고 지겨워하는 남자는 아닌 것 같다는 말이다.

"오빠는 여자친구랑 안 싸워요?"

"맨날 싸우지."

"근데 어떻게 만나요?"

"사랑하니까 만나지."

"그렇게 맨날 싸우는데 안 지겨워요? 오빠를 잘 이해해주는 사람을 만날 수도 있잖아요."

"글쎄. 새은이 말고 다른 여자는 생각 안 해봤어."

은하는 그림을 보는 시우의 옆모습을 보았다. 확실히. 시우는 이전에 만났던 남자들과는 다르다. 시우는 정말로 도움을 주고 싶어서 나온 사람처럼, 은하를 잘 쳐다보지도 않고 작업에 몰두했다. 그리고 작업과 관련된 이야기, 은하가 부탁한 프리랜서 디자이너를 위한 이야기만 계속해댔다. 은하가 조금만 여지를 줘도 금방 은하의 집까지 따라 들어오는 그런 남자들과는 다른 사람이었다.

은하는 딱딱한 벤치에서 일어나서 집으로 들어갔다. 여전히 보기 싫은 남자친구가 그녀의 집에 있다.

"나가주라."

"뭐?"

"나가 달라고. 혼자 있고 싶어."

"그래."

　남자는 문을 나서면서 물어봤다. "헤어지자는 말이지?" 은하는 그 지겨운 물음에 "응."이라고 대답했다. 자신을 사랑하는 남자라면 나가달라는 말에 금세 옷을 챙겨입고 나서면서 문 앞에서 서서 은하에게 책임을 떠밀어 헤어지자는 말이냐고 묻지 않을 것이다. 시우 같은 남자라면 나가달라는 말에 자세를 고쳐 앉고 "왜 그래? 무슨 일 있어?"라고 물어줄 것이다. 은하는 닫히는 문을 보면서 이번에도 쓸데없이 시간과 돈을 낭비했다고 생각했다. 은하가 기분이 나쁜 것은 안중에도 없었다. 오직 자신이 하던 게임을 멈춘 것이 기분 나빠 보이는 태도의 남자가 자신이 만난 남자다. 은하는 한숨을 쉬며 담배를 꺼내 물었다. 재킷을 꺼내입고 그 남자가 나갈 때까지 조금 기다린 후에 문밖으로 나갔다. 어느새 날이 어둑해졌다. 시우는 그 새은이라는 여자와 함께 있을 것이다. 시우는 일상을 공유하는 남자니까. 자신의 감정을 공유하는 남자니까. 은하는 다 피운 담배를 담벼락에 지져서 끄면서 어떻게 하면 시우를 자신의 남자로 만들 수 있을지 고민했다. 그러면서 한편으로는 집 안에 들어가서 아무도 없는 그 공허함을 느끼고 싶지 않다고 생각했다.

불이 하나씩 켜지는 계단을 올라 문 앞에 서서 은하는 담배를 하나 더 꺼내 물고 복도의 창문을 열었다. 타인에게 해가 되는 행동이라는 것은 알지만 남의 기분을 신경 써줄 여유는 없다. 은하는 불 꺼진 계단에서 붉은 담배의 끝을 보면서 그 남자와 헤어진 것이 잘한 것인지 생각했다. 그래도 나쁘지 않은 사람이었다. 세 달밖에 만나지 않았지만 나름 귀여운 구석이 있는 사람이었다. 어쩌면 지금 당장 집에서 혼자 있는 것보다 그 남자와 함께 있는 것이 더 괜찮았을 수도 있겠다고 생각했다. 사랑이 없어도 사람의 온기를 느낄 수는 있으니까. 환멸 나는 외로움보다는 짜증 나는 살갗이라도 비비는 편이 더 나으니까. 그 남자의 뻔한 변화를 참았더라면 더 좋았을지도 모른다.

은하는 현관문 앞에 검은 물체가 쭈그려 앉아있는 것 같은 모습이 보이는 듯했다. 검고 검은 물체가 몸집을 숨기며 작게 앉아있는 모습이. 계단에 불이 들어오고. 현관문 앞에는 아무것도 없다는 것을 확신하기 전까지. 은하는 그곳에 무언가가 있는 것 같다고 생각했다. 집에 들어오자 적막함이 은하를 휘감았고, 은하는 자신이 잘못 본 것이 자신의 외로움인가. 사랑받고 싶다고 생각하며 온몸에 이불을 칭칭 감았다.

16

  벌써 어두워졌다. 새은은 현관문을 열고 집 안으로 들어갔
다. 제제가 새은을 반겨주었다. 행복한 얼굴이다. 시우가 집
을 나가버린 것은 벌써 적응한 것 같다고 생각했다. 새은은 미
영과 태성의 가게 '소행성'을 떠올리면서 모히또 칵테일을 하
나 만들었다. 미영이 쓰지 않게 되었다면서 준 모히또 시럽이
커다랗게 찬장에 놓여있었다. 가게 오픈 축하 파티에 간 날.
새은은 미영으로부터 이상한 말을 들었다.

  "시우랑 잘 지내고 있지?"

  "응. 그렇지."

  "근데 시우는 너한테 모든 것을 다 잘 말해줘?"

  "그러니까 하루 일과를 잘 보고해 주냐는 말이야?"

  "응. 뭐 누구를 만났는지. 어딜 갔는지. 그런 거."

  "그렇지는 않은데, 왜 갑자기?"

"아니야."

　미영은 마음에 걸리는 게 있으면 절대로 숨기지를 못한다.
특히 새은과 태성에게는 더욱 그런다. 걱정스러운 표정과 평
소에 하지 않던 질문을 한 것을 미루어 볼 때 말하지 않은 무
언가가 미영에게 더 있다고 새은은 생각했다.

　모히또 시럽을 너무 과하게 넣었다. 사실 만드는 법을 몰라
대충 눈대중으로 이만큼 넣으면 되지 않을까, 라는 식으로 만
들었다. 새은은 그것을 한 입 마셔보고 달다고 생각했다. 달
아도 너무 달아서 싱크대에 그대로 부어버릴까 잠시 고민했지
만 언제가 시우가 비싼 것이라며 사 온 위스키가 조금 아쉬워
서 그냥 마셔보기로 했다. 사탕이나 초콜릿이나 젤리. 그런 것
들도 모두 당뇨병에 걸릴 만큼 단 것들이다. 새은은 그런 것
을 좋아했다. 그리고 지금은 그 정도의 단맛이 새은에게 필요
하기도 했다.
　침대 근처에 그 과도한 단맛의 위스키를 올려두고 책을 꺼내
읽었다. 침대에서 무언가를 먹거나 마시는 행위는 용납되지
않았지만, 오늘만큼은 예외로 하기로 했다. 어차피 잔소리를

할 시우도 없다. 시우의 잔소리는 가끔 견디기 어려운 힐난처럼 느껴질 때가 있다. 가끔은 자신의 모든 행동을 싫어하는 것처럼 느껴질 정도라고 새은은 생각했다.

아직 저녁 일곱 시도 되지 않았다. 초저녁인데도 밖은 어두웠다. 새은은 깊은 피로감을 느끼며 벌써 졸음이 오는 것 같다고 생각했다. 평소라면 잠옷이 아닌 생활복을 입고 책상에 앉아있을 시간이었다. 집에서도 늘 무언가를 해야만 했다. 하지만 오늘은 그냥 누워서 책을 읽고 쉬는 것을 선택했다. 배도 고프지 않았다. 가끔은 그런 날이 필요했다. 아무것도 담지 않고 비어있는 상태로 몸 안에 가득 쌓인 잔여물을 없애고 싶은 날. 오늘은 꼭 그런 휴식의 공복이 필요한 날이었다.

도서관에서 빌려 온 책 중에서 이름이 가장 끌리는 책을 하나 집어 들었다. 평소 좋아하는 작가이기 때문에 실패할 일은 없다. 절대 새은을 실망시킨 적이 없는 작가였다. 새은은 책을 한 장 읽고 칵테일을 두 입 마셨다. 그러다가 문득 차라리 이 칵테일을 얼려서 나중에 샷에 넣어 마시는 것이 더 괜찮겠다는 생각이 들었다. 위스키 샷에 이 얼음 두 조각 정도면 충분히 원래의 모히또 칵테일 맛이 날 것이다. 새은은 냉장고 앞에 놓인 잡동사니가 잔뜩 쌓인 수납장에서 얼음 트레이를 꺼냈다. 겨울에는 얼음이 많이 필요하지 않았다. 그러니까 얼음 트레이는 당연하게 창고 안에 들어가 있었다. 새은은 얼음 트레이를 꺼내 그곳에 칵테일을 잔뜩 부었다. 그때 제제가 작게 왕하고 짖었다.

"왜 그래? 무슨 일이야 제제."

제제도 문득 생각 난 것일까. 창고 문을 열어 얼음 트레이를 꺼내는 사람은 늘 시우였다는 것을. 새은은 시우가 무책임하다고 생각했다. 둘이서 같이 키우기로 한, 더 정확히는 시우가 데려와 놓은 제제를 새은에게 내버려 두고 가다니. "제제는 잘 지내고 있어?"하는 연락 한 번을 하지 않았다. '제제'라는 이름도 본인이 지은 거면서.

"나의 라임 오렌지 나무의 그 제제?"하고 새은은 물었지만 그 제제가 아니라 유명 영화에 나오는 드래곤 이름에서 따온 거라는 시우의 대답에 영 맥이 빠졌다. 그래도 제제라는 이름이 나쁘지 않다고 생각했다. 더욱이 데려온 사람이 이름을 짓는 것이 옳다고 생각해서 그렇게 부르기로 했다. 제제는 귀가 크게 아래로 덮여있는 코카스파니엘이다. 시우 아버지의 친구네 공장에 누군가가 유기하고 갔다. 시우는 강아지가 공장 바닥에서 얼마나 춥겠냐며 제제를 집에 데려왔다. 그러나 본가로 들어갈 때 당연하다는 듯이 제제를 데려가겠다는 말은 하지 않았다.

제제를 데려올 때도 "부탁할게."하고 말했지만 사실은 부탁이 아닌 협박과 다름없다고 새은은 느꼈다. "내가 싫다고 하면 어떻게 할 거야?"라는 질문에 "그럼 유기견 보호소에 가게 되지 않을까?"라고 말했으니까.

그래도 지금은 차라리 제제가 있어서 다행이다. 제제는 새은이 생각하는 개의 성격과 달랐다. 애교가 넘치지도 않고 사람의 손길을 좋아하지도 않는 것 같았다. 가끔은 고양이 같다는 생각이 들었다. 제제는 새은이 자고 있으면 어쩌다 한 번 정도 아침에 깨워주었고 안고 있는 것보다는 바닥 방석을 더 좋아했다. 독립적인 개다. 그래도 제제의 존재 자체가 따뜻했기에 외롭지 않았다. 시우가 나가고 제제와 둘만 남은 지금. 문이 열리는 소리가 들리면 방석에서 제제가 고개를 들고 현관쪽을 쳐다봤고 새은이 들어오면 현관문 앞으로 나와주기도 했다. 물론 오랫동안 만지는 것은 허락해주지 않았지만, 제제는 새은에게 아무것도 하지 않아도 위안을 줄 수 있는 존재였다.

새은은 누워서 책을 읽다가 연락이 없는 시우를 생각했다. 이전 밤에 꾸었던 악몽 속으로 들어온 기분이 들었다. 미영의 말도 신경이 쓰였다. 생각해보니 시우와 이렇게 연락이 되지 않았는지, 잘 기억도 나지 않았다. 갑자기 어딘가 불안한 마음이 들어 시우에게 전화를 걸었다. 시우는 전화를 받지 않았다. 본가로 돌아간 뒤 시우에게 오는 연락은 일어났다는 전화와 작업을 한다는 메시지가 전부였다. 시우가 어디서 무엇을 하고 있는지는 정확하게 알 수 없었다. 밥은 먹었는지, 밖에 나가지는 않았는지, 운동은 했는지. 아무것도 알 수가 없다. 물론 당연하게도 집에서 일을 하고 있겠지만.

새은은 복잡미묘한 감정을 느꼈다. 여러 가지 마음이 연속적으로 들었다. 시우가 만약에 다른 여자와 시간을 보내고 있는 것이라면 어떨까. 생각해보니 근래에 느끼지 못했던 질투심이 생기는 듯했다. 그런 상상을 해보니 시우가 보고 싶기도 했다. 간만에 책을 읽고 술을 한 잔 마시면서 모든 생각을 쉬고 싶었으나 시우에 대한 생각들로 전혀 쉬지 못했다. 내일 출근하기 전에 아침으로 오므라이스를 만들어야겠다. 잠이 들 준비를 했다. 시우가 좋아하는 소스를 잔뜩 넣은 오므라이스. 오므라이스를 할 때면 항상 계란 모양을 어디서 본 것처럼 예쁜 회오리 모양으로 만들고 싶었지만 한 번도 성공한 적이 없었다.

평소보다 일찍 눈을 떴다. 전날 저녁에 아무것도 먹지 않아서 배가 고팠기 때문에 자동으로 눈이 떠졌다. 얼려 놓은 볶음밥을 해동시키고 젓가락을 열심히 돌리며 프라이팬을 이리저리 움직였지만 이번에도 역시 예쁜 모양으로 계란을 만드는 것은 실패했다. 어쩐지 아침부터 더욱 힘이 빠졌다. 빠르게 샤워를 했다. 그때 시우에게서 전화가 왔다.

"응. 일어났어?"
"응."
"오늘은 뭐할 거야?"
"작업해야지."
"어디 아파? 목소리가 안 좋아 보여."
"아니. 피곤해서."

"많이 피곤해?"

"응. "

"그래. 난 출근해."

"응. "

"시우!"

"응?"

"사랑해."

"뭐야."

갑작스럽게 사랑한다고 말한 것은 미영의 말이 역시나 신경
쓰였기 때문일까. 전화를 끊을 때 사랑한다고 말하기로 규칙
을 세워두었다. 오래전에 세운 규칙이고 함께 살면서는 정확
한 용건이 없으면 전화하지 않았다. 왜 이제는 사랑한다는 말
이 서로에게 아까워진 것처럼 느껴질까. 좋은 말들, 사랑 표현
과 칭찬이 넘쳐도 모자라게 여겨질 때가 있었다. '사랑한다'는
표현으로는 이 마음을 모두 전할 수 없다고 생각할 정도로. 시
우와 새은. 그랬던 둘이. 그랬던 사랑이. 오랜만에 사랑한다
는 말을 건넸다. 대답도 듣지 못했다. 새은은 어딘가 건조함이
느껴졌다. 입술도 손발도 얼굴도 모두 물기가 없이 건조하게

말라가는 느낌이 들었다. 핸드크림을 화장대에서 찾아내어 잔뜩 발라보았지만 소용없는 일이었다. 아주 건조하게 말라가는 것은 피부에만 국한된 것이 아닌 것 같았다.

방금 전화를 끊었지만, 새은은 어떤 대화도 나누지 못했다고 생각했다. 어제 시우는 어떤 하루를 보냈을까. 어떤 사건들을 경험했을까. 새은은 그런 것들을 물어보기엔 시우의 목소리가 너무나 귀찮고 짜증이 가득했다고 느꼈다. 문득 그런 생각이 새은의 머릿속에 들어왔다. 시우가 떠나면서부터 한참을 외면했던 생각이었다. 이제는 더는 자신을 사랑하지 않는 것일까. 시우에게 귀찮고 짜증을 유발하는 존재가 된 것은 아닐까, 하는 그런 생각. 새은은 스스로가 시우에게 그런 불편함만 전달하는 사람이 된 것 같은 상상에 마음이 아팠다. 새은은 시우를 잃어버릴까 봐 마음이 불안해졌다.

금요일. 시우가 새은의 집으로 왔다. 간만에 특별한 손님이 오는 것처럼 기뻤다. 구석구석 청소를 하고 욕실도 광이 나게 닦았다. 시우는 일이 끝나면 집으로 오겠다고 말했다. 새은은 그게 몇 시가 될지 기대했다. 퇴근하기 전에 시우가 먼저 집에 와 있지 않을까 하는 상상도 했다. 집 문을 열고 들어가면 방문 앞에 숨어있는 시우가 들어오는 새은을 놀라게 한다. 예전처럼. 함께 살지 않았을 때, 시우가 새은의 집에 놀러 왔을 때처럼. 청소를 하다가 갑자기 시우가 나타나도 재미있을 것 같았다. 아직 옷방을 정리하지 못했으니까, 같이 여름옷을 꺼내다가 예전처럼 갑자기 패션쇼를 하고 옷을 쇼핑하러 가자고 이야기가 나올 수도 있다. 아니면 함께 제제를 목욕시키며 장난을 치다가 머리가 흠뻑 젖을 수도 있다. 그러다가 같이 음식을 만들고 야채를 여전히 못생기게 자르는 시우를 보며 놀릴 수도 있을 것이다. 이런저런 생각을 하며 언제 도어락이 열리는 소리가 들릴까 기대했지만 아쉽게도 시우는 저녁 아홉 시가 다 되어서 왔다.

"시우! 어서 와."

"응."

"힘이 없어 보여."

"응. 조금."

"밥은?"

"먹었어."

"난 안 먹었는데. 같이 만들어 먹으려고 오므라이스 재료 사뒀어."

"난 배부른데. 미안."

"괜찮아. 내일 만들어 먹지 뭐."

 평소와 다를 것 없는 저녁을 보낸다. TV에서 하는 예능을 하나 틀어놓고 새은은 그것을 보고 시우도 그것을 본다. 시우는 피곤해 보였고 새은은 그런 시우에게 무슨 일이 있냐고도 묻지 못한다. 어차피 아무 일 없다는 대답이 나올 것이 분명했다. 각자 아무런 말도 없이 침대에 들어가 누웠다. 그녀가 먼저 등을 돌렸고 그도 등을 돌렸다. 길거리에서 서로를 잃어버린 날이 생각난다. 새은은 시우가 더 이상 자신을 사랑하지 않는다는 생각이 계속해서 든다. 보고 싶은 것은 혼자만의 생각이었고 시우는 아쉽지 않다. 새은이 손을 놓으면 시우의 손끝에는 힘이 없을 것 같다. 그렇게 툭 떨어져 나갈 것 같다. 새은은 쉽게 잠이 오지 않았다. 시우는 어쩐 일인지 평소보다 일찍 아주 깊게 잠이 들었다.

 눈을 떠 창밖에 번지는 푸른 밤의 색을 보았다. 방안은 아주 검은 암흑. 네모난 주방의 조각창 밖으로 밤의 색깔이 선명하게 보인다. 시우가 떠나고 새은은 종종 그렇게 한밤에 눈을 뜨고 있었다. 새은은 시우가 내던 밤의 소음이 그리울 지경이었다. 적막이 이상하다. 가만히 눈을 뜨고 있으면 어둠에 눈이 익숙해졌다. 완전히 익숙해지지는 않았는지 종종 검은 물체가 집 안에 덩어리를 만들어 자리하고 있는 것 같았다. 그것이 무엇일까. 제제일까. 아니면 걸어놓은 코트. 한참을 생각하다 보면 제제의 방석이 놓여있는 자리가 아니었다. 코트를 놓아둔 기억도 없기에 어딘가 으스스해져서 눈을 꾹 감아버렸다. 시우와 있을 때는 무섭다는 생각을 해본 적이 없었는데, 이제는 시우가 옆에 있어도 어딘가 혼자 있는 것처럼 무서웠다. 시우가 돌아오면 정체를 알 수 없는 공포스러운 감정이 보이지 않을까. 새은은 깊은 숨소리를 내며 잠든 시우를 보았다. 침대 앞 그 자리에는 여전히 무겁고 어두운 덩어리가 보였다. 이제는 어두운 방 안보다 창밖이 더 밝다는 사실을 알고 있다.

보지 않으려고 눈을 돌리자 갑자기 밝게 들어오는 빛이 느껴졌다. 시우의 휴대폰이었다. 이렇게 늦은 시각에 누구에게 연락이 온 것일까. 새은은 시우의 휴대폰을 한 번도 본 적이 없었다. 보고 싶다는 생각도 해본 적 없었다. 하지만. 혹시나. 새은은 시우의 휴대폰을 들었다. 시우는 원래 비밀번호를 설정해두지 않았다. '은하'라고 저장되어있는 사람에게 메시지가 왔다. 은하. 애교 섞인 말투로 뭐하고 있냐고 묻는 이 사람은 누구일까. 그동안에 나눈 연락을 읽어보고 싶었으나 전부를 읽어보면 휴대폰을 본 것을 알게 될 것이기 때문에 그렇게 하지 않았다. 대신 통화 목록을 들어가 보았다. 아침, 점심, 저녁. 하루에 두 번 이상은 전화를 한 흔적이 있었다. 삼십 분, 한 시간, 십 분. 통화 시간은 아주 다양했다. 시우에게 연락이 오지 않았던 아침 시간에도 은하와 통화를 했다. 새은은 침대에서 천천히 일어났다. 그리고 작은 집 안을 걸어 다녔다. 가만히 그 자리에 앉아있을 수가 없었다. 아무 일 없다는 듯이 시우 옆에 누워 잠을 잘 수 없었다. 결국 새은은 식탁 의자에 앉아 그 검은 물체가 무엇인지 알아내지도 못하고 잠든 시우를 쳐다보며 밤을 보낼 수밖에 없었다.

다음 날이 되었다. 새은은 아무렇지 않게 오므라이스를 먹었다. 싸운 것도 아닌데 어색한 기류가 흐른다. 밝은 척을 하고 있다. 신경을 건드릴까 봐 눈치를 보고 있다. 시우도 새은의 눈치를 본다. 남의 집에 놀러 온 방문객처럼. 평소와는 다르게 친절한 목소리와 불편해 보이는 외출복을 입고 아침밥을 먹는 시우의 모습이 이상했다. 그리고 화가 났다. 아무것도 아닐 수도 있지만, 아무 관계가 아닐 수도 있지만. 일 때문에 연락하는 것인데 새은이 괜히 기분 나쁠까 봐 이야기하지 않은 것일 수도 있고 아주 말도 안되지만 '은하'라는 이름을 가진 남자일 수도 있을 것이다. 그렇게 생각하기로 했다. 그렇게 믿고 싶었으니까. 아무런 사이가 아닐 것이라고.

"오늘 목공방 가는 날이지."

"응. 간만에 같이 있는데 내가 나가버리네."

"몇 시에 끝나더라."

"여섯 시."

"저녁에는 집에 가봐야 해."

"응."

"같이 갈까? 카페에서 작업하고 있을게. 오랜만에 같이 점심 먹을까?"

"점심? 좋아. 근데 지금 바로 나가야 해."

"그래? 그럼 나는 천천히 나가서 카페에서 기다리고 있을게."

"좋아. 맛있는 거 먹자. 돈가스 같은 거. 시우가 좋아하는 거."

"응."

괜찮을 것이다. 시우도 노력하고 있는 것이다. 그러니까 시간을 내어서 새은의 집에 왔고 함께 목공방에 가자고 말한 것이다. 조금은 마음이 편해진다. 시우가 옆에 없는 동안 연락이 없거나, 전화를 받지 않거나, 시우가 뭘 하는지 알 수 없는 하루를 보낸다는 것은 한없이 슬픈 일이었다. 그에 반해 시우가 다시 다정하게 행동해주면 너무나 쉽게 기뻤다. 모든 감정과 생각을 떠나버린 시우가 조종하고 있는 것 같았다. 그것은 시우의 사랑에 대한 갈망이 아니라, 불안이었다. 다정했던 시우의 모습이 끝내 돌아오지 않을까 봐. 혼자가 되어버릴까 봐. 혼자 있는 시간들은 생각보다 행복하지 않았다. 시우가 없는 자신의 일상이 어땠는지 잘 생각나지 않았다. 소소하다 느껴졌던 함께하는 일상들. 함께하는 일과들. 모두 행복했던 과거의 기억이 되어버렸다. 이전에는 특별한 것을 하지 못하면 기분이 상했었는데. 이제는 일상을 공유하지 못하는 것이 더욱 기분 나쁘게 느껴졌다. 선호는 정말로 가볍게 바뀌는 것이었다. 이십 대 중반에 열렬히 사랑했을 때처럼, 늘 아쉬웠던 그때처럼. 가슴에 불이 난 것 같이 시우가 보고 싶었다. 왜 그렇게 안달이 나는지.

 그의 독자적인 삶을 인정해주고 있지 않았던 것은 오히려 새은 자신이었다. 그가 아니라 그녀가. 그를 미워하면서도 그에게 애정을 요구하고 있다는 것. 새은은 이번에도 엉망이 된 모양의 오므라이스를 먹으면서 시우에게 딱 달라붙어 있고 싶다고 생각했다. 니트에 딱딱하게 말라붙어버린 유자청처럼. 그러면서도 그런 마음을 들키고 싶지 않았다. 시우가 알아차리면 손톱으로 뜯어 떼어낼 것만 같았다. 그러니까 오히려 그의 독립이 새은에게는 좋은 것이었을 수도 있겠다. 언제나처럼 시우와 함께하고 싶었음을 다시 깨닫게 되었으니까. 다시금 시우가 없으면 하루가, 삶이 너무나 힘겨울 것이라고 느꼈으니까. 어쩌면 이 불안함이 둘의 관계에는 필수불가결한 요건일 수도 있겠다. 모든 것은 잘될 것이고 은하라는 사람은 아무것도 아닌 사람일 것이다. 새은은 퍽퍽한 밥알을 넘기며 생각했다.

17

시우는 간만에 제제를 산책시켜주었다. 그리고 잠시 침대에 누웠다. 카페에서 새은을 기다리려고 했는데 조금 쉬는 것을 선택하기로 했다. 새은이 점심을 먹는 시간에 맞춰서 나가면 될 것 같았다. 잠을 잘 잤는데도 피곤했다. 시우는 누워서 휴대폰을 조금 만지작거리다가 잠시 눈을 감았다. 정신을 차려 보니 휴대폰 벨 소리가 울리고 있었다. 시우는 자다 깬 목소리로 전화를 받았다.

"뭐야? 지금 일어난 거야?"

"응…? 응… 잠깐 잠들었다."

"카페에서 기다리고 있겠다며?"

"지금 갈게."

"얼마나 걸리는데?"

"씻고 나가면 한 시간이면 갈 것 같은데."

"한 시간이면 나 점심시간 끝나."

"점심시간 꼭 맞춰야 되는 거야?"

"…. 그냥 더 자."

"택시 타고 삼십 분 안에 갈게."

"아니야. 쉬어."

"알겠어."

새은은 대답도 하지 않고 전화를 뚝 끊어버렸다. 일부러 잠든 것도 아니었는데, 억울하지만 미안한 마음보다 답답한 마음이 더 컸다. 시우는 새은에게 샌드위치 기프트 카드를 하나 보내고 다시 침대에 편하게 누웠다. 모르겠다. 아무 생각도 하고 싶지 않았다. 저녁에는 은하를 만나야 했다. 은하와 단둘이 전시회를 본 후, 시우는 은하가 자신에게 호감을 느낀다는 것을 본능적으로 알았다. 그리고 시우도 그 사실이 나쁘지 않았다. 서서히 은하를 만나는 시간이 많아졌다. 같이 작업을 하지 않을 때도 만나서 함께 밥을 먹고 술을 마셨다. 시우는 은하를 만나는 것이 옳지 못한 행동이지 않을까, 생각했다. 전시회 이후로 작업을 함께한다는 핑곗거리를 붙이지 않고도 자연스럽게 둘이 시간을 보냈으니까.

은하를 사랑하는 것은 아니다. 새은을 사랑하지 않는 것도 아니다. 그렇지만 은하가 좋은 사람이라는 생각이 계속해서 마음속에서 커졌다. 마음이 그렇게 간단하게 하나로 딱 잘리는 것이 아니었다. 시우는 은하에게 느껴지는 그 생경함이 좋았다. 은하에게는 모든 이야기가 처음 듣는 새로운 사건이었고 그것이 재미있었다. 타인의 삶을 바라보는 것이 이렇게 신나는 일이었다니. 새로운 것은 불편했던 그였다. 그런 시우가 은하에게서 느껴지는 신선함이 즐겁게 느껴지는 건 왜일까. 아마도 어느 순간부터 새은의 사소한 행동들이, 자신을 대하는 태도가 늘 비판적이라고 느꼈기 때문은 아닐까. 자신을 존중해주고 즐겁게 해주는 사람이, 마음을 편안하게 해주고 자신을 생각해주는 사람이 은하라고 느꼈기 때문에 그런 것은 아닐까, 하고 생각했다. 은하의 행동들은 하나씩 모두 귀엽게만 느껴졌다. 은하는 털털한 새은과는 다르게 여성스럽고 소극적이었다. 매사에 조심스럽게 행동했다. 작게 한 손을 펼쳐 입을 가리고 웃는 모습도. 길을 걷다 차가 오면 흠칫 놀라면서 시우의 팔꿈치를 살짝 잡는 모습도. 작은 빵을 먹을 때도 작게 잘라서 조금씩 입에 넣는 모습도. 귀엽게만 보였다. 은하는 상냥한 성격이었다. 새은과는 너무나 정반대의 성격이었다. 은하는 시우를 배려해줬고 시우가 관심이 있는 것. 시우가 좋아하는 것에 더 많은 관심을 가져줬다. 그리고 가끔은 반전의 모습을 보이며 시우가 용기 내지 못하는 것들을 선택할 수 있게 도와주었다. 시우는 자신을 더 나은 사람으로 만들어주는 사람이 은하인 것 같다고 서서히 그렇게 생각하게 되었다.

자꾸만 은하에게 마음이 향하자 자신이 나쁜 사람이 된 것 같았다. 그렇지만 한편으로는 은하와 문제 되는 행동을 한 것도 아닌데 미안한 마음을 가질 필요가 없다는 생각도 들었다. 새은도 새로운 사람을 만나는 것을 좋아한다. 새은이 예전에 말한 대로 시우에게도 새로운 친구가, 다만 그 친구가 이성일 뿐, 생긴 것이라고 생각하면 문제 될 것도 없었다.

시우는 은하와 어디를 갈까 고민하다가 시우의 집 근처에 있는, 예전에 찾아두었던 분위기 좋은 레스토랑을 생각해냈다. 새은의 집에 두고 갔던 바지 중에 가장 멀끔한 것으로 갈아입고 머리를 정리하고 간만에 향수를 뿌려볼까 고민하다가 새은이 가진 향수 중에서 중성적이고 남자가 쓰면 더욱 매력적이라고 말했던 향수를 골라 뿌렸다. 새은이 잘 어울린다고 말해주었던 고동색의 재킷을 입고 조금 불편하지만 그 재킷 위에 얇은 패딩을 껴입었다. 반짝이는 밤색의 구두와 잘 어울리는 갈색 재킷이 한눈에 보이지 않는 것은 아쉬웠지만 날이 추울 것 같았다.

집 앞을 걷다가 뜬금없이 시우는 새은과 자주 갔던 술집이 생각났다. 주택이 길게 늘어져 있는 골목에 갑자기 나타나는 혼자 세련된 분위기의 술집. 그곳의 가지 볶음밥이 맛있었다. 같이 주는 오이절임도. 시우는 나무가 바람에 스칠 때 나는 소리를 들으면서 기분 좋게 걸었다. 날씨가 조금 춥다. 패딩을 입고 있는데도 추운 것을 보면 갈색 재킷만 입었으면 매우 추웠을 것이다. 봄이 서서히 오는듯하더니 갑자기 비가 내렸고 비가 눈이 되더니 다시 날씨가 쌀쌀해졌다. 2월 말에도 눈이라니. 작년 이맘때에는 더 따뜻했던 것 같은데. 약간의 한기를 느끼며 자주 갔던 술집 앞을 지나갔다. 생각해보니 2월이었다. 새은과의 기념일이 1월이었다. 시우는 새은과의 몇 주년 기념일이었는지 곰곰이 생각해봤지만 정확하게 기억나지 않았다. 다시 만났던 스물다섯 살 때부터 계산하면 7주년이라 해야 하는 건가, 8주년이라 해야 하는 건가. 스물한 살에 처음 연애를 시작했으니 그날을 기념일로 하기로 결정했지만, 시우는 다시 만나기로 했던 스물다섯 살의 5월이 맞는 것 같다고 이야기했었다. 그때부터 새은은 기념일을 1월에 챙겼고 시우는 1월과 5월 중에 확신을 갖지 못하고 새은이 이야기하면 그때 작은 선물이나 케이크를 챙겼다. 그러나 이번에는 새은도 시우도 아무 이야기 없이 넘어갔다. 새은도 기억하지 못한 것일까. 아니면 기억했으면서도 일부러 시우에게 말하지 않은 채 또다시 뚱한 태도로 쌓아두고 있었을까. 지난밤을 기억해보았고 아무런 말도 없이 조용히 TV를 보던 새은의 모습을 떠올렸다. 얌전하게 배 위에 올린 두 손. 입을 꾹 다물고 입안의 살을 물던 모습. 새은에게서는 항상 솜사탕과 같은 향기가 났는데 어제는 그랬던가. 잘 기억이 나지 않는다. 자주 갔던 술집의 문은 굳게 닫혀있었고 문 앞에는 크게 '확장 공사합니다' 라고 적혀있었다. 똑같은 장소에서 어떻게 확장을 한다는 것일까. 시우는 이곳에서 새은과 웃고 떠들었던 날을 기억해보았다. 가게 앞에 그들이 앉았던 테이블과 똑같은 테이블에 폐기물 딱지가 붙어 버려져 있었다. 변하는구나. 모든 것이 참 **빠르게 변했다.**

약속 장소에 도착했다. 너무 젊은 사람처럼 옷을 입은 것 같아서 민망하다는 생각도 들었지만 은하와 만나려면 이 옷이 더 어울리는 것 같았다. 새은에게는 가족과 저녁 식사를 한다고 말해두었다. 레스토랑 앞에는 꽃집이 있었다. 약속 시각까지 시간이 조금 남았다. 시우는 작은 꽃다발을 하나 구매했다. 매장은 작지만 가득 차 있었다. 선반 위로 다양한 종류의 술이 구비되어 있었다. 큰 창문이 매장의 앞 벽을 대신하고 있어 어딘가 탁 트인 느낌을 주었다. 잘 꾸며지고 세련되었다기보다 주인이 좋아하는 것들로 가득 차 있는 것 같은 매장이 마음에 들었다. 남아 있는 자리가 나란히 옆으로 앉는 바 자리 밖에 없었다. 나란히 앉는 자리는 처음이었기에 어색하게 앉아 있었다. 은하가 약속 시각에 맞춰 들어오고 시우는 꽃을 전해주었다.

"별로 안 좋아한다고는 했지만 꽃집이 있길래. 또… 포토폴리오 거의 다 끝났다고 하길래."
"예쁘다. 고마워. 이 꽃은 너무 예쁜데? 날 생각하고 고른 거야?"

시우는 할인 중인 꽃다발 중에서 제일 싱싱해 보이는 것을 고른 것뿐이었지만. "응."이라고 대답했다. 그런 말은 굳이 할 필요가 없어 보였다. 시우는 위스키를 한 잔 주문하고 스테이크와 샐러드 그리고 엔초비 파스타를 주문했다.

"오빠가 한 잔 추천해줘요. 난 위스키 잘 몰라."
"어떤 맛을 좋아하는데?"
"음…. 거의 안 마셔 봤지만 오빠가 좋아하는 느낌으로."

은하를 위해 시우가 주문한 것과 같은 브랜드의 위스키를 한 잔 주문했다. 은하와는 입맛이 비슷하니까 좋아할 것이다. 은하는 분홍색의 트위드 재킷과 치마를 입고 있었다. 자연스러운 웨이브가 살짝 들어간 짧은 갈색 머리는 윤기가 나 보였다. 새은은 손톱에 아무것도 바르지 않았는데, 은하는 복잡하게 디자인된 네일아트를 발랐다. 젊고 어린 뺨이 붉게 반짝인다고 시우는 생각했다. 은하는 시우가 하는 말들을 잘 들어주었다. 그리고 시우에게 어떤 존경심을 가지고 있는 사람처럼 눈을 빤짝이면서 집중했다.

"너는 말을 참 잘 들어주는 것 같아."
"오빠가 재미있는 이야기만 해주잖아요."
"그래?"

시우가 이야기할 때 새은의 표정은 어떠했나. 생각해보니 항상 어둡고 무뚝뚝한 표정이 생각났다. 늘 평가받고 있었다. 무엇을 잘했고 잘하지 못했고. 늘 등급이 매겨지고 있었다. 그래서 언젠가부터 새은에게 자신의 생각을 잘 말하지 못했다. 말해봤자 부정적인 평가가 돌아올 것이 뻔했다. 은하는 샐러드

보다는 스테이크가 더 좋다고 말하면서 특이한 취향이라는 것
은 알지만 아주 바짝 구운 스테이크가 좋다고 했다. 시우는 사
뭇 놀랐다. 시우도 샐러드보다는 고기를, 특히 바짝 구운 스테
이크를 좋아했기 때문이었다. 새은은 거의 익혀지지 않은 것
같은 핏기가 많은 스테이크를 좋아했다. 그리고 고기보다는
같이 나온 샐러드를 재빨리 먹어버리고 고기를 남기기도 했
다. 시우는 날것을 잘 먹지 못했기 때문에 그 핏기를 보면 헛
구역질이 나는 것 같았다. 그래서 주문을 할 때면 늘 웰던으로
주문을 했고 새은은 질기다면서 싫어하곤 했다. 그럴 때면 시
우는 새은이 자신의 입맛에 맞지 않은 것을 시켰다며 자신을
질타한다고 생각했다. 먹지 못하는 것은 어떻게 할 수가 없는
것이었다. 작은 샐러드가 먼저 나왔고 엔초비 파스타와 스테
이크가 순서대로 나왔다. 은하는 스테이크를 썰어서 같이 나
온 토마토를 포크에 함께 꽂고 스테이크 아래에 잔뜩 깔린 감
자 크림 퓨레를 쓱 묻혀서 먹었다. 시우도 은하와 똑같이 먹었
다. 은하와는 정말 비슷한 점이 많았다.

이야기는 점점 더 신이 났다. 술은 몇 잔씩 더 비워졌다. 시
우는 은하에게 어릴 때 자전거를 타다가 넘어져서 생긴 팔꿈
치의 상처, 길고양이들에게 밥을 주다가 차에 치인 사건, 친구

들과 계곡에 놀러 가서 기절한 일 등. 사소하지만 기억에 남는 이야기들을 해주었다. 그럴 때마다 은하는 손뼉을 치며 웃었고 시우의 어깨에 손을 올리기도 했다. 은하는 시우를 좋아한다. 그것이 말투와 행동에서 아주 가감 없이 드러나고 있었다. 시우도 은하가 하는 행동이 모두 좋았다. 작업을 할 때 가끔 커다란 안경을 쓰고 오면 그 모습이 귀여웠고 티라미수 케이크를 입술에 묻히며 먹는 모습도 아이처럼 사랑스러웠다. 목걸이나 반지, 팔찌 같은 것을 항상 하고 나오는 모습도 여성스러워 보였다. 은하는 항상 똑같은 목걸이를 하고 나왔다. 특별한 디자인은 아니었다. 흔하게 볼 수 있는 작은 크리스탈이 쇄골 쪽에서 반짝하는 은색의 목걸이였다. 시우는 그 목걸이를 볼 때면 어딘가 야하다는 느낌을 받았다. 마치 은하의 피부의 일부인 것처럼. 항상 그 자리에 있는 목걸이를 볼 때면 시우는 알 수 없는 끌림을 느꼈다. 그것을 손끝으로 만져보고 얼마나 반짝이는지를 더 자세히 관찰해보고 싶었다.

시우는 은하와 음식들을 먹으면서 와인을 주문해서 더 마셨다. 은하와 있을 때면 새은의 생각이 전혀 나지 않았다. 이렇게까지 생각나지 않을 수 있다는 것이 신기할 만큼. 마치 새은이 존재하지 않은 사람처럼. 마음이 편안했다. 그렇기 때문에 새은에게 부재중 전화가 와있었다는 사실을 전혀 눈치채지 못했다. 밥과 술을 모두 마시고 시우는 은하를 집 앞까지 데려다 주었다. 은하는 작고 아담한 체격을 가졌다. 굽이 높은 구두를 신었는데도 시우보다 훨씬 작았다. 시우는 은하의 몸에 팔을 두르면 품 안에 쏙 들어올 것 같다고 생각했다.

"여기에요."라고 말하며 은하는 시우를 빤히 쳐다봤다.
"그래. 오늘 즐거웠어."라고 말하고 시우도 돌아갈 생각이 없는 사람처럼 은하를 쳐다봤다.

"저, 오빠 좋아해요."

은하는 그렇게 말하고 시우의 허리로 손을 가져와서 시우를 끌어안았다. 역시 품 안에 아주 가볍게 들어온다고 시우는 생각했다. 은하는 시우를 올려다보았고 시우는 은하의 큰 눈을 보며 잠시 숨을 골랐다가 입술을 가져다 댔다. 따뜻한 체온, 립글로스의 텁텁한 맛, 와인의 달콤한 맛, 위스키의 씁쓸한 맛이 한군데로 합쳐졌다. 바람이 차게 불었지만 시우는 조금 덥다고 느꼈다. 은하의 품에서 따뜻한 열기가 느껴졌다.

"같이 올라갈까요?"

은하는 말했다. 그때 꿈에서 깨어나듯이 시우는 주머니 속에서 휴대폰 진동을 느꼈다. 그리고 그 전화를 한 사람이 새은임을 알았다. 은하와 함께 올라가면 이렇게 계속 달콤한 키스를 할 수 있다. 그리고 은하의 목에 걸려있는 작은 목걸이를 더욱 가까이에서 볼 수 있다. 계속해서 느껴지는 열감을 조금 식힐 수도 있다. 하지만 그렇게 간단한 것이 아니었다. 시우가 새은과 함께 보낸 그 긴 시간이 그렇게 쉽게 정리되는 것은 아니었다. 새은의 존재는 시우에게는 가족과 다름없었고 새은이 없는 삶은 생각해본 적이 없었다. 은하에게 끌리는 감정은 단순히 단편적인 감정이다. 시우는 안 되겠다는 말을 하고 돌아섰다. 안 되는 것은 안 되는 것이었다. 그리고 돌아가는 길에 새은에게 전화를 걸었다.

"여보세요?"

"응. 뭐 하고 있었어?"

"가족들이랑 밥 먹고 잠시 나와서 친구랑 맥주 한 잔 마셨어. 너는?"

"나는 집 돌아왔지."

"집으로 갈까?"

"지금?"

"응."

"그래."

　시우는 택시를 타고 새은의 집으로 갔다. 그리고 아주 오랜
만에 새은을 안고 싶다고 생각했다. 은하에게 미안하다는 말
과 함께 다시는 보지 않는 것이 좋겠다고 메시지를 남겼다. 시
우는 새은을 버릴 수 없었다. 더 정확히는 새은과 나눈 그 긴
시간을 아무것도 아닌 것으로 만들어 버릴 수 없었다. 새은의
집 현관문을 열자 제제가 시우를 올려다보았다. 방 안에 새은
이 있었다. 차가운 표정. 여전히 자신에게 불만이 있는 것 같
은 표정. 그러자 시우는 다시금 느껴지는 그 변함 없는 일상의
모습에서 진저리나는 지겨움과 동시에 고도의 안정감을 느꼈
다. 자신이 두고 온 것이 어떤 것인지 새은이 알 수 있을까. 어
떤 것을 버려두고 새은에게 왔는지. 아무것도 모르는 새은은
여전히 냉담하고 물기 없는 눈동자로 시우를 맞이했다.

"이 시간에 갑자기 왜 오겠다고 한 거야?"

재킷을 벗지도 못했는데 날카로운 질문이 비난의 어조로 꽂히는 것처럼 느껴지자 시우는 은하를 두고 새은에게 온 것이 조금 후회되었다. 은하와 있었더라면 마음 편하게 함께 누워서 웃고 애정을 나누고 행복하게 잠들었을 것이다. 어째서 이렇게 불편한 선택을 했을까. 항상 자신을 못마땅하게 여기고 발전하지 못하는 사람이라고 생각하고 있는 새은에게 왜 다시 돌아왔을까. 시우는 자신을 무시하지만 안정감을 느낄 수 있는 새은을 찾아 돌아왔다는 것을 인정하자, 앞으로 새은과의 관계에서 어떤 것이 더 나아질 수 있을까, 하는 생각이 들었다. 아무것도 달라지는 것은 없을 것이다. 스스로가 어떤 도전도 하지 못하고 고여서 썩는 것처럼 느껴졌다.

"그냥. 오늘 점심에 못 찾아간 게 미안해서."
"종일 연락을 무시한 건 안 미안하고?"
"그래서 왔잖아. 또 뭐가 불만인데."
"불만은 네가 있는 것 같은데."

"내가 뭐가."

"너 지금 말투를 봐. 네 표정하고 태도를 보라고. 너 나를 사랑하는 마음이 있긴 한 거야?"

"또 왜 그래."

"또?"

시우는 새은의 태도에서 다시금 큰 싸움이 벌어질 것이라는 걸 알았다. 넘어갈까. 그냥 미안하다고 이야기하면서 기분을 풀어주고 편안한 옷을 입고 함께 누워 잠들까. 이전처럼. 그러고 싶지 않다. 넘어갈 수 있는 문제였지만 시우는 은하가 생각났다. 지금 이대로 넘어가지 않으면 은하와 있을 수 있다. 은하의 집으로 갈 수 있다. 은하의 집에서 은하는 시우를 기다리고 있을 것이다.

"어. 왜 또 시비야."

"넌 그냥 내가 하는 말들이 다 시비로 들리는구나."

"너는? 네 표정하고 말투는? 네 태도는?"

"내 말투하고 표정? 또 내가 잘못한 거야? 넌 항상 나한테 잘하는데 내가 예민한 거지? 나만 너한테 이유 없이 화내고. 나

는 네가 오늘 한 행동에 대해서 말하고 있잖아. 미안하다는 생
각 안 드니?"

"그래서 미안하다고 했잖아. 얼마나 더 미안하다고 해야 되
는데."

"그 말 진짜 짜증 난다."

"나도 진짜 지겹다."

　이성적인 대화가 전혀 되지 않는다. 계속 같은 말을 하면서
서로를 비난하는 것이 시우는 너무나도 지겨웠다. 새은은 자
신의 모든 노력을 무시하고 힐난한다. 그리고 그것이 자신의
존재 자체를 멸시하고 있기 때문이라고 느꼈다. 어쩌면 새은
도 자신처럼 그저 긴 세월에 묶여서 잠식되어버린 것은 아닐
까. 서로가 찬란했던 과거의 젊은 사랑을 미화시키면서. 그 순
수함을 그리워하면서. 그 열정의 좋은 부분만을 꺼내 기억하
면서 서로를 옛날의 모습으로 포장하면서. 그때와 같은 에너
지가 남아 있지 않다는 것, 그리고 이미 변해버린 것은 인정
하지 못하고.

　관계는 이미 무너졌다. 예전에 새은이 말했던 선반을 만드

는 일처럼.

"선반을 만들 땐 작은 것 하나가 어긋나면 모든 것이 엉망이
되어버리는 것 같아. 별거 아니라고 생각했던 작은 하나를 잘
못 연결하면 모든 판이 어긋나고 모양이 아주 못생기게 완성
이 되거나 아예 다시 만들어버려야 해."

시우는 새은과의 관계가 아주 잘못 만들어진 선반처럼 어긋
났다고 느꼈다. 어디서부터 어긋났는지는 중요하지 않았다.
끝내 어긋났다.

"우리 생각할 시간을 좀 가지자."
"뭐?"
"말 그대로야. 서로의 관계에 대해서 생각을 좀 해보자고."

늘 이런 식이다. 새은은 늘 시우에게 헤어지자고 통보하고
시우는 새은에게 사과했다. 그러면 모든 문제는 시우의 문제
가 되어버렸다. 모든 것은 시우 때문이었다. 시우가 말실수를
해서. 시우의 태도가 변해서. 시우가 새은이 좋아하는 것에는

관심이 없어서. 시우는 새은이 멋대로 행동하며 배려와 존중이 없는 태도를 보이는 것을 너무 많이 이해해줬고 자신에게 상처를 주는, 찌르는 말들을 하도록 너무 많이 허용해줬다는 것을 깨달았다. 그리고 더는 그 틀어짐의 원인을 찾아 고치고 싶지 않았다. 새로운 선반을 다시 만드는 것이 더욱 편할 것이라고 느꼈다. 지금의 모습은 자신이 사랑했던 새은의 모습이 아니다. 그리고 예전과 같은 모습으로 관계를 바꾸기 위해 노력하려는 의지도 사라져버렸다. 시우는 신발을 구겨 신고 집 밖으로 나갔다. 골목길에 나와 택시를 타려고 하는데 새은이 화난 표정으로 시우를 따라나왔다.

"뭐 하는 거야?"

"집에 가려고."

"갑자기 왜?"

"갑자기 왜? 생각해보면 뭐가 달라져? 그 시간 동안에 너는 또 내가 하는 연락들은 다 무시할 거고, 내 말은 하나도 안 들을 거잖아. 너는 그냥 내가 미안하다고 말하기만을 기다리고 있지. 네가 잘못한 건 하나도 없다고 생각하잖아. 내가 네 말에 따라 움직여주지 않으면 또 헤어지자고 하겠지. 너는 내가 우습지?

내가 너 장난감 같아? 너 없으면 안 된다고 계속 그랬으니까, 내가 아주 쉬운 사람처럼 느껴지는 거잖아. 그래서 나도 지쳤어. 말하지 않았지만 나도 이미 오래전부터 지쳤다고. 내가 왜 변한 거 같이 느껴지는지 생각이나 해봤어? 안 해봤겠지. 넌 그냥 그런 사람이니까. 감정적이고 이기적이고 하고 싶은 말 다 하면서. 또 그냥 모든 게 내 잘못이라고 생각하고 있었겠지. 우린 정말 너무 달라. 우린 너무 맞지 않아. 내가 널 사랑한다는 그 이유 하나만으로 지금까지 우리 관계를 끌고 여기까지 왔어. 넌 날 존중하지 않아. 나도 사랑받는 기분이 뭔지 느끼고 싶다."

"그래? 그럼 헤어지자."

시우는 택시를 타고 새은의 집 앞을 벗어났다. 무슨 말을 뱉은 것인지 알지도 못할 것 같았다. 어떤 말들이, 자신도 모르겠다고 느꼈던, 정리되지 않던 생각들이 둑이 터지듯이 쏟아져 나왔다. 눈물이 날 것 같았지만 이상하게 기분이 좋았다. 새은은 시우가 자신에게 사랑을 주지 않는다고 느꼈겠지만, 돌이켜보면 시우가 사랑을 갈구할 때 새은은 한 번도 그것을 채워주지 않았다. 그리고 시우가 지쳐서 새은을 조금 덜 원할 때, 그때가 되어서야 자신이 필요하다고 원하면서 시우를 혼란스럽게 했다. 새은은 자신의 감정을 가지고 장난치는 것을 좋아한다. 그리고 안절부절못하는 그 모습을 즐긴다. 시우는 새은에게 안정적이고 일정한 사랑을 원했었다. 그건 아주 과거의 일이 되어버렸고 더는 새은의 이기심에 휩쓸리고 싶지 않았다. 그렇기 때문에 이제는 모든 것이 끝났다는 해방감과 함께 그동안의 외로움을 참아냈던 자신이 불쌍해서 눈물을 흘릴 수밖에는 없었다.

시우는 은하에게 온 답장을 봤다. 시우가 그렇게 은하를 떠났음에도 은하는 아무런 말도 하지 않았다. 그저 시우를 기다리겠다는 연락이 와있었다. 은하는 어떤 여자일까. 자신을 보채지도 않고 비난하지도 않았다. 돌연 그때 보았던 태성의 얼굴이 생각났다. 마음을 편하게 해주는 미영으로 인해 평온해진 그 인상을. 시우는 비난을 받는다면 은하에게 받아야 했다고 생각했다. 은하에게 한 행동이 새은에게 한 행동보다 훨씬 나빴다. 그런데도 은하는 그저 묵묵하게 기다린다고 했다. 시우는 앞으로 나아가기 위해서는 은하에게 가야 한다고 생각했다. 새은을 사랑하는 것인지, 사랑하지 않는 것인지. 은하를 사랑하는 것인지. 알 수 없다고 느꼈지만 확실한 것은 시우는 사랑받고 싶었다. 은하를 만난다면 더 이상 혼란에 빠지지 않고 이해받고 사랑받을 것이다. 자신과 이렇게 잘 맞는, 새은과 정반대의 여자를 만난다면 새은을 잊는 것이 더 쉽고 빠를 것이다. 시우는 은하에게 '집 앞으로 갈게.'라고 메시지를 보냈고 은하는 집 앞에서 시우를 기다리고 있었다. 택시 창문 너머로 얇게 입은 은하의 모습이 보였다. 추웠을 텐데. 시우는 택시에서 내려서 은하를 껴안았다.

"춥게 왜 기다리고 있었어."
"빨리 보고 싶어서."
"헤어졌어."
"그럴 것 같았어."

은하는 행복하다는 듯이 시우를 더욱 껴안으면서 "따뜻하다."라고 말했다. 은하의 얇은 허리가 시우의 품에 꼭 맞게 들어왔다. 작은 키의 은하가 양팔을 잔뜩 뻗어 시우의 목덜미를 안아주었다. 시우는 은하의 양팔이 커다란 천처럼 느껴졌다. 망토처럼 내려와 시우의 온몸을 포근하게 감싸서 허공으로 떠워주는 느낌이 들었다. 시우도 은하를 품에 안으며 따뜻하다고 생각했다.

18

새은이 요즘 이상하다는 생각은 했지만 정말 이상하다. 일이 끝나자마자 미영의 매장으로 왔고 그 시간을 제외하면 목공방에서 모든 시간을 보내는 것 같았다. 마치 억지로 무언가에 몰두할 것이 필요한 사람처럼. 미영은 설거지를 하면서 새은을 쳐다봤다.

"왜 그래?"
"응?"
"너 요즘 이상해. 시우랑 싸웠어?"
"아니."
"그럼?"
"헤어졌어."

새은이 너무나도 담담하게 이야기해서 미영은 설거지하던 그릇을 놓칠뻔했다. 그릇을 닦으며 들을 이야기는 아니라고 생각하며 적당히 거품을 헹구다가 천천히 물을 껐다. 너무 놀란 모습을 보이면 안 된다. 그렇지만 미영의 마음은 쉽게 진정되지 않고 크게 뛰었다. 어쩐지. 어딘가 불안했다고 생각했다. 새은은 시우와의 관계에 불편함을 겪을 때면 항상 불안한 사람처럼 행동했다. 갑자기 연락이 잘 안되거나. 너무 잘 되거나. 안 하던 것을 한다거나 그랬다.

"언제?"
"한… 한두 달 전에?"
"그렇게 오래전에?"
"응. 다른 여자가 생겼어."

미영은 그때 자신이 카페에서 본 여자가 새은이 말하는 그 다른 여자일 거라 직감했다. 새은이 어떻게 그 여자에 대해 알게 된 것일까.

"밤에 우리 집에서 자는데 '은하'라는 여자한테 연락이 오더라고. 누군지 아무리 생각해봐도 기억이 안 나는 거야. 그래서 SNS에 검색해보니까 누군지 알겠더라고. 시우 학교 후배였어. 그때도 되게 거슬린다고 생각했는데."
"그렇다고 그 여자랑 바람피운 건 아닐 수도 있잖아."

새은은 미영에게 아무 말 없이 은하의 SNS 계정을 보여줬다. 미영이 봤던 카페에서 시우의 손가락이 나온 사진. 시우의 옆모습이 나온 사진. 시우와 레스토랑에서 스테이크를 먹은 사진. 모든 것이 올라와 있었다. 가장 최근 사진은 시우와 그 여자가 다정하게 얼굴을 붙인 사진이었다.

"이 스테이크 먹은 날. 나한테 거짓말을 하더라고. 가족이랑 밥 먹었다고. 그래서 생각해볼 시간이 필요하다고 하니까 갑자기 가더라고. 그렇게 생각한 게 좀 바보 같지만, 나는 그냥 친구일 수도 있다고 생각했어. 그저 시우가 나한테 거짓말한 게 괜찮은지를 혼자 생각해보고 싶었을 뿐이었어."

새은은 손가락으로 위스키 잔 위를 둥글게 만졌다. 아무것도 먹지 않고, 아무것도 담지 않고. 텅 비어버린 것 같아 보인다고 미영은 생각했다. 지금 새은을 안아서 들어 올리면 아무것도 들어있지 않은 솜 인형을 들어 올리는 것처럼 가벼울 것 같다. 생명력이 없는 눈. 푹 꺼진 볼. 짙게 드리운 눈 밑의 그림자. 새은을 이렇게 만들어버린 것은 다름 아닌 시우다. 완벽하게 모르는 타인도 아니고. 적절하게 친한 친구도 아니고. 좋아하는 빵집의 사장님도 아니고. 다름 아닌 시우. 새은을 그렇게 사랑했고 아꼈고 신경 써주었던 시우. 새은이 얼굴에 작은 슬픔이라도 스치면 곧바로 무슨 일이냐고 물으며 안아서 달래주던 시우.

 시우가 새은에게 무언가를 숨기려고 했다는 느낌은 있었다. 그렇지만 정말로 그 시우가 새은이 아닌 다른 여자를 선택했다는 것은 믿을 수가 없었다. 미영에게도 즉시 분노와 충격이 느껴지는데 새은은 어떠할까. 미영은 차라리 그날 새은에게 시우가 다른 여자와 함께 있는 걸 봤다고 이야기했다면 어땠을까, 생각했다. 차라리 그때 새은이 알았다면 새은이 주의를 줘서 시우가 더는 그 여자를 만나지 않았을 수도 있고, 그랬다면 시우와 새은이 헤어지지 않았을 수도 있다. 아니면 새은이 여러 가지 고민을 하는 날이 더 줄어들었을 수도 있다. 그랬다면 새은이 이렇게 공허한 눈으로 앉아있지 않았을 것이다. 미영은 그 일의 책임이 자신에게도 조금 있는 것처럼 느껴졌다. 그래서 새은에게 너무나도 미안했다. 생각하는 최악의 상황은 아니길 바라던 그 기대가 처참히 무너져 미영의 사랑스러운 친구를 푹 찔러도 피 한 방울 맺히지 않을 것 같은 거대한 솜인형으로 만들어버렸다.

"그리고 내가 생각해볼 시간을 갖자고 하면 시우도 이상함을 느끼고 다시 예전처럼 돌아올 줄 알았거든. 근데 화를 내더라고. 내가 아무것도 모른다고 생각한 거지. 그 모습을 보니까 나도 정말 실망스럽더라. 내가 그동안 사랑했던 사람이 누구지? 얼마나 바보 같은 사람을 만났던 거야, 하면서. 내가 반바지를 입고 따라나갔는데. 옛날 같았으면 아무리 싸우더라도 왜 이렇게 춥게 입고 나왔냐고 걱정해줬을 텐데, 안 그러더라고. 그래서 그냥 헤어지자고 했어."

"그럼 시우는 네가 이 여자에 대해 알고 있다는 사실을 몰라?"

"응. 모르지."

"괜찮아?"

"응. 오히려 더 괜찮은 것 같아. 나는 우리 사랑이 대단한 줄 알았거든. 근데 아무것도 아니었어. 그 시간들이 다 아무것도 아니었어."

아무것도 아니었다는 말을 하면서 새은은 울었다. 온몸이 흔들리고 소리를 내지르는 격렬한 울음이 아니었다. 새은은 울지 않으려고. 수영을 하는 사람처럼 숨을 깊게 멈추고 마른침을 목 뒤로 삼켰다. 입을 얇게 벌리고 큰 숨을 들이마셨다. 눈이 자꾸만 깜빡거리고 얇은 모세혈관들을 통해 새은의 콧방울은 붉어졌다. 물색의 맑은 눈에 참아내지 못하고 눈물이 고였고 흐르자마자 닦아냈다. 새은은 그렇게 울었다. 그렇게 작게. 미영은 늘 그렇게 무사한 듯 우는 새은의 모습이 항상 안타까웠다. 새은은 언제나 슬픔에 무심한 표정을 지어 보였다. 그저 스치듯이 그녀를 본다면 담담해 보이는 그 표정은 정말로 아무렇지 않아 보인다. 어쩌면 새은이 대단히 씩씩한 사람이어서 그런다고 생각할지도 모른다. 하지만 미영은 새은이 다른 사람들 앞에서 크게 울지 못할 뿐이라는 것을 알았다. 우는 모습을 보이고 싶지 않아서. 슬픈 감정으로 부담을 주고 싶지 않아서. 새은은 타인과 있을 때 가능하면 자신의 감정을 꾹 눌러서 압축 팩 안에 구겨 넣어 청소기로 공기를 쫙 뺀 것처럼 행동했다. 한두 달의 시간 동안 새은은 혼자서 얼마나 힘들었을까. 혼자서 무엇을 견디려고 악착같이 견뎌낸 것일까. 예전에도 지금에도. 혼자서 슬픔의 파동을 잔잔하게 가라앉히고 일렁이는 마음이 사그라질 때. 그때가 되어서야 텅 비어버리고 말았다. 아마 오늘도 미영 앞에서 울고 싶지 않았을 것이다.

미영이 걱정할 것을 당연하게 알고 있기 때문에. 그렇기에 눈물을 꾸역꾸역 삼켜 넣으려고 했던 것이다. 미영과 새은 사이에는 긴 바 테이블이 놓여있었다. 그런 물리적인 것들은 아무 의미가 없는 것처럼 미영은 눈빛으로 새은을 안아주었다. 새은의 슬픔에 곧바로 공감했고 새은보다 더 크게 눈물이 났다. 그런 미영을 보고 새은은 또다시 어이없다는 듯이 웃어버리고는 "왜 또 네가 울어."라고 대답했다. 새은이 오늘 밤 쉽게 잠들지 못하겠구나. 혼자 침대에 누워 밤새 울다가 깨고 다시 자면 악몽을 꾸는 끔찍한 밤을 보낼 것 같았다.

"오늘 우리 집에서 있어."
"싫어. 오빠가 분명 무슨 일이냐고 물을 것 같아."
"그럼 내가 새은이네 집으로 갈까?"
"그래."

 새은이 매장 밖을 나가고 미영은 그 뒷모습을 쳐다봤다. 그리고 이 결말이 그들 관계의 끝이 아닐까 봐 걱정스러웠다. 시우는 새은에게 상처를 줬다. 하지만 시우가 결국에는 새은에게 다시 돌아올 것 같은 불길한 예감이, 손을 빠르게 움직이며 남은 그릇을 닦아내는 미영의 머릿속에 들어와 자리했다. 그 긴 시간이 그들에게 아무것도 아니지 않다는 것을 미영은 이 미 알고 있었다. 그리고 시우가 한 행동이 사라지지 않는다는 것도 알고 있었다. 시우는 새은에게 끔찍한 행동을 했고 새은 은 그 행동을 평생 기억할 사람이었다. 그러면서 그것과 별개 로 새은은 여전히 시우를 사랑하기에 시우가 돌아온다면 다시 받아줄 것이다. 그러면서도 시우를 볼 때마다 그 끔찍한 사건 이 새은을 찌를 것이 분명하다고 미영은 생각했다. 태성이 만 약 다른 여자를 만나면 자신은 어떨까. 생각만으로도 괴로운 일이었다. 그렇기에 미영은 새은에게 어떤 위로도 제대로 하 지 못했다. 어떤 말도 아무런 위로가 되지 못할 것을 알았다.

미영은 일을 마치고 새은의 집으로 달려갔다. 어두운 계단의 불빛이 하나씩 켜질 때마다 새은에 대한 걱정이 하나씩 줄어 드는 것 같았다. 둘은 같이 제제를 산책시키고 아무런 영화를 하나 틀어놓고 맥주를 마셨다.

"요즘 목공방에서 재미있는 사건들은 없어?"
"딱히. 근데 신경 쓰이는 사람이 있어. 날 싫어하나 봐. 맨날 나를 째려보는 것 같아. 어디 해외로 나갔다가 이번에 다시 돌아온 펠로우 쌤이라던데, 무섭게 생겼어."

"뭐야. 왜 그런데?"

"몰라. 뭐 물어봐도 좀 딱딱하게 대답해. 재수 없어."

"재수 없는 사람은 신경 쓰지 마."

미영은 새은을 째려본다는 그 사람이 남자일까 궁금했다. 그리고 남자라면 그 사람이 새은을 좋아하는 것은 아닐까 하는 이상한 상상을 해보았다. 한참을 떠들다가 새은이 먼저 잠들었다. 사람들은 잠이 들면 언제나 아이의 모습으로 돌아가는 것 같았다. 잠든 새은의 얼굴에서 어린 시절의 모습이 보이는 것 같았다. 미영은 태성과 간단하게 전화 통화를 곤히 잠이 든 새은의 편안한 숨소리에 안심하고 잠들 수 있었다.

일 년 전쯤에 새은은 시우와 권태기를 경험하고 있는 것 같다고 했다. 그리고 그들이 나눌 수 있는 감정이 모두 소진되어 버린 것 같다고 했다. 그 모든 이유는 시우가 변했기 때문이라고 말했다. 시우는 예전만큼 새은에게 친절하지 않았고 자신을 당연하게 여기는 것 같다고 말했다. 시우가 자신의 곁에 남아

있는 이유가 다른 연애를 시작할 때 다시 노력하는 것이 귀찮기 때문인 것 같다고. 시우도 더는 노력하지 않기 때문에 새은도 노력하고 싶지 않다고 이야기했었다. 하지만 미영이 느끼기에는 전혀 아니었다. 그때는 시우가 새은을 더 사랑한다고 느꼈고 그들의 감정은 언제나 평행선을 이루지 못하고 어긋났기 때문이라 여겼다. 미영은 그런 일시적인 감정은 곧 사라질 것이라고 말했다. 지금 시우가 다른 여자를 만나는 것 역시 시우에게도 그 권태감이 찾아왔기 때문일까. 연인에게 생기는 권태는 괴물 같은 존재였다. 어떤 것을 해도 싫다는 생각이 지배적으로 들지만, 한편으론 그 사람이, 그 사람과 나눈 사랑이 소중하다는 생각은 여전한 상태. 그런 모순의 상태가 권태라고 생각했다. 그러니까 '소중하다'는 단어를 잊으면 안 된다고.

"나한테 권태를 느낀 적 없어?"
"자기 나한테 권태를 느껴?"
"아니. 한 번도 안 느껴봤어."
"나도야. 당연하잖아. 자기처럼 소중하고 귀여운 사람이 어디 있겠어."

태성이 아주 놀란 눈을 동그랗게 뜨고 말했다. 세상에서 가장 말도 안되는 말을 들은 사람처럼. 태성은 달콤한 말을 아주 잘했다. 달콤한 빵도 아주 잘 만들었고. 태성이 어린 시절부터 이렇게 털보 아저씨였던 것은 아니었지만 늘 큰 키에 덩치가 있었고 무서운 표정을 가지고 있었다. 그런 태성이 귀여워서 좋다는 미영의 말을 듣는 사람들은 모두 땅콩 알레르기가 있는데 땅콩버터를 먹은 것처럼 눈이 튀어나왔다.

미영은 땅콩버터를 한 스푼 퍼먹었다. 땅콩을 직접 까서 먹으면 껍질도 많이 나오고 집 안이 더러워진다. 땅콩버터는 숟가락만 있으면 간단하게 고소함을 즐길 수 있다. 미영은 태성에게도 한 입 떠먹여 주면서 태성의 눈치를 살폈다.

"자기 나한테 뭐 숨기는 거 있어?"

태성은 어떻게 이렇게 자신에 대해 모든 것을 다 알까. 미영은 태성이 새은과 시우가 헤어진 것을 모를 것이라 생각했다. 그럼 자신이 말해야 하는 것인지, 새은이 직접 말할 때까지 기다려야 하는 것인지 고민하고 있었다. 늘 그렇듯이 말을 아껴

야 한다. 미영은 다른 숨기는 것을 말해서 태성을 안심시켜야
겠다고 생각했다.

"나 검사받아보려고."
"무슨 검사?"
"우리 아이가 너무 안 생기잖아. 원래 임신이 어려울 것 같다
고 생각은 하고 있었지만, 이렇게까지 안 생길 줄은 몰랐어."
"난 괜찮아. 자기랑 이렇게 둘이 있는 게 제일 행복한데."
"그래도."

  미영은 태성의 심각한 표정을 봤다. 태성은 미영이 좌절할
것이 걱정이었다. 태성은 자신이 미영을 지켜줘야 한다는 것
을 무의식적으로 머리에 각인시켜 놓은 사람 같다. 미영은 그
런 태성의 마음을 잘 알았다. 그리고 그렇게 자신이 연약하지
않다는 사실을 말하면서도 그런 태성의 태도에 내심 기분 좋
았다. 미영도 태성과 같은 마음이었다. 태성이 조금도 다치지
않았으면 좋겠고 항상 부드럽고 향기나는 공간에만 있었으면
좋겠다고 생각했다. 그리고 그런 마음은 새은에게도 느꼈다.
새은이 다치지 않고 항상 행복했으면 좋겠다. 시우도 마찬가

지였다. 그런 짓을 한 것은 정말 미웠지만 15년 넘게 알고 지낸 시우이기에 타고나길 나쁜 사람이 아니라는 것쯤은 알고 있다. 그 역시 다치지 않고 지냈으면 좋겠다고 생각했다. 미영은 시우가 스스로를 잘 알지 못한 채 새은을 사랑했다고 생각했다. 사랑한다는 감정이 너무 커서 자신이 좋아하는 것과 싫어하는 것, 그리고 기분 나쁜 것을 표현하는 방법도 배우지 못하고 맨 우선 순위에 있는 맹목적인 사랑을 했다고. 시우가 새은을 위해 참고 덮어놓았던 원래의 자신의 모습. 그것이 터지지 못하는 열매처럼 속 안에서 썩어서, 다 썩은 후에야 터져 나온 것처럼 느껴졌다. 물론 확신할 순 없다. 그저 그런 것은 아닐까, 하고 생각을 해보았다는 것이 더 맞았다. 그런 생각이 들면서도 미영은 자신이 시우에 대해 전부 알 수는 없으니까. 어쩌면 아무것도 모르니까. 그리고 그런 생각을 한다고 해도 달라지는 것이 없으니까 이 모든 생각이 무의미함을 알았다.

 그렇지만, 이유는 모르겠지만 미영은 시우에 대한 생각을 멈출 수가 없었다. 밥을 먹다가도. 길을 걷다가도. 매장에 들어오는 사람에게 인사를 하다가도. 시우가 어떤 생각을 했는지, 어떤 생각의 회로로 그런 선택을 했는지 추측하는 것을 멈출 수 없었다. 시우는 원래 새은을 끔찍하게 여겼다. 태성보다 더 많이 표현하고 애교도 많았다. 새은이 가끔 내키는 대로 행동하며 배려 없는 모습을 보일 때도 참아줬다. 미영이 생각하기에 시우가 변한 것은 시우의 잘못은 아니었다. 그렇다고 새은의 잘못도 아니었다. 어쩌면 서로가 절대 맞지 않는 성향이었고, 끝내 인연이 아닌 사람이었을 뿐이었을 테다. 물론 바람을 피운 시우를 이해해 줄 수는 없으니까 미영은 새은을 생각하면 시우가 조금 미웠다.

 새은은 혼자가 되는 연습을 해보아야겠다고 했다. 시우를 만나면서 혼자가 되어 본 적이 없어서 혼자서 무언가를 하는 방법을 까먹은 것 같다고. 그 굳은 결심과는 다르게 새은은 꽤 자주 새로운 남자들을 매장으로 데려왔다. 이 많은 남자들은 어디서 생겨나는 것일까. 미영은 궁금할 지경이었다. 새은이 새로운 남자를 데려오면서 태성은 자연스럽게 그들이 헤어졌다는 것을 알았다. 그전까지는 전혀 눈치채지도 못한 모양이었다. 그렇기 때문에 새은이 다른 남자와 들어왔을 때 흠칫 놀랐지만 크게 티가 나지는 않았다. 원래 태성의 감정은 모르는 사람이 보면 잘 티가 나지 않는다. 새은은 민망했는지 살짝 헛기침을 했다. 미영은 그런 어색한 기류를 모르는 척 눈을 돌렸고 태성은 미영을 살짝 째려봤다. 새은이 처음 매장으로 새로운 남자를 데려왔을 때 새은이 태성과 미영을 모르는 사람인 것처럼 행동하는 것. 그리고 처음 오는 가게처럼 행동하는 것이 너무 웃겼다. 새은은 아는 척하지 말라는 듯이 "저희 예약을 안 했는데요. 두 사람이요."라고 황급하게 이야기했고 미영은 그것을 바로 눈치채고 태성에게 눈짓을 보냈다. 태성도 새은이 처음 가게에 온 손님처럼 대응했다. 누가 정한 것도 아니었는데 세 사람이 순식간에 준비된 것처럼 움직이는 것이 비밀 조직이 된 것처럼 느껴졌다. 새은은 그 남자들과 늘 양송이구이에 와인 한 잔을 곁들여 마시며 한 시간 반 정도 있다가 나갔다. 그리고 이십 분 정도 뒤에 다시 매장으로 돌아왔다. 소개팅했던 사람이 마음에 들었다면 술을 더 마시거나 조금 함께 걷기라도 했을 텐데.

"별로였어?"
"그냥. 그랬어."

새은이 일곱 번째 남자와 왔을 때. 제일 괜찮은 사람이라고 생각했다. 외적으로도 새은과 잘 어울렸고 대화가 잘 통하는

지 웃음소리가 자주 들렸다. 이번에는 새은이 이 남자만 데려올 수도 있겠다는 생각이 들었다. 미영은 이제 새은이 매주 새로운 남자를 데려오지 않을 것을 알았다. 그리고 그렇게 지겹게 시켜 먹었던 양송이버섯구이 말고도 다른 음식점에서 다른 음식을 먹을 것도. 미영은 얼른 새은과 만나서 그 일곱 번째 남자에 대해 물어보고 싶었다. 새은은 어떤 일이든 모든 것이 결론이 난 후에 말해주는 것을 더 좋아했기 때문에 미영은 차분하게 기다렸다. 그런데 일곱 번째 남자와 나가고 삼일 후에 다시 그 일곱 번째 남자와 매장을 찾아왔다. 이번에도 양송이 구이를 시켰다.

"이게 그렇게 맛있어요?"
"네. 맨날 생각나요."

일곱 번째 남자와 새은이 하는 이야기가 살짝 들렸다. 어쩐지 어깨에 힘이 들어가는 것 같고 기뻤다. 소스를 여러 번 바꾼 보람이 있었다. 오늘은 최고의 양송이 구이를 만들어야겠다고 생각했다. 새은이 조금 더 기쁠 수 있게. 괜찮아질 수 있게.

미영은 새은이 나아가기 위해 최선을 다하고 있다는 것을 알았다. 그리고 그 덕분에 정말로 조금은 생기가 돌아온 것은 아닐까 기대하기도 했다. 어떤 방식으로든 새은이 행복할 수 있다면 그것으로 되었다. 그것으로 다행인 것이었다. 미영은 차라리 새은이 여덟 번째, 아홉 번째, 열 번째의 남자. 그렇게 더 많은 남자들을 데려와서 자신과 맞는지 마치 면접관이 된 것처럼 하나씩 꼼꼼하게 검토하고 까다롭게 행동해서 하루 빨리 괜찮은 남자를 만났으면 좋겠다고 생각했다. 사람마다 연인을 잊는 방법은 다르지만 새은이 선택한 방법이 다른 남자를 만나는 것이라면, 또 그게 아니라 아주 다른 것이라도, 자신을 파괴하지 않는다면, 미영은 어떤 판단도 거치지 않고 찬성이었다.

새은이 데려온 일곱 번째 남자는 어떤 사람일까. 미영은 그 남자가 벌써부터 마음에 드는 것 같았다. 외모로만 보기에는 불친절하고 까다로워 보였지만 잘생긴 편에 속했고 깔끔하고 단정한 머리에 매너 있는 태도. 새은의 말을 경청하는 반짝이는 표정이 마음에 들었다. 미영은 기분이 좋았다.

미영 개인적으로는 행복한 하루들을 보냈다. 큰 걱정과 고민이 없었다. 새은 빼고는. 새은도 이제 나름 괜찮아지고 있는 것 같아서 미영은 한시름 놓을 수 있었다. 정신없이 음식을 만들고 태성은 열심히 서빙을 했다. 다른 아르바이트생은 없었다. 아르바이트생을 따로 둘 수 있는 여유가 없었다. 그래도 생각보다 사람들이 많이 와주어서 다행이었다. 기대했던 것보다 잘되어서 미영은 요즘 하루가 감사하고 기뻤다. 음식을 만들고. 사람들이 맛있게 먹어주고. 태성과 함께 있고. 방문하는 사람들의 기쁨과 슬픔들을 의도치 않게 알아가게 되면서 미영은 그 사람들에게 이곳이 따뜻하고 평온한 공간이 되었으면 좋겠다고, 위로가 되었으면 좋겠다고 생각했다.

가끔은 혼자 오는 손님들도 있었고 둘이서 바 자리에 앉아 미영과 태성에게 친근하게 말을 걸어오는 손님도 있었다. 벌써 단골손님도 생겼다. 미영은 그렇게 다양한 삶을 이곳에 서서 들을 수 있다는 것에 무척이나 기뻤다. 그때 들은 이야기들은 미영과 태성이 둘만 남았을 때 더 많은 대화를 할 수 있는 양분이 되었고, 둘은 이전보다 더 많은 생각을 공유했다. 미영은 태성과 대화를 할 때면 늘 편안하다고 느끼는 지점이 있었다.

태성은 타인을 늘 함부로 판단하지 않았다. 인간 대 인간으로서 사람들을 존중으로 대했다. 그런 분위기를 손님들도 느낀 것일까. 꽤 부드러운 분위기를 형성해 나가며 비슷한 사람들만 모이는 장소가 되어가고 있다고 생각했다.

모든 것이 잘될 것이다.

근거 없는 행복을 기원하는 것은 새은에게 배운 것이다. 무지성적인 긍정이 아니었다. 그것은 자기 확신에서 나올 수 있는 말이었다. 미영은 현재를 만들기 위해 최선을 다했고 앞으로 모든 것이 잘될 수 있기 위해 최선을 다할 것이었다. 오늘 만드는 최고의 양송이 구이가 새은을 행복하게 만들어 줄 것처럼. 미영은 그렇게 모든 것이 다 잘 될 것이라고. 자신이 그렇게 만들 것이라고. 강한 의지를 북돋았다.

19

은하에게는 사랑이 전부였다. 가장 재미있고 쉬운 일이었다.

그래서 인생에서 그 무엇보다 사랑하는 것에 가장 큰 진심과 가장 큰 관심을 두었다. 누군가를 사랑하는 일. 그것처럼 스스로를 기분 좋은 불행에 빠뜨리기에 쉬운 일은 없었다.

은하는 또다시 시우가 자신이 원하던 사람이 아니라고 느꼈다. 처음 시우를 만났을 때, 계속해서 새은에 대한 이야기를 하는 그 순애보적인 모습에 관심이 갔다. 시우는 모든 사람에게 다정하고 솔직했다. 시우 같은 남자를 만나면 은하도 제대로 된 사랑을 할 수 있을 것이다. 그렇지만 시우는 다른 여자에게 눈길을 주는 스타일도 아니었다. 친절하지만 자신에게 벽을 만드는 것 같은 시우에게 더 오기가 생겼다. 시우가 세운 그 벽을 허물어 버리고 싶다는 오기. 그렇기에 자신을 무시하는 시우에게 계속해서 자존심을 굽히고 연락한 것이었다.

하지만 이번에도.

누군가와 연애할 때면 처음에만 좋고 그 이후로 갑작스러운 지겨움이 느껴지는 것은 어째서일까. 확실히 시우는 그동안 은하가 만났던 남자들보다 배려를 잘하는 사람이었고 좋은 남자 축에 속하는 것은 맞았다. 하지만 남자들은 역시 별반 다를 것 없다고 은하는 생각했다. 가끔은 시우가 자신과 있으면서 그 여자, 새은을 떠올리고 있다는 것을 알았다. 시우는 은하와 있으면서 새은과 함께 있었다. 자신을 만지면서 그 여자를 만지고 있었다.

은하는 열심히 작사한 노래를 시우에게 보였다. 시우는 두 번째 손가락으로 코끝을 만지더니 "가사 너무 거짓말인데? 제목은 '내 이야기'인데 너무 거짓말처럼 느껴져."라고 말했다. 왜 저렇게 코끝에 집착하는 것일까. 간지러우면 확실하게 코를 풀면 되는 것인데. 시우는 어디서든 계속해서 코끝에 무언가 묻어있는 사람처럼 집착적으로 코끝을 만졌고 은하는 그것이 부끄러웠다.

"창작이잖아. 긍정의 힘을 주는 노래를 만들고 싶었어. 내용 자체는 어떤 것 같아?"
"그래도. 네 이야기를 해야지. 이건 그냥 거짓말 같아."
"나는 솔직한 이야기라고 생각했는데?"
"그래? '어릴 때 아빠와 갔던 놀이동산'이라니. 아니잖아. 아빠랑 놀이동산 같은 데 가본 적 없다며."

"그런 걸 말하고 싶은 게 아니잖아. 그런 상황을 전달하고 싶은 거지. 그리고 그런 것들 있잖아. 살면서 내가 가봤는지 안 가봤는지 헷갈리는 장소나, 내가 직접 한 건지 어디서 들은 이야긴지 기억나지 않는 일들. 그래서 기억에는 없지만, 그냥 내가 했던 생각이라고 믿는 거. 오빠는 살면서 그런 적 없었어? 그러니까 거짓은 아니지. 다시 제대로 읽어봐. 더군다나 공모전 주제가 희망이야."

"그냥 끼워 맞추는 거 아니야? 그거랑은 상관없을 것 같은데? 거짓인지 아닌지 모르는 것과 거짓을 진실이라고 믿는 것은 다르잖아."

은하는 종이를 구겨 던져버렸다. "또 감정적으로 그러지 말고."라고 이야기하는 애교가 섞인 듯한 시우의 말투에 짜증이 났다. 그러면서 갑자기 불쑥 자신의 티셔츠에 손을 넣어 자신을 만지려는 행동도 조금씩 역겹게 느껴지기까지 했다. 시우가 밥을 먹을 때 이상하게 한쪽 입술을 올리고 손등으로 쓱 닦아내는 것도. 씻지 않고 침대에 누워있기만 하는 것도. 짧게 수염이 난 턱도. 모두 다 보기 싫어지기 시작했다.

대학 신입생 때 졸업을 한 새은이 시우를 보기 위해 자주 학교에 왔고 은하는 그때 새은의 얼굴을 처음으로 보았다. 은하는 새은을 보면서 어쩌면 저렇게 밝게 햇살이 내리쬐는 것 같은 사랑을 할 수 있을까 궁금했다. 새은의 웃는 얼굴이. 행복한 표정이. 모두 부러웠다.

은하는 자신이 왜 애정을 갈구하는지 모르겠다고 생각했다. 사랑받고 자랐다. 다정한 어머니와 바쁘지만 애정을 쏟아주는 아버지 사이에서 컸다. 은하가 슬프다고 말하면 은하의 엄마는 언제든지 함께 침대에 누워 은하를 안아서 달래줄 사람이었다. 사랑을 잘 받고 자란 아이도 자신이 부족하다고 생각할 수 있다. 사랑받고 자란 아이도 늘 더 사랑받고 싶을 수도 있다. 어딜 가도 항상 자신이 제일 빛나야 하고 가장 주목받아야 했다. 그런 은하이기에 자신을 보지 않는 사람에게는, 자신이 가지지 못한 사랑을 가진 사람에게는 어딘가 맞서고 싶은 마음이 응당한 것처럼 느껴졌다. 받은 사랑만큼 더 큰 사랑을 받고 싶었다.

시우에게 연락을 한 것은 그런 도전 의식의 하나였을 것이다. 우연히 친구와 함께 백화점에 간 날. 은하는 시우와 새은의 모습을 오래간만에 다시 보았다. 편안하게 모자를 눌러쓰고 추리닝을 입은 그들의 모습을 보며 은하는 자신이 그간 해본 적 없는 연애를 그들에게서 느꼈다. 아직도 만나고 있다니. 아직도 서로를 사랑할 수 있다니. 새은은 예쁘다. 어딜 가도 늘 사랑받는, 늘 사람들을 몰고 다니는 사람이었다는 소문을 들었다. 그런 여자가 아주 오랫동안 만나는 저 남자는 어떤 매력이 있는 것일까. 은하는 이번에도 질투심에 휩싸였다. 저들처럼 행복하고 싶다.

시우를 처음 만났을 때 역시 새은 같은 여자가 좋아할 만하다고 생각했다. 자신을 똑바로 쳐다보지 않는 눈과 잘 보일 생각이 없는 듯한 태도. 정말로 순수하게 도움을 주려고 만난 것 같은 행동까지. 친하지도 않은 여자가 갑자기 연락을 해서 만나자고 집 앞으로 찾아오면 조금 이상하다는 생각을 해야 하는 것 아닌가. 시우는 눈치가 없는 남자이거나, 알고 있으면서도 흔들리지 않을 자신이 있는 남자일 것이다. 느낌상 후자에 가깝지 않을까. 지금까지 은하가 만났던 사람들과 다르게. 하지만 시우를 만날수록 시우 역시 다른 남자들처럼 자신의 오랜 연인, 새은에게 권태를 느끼고 있음을 느낄 수 있었다. 그 이후부터는 쉬운 일이었다. 좋아하는 것 같은 태도를 보여주면서도 귀찮게 하지 않고 내버려 두면서 칭찬과 인정을 해주면 된다. 은하가 아는 남자들은 정말이지 이상했다. 아무리 매력 있는 여자를 만나고 있어도 시간이 지나면 전혀 설렘을 느끼지 못하는 것만 같다. 자신들이 좋아했던 여자에 대한 면모는 모조리 잊고 점점 더 작은 것들도 신경에 거슬려한다. 그리고 조금이라도 인정해주고 대화가 잘 통하는 것 같은 새로운 여자가 있으면 금세 마음이 움직인다. 새로운 것이 중요한 것일까. 인정이 중요한 것일까. 해본 적 없는 여자와 설레는 스킨십이 중요한 것일까. 오랫동안 한 명의 여자와만 사랑을 나누고 싶은 남자는 역시나 절대로 없는 것일까. 이번에도 역시 은하가 이겼다. 조금 어려운 과제를 해낸 사람처럼 은하는 안도했다. 남자와의 연애는 이렇게 단순한데 어째서 노래를 부르는 것은 그렇게 어려울까. 새로운 곡을 받고 녹음을 해도 곡을 내지 않으면 소용없는 일들이 되었다. 타고난 감각을 가진 사람들은 언제나 은하를 앞질러 갔다. 은하는 자신의 노력이 우스워졌다. 차라리 노력하지 않는다면. 도전하지 않는다면. 언제나 평온한 상태로. 실패라는 굴욕적인 감정을 느끼지 않을 것이라는 생각이 들기도 했다.

딱히 프리랜서 디자이너를 하고 싶은 것은 아니었지만 시우에게 연락할 수단이 그것뿐이었다. 시우는 은하가 포토폴리오를 더 이상은 만들지 않는 것을 보고 계속해서 듣기 싫은 잔소리를 했다. 어쩐지 새은을 떠난 시우가 더는 볼품없이 느껴졌다. 이전 남자들처럼 자신의 집에서 아무것도 하지 않고 누워 있으면서 잘난 척해대는 모습이. 시우의 좋은 모습을 찾아보려고 해도 새은을 떠난 시우는 이미 은하에게 균열이 생긴 그릇일 뿐이었다. 차라리 시우가 새은을 떠나 자신에게 오지 않았더라면. 은하는 시우 같은 남자가, 오랜 연인에게 권태를 느끼지 않는 남자가, 세상에 존재한다는 희망을 가지고 살았을지도 모른다. 은하는 자신이 시우에게 어떤 근거 없는 공상을 품고 있었다는 것만 깨달을 뿐이었다. 부모님이 준 것이긴 하지만 은하는 자기 명의의 집에서 살고 있고 다른 오피스텔에서 월세도 받고 있었다. 오래되긴 했어도 외제 차를 끌면서 이곳저곳 다닐 수 있었다. 시우는 차도 없었고 집도 없었고 안정된 직장도 없었다. 그러니 누가 봐도 마음이 급해야 하는 사람은 자신이 아니라 시우였다. 나이가 많다는 이유만으로 존중받을 수 있는 특권이 생기는 것은 아니지 않나, 은하는 생각했다. 시우는 자신의 말에 모조리 반대되는 말들을 꺼내어 은하를 통제하려 한다. 시우는 친구들을 만나는 일도 거의 없었고 다른 모임을 가지거나 하는 사회적인 활동을 전혀 하지 않았으며 나이가 많다는 이유만으로 자꾸만 '은하가 틀렸고 자신의 생각이 세상의 의견과 같다'는 태도를 보였다. 그 태도가 너무나 한 치의 오차 없이 이전 소속사의 대표와 은하가 혐오하는 분류의 사람과 다를 것 없어 답답하게 느껴졌다.

무엇보다 은하가 가장 기분 나쁜 것은 시우가 자신을 사랑하는 느낌이 아니라는 점이었다. 어딘가 화가 난 사람처럼 울분을 풀어내는 듯한 시우의 모습에서 은하는 시우가 여전히 새은을 사랑하고 있음을 깨달았다. 자신에게 온 것은 그저 새은과의 관계에서 지친 마음을 위로받고 싶었기 때문이구나. 지겨움과 답답함, 지쳐버린 부정적인 마음속에서 홀로 서 있을 수 없기 때문에, 오랜 기간 사랑했던 사람이 사라졌을 때의 공허를 참지 못할 것 같아 자신을 이용하고 있다는 것을. 은하는 너무나 쉽게 알 수 있었다.

은하가 옆에 누워있을 때에도 시우는 새은의 SNS를 찾아보곤 했다. 은하가 그 사실을 알고 있다는 것을 모르는지 몇 번이나 새은의 사진을 찾아보았다. 은하가 하는 말에 "이전에는 다르게 말하지 않았나?"하거나, "너 건포도 좋아하잖아."와 같은 은하는 단 한 번도 말한 적 없는 맥락에 맞지 않는 대답을 했다. 뜬금없이 은하의 야한 속옷을 보며 "너는 이런 것도 가지고 있구나."하며 말꼬리를 흐릴 때면 그 말 뒤에 '새은이한테는 없는 건데.'와 같은 저의가 있음을 은하는 알 수 있었다. 시우의 머릿속에는 아직도 새은이 존재한다. 그러니까 그렇게 상황에 맞지 않는 말들이 나오는 것일 테다.

자신은 그저 도구인 걸까. 그 여자에 대한 복수를 하기 위한 도구. 어째서 그런 취급을 받아야 하는 것일까. 이대로라면 시우는 다시 새은에게 돌아갈 것이 분명했다. 그럼 은하는 다시 혼자 남게 되는 것이다. 영원한 사랑이라는 것은 없다는 기분 나쁜 결말까지 알게 된 채로. 완전한 실패다. 그런 패배감은 절대 느끼고 싶지 않았다.

시우는 모르겠지만 은하는 시우를 만났던 첫날부터 은근하게 시우가 나온 사진들을 계속해서 SNS에 올렸다. 그 여자가 이것을 본다면 절대로 시우는 돌아가지 못할 것이다. 은하는 처음부터 시우가 돌아갈 길을 막아두고 싶었다. 둘의 사랑을 다시금 확인하게 해주는 매개체가 되고 싶지 않았다. 자신은 이용만 당하고 둘만 행복한 모습은 절대로 볼 수 없었다. 시우가 자신을 버리기 전에 다른 대용을 만들어두어야 하는 것일까. 은하는 머리가 아팠다. 어쩌면 진정한 사랑을 찾았을지도 모른다고 생각했는데. 진실된 사랑은 역시나 없는 것일까. 은하는 이번에도 조금 마음이 아팠다. 또다시 실망했다.

아무리 불만이 생겨난다고 해도 은하가 시우를 좋아하는 마음이 없는 것은 아니었다. 은하는 시우를 사랑했다. 아무 마음 없는 사람과 한집에서 살을 문지르며 살 수 있는 사람은 없을 것이다. 은하는 그저 자신이 준 마음만큼 돌려받지 못할까 봐 불안했을 뿐이었다. 마음 아프고 싶지 않았다. 시우가 아닌 다른 사람에게 신경을 쏟는다면 그러지 않을 수 있다. 은하는 매번 상처받고 싶지 않았다. 모든 사람에게 늘 사랑받고 싶었다.

20

새은은 스스로가 시우를 어떤 사람이라고 정의했는지 생각했다. 그리고 그 모든 것이 자신의 환상이었음을 받아들일 수밖에는 없었다. 사람마다 각자 미성숙한 부분이 있지만, 시우는 신의를 져버리는 사람은 아닐 것이다. 아무리 시우가 관계에 지쳐도 자신을 버리고 떠날 사람은 아니다. 아무리 그래도 시우는 그런 사람이 아니다. 그런 시우에 대한 모든 생각이 새은의 머릿속에서 벌어지고 떨어져 나갔다. 시우와의 사랑은 모두 자신만의 믿음이었다. 자신만의 상상이었다. 변함없는 사랑을 할 것이라고, 영원히 함께할 것이라고 생각한 믿음은 모두 환상이었다.

새은은 오늘도 점심을 혼자 먹었다. 목공방 사람들도 이제는 점심시간에 새은에게 함께 식사하자고 이야기하지 않았다. 점심시간이 되자 모두가 약속한 듯 나갔고 새은 혼자만 남았다. 오늘은 왠지 모두 함께 먹는 점심에 참여하고 싶어서 도시락도 준비하지 않았는데 난감한 일이었다. 근처의 식당을 찾아보았다. 목공방 사람들에게 연락해볼까 했지만, 전화번호를 아는 사람도, 연락할 만한 사람도 없다는 사실을 새삼 깨달았다. 새은은 이전에 시우와 가려고 찾아두었던 돈가스집으로 갔다. 시우는 돈가스를 좋아했다. 어린 시절 태성은 새은에게 "돈가스를 좋아하지 않는 남자는 없다."라고 했었다. 모든 남자는 모르겠지만 시우는 유난히도 옛날 돈가스를 좋아했다. 고기는 얇고 튀김옷이 두껍고 갈색 소스가 잔뜩 뿌려져 있고 마카로니 샐러드와 밥이 한 그릇에 나오는 옛날 돈가스. 새은은 돈가스를 먹으면서 시우를 생각했다. 시우와 함께 먹었던 돈가스를. 무엇을 해도 시우를 생각할 수밖에는 없었다. 입안에서 번지는 돈가스의 기름 맛. 포크질을 잘하는 시우의 손.

돈가스를 먹으면서 새은은 시우를 생각했다. 함께 보던 시리즈물의 후속작이 나오면 새은은 시우가 떠올랐다. 무엇이든 두 개씩 준비되어있는 자신의 집에서 시우가 어째서 자신을 떠났는지 고민했다. 포크 두 개, 배게 두 개, 시우의 고동색 칫솔, 시우가 좋아하던 게임기, 시우의 반팔 티셔츠. 새은은 빨래를 깨며 황급하게 시우가 떠난 것을 알려주듯 남아버린 시우의 반팔 티셔츠를 집어들었다. 얼굴 가까이에 가져가서 냄새를 맡아보았다. 시우에게서는 어떤 냄새가 났었는지. 지난번 여름에는 시우가 어떤 옷을 입고 다녔는지 곰곰이 생각해보고 그것에 얼굴을 묻고 슬프게 울었다. 실감이 나지 않는다. 무엇도 즐겁지 않았다. 시우가 없으면 아무것도 즐겁지 않다는 사실을 인정하고 싶지 않았다. 혼자서도 재미있고 행복한 시간을 잘 보낼 수 있다고 스스로에게 보여주고 싶었다. 하지만 얼마나 즐겁지 않았으면 매 순간 시우를 생각하는 것일까. 행복하기 위해 노력하며 애를 쓰고 있다는 사실을 깨닫자 더 비참해졌다. 시우는 이런 노력이 필요하지 않을 것이다. 그 여자와 행복할 것이다.

새은은 누군가를 만나서 이야기하고 싶다는 생각이 들었다. 그러면서도 낯선 타인은 만나고 싶지 않았다. 새은에 대해 모든 것을 다 알고 있으면서도 새은이 하는 이야기를 즐겁게 들어주는 사람을 만나고 싶었다. 물론 미영도 그렇게 해주겠지만 친구와 연인은 다르다고 새은은 생각했다. 연인에게 느끼는 편안함과 친구에게 느끼는 안정감은 비슷하지만 결이 다르다. 새은에게는 지금 연인 같은 사람이 필요했다. 시우는 사랑받는 감정을 느끼며 이런저런 이야기가 하고 싶으면 그 여자를 만날 것이다. 그렇다고 새은은 불편하게 잘 모르는 이성들을 만나고 싶지는 않았다. 그런 사람들과는 겉도는 이야기밖에 하지 못할 테니까. 소소한 이야기. 별것 아닌 하루의 이야기. 길가에서 보았던 나뭇잎에 이상하게 생긴 송충이가 붙어있었던 일, 과일을 잘랐는데 썩은 과육이 나온 일. 아무것도 아닌 그런 일상의 이야기를 나누고 같이 웃고 싶었다. 자신의 감정을 나누어주길 타인에게 기대어 바라는 것이 옳지 못하다는 생각이 들면서도 새은은 누군가가 자신을 구제해주기를 바랐다.

생각해보면 시우는 헤어지기 전부터 그녀의 하루가 어땠는지 질문하기는커녕 연락도 되지 않았기에 별것 아닌 이야기는 하지도 못했었다. 그러므로 새은은 지금 시우가 옆에 있다고 하더라도 하루를 공유하는 일은 없었을 거라며 스스로를 위로했다.

은은하게 번지는, 혼자 무언가를 하며 보낸 시간들에서 눌러두었던 외로움과 공허함이 돈가스를 썹으면 빠져나오는 기름처럼 결국에는 비집고 드러났다.

소화가 안되는 것 같다. 새은은 더부룩한 윗배를 꾹 손으로 눌렀다. 스물한 살의 시우는 새은이 아픈 것 같다고 하면 언제나 죽을 사 와서 집 앞 문고리에 걸어두었다. 약속하지 않은 것들도 모두 잘 지키려고 노력해주었다. 하지만 어느새 약속한 것도 지키지 않는 것이 번번해졌다. 시우는 왜 이렇게 달라져 버린 것일까. 그 무엇이 진심이었을지 고민하다가 고통받는 것은 의미가 없다고 생각했다. 모든 것이 다 진심이었을 것이다. 진심은 언제나 변하는 것이다.

새은은 아는 사람과 아는 사람의 아는 사람을 모두 동원해서 소개팅을 했다. 소개팅 장소는 늘 소행성으로 갔다. 시우와 그 여자가 나타나지 않을만한 장소는 그곳밖에 없었다. 미영과 태성은 새은에게 어떤 가치 판단도 하지 않을 것이었고 소행성의 양송이 구이는 너무 맛있으니까. 소개팅 장소로는 매우 적합했다.

새로운 사람을 만나면서 새은은 자신이 마음의 벽을 단단하게 세워두었다는 것을 알았다. 친오빠가 하는 가게라는 사실을 누구에게도 알리지 않은 것도. 상대가 하는 이야기가 즐겁지 않은 것도. 그렇게 맛있던 양송이 구이도 특별하게 느껴지지 않는 것도 아마 굳게 닫아놓은 마음 때문이라고. 여섯 번째 소개팅남과 양송이 구이를 먹으면서 새은은 자신이 한심하게 느껴졌다. 무엇을 하고 있는 것일까. 시우와 그 여자를 생각하고 싶지 않아서 이 사람들을 이용하는 것일까. 이 사람들은 무슨 마음으로 이곳에 나왔을까. 어떻게 시우는 다른 사람을 사랑할 수 있었을까. 새은은 지금 당장 다른 사람을 사랑할 수 없을 것 같았다. 더운 여름에 잔뜩 녹아버린 슬라임처럼 새은의 사랑을 담당하는 기관은 아무 기능을 하지 못하는 상태였다. 그런 생각이 들자 소개팅이라는 것이 부질없이 느껴졌고 상대에게 미안해서라도 더는 하지 말아야겠다는 생각이 들었다.

"새은 씨. 오늘 우리 회식하는데 같이 가실래요?"

"회식이요?"

"네. 오늘 다들 할 거 일찍 끝내고 저녁에 술 한잔하자고 이야기 나와서요. 단톡방 보셨어요?"

"아. 못 봤어요….."

새은은 망설이다 집에 사둔 위스키를 떠올려보았다. 이전에 시우가 사 온 위스키를 망쳐버린 것이 미안해서 같은 브랜드의 더 좋은 것으로 사두었다. 그 지독하게 쓰고 매운 듯한 위스키의 맛을 떠올려보았다. 시우와 마시려고 했는데. 시우가 기쁜 표정으로 그것을 받는 상상을 했었다. 결국에는 그러지 못했지만.

"네. 좋아요."

혼자 집으로 돌아가 그 위스키병을 볼 자신이 없다. 앞으로도 평생 시우가 없다는 것을 다시금 상기하고 싶지 않다. 저녁을 혼자 먹고 싶지 않다. 혼자서 시간을 보내고 싶지 않다. 혼자 무언가를 할 때마다 계속해서 시우가 그 여자와 어떤 하루를 보낼지 상상하고 싶지 않았다.

 4시까지 작업을 끝내기로 했다. 새은은 맞은편에 앉은 나이가 꽤 있어 보이는 여성분의 오일 작업을 대신해주기로 했다. 유일하게 새은이 대화를 나누는 사람이었다. 여자는 "손목이 너무 아파서, 고마워요."라고 이야기했지만, 새은의 호의는 그 사람을 위한 것이 아니었다. 새은을 위한 것이었다. 잠시 쉬고 싶었다. 새은은 조용히 나무 먼지가 쌓여가는 작업실에 앉았다. 얕게 공기에 흐르는 오일 냄새를 맡으며 편안함을 느꼈다. 찢은 천을 오일에 담갔다. 약간은 비릿하고 메케한 오일이 하얀 천을 갈색으로 물들었다.

 "어려운 것은 없으세요?"
 "아… 저, 오일에 대해서 여쭤보고 싶은 게 있는데."
 "네."
 "오일 바르면 색이 진해지잖아요. 안 진해지는 오일은 없어요?"
 "아! 있어요. 수성 바니쉬 바르면 돼요!"
 "수성 바니쉬요?"

"네!"

"우리 목공방에도 있어요?"

"당연하죠. 흔한 바니쉬 거든요. 그 바니쉬가 없는 공방은 없을 거예요."

"아…"

"근데 저는 어디 있는지 모르겠고 아마 건하쌤이 아실 거예요."

"건하쌤이요?"

"네. 몇 번 뵌 적 있지 않으세요? 해외에 잠깐 나가셨다가 얼마 전에 다시 돌아오신 분. 불러 드릴게요. 잠시만요."

건하.

건하가 문을 건너 들어왔다. 건하는 시우와는 정반대로 생긴 사람이었다. 시우보다 훨씬 큰 키에 작은 얼굴. 세련되고 화려한 인상. 약간은 녹색인듯한 짙은 갈색의 독특한 눈. 살짝 올라간 눈꼬리, 약간은 어두운색의 피부가 투명하고 윤기나 보였다. 새은이 좋아하는 월넛 목재의 색상처럼. 자연스럽게 갈라진 검은색의 생머리가 잘 정돈되어있는 눈썹을 돋보이게 해주었다. 두툼한 입술이 살짝 올라가 있다. 볼 쪽에 아주 작게 주름 같은 흉터가 자리하고 있었는데, 유심히 보지 않는다면 눈치채지 못할 정도였다. 웃으면 보조개 같아 보였지만 표정이 없을 때면 흉터 자국인 것을 알 수 있었다. 그 흉터는 곱고 예쁜 얼굴에 이상한 괴리감을 줬다. 약간은 어긋나는 완벽함. 길거리를 지나다니면 누구라도 살짝 쳐다볼 것 같은 얼굴이었다. 단순히 화려하게 잘생긴 얼굴이 아니라 우아하게 잘생긴 얼굴이다.

처음 건하를 보았을 때 누군가를 보고 순식간에 넋이 나갈 수 있는 강렬한 충격을 받아본 적이 있었던가, 생각해보았다. 외적으로 뛰어난 사람과 그렇지 않은 사람을 구분할 수 있었지만, 외면이라는 것이 단순히 어떤 감동을 주지는 못했다. 잘 배치된 얼굴도 못된 말들을 하면 턱 쪽이 살짝 일그러져 보였다. 그런 새은이 완벽하게 첫눈에 아름답다고 생각한 남자는 처음이었고 대화를 나누지 않아도 압도될 수 있다는 것을 처음 느끼기도 했다. 다만 건하는 조금 불친절한 사람 같았고 항상 새은을 날카로운 눈매로 쨰려보고 있었기 때문에 단둘이 남겨지는 공간에서 대화를 하는 일은 없었으면 좋겠다고 생각

하고 있었다. 인생에서 처음 본 완벽한 외모를 가진 남자의 턱
쪽이 일그러지는 것은 보고 싶지 않았기 때문에.

"안녕하세요."

그의 낮은 목소리가 작업실 안에서 고요하게 번졌다. 정말
이지 아주 낮고 부드러운. 그렇지만 매우 불친절하고 퉁명한
목소리였다.

"이미 오일을 바르셨는데요?"
"아, 이건 제가 만든 게 아니고. 이게 제가 만든 거예요."
"잘 만드셨네요. 손 많이 아프셨죠?"

불친절한 그의 목소리와 다정한 그의 눈동자에 새은은 하마
터면 "너무 아팠어요. 깜짝 놀랐어요. 손이 얼얼하더라고요."
라고 투정을 부리듯이 말할 뻔했다.

"괜찮았어요."
"다행이네요. 처음 목공하면 다들 손 엄청 아프다고 하시거

든요. 수성 바니쉬 발라보고 싶으시다고 하셨죠."

"네."

건하는 수성 바니쉬 오일과 스펀지. 작은 나무 조각들을 들
고 왔다.

"이건 스펀지로 발라주는 게 좋아요. 한번 발라 보실래요?"

옆으로 와서 나란히 섰다. 그러자 좋은 향이 느껴졌다. 편안
한 향이었다. 물기가 가득한 꽃의 향이었다. 향수의 냄새가 아
니라 옷의 섬유에 밴 냄새 같았다. 새은은 잘 세탁한 옷에서
나는 향기를 좋아했다. 잘 세탁한 향이 나는 옷을 입는다는 것
은 은근히 어려운 일이었다. 중학생 시절 새은은 미영에게서
그런 향기를 처음 맡아보았다. 누군가가 잘 관리해주는 집에
서 살고 있는 아이에게는 이런 향기가 나는 거구나. 관심받고
사랑받는 아이의 옷에서는 좋은 섬유유연제 향기가 난다. 그
때부터 타인의 옷에서 잘 세탁한 향기가 날 때면 집에서 누군
가가 많은 관심을 주며 챙겨주고 있거나 집 안을 잘 정리하는
성향의 사람이지 않을까 하고 추측했다. 집 안을 잘 정리하는

사람은 가정적이지 않을까. 미영이 그러는 것처럼. 그리고 새은이 시우의 빨래를 열심히 챙겼던 것처럼.

새은은 그 좋은 냄새가 나는 남자가 약간 불편했다. 모든 행동이 느리게 움직이는 것만 같고 손톱이 더럽지는 않은지 대충 묶은 머리카락이 삐져나오지는 않았는지 신경 쓰였다. 그 불편함은 평소에 느껴지는 것과 다른 느낌이었다. 한여름에 밖에 너무 오래 있으면 어지러운 것처럼. 뜨거운 햇볕을 오래 받은 것 같은 기분 좋은 불편함이었다. 새은은 건하가 자신과 아무 상관 없는 사람이라는 사실을 상기했다. 아무런 연관성이 없고 앞으로도 계속 자신에게 불친절한 시선을 보낼 사람. 그러자 작은 떨림들이 서서히 잦아지는 듯했다. 건하가 건네준 스펀지를 수성 오일에 적셔 나무에 칠해보았다. 일반 바니쉬 오일보다도 물기가 적고 끈적한 것을 나무에 올리니 두툼하게 발리었다.

"이 오일은 평소에 공방에서 쓰시는 오일보다 더 꼼꼼하게 발라줘야 해요. 그래서 더 까다로운 것일 수도 있어요. 얇게 발라줘야 안 뭉치거든요. 희석할 때 물을 너무 많이 섞으면 묽어지니까 조심해야 하고요. 그래도 이 오일이 나무 고유의 색을 유지면서 사용하기 좋아요.

새은은 건하가 생각보다 친절한 것인지, 평소처럼 불친절한 것인지조차 알 수 없다고 느꼈다. 다만 말을 건네는 방식이 참 정중하다. 무심한 목소리 같아도 그 내용은 정중하고 배려 있다고 생각했다.

"네. 감사합니다."
"더 궁금한 게 있으시면 언제든 물어보세요. 앞으로는 더 자주 나오거든요."

건하가 점점 멀어졌다. 그 향도 조금 멀어진다. 새은은 크게 숨을 들이마셨다. 어째서인지는 본인도 알지 못한다. 아마도 이유 없이 자신을 싫어하는 사람이라고 생각했기 때문에 긴장한 것일 수도 있다. 긴 한숨을 뱉었다. 그리고 네 번째 손가락을 바라보았다. 반지는 시우가 새은에게 선물한 것 중에 가장 값진 것이었다. 늘 끼고 있던 반지였다. 계속 끼고 있던 반지나 시계를 갑자기 하지 않으면 원래 있어야 할 뼈마디가 줄어든 것처럼 어색했다. 그래서 빼지 않았을 뿐이었다. 새은은 엄지손가락으로 반지를 살짝 굴려보았다. 은색의 반짝임이

네 번째 손가락에서 헛돌았다. 엄지손가락으로 밀어내자 아주 쉽게 빠졌다. 앞치마에 넣어두었다. 이제는 뺄 때가 되었다.

네 시가 되었다. 하던 작업을 정리하고 다 함께 고깃집으로 향했다. 다행히도 소화가 안될 것 같은 느낌은 사라지고 배가 아주 고팠다. 목공방의 사람들과 거의 처음으로 사적인 대화를 나누었다. 이렇게 많은 사람들 속에서 웃고 떠드는 것은 오랜만이다. 생각보다 모두 좋은 사람들이었다. 그들은 상냥했고 다정했다. 앉은 자리가 불편하지는 않은지, 항상 따로 점심을 먹는 새은이 소외감을 느끼지는 않는지 걱정해주었다. 새은이 그동안 모두를 너무 어렵게만 대해서 그들을 전부를 불편하게 만든 것 같아 미안했다. 불필요하게 선을 그었다.

"새은 씨는 건하 씨랑 이야기 많이 안 해보셨죠?"

건하는 새은의 앞자리에 앉아있었다. 하얀색 셔츠를 입고 팔을 걷어 올린 그가 고기를 잘라서 사람들에게 나눠주고 있었다. 그 하얀 셔츠에 기름이 튈 것 같다. 걱정되었지만, 새은은 얌전히 건하가 주는 고기를 맛있게 먹었다. 대부분 요리를 잘하는 새은은 이상할 정도로 고기만은 맛없게 구웠다.

"불에 올려놓기만 하면 되는데, 뭐가 어려워?" 시우는 고기를 구우며 말하곤 했다.
"글쎄, 나도 모르겠다." 새은은 대답했다.

굽는 사람은 고기를 잘 먹지 못한다. 건하도 거의 먹지 못하는 것 같았다. 건하는 꽤 진지한 표정으로 고기를 구웠다. 더운지 이마에 송골송골 땀이 맺혀있는 듯했다. 곱상한 첫인상을 떠올리면 남이 주는 고기만 받아먹을 것 같다고 생각했는데, 새은은 자신의 생각이 부끄러웠다.

편견이라는 것은 얼마나 주관적이고 근거 없는 관념인가. 목공방 사람들과 친해질 수 없을 것이라고 생각한 것도. 건하가 불친절할 것 같다고 무의식적으로 판단을 내려놓은 것도. 모두 섣부른 편견이었다. 새은은 꽤 이기적인 태도로 건하가 구워주는 고기를 맛있게 먹으며 스스로의 생각을 반성했다.

"네. 얼굴을 뵙기는 했는데, 고기 이제 제가 구울게요. 좀 드세요."

"괜찮아요. 요리하는 거 좋아하거든요."

　새은은 소주를 한 잔 마셨다. 왜 신경이 쓰이는 것일까. 스스로도 이해가 되지 않았다. 한 잔 더 마셨다. 왜 입안이 마르는 것처럼 느껴지는 것일까. 아마도 건하의 하얀 셔츠가 걱정되어서. 고기를 많이 먹지 못한 것 같아서. 자신이 얼마나 불필요한 편견을 만드는 사람이었는지를 깨달아서. 미안해서.

　첫 만남부터 막힘없이 편안하게 대화를 나눌 수 있는 상대도 있지만, 그렇지 않은 상대도 있었다. 새은에게 불편한 대화란 재미없고 무의미한 질문들에 통계조사를 하듯 대답해야 하는 사람을 만나는 경우였다. 주로 짧고 많은 대답을 하게 만드는 상대는 그다지 매력적이지 않은 사람이었다. 새은이 짧은 대답을 했을 때, 계속해서 주제를 바꿔가며 끝없이 질문을 하는 사람의 마음을 이해하지 못했었는데. 건화와 대화를 나누면서 조금은 이해할 수 있을 것 같았다. 건하는 말이 많은 사람은 아니었다. 그렇지만 무성의한 대답을 하는 사람도 아니었다. 반드시 눈을 맞추고 새은의 질문에 집중하고 고민 끝에 대답해주었다. 새은은 건하와 대화하면서 편안한 것인지 불편한 것인지 모를 감정을 느꼈다. 다만 흥미로웠다. 짧은 대답 속의 건하가 궁금했다. 자신의 편견과는 다르게 실제 건하는 어떤 사람인지 알고 싶었다. 그래서 수다스러워 보일 수 있다는 사실을 알면서도 어쩔 수 없이 자꾸만 몸이 건하 쪽으로 기울어 질문하게 되는 것이었다.

고기를 다 먹은 후에 몇 사람들은 집으로 돌아갔고 새은을 비롯해서 다섯 명 정도가 남아 건하를 따라 위스키 바로 갔다. 검정 베이스에 골드 톤으로 포인트를 준 위스키 바. 목공방 근처에 이런 곳이 있는지도 몰랐지만, 알았어도 가지 못했을 것이다. 그렇게 근사한 바는 처음 들어가 본다고 새은은 생각했다. 지나가는 길에 종종 그런 바를 보기는 했지만, 가격이 부담스러울 것 같아 항상 시우와 들어가기를 꺼려했었던 종류의 장소였다. 위스키를 두 세잔 마시자 새은은 잔뜩 취기가 올라오고 있음을 느꼈다. 의도한 것은 아니었지만 새은과 건하. 그 둘만 끊임없이 대화를 나누었다. 어색함이 풀린 건하는 대화를 잘 이끌어 나갔다.

"대화를 길게 잘 못하시는 줄 알았어요."

"그런 건 아니에요. 너무 제 이야기만 하면 재미없을까 봐요."

그런 사소한 배려가 자연스러운 사람이 건하라는 사람이구
나. 새은은 건하와 이야기할수록 건하에 대해 조금씩 더 알
것 같았다. 무표정한 얼굴도. 무뚝뚝한 말투도. 날카로운 눈
빛도. 예의 없는 사람이어서가 아니라 배려가 많은 사람이어
서 그런 것이었음을 그제야 이해할 수 있었다. 건하는 미국에
서 대학을 나왔고 목공과 전혀 관계없는, 이름을 들어도 알 수
없는, 경제학과 비슷한 것을 전공했다. 어릴 때부터 부모님의
강요하에 모든 것을 해오다가 자신이 진정으로 원하는 것들을
선택하기 시작했다고 했다. 한국으로 돌아오는 것. 혼자 사는
것. 그런 작은 선택의 시작이 진정한 자유의 시작이라 느꼈고
오래전부터 해보고 싶었던 목공을 배운 것이라고 했다. 전혀
관련이 없는 분야를 뜬금없이 해본다는 것이 겁이 나기도 했
지만 무서워서 주저하는 것은 자신의 모습이 아니라고 생각했
다고 말했다. 새은은 그런 이야기들을 들으면서 건하가 자신
과 비슷하지만 전혀 다른, 생각이 많지만 실천하는, 사람이라
고 생각했다. 그리고 생각보다 아주 괜찮은 사람일지도 모르
겠다고 생각했다. 정말 하고 싶은 것들을 선택하는 용기. 그런

부분이 특히나 마음에 들었다.

새은도, 건하도 서로에게 집중해있었다. 건하의 흔한 말 하나하나가 웃겼고 같이 나누는 대화가 즐거웠다. 소개팅 자리에서 만난 사람들과도 이렇게 즐겁게 이야기한 적이 없다는 생각이 들었다. 건하는 다르다. 건하는 그들과 다른 사람이라는 생각이 들었다. 한 명씩 자리에서 일어나더니 결국 셋이 남게 되었다. 새은은 자리가 즐거웠지만 술을 많이 마셔서 집으로 돌아가고 싶다고 말했다. 건하도 "이제 집에 가볼까요."라고 말했다. 남아 있던 한 명이 먼저 택시를 탔고 새은과 건하 둘만 남게 되었다. 십 분 정도 지났는데도 이상하게도 택시가 잡히지 않았다.

"혹시 새은 씨 어느 쪽에 사세요?"
"저는 영남동에 살아요."
"저도 그 근처에 살아요. 대리기사님이 오셨는데 괜찮으시면 제가 데려다 드릴게요."

택시도 잡히지 않았고 버스도 없는 시각이었다. 목공방은 신기하게도 새은의 집에서 멀지는 않았지만 아주 외진 곳에 위치하고 있었고 인적이 드문 곳이었다. 근방에서 평생을 살던 새은도 이곳에 처음 왔을 때 이런 곳이 있었는지 모를 정도로 텅 빈 동네 같은 곳이었다. 그렇기 때문에 새은은 건하의 호의를 무시하지 않기로 했다. 서문구는 남쪽의 영남동과 서쪽의 영서동으로 크게 나뉘어 있었는데 새은이 사는 곳은 영남동이었고 건하가 사는 쪽은 영서동이었다. 새은의 집에서 영서동의 끝으로 가는데 차를 타고 삼십 분 정도밖에 걸리지 않으니까 가까운 곳에 살고 있는 것이었다. 다만 영서동은 좀 더 번화가로 지금 새은이 종종 가는 백화점도 그곳에 있었다. 같은 동네지만 분위기가 크게 달랐다. 건하가 사는 쪽은 항상 정장을 입은 사람들이 오고 가고 환승역이 많은 지하철이 있었다. 높은 건물과 세련된 장소들. 새은은 항상 그곳을 동경했다. 멋진 카페가 집 앞에 있는 것은 어떤 느낌일까. 영남동에 사는 사람들의 삶과 영서동의 사람들이 사는 생활 환경은 크게 달랐다. 새은은 건하의 남색 SUV에 올라탔다. 그들은 나란히 뒷좌석에 앉았다. 푹신한 시트에 앉자 새은은 졸음이 몰려왔다. 새은이 밖에서 졸음을 참지 못하는 경우는 두 가지였는데, 하나는 차를 타고 이동할 때였고 다른 하나는 술을 많이 마셨을 때였다. 지금은 두 가지 전부인 상황이었기에 눈이 서서히 감겼다. 잠시 눈을 감았다가 떴을 때 차는 멈춰있었고 건하의 손이 보였다. 그의 손 위로 서로의 팔꿈치가 조용하게 맞닿아있었다. 새은은 자신의 숨소리를 느꼈고 건하의 숨소리를 느꼈다. 술기운 때문일까. 옆에 놓인 그의 긴 손가락이 예쁘게 보였다. 새은은 충동적으로 건하의 손가락을 만져보고 싶다고 생각했다.

"깼어요?"
"아. 네. 죄송해요. 차만 타면 잠들어서."
"괜찮아요. 새은 씨가 너무 곤히 주무시길래 좀 기다렸어요."
"저 많이 잤어요?"
"십 분 정도밖에 안 주무셨어요. 근처 편의점에서 사 왔는데 이것 좀 마실래요?"

건하는 숙취 해소제와 음료수를 건넸다. 건하의 목소리에 새은은 새끼손가락을 가볍게 움직였다. 너무 가까이에 있다. "반지가 없어졌네요."라고 말하는 건하의 얼굴을 봤다. "아, 전 남자친구하고 헤어진 지 꽤 됐는데 끼고 있는 게 이상해서요." 역시나 특이한 녹갈색의 눈동자. 얼굴에 얇은 상처. 밤바다처럼 깊고 부드러운 목소리. 새은이 좋아하는 여름 밤바다. 하늘색보다도 어두운 청명한 파도의 모양. 새은은 어째서 자신이 건하를 처음 보았을 때 순식간에 사로잡혔는지 알 것 같았다. 얇은 유리 속에 들어있는 것들은 언제나 동일했다. 행복하고 투명했다. 유리막 안에 둘러싸여 새은이 볼 수 있지만 그 안에는 완벽하게 도달할 수 없었다. 그 안에 소속될 수는 없었다.

새은이 출퇴근하는 길, 지하철역 앞에서 늘 보았던 거대한 백화점 쇼윈도 안에 예쁜 마네킹과 건하는 닮았다. 얇은 유리 칸 안에 들어가 있는 그 마네킹. 그곳을 지나갈 때마다 새은은 그 화려한 마네킹을 가만히 서서 쳐다본 적이 많았다. 조금 높은 단에 올려진 마네킹은 값비싸고 윤기나는 빳빳한 정장을 입고 있었다. 한껏 여유를 부린 도도한 표정을 지으며 새은을 내려다보고 있는 것 같다고 느꼈다. 유리창에 반짝하고 태양 빛이 비치고. 눈이 부셔 그것을 똑바로 쳐다볼 수 없었다. 새은은 그 플라스틱 마네킹이 잘 꾸며진 또 다른 세상에 살고 있는 것 같다고 생각했다. 스노우볼 안의 세상처럼. 그리고 그 세상에 사는 마네킹이 자신보다 더 여유롭게 살고 있는 것 같다고 느꼈다. 여름 더위에 새은의 뒷목은 머리카락이 들러붙어 끈적했고 구겨 신은 저렴한 구두의 뒷 축은 자꾸만 얇은 뒤꿈치를 파고들어 물집 잡히게 했다. 마네킹은 더위 따위는 모르는 것처럼 두꺼운 재킷을 입고 아무것도 들어가지 않을 것 같은 작은 가방을 들고 있었다. 새은은 어깨 위의 무거운 가방에 자꾸만 짓눌리는 것 같은 기분을 떨치고 지하철로 들어갔다.

새은은 순간적으로 불안감을 느꼈다. 자신이 유리창 안으로 들어가고 싶다고 욕심낼 것만 같아서. 유리창 안에 있는 것은 유리창 안에 있기 때문에 빛나는 것이다. 새은은 환상에 욕심내고 싶지 않았다. 쇼윈도 안의 환상에 젖으면 무겁고 지친 당연한 현실이, 지하철을 타기 위해서 내려가는 그 길이 비참하게 느껴질 것만 같았다. 사치 같은 것이다. 새은은 건하가 익숙해지면 안 되는 사치품과도 같은 사람이지 않을까 생각했다. 새은의 세계에는 존재하지 않는 것이 건하에게는 당연한 것처럼 존재했으니까.

"감사해요."

새은은 황급하게 말했다. 건하는 아무런 말이 없이 새은을 처다보고 있다. 그 눈빛에는 너무나도 억센 무언가가 있어서 우물쭈물해졌다. 태평하게 그의 차 안에서 잠들어 버린 여자는 이제 없었다. 그의 손에 잡힐 것만 같다. 그 길고 매끄러운 손에. 새은은 빠르게 "이제 들어가 볼게요. 정말 감사해요."라고 말했다.

"아니에요. 그럼 다음 주에 봬요."
"네. 조심히 들어가세요."
"아… 저 날아다니는 '새' 할 때 그 '새'예요."
"…."
"제 이름이요. 많이 헷갈려 하시더라고요."
"알고 있었어요."

건하가 환하게 웃어보였다. 웃는 얼굴이 참 이쁘다. 눈과 입을 잔뜩 써서 웃는데, 그럴 때면 무뚝뚝하고 날카로운 그 인상이 순식간에 부드럽게 바뀐다. 반듯한 치아가 훤히 보인다. 새은은 어두운 차에서 그의 웃는 얼굴을 놓치지 않으려고 뚫어져라 처다보았다. 기분이 이상했다. 차에 내리고나서 새은은 생각했다. 현실감이 없다고. 그리고 오늘 저녁에는 그 여자와 시우 생각이 나지 않았다고.

씻을 기운도 나지 않아 침대에 풀썩 누워버렸다. 새은은 오늘 벌어진 일에 대해서 생각했다. 끌림은 어디서 나온 것일까. 그 분명한 화학적인 반응. 떨림과 긴장, 즐거움. 새은은 아직도 시우를 사랑하고 있었다. 무너질 만큼 상처받았지만 마음을 되짚어보면 아직은 시우를 사랑하고 있었다. 건하와 함께할 때 느껴지는 이 긴장감은 무엇일까. 어째서 이런 마음이 드는 것일까. 이런 이중적인 마음을 가진 스스로가 이상하게 느껴졌다. 시우는 자신을 버리고 다른 여자를 선택했다. 그런데 자신은 여전히 시우를 사랑한다. 시우를 두고 건하와 재미있는 시간을 보낸 자신의 모습이 일종의 배반 같이 느껴지기도 했다. 새은은 서로가 맞지 않는다고 했던 시우의 말을 떠올렸다. 그 입술을 떠올려보았다. 새은은 시우를 기억할 때면 화난 얼굴은 잘 기억나지 않았다. 하나같이 자는 모습이나 차분하게 눈을 아래로 내리깐 얼굴이었다. 새은을 떠나던 날, 그 입술은 어떤 식으로 시우의 분노를 전하고 있었을까. 새은은 잘 모르겠다고 생각했다. 어떤 점이 서로가 그렇게 이질적이라고 느꼈을까. 같은 영화를 보고 같이 웃고 같은 음악을 듣고 같이 감탄사를 내뱉는 게 잘 맞는 게 아니라면, 어떻게 이렇게 긴 시간을 사랑할 수 있었을까. 시우는 왜 그걸 모를까. 더 좋은 날이 많았다는 것을. 왜 좋았던 일은 아무 기억도 나지 않는 사람처럼 말했을까. 어째서 그 순간들은 시우의 기억에서 소멸되었고 새은에게만 남아있는 것일까. 새은만큼 시우를 잘 이해하고 시우만큼 존재만으로 안정감을 느끼게 해주는 사람이 없다는 것을. 시우는 왜 모르는 것일까.

  천장에 작은 무늬들이 보였다. 대충 보면 하얀색처럼 보이는 것. 분명히 무늬가 있는데, 멀리서 보면 아무런 흔적도 보이지 않는 하얀색. 괄호 안의 빈칸과 닮은 허무. 시우와 나눈 사랑과 닮았다. 그들이 나눈 사랑도 많은 무늬가 있었지만 결국은 아무것도 남기지 못한 것처럼. 새은의 집에서 나누었던 수많은 시간. 그 시간들이 희미해진다. 각자는 인생에서 어떤 무늬를 남겼는지 전혀 보이지 않았다. 스물한 살, 시우를 만났다. 가장 친한 친구였고 가장 사랑하는 사이였다. 그리고 이제는 서로가 아무것도 아닌 사이가 되어버렸다.

  집 안에는 제제밖에 없는데도 새은은 두 손으로 얼굴을 뒤덮었다. 아무도 울 것 같은 자신의 표정을 보지 못하게. 스스로조차도 볼 수 없게 꼭꼭 숨겼다. 새은은 시우를 미워하는 마음과 자신이 시우에게 했던 잘못들, 시우를 더 많이 이해해주지 못했던 지난날에 대해 생각했다. 또, 정말로 다시는 시우를 만날 수 없음을 상기했다. 두 손 가득 위스키 냄새가 났다. 코끝에 금방 매큼한 맛이 맴돌면서 새은의 손가락과 얼굴 사이로 눈물이 계속해서 빠져나갔다. 얼굴의 부드러운 곡선을 타고 끝없이 동그랗게 흘러내렸다. 눈을 깜빡이자 시우가 보이는 것 같았고. 다시 한번 깜빡이자 건하가 보이는 것 같았다.

21

건물은 처참하게 붕괴되었다. 집들은 모두 부서지고 도로의 아스팔트는 가볍게 깨지는 얇은 얼음조각처럼 아스러졌다. 새은의 몸 위로 커다란 덤프트럭이 그녀의 하반신 전체를 뒤덮고 있다. 아프다는 신음도 내지 못하고 괴로워하고 있었다. 시우는 그녀를 깔아뭉갠 트럭을 들어보려고 안간힘을 썼지만 트럭은 꿈쩍하지 않았다. 여진이 온 것일까. 바닥이 다시 흔들리고 있었다. 시우는 불안하게 새은의 눈동자를 살폈고 자신의 자유로운 다리와 트럭 아래에 깔려있는 새은의 다리를 번

갈아 보았다.

"새은이는 어떻게 했으면 좋겠어?"

"뭐가?"

"저런 상황에서 새은이는 내가 같이 죽었으면 좋겠어? 아니면 도망갔으면 좋겠어?"

새은과 시우는 식탁에 앉아 치킨을 먹으며 영화를 봤다. 새은의 다리는 트럭에 깔려있지도 않고 세상은 붕괴되지도 않았다. 편안한 방안에서 새은과 시우는 소파 아래에 앉아 다리를 길게 쭉 펴고 있었다. 새은은 잠시 고민하다가 머릿속으로 상상해보고 대답했다. 새은은 깔려있고 시우는 자유로운 상황.

"나는 시우가 혼자라도 살아남았으면 좋겠는데."

"그럼 저 상황에서 새은이를 버리고 갔으면 좋겠어?"

"응. 둘 다 죽으면 무슨 소용이야?"

"냉정한데."

"살아서 나를 기억해줘야지. 그러면 나는 너랑 같이 살아있는 거야."

시우는 화면 속에 클로즈업되어있는 여자의 얼굴을 본다. 영화 속에 시우, 영화 속의 그 남자는 여자를 내버려 두고 혼자 도망간다. 얼굴이 반쯤 피로 범벅되어있는 그 여자는 달려가는 남자의 뒷모습을 보고 있다. 그 여자는 어떤 마음일까. 새은처럼 남자가 자신을 두고 가서 다행이라고 생각할까. 아니면 원망할까. 그 여자의 얼굴이 시우의 눈에는 마치 새은의 얼굴로 보이는 듯했다. 그 눈. 죽음을 앞에 두고 있는 그 눈을 보고 시우는 정말로 자신의 죽음이 당도하기 전까지는 새은을 잊지 못할 것이라고 생각했었다. 여자의 눈동자에 비치는 도망치는 남자의 뒷모습이 마치 자신의 뒷모습처럼 보인다. 남자가 고개를 돌리자 자신의 얼굴이 충격에 일그러져있고 시우는 깊은숨을 몰아쉬면서 잠에서 깨었다.

시끄러운 소리가 시우를 깨웠다. 아주 오래전 새은과 연애 초반에 있었던 일이 갑자기 꿈에 나왔다. 시우는 미간을 잔뜩 찌푸리며 일어났고 은하는 시우의 옆에 누워있었다. 게임을 하는 은하의 휴대폰 속에서는 시우가 꿈에서 들었던 것처럼 세상이 붕괴되는 끔찍한 소리가 났다. 몬스터를 잡아서 칼을 휘두르면 몬스터들은 칼에 맞아 죽으면서 비명을 질렀다. 은하는 악몽에서 깨어난 시우를 보지 못했다. 보지 못한 것인지. 보긴 했으나 아무런 반응이 없는 건지 모르겠다고, 시우는 생각했다.

함께하는 시간이 더 많아지면서 시우는 은하가 어리긴 어리다고 생각했다. 실제로도 어리고 귀여우니까 충분히 이해해 줄 만하기는 하지만, 어리다는 이유 하나로 모든 행동을 이해하고 넘어가는 자신의 너그러움에 새삼 조금은 놀랄 지경이었다. 만약에 새은이 그랬다면 어땠을까. 끝까지 새은의 잘못된 점을 짚고 넘어가야만 기분이 풀렸을 것이다. 그렇지만 은하는 사회적으로도 미숙하기 때문에 자신이 조금은 양보해줘야 한다고 시우는 생각했다.

시우는 은하의 집에서 일주일에 4일 정도를 보냈다. 새은의 집보다 작고 어수선한 방. 옷과 구두, 화장품들이 여기저기 널브러진 채 정리가 안되어있어서 조금은 불편했지만 은하가 시우를 집으로 보내주지 않았기 때문에 어쩔 수 없었다. 은하는 늘 시우가 자신의 집에 있기를 원했다. 속옷도 제대로 갈아입지 못해 불편했지만 은하가 원하는 대로 해주었다. 은하는 요리하는 것을 좋아하지 않았다. 음식은 주로 배달을 시켜 먹거나 밖에 나가서 먹었다. 처음에는 딱히 불만이 없었다. 새은은 건강한 집밥을 좋아했지만 시우는 큰 차이를 느끼지 못했다.

"귀찮은데 시켜 먹자."

"어차피 내가 요리하고 내가 뒷정리하는데 시우가 뭐가 귀찮아?"

"새은이가 귀찮잖아. 그리고 오늘은 보장된 맛을 먹고 싶다고."

"그래. 대신 내일은 맛있는 샤부샤부 해먹자."

"꼭 그렇게 정해둬야 해?"

"가끔은 몰라도 너무 자주 시켜 먹는 건 별로야. 쓰레기도 많이 나오고. 몸이 무거워지는 기분이 든다고."

시우는 새은이 애써서 요리하는 것이 잘 이해가 안 됐다. 새은도 요리하는 것을 귀찮아한다. 그리고 새은이 해주는 요리는 늘 뭔가가 빠진 것 같은 슴슴한 맛을 냈다. 원래 요리를 잘하는 편이 아니었으니까 그건 어쩔 수 없다는 생각이 들면서도 시우는 확실하게 맛있는 음식을 먹을 수 있는데 어째서 새은이 그렇게 집에서 요리해 먹는 것을 중요한 일처럼 여기는

지 모르겠다고 자주 생각했었다. 실패한 요리를 먹으면 맛있는 척해줘야 하는 것도 귀찮았다. 새은은 시우가 한 입 떠먹을 때까지 기다렸다가 그 반응을 살피는 것을 좋아했다. 그래서 시우는 맛이 없어도 적당히 맛있다고 했고 맛이 있어도 적당히 맛있다고 했다. 같이 살기 시작한 초반에는 맛있는 음식에 너무 과한 칭찬을 했다가 한동안 그 음식만 먹게 되는 상황이 벌어졌기 때문이었다. 지겨워도 지겹다고 할 수 없다. 시우 생각에 정성이 들어간 요리를 먹는다는 것은 그런 귀찮은 일이 부수적으로 따라오는 일이었다.

하지만 이제는 새은의 말을 어느 정도는 이해할 수 있을 것 같았다. 사 먹는 음식은 맛있지만 쓰레기가 많이 나왔고 속이 깔끔하지 못했다. 너무 자주 먹어서 어딘가 소화가 안 되고 더부룩한 느낌이 들었다. 집밥이 먹고 싶다. 새은이 해주었던 오므라이스나 볶음밥 같은 것. 새은은 항상 메인 요리 하나와 국물 요리 하나를 해주었다. 밥을 먹을 때는 꼭 국물이 필요하다면서. 그리고 속이 좋지 않거나 술을 많이 마신 다음 날에는 콩나물을 넣은 칼칼한 국밥 요리를 해주었는데 가끔 싱싱한 굴도 넣어주었다. 시우는 자극적인 맛을 즐겨 먹었지만 그 삼삼

한 맛을 내는 국밥이 계속해서 생각났다.

새은은 지금 어떻게 지내고 있을까. 제제는 잘 지내고 있을까. 새은에게 그렇게 소리를 지른 것은 너무 심했다. 미안하다고 생각하면서 시우는 은하를 끌어안았다. 은하는 작고 아담하게 시우에게 폭 안겼다. 그래도 후회하지 않는다. 그래야만 한다. 그것이 시우가 생각한 삶의 방식이다. 이미 선택을 했고. 자신의 선택에 후회를 하지 않는 편이 스스로에게 유리하다. 그리고 그 점은 시우와 새은의 비슷한 점이었다. 그렇기에 시우는 이제 와서 자신이 후회한다고 해도 소용없다는 것을 알고 있었다. 새은도 후회하고 있지 않을 테니까. 시우는 지금 은하와 있는 것이 좋다. 그렇게 생각하고 믿고 싶었다. 은하를 선택하고 나서는 은하의 긍정적인 부분만을 생각했다. 은하의 부드럽고 싱그러운 볼. 시우는 두근거리는 감정을 너무나도 오랜만에 느꼈다. 낯선 긴장감이 있다. 모든 것이 아직 미지수인 은하가 하는 행동들이 하나하나 다 귀여웠다. 시우는 보기 좋게 살이 오른 은하의 뱃살을 살짝 꼬집었다. 그러자 은하는 이마를 찡그리며 투정부리듯 소리를 내고 시우 쪽으로 돌아누웠다. 시우는 새은의 눈썹을 만졌던 것처럼 은하의 눈썹을 결 모양을 따라서 쓱쓱 만졌다. 새은은 그렇게 해주면 항상 싱긋 웃었다.

"기분 좋아."
"왜?"
"이렇게 시우가 내 눈썹을 만져주는 게 날 사랑한다고 말하
는 것처럼 느껴져."

새은은 말하곤 했다.

시우가 사랑을 표현하는 방법에 은하도 행복감을 느낄까. 시
우는 은하를 내려다보았다. 은하는 아무 생각이 없이 계속해
서 휴대폰으로 게임을 하고 있었다. 시우는 그런 은하의 뺨에
입술을 맞췄다. 새은이 느낀 것처럼 동일하게 느끼지 못했다
고 해도 상관없었다. 시우는 은하의 티셔츠 안으로 손을 넣었
다. 새은과는 함께 살게 된 순간부터 서로의 살갗을 만지는 날
들이 크게 줄어들었다. 마지막에는 뺨에 뽀뽀하는 간단한 스
킨십도 없었다. 새은은 시우와의 스킨십에 관심이 없어 보였
고 시우도 어느 순간부터는 귀찮았기 때문에 크게 상관이 없
었다. 은하와는 달랐다. 은하는 늘 적극적이었다. 은하가 갑자

기 시우의 손가락을 세게 깨물었다.

"아!"
"하지 마. 나 게임하고 있잖아."

시우는 손을 쑥 빼고 자리에서 일어났다. 벌써 세시였다. 주
말이긴 해도 예전 같았으면 벌써 일어나서 새은과 산책을 하
고 새은이 만들어준 음식을 먹고 작업을 했을 시간이었다. 은
하와 함께 있으면 시우는 스스로가 게을러지는 것 같았다. 아
무것도 안 하는 것은 편하지만 계속해서 누워있기만 하는 것
은 생각보다 불편했다. 은하는 밤에 늦게 잤고 시우는 잠귀가
밝아서 은하의 소음에 쉽게 잠들지 못했다. 결론적으로는 시
우도 밤에 깨었고 둘은 함께 예능을 보거나 게임을 하다가 서
로를 만지고 거의 아침이 되어서야 잠이 들었다. 그래서인지
시우는 늘 피곤했다. 아무리 낮에 잠을 많이 자두어도 피곤함
이 가시지 않아서 도통 작업에 집중이 되지 않았다. 시우는 무
엇을 할까 고민하다가 냉동실에 있는 간편 조리 음식을 해동
시켰다.

"밥 안 먹어?"

"응. 좀 있다 나가서 친구랑 먹을 거야."

"약속 있어?"

"응."

"누구랑?"

"친구."

"친구 누구?"

"오빠 모르는 친구."

시우는 작은 새우가 들어가 있는 냉동 볶음밥을 먹으면서 은하가 나가면 자신도 집으로 들어가 봐야겠다고 생각했다. 혼자 식탁에 앉아서 입안으로 밀어 넘기는 건조한 볶음밥이 서로 어울리지 못하고 낱알로 흩어졌다. 은하는 여전히 시우에게 눈길 한번 주지 않고 게임에 몰두하고 있다. 은하의 휴대폰에서 들려오는 게임 소리가 시우의 신경을 거슬리게 했다. 날카로운 소리의 자극. 저런 식으로 불편하게 들릴 것이라고 생각하지 못했다.

처음 한 두 달은 아무런 생각 없이 행복했다. 정말로 순수한 행복감이었다. 자신과 취미가 비슷했고 배려해주고 맞춰주는 은하의 모습이 감격스러울 정도였다. 사랑받는 느낌이다. 받는 것에 충족감이 느껴졌다. 하지만 한 달, 두 달, 세 달째가 되었을쯤부터 은하는 흥미를 잃어버린 새끼 고양이처럼 시우를 대했다. 매일 같이 누워서 꼼짝하지 않고 게임을 하고 예능을 보고 밥을 먹고 키스를 하는 그 행위들은 너무나 단순하고 일차원적이라서 시우도 조금씩 지겨워지고 있었다. 새은과 함께 살 땐 새은의 손에 이끌려서 요가도 하고 함께 산책을 하기도 하고 제제를 데리고 나가기도 했다. 그땐 활동적인 것을 좋아하는 새은이 귀찮았는데. 이제는 심각할 정도로 움직이지 않고 항상 누워만 있는 은하가 이상하게 느껴졌다. 저렇게 누워만 있어도 괜찮은 걸까. 시우를 보기 위해 항상 새은의 집 앞까지 찾아왔던 은하였다. 잘 꾸며진 머리와 화장. 반듯하고 예쁜 옷. 이제는 그런 모습은 볼 수 없었다. 게다가 열심히 일을 하는 모습도 전혀 찾아볼 수 없었다. 은하는 하루 종일 게임을 하거나 누워서 잠을 자거나 나가서 친구를 만났다. 시우에게 열정적으로 질문했던 포토폴리오도 끝내 완성하지 않고 방치해두었다. 그러더니 주 2회 작사와 작곡을 배우겠다며 등록한 학원도 거의 나가지 않았다. 다니던 아르바이트도 그만두

301

었고 노는 일 빼고는 아무것도 하지 않았다. 시우는 어떤 것이 은하의 진짜 모습인지 헷갈렸다. 자신에게 모든 것을 맞춰주던 은하. 아니면 지금처럼 만사를 귀찮아하며 놀기만 하는 은하. 시우는 그런 은하의 모습이 처음에는 당황스러웠다. 은하에게 받을 수 있었던 애정과 존중은 어디로 간 것일까. 자신이 무언가 은하의 심기를 거스른 것일까. 시우는 달라진 은하를 보면서 그 원인을 자신에게서 찾으려고 했다. 잔소리를 너무 많이 했나. 은하의 삶의 습관들을 따라주지 않았나. 하지만 시우가 은하에게 맞추려고 할수록 은하는 더욱 시우를 질려하고 쉽게 짜증을 냈다. 그런 은하의 모습이 시우에게는 상처였다. 이렇게 금방 식어버리는 사랑을 하고자 새은을 떠나왔던 것이 아니었다. 그 원망과 후회는 어느새 은하에게 향했다. 시우는 은하를 가벼운 사랑을 하는 사람이라고 생각하기로 했다. 그래야 조금은 마음이 편할 것 같았다.

시우는 예전에 새은이 선물해줬던 책을 꺼내 들었다. 게임하는 것도 지겹고 TV와 휴대폰에서 반복적으로 나오는 소음이 시우를 지치게 만들었다. 시우는 거대한 헤드셋을 들어 머리에 쓰고 외부의 소리가 들리지 않게 설정한 뒤 클래식을 틀었다. 책의 앞장을 조금 읽었을 뿐인데 잘 읽히지 않았다. 사건이 쉽게 들어오지 않고 단어가 날아다니는 것처럼 집중하기 어려웠다.

"안 쓰는 기능은 퇴화되는 법이야."

새은이 잘난체하며 이야기하던 게 생각났다. 새은이 그렇게 모든 것을 다 아는 듯한 태도로 잘난체하며 말하는 것이 늘 신경에 거슬렸다. 그런 말들은 시우를 비판하기 위해 하는 말이었다. 시우의 삶의 태도를 존중하지 않고 자신이 늘 모두 옳다는 사고방식. 그럴 때면 시우는 늘 머리가 아팠다. 이따금 새은은 아무 말도 하지 않고 이상한 눈빛으로 자신을 응시할 때가 있었다. 그럴 때면 새은이 자신을 어떻게 생각하고 있는지 바로 느낄 수 있을 것 같았다. 한심한 눈빛. '또 게임', '또 늦잠', '또 편식', '또 지각'이라고 말하기 전에 시우가 스스로 잘못을 깨닫고 그 행동을 멈추기를 바라는 그 눈. 그렇게 모자라지 않다. 시우는 자신이 그렇게 모자라지 않다고 느꼈다. 원하는 일을 열심히 하고 성과도 내고 있었다. 하지만 새은은 늘 자신을 어린아이처럼 의심하고 지적했다. 이번에도 역시 새은의 말이 맞았던 걸까. 시우는 오래간만에 그런 눈빛을 받은 사람처럼 두통에 시달렸고 책의 내용은 전혀 눈에 들어오지 않았다. 결국 시우는 헤드셋을 내려놓고 누워서 게임을 하는 은하의 품으로 돌아갔다. 등 뒤에서 은하를 끌어안고 목 뒤쪽에서 등, 허리까지 입술을 맞춰나갔다. 은하는 이번에도 자신이 원하는 대로 응해줄 것을 알고 있었다. 달라진 은하가 유일하게 달라지지 않은 부분이었다.

은하는 늦었다며 투덜거리면서 화장을 했다. 짧은 치마를 입고 굽이 있는 구두를 신었다.

"평소랑 옷차림이 다른데?"
"내가 오빠한테 뭐 입는지 허락까지 받아야 돼?"
"왜 이렇게 신경질적이실까."
"오빠 때문에 늦었으니까."
"그래. 미안해."
"오늘 친구 데려올 수도 있어. 그러니까 오늘은 오빠 집으로 돌아가."
"누구 만난다고?"
"고등학생 때 친구. 나 갈게. 사랑해."

"응. 사랑해."

사랑. 시우는 사랑이라는 단어를 뱉고 스스로도 어이없다고
생각했다. 사랑. 은하를 사랑하나. 은하는 자신을 사랑하나.
아니라는 확신을 가질 수 있었다. 은하도 시우를 사랑하지 않
는다. 시우는 은하가 거짓말을 스스럼없이 하는 사람이라고
생각했다. 그래도 은하를 좋아한다. 은하를 사랑, 사랑한다.
은하를 좋아하는 마음이 그저 그런 품질의 사랑으로 발전했을
뿐이었다. 사랑에도 더 좋은 품질과 그렇지 못한 품질이 있다
면 은하를 향한 사랑은 확실히 새은과 나눈 것보다 더 낮은 품
질의 사랑이었다. 어쩌면 그 누구를 만나도 새은과 만났을 때
처럼 순도 100%의 사랑을 나눌 수 없을지도 모른다. 그런 생
각을 하면 시우는 마음이 불안했다. 다시는 사랑하지 못할까
봐. 처음 은하와 있을 땐 신경이 거슬리지 않고 마음이 편안해
서 좋았다. 그러니 은하와 있을 때는 새은과 있을 때보다 훨씬
덜 스트레스를 받았었다. 하지만 그것이 은하가 아니라 다른
여자였더라면. 이제야 시우는 생각해보았다. 은하가 아닌 은
영이나 은혜, 은정. 그런 이름을 가진 다른 여자였다면 어땠을
까. 그런 질문이 생기는 순간 시우는 곧바로 정답을 떠올릴 수

있었다. 스스로 확신하기 위해 그런 질문을 머릿속에 띄운 것처럼. 아마도 상관없었을 것이다. 은영이나 은혜였어도 시우를 귀찮게 하지 않고 스트레스를 주지 않고 무시하지 않는다면. 응원해주고 애정을 준다면. 그 누구라도.

시우는 숨을 쉬고 싶었다. 새은의 냉정하고 단호한 태도와 자신을 평가하는 듯한 그 말투에 지쳐있었다. 그런 것들은 사랑받는다는 느낌이 아니라 끝없이 무언의 요구를 받는 느낌이었다. 특히 결혼 문제도 그러했다. 새은과 함께 있는 것은 좋았지만 새은은 항상 시우가 늘 더 나은 사람, 더 좋은 직업, 더 많은 돈을 버는 사람, 더 성공한 사람이 되기를 원하는 것 같았다. 그런 사람이 되어서 어서 자신과 결혼하기를 바라는 그 마음이 답답하고 무겁게만 느껴졌다. 지금의 자신도 충분히 마음에 들고 좋은데 어째서 더 발전한 사람이 되어야 하는 것일까. 모양 그대로 사랑받을 수 없는 것일까. 시우는 새은을 만나면서 너무 오래 고통을 받았다. 이제 와서 생각해보면 새은과의 사랑은 시우에게 고통이었다. 시우가 사랑받을 수 없는 사람이라는 것을 늘 낱낱이 일깨워주려고 했기 때문에.

은하는 시우에게 그런 것을 바라지 않는다. 어떤 책임감을

요구하지도 않는다. 시우 역시 그랬다. 시우는 은하에게 바라
는 것이 무엇인지 시간이 지날수록 선명해졌다. 그것은 자신
이 새은에게는 한 번도 느껴보지 못한 감정이었다. 은하에게
원하는 것은 단순하고 간단한 것이었다. 자신을 인정하고 사
랑해주는 누군가의 품에 안겨 새은에게 받은 상처를 위로받고
싶었을 뿐이었다. 은하에게는 새은과 나눈 것 같은 사랑은 요
구하지 않는다. 그것이 은하를 만나면서 시우가 깨달은 것이
었다. 은하는 시우를 만나기 이전에 많은 남자를 만난 것 같
았다. "아, 양파 싫어하는 거 오빠가 아니었나?"라고 말할 때
나. 서랍장에 있는 사이즈가 다른 남자의 속옷을 보면 은하가
어떤 사랑을 했었는지 짐작하기 어렵지 않았다. 시우는 이제
는 생각보다 은하가 순진하지 않을 수도 있다는 생각을 확신
했다. 은하의 마음이 이렇게 급하게 달라질 것이라고 예상하
지 못했던 것처럼. 은하의 사랑은 그 가치가 그렇게까지 고귀
하지 않을 수도 있다는 생각이 들자 시우는 조금 실망스러웠
다. 은하라는 사람은 귀엽고 매력이 있지만 진지한 부분이라
곤 전혀 없고 생각이 가볍다. 표면적으로 보았을 때는 은하가
나이에 맞지 않게 어른스럽고 배려가 많은 사람이라고 생각했
지만, 그건 스스로를 그런 식으로 포장해서 보여줬을 뿐이다.

새은은 그렇지 않다. 새은은 진실한 사람이었다. 자신을 포장하는 일을 하지 못해서 손해를 보는 경우가 더 많았다.

시우는 혼자 누워 은하네 집 천장을 보며 그런 생각을 하고 있는 스스로가 한심하게 느껴졌다. 이번에도 역시 새은이 맞았다. 역시 새은이다. 대체될 수 없는 사람이었다. 새은은 시우가 자신보다 더 나은 여자를 만날 수 없을 것이라는 걸 모조리 알고 있었을 것이다. 그렇기에 시우가 그런 식으로 새은을 내버려 두고 떠났음에도 연락 한번 하지 않은 것이다. 새은을 향한 마음을 담은 문신을 손가락으로 꾹꾹 눌러보았다. 등 뒤의 날개 뼈가 유난히 더 잘 만져진다. 운동도 하지 않고 건강한 음식도 먹지 않으면 몸이 볼품없어질 것이라는 새은의 말이 생각났다. 맞는 말이기는 하지만 그렇게 비난하는 어조로 말할 필요는 없지 않았을까. 시우는 또 생각했다. 은하가 그 문신에 대해 물었을 때 시우는 아무런 의미 없는 그림이라고 이야기했다. 정말로 아무런 의미가 없어져서가 아니라 들었을 때 은하가 기분 나쁠 것도 확실했고 시우와 새은만 알고 있는 추억을 공유하고 싶지 않았기 때문이기도 했다. 그 의미가 은하에게 전달됨으로써 퇴색될 것 같았다. 시우는 새은이 그 문

신을 꾹꾹 누르는 압력의 정도를 떠올렸다. 그리고 시원하게
입꼬리를 올리며 웃으면 살짝 보이는 커다란 앞니도. 시우는
팔뚝으로 얼굴을 덮고 눈을 감았다. 모든 것이 다 귀찮았다.
무엇을 위해서 이곳에 누워있던 것이었을까.

　시우는 옷을 갈아입고 은하네 집 밖을 나갔다. 새은이 보고
싶다. 제제가 생각난다. 새은에게 제제를 핑계로 연락을 하면
아마도 반갑게 받아줄지도 모른다. 새은은 마음의 그릇이 넓
은 사람이니까. 시우는 버스를 타고 자연스럽게 새은의 동네
에 내렸다. 시우의 팔과 다리는 그곳에서 내리라는 뇌의 명령
도 받지도 않고 자연스럽게 그렇게 행동했다. 내리고 나서야
그곳이 너무나도 낯이 익은. 고향. 진짜 집에 돌아온 것 같다
고 느꼈다.
　자신의 모습을 새은이 발견한다면 얼마나 우스워 보일지는
생각할 겨를도 없었다. 낯익은 동네의 풍경만 멍하니 바라보
며 우두커니 서 있었다. 살짝 들린 보도블록이 보였다. 새은이
그곳에 발이 걸려 넘어지기도 했는데. 아직도 그대로였다. 시
우는 발로 그것을 꾹꾹 누르다가 부질없는 짓이라는 것을 깨
닫고 그만두었다.

사거리의 횡단보도 신호등은 오른쪽이 먼저 켜지고 그다음에 왼쪽 그리고 위쪽 아래쪽 순서대로 켜진다.

"대각선으로 가고 싶은 사람한테는 너무 불공평한 거 아닌가."
"신호에 공평, 불공평이 어딨어."

시우는 새은의 말을 떠올렸다. 이제 와 생각해보니 불공평한 것 같다. 그 좁은 사거리에는 항상 목요일이면 다코야키를 판매하는 트럭이 정차해있었다. 그 집의 다코야키를 생각하며 늘 침을 꼴깍 삼키는 새은의 눈동자가 생각났다.

고등학생 시절의 새은. 이십 대의 새은. 삼십 대의 새은.

시우는 그 모든 순간의 새은을 기억했다. 시간은 변하는 신호등의 속도처럼 무척이나 빠르게 지나갔다. 노을이 지고 있다. 낮도 아니고 밤도 아닌 그 애매한 시간. "하늘이 열리는 것 같아."라고 말하던 새은의 얼굴이 생각난다. 정말로 그렇다. 오묘한 중간의 시간이다. 어딘가 카페에서 음악 소리가 들려온다. 새은이 좋아하던 음악이다.

시우는 그 중간의 시간에 사거리를 바라보면서 고등학생 시절의 자신. 이십 대의 자신. 삼십 대의 자신의 모습을 떠올렸다. 그 모든 시간이 사라져버린 것 같다. 시우는 은하를 만나면서 새은을 떠올릴 때, 자신이 은하를 선택한 것에는 합당한 이유가 있다고 생각했다. 새은이 자신을 힘들게 했고 숨이 막히게 했고 지겹게 했다고. 있는 그대로의 자신은 사랑해주지 않고 늘 더 많은 것, 늘 더 좋은 것을 요구했다고. 하지만 시우는 그 자리에서 정말로 그러했나, 기억을 더듬어보았다. 정말로 새은이 그러했나. 어쩌면 아닐 수도, 어쩌면 맞을 수도 있다. 하지만 또렷하게 기억나는 것은 시우 자신이 새은을 바라보던 눈동자였다. 교복을 입고 지나가는 새은을 따라가던 시우 자신의 눈. 내리쬐는 햇살에 새은이 눈이 부실까 태양을 가려주던 자신의 손. 시우는 순수하게 사랑을 담은 눈으로 새은을 보던 자신의 얼굴이 사진에 찍힌 듯이 선명하게 떠올랐다. 새은에게 느꼈던 그 감정이 안쓰럽게 밀려왔다. 기억을 아름답게만 바꿔버리는 것, 추억의 성질이 원래 그러했나. 시우는 사거리에 두고 떠난 것이 어린 시절 자신의 모습임을 깨달았다.

후회하지 않는다. 시우는 후회하지 않았다. 그냥 은하가 보고 싶었다. 따뜻한 침대에 누워 새은보다 훨씬 작은 은하를 안을 것이다. 그리고 은하의 짧은 머리카락을 만지고 입술에 입을 맞출 것이다. 그것이 사랑이든. 사랑이 아니든 상관없다고. 사랑받고 있다는 느낌이면 그것이 무엇이든 아니든 상관없다고 시우는 생각했다.

은하에게 전화를 걸었다. 집에 있어도 되냐고 물었다. 은하는 그렇게 하라고 했다. 다만 늦을 수도 있다고 말했다. 시우는 전화를 끊고 버스정류장까지 걸어갔다. 소행성은 잘 되고 있을까. 단순한 궁금증이 들었다. 미영이 해주는 양송이 구이는 맛있었다. 새은이 포장해서 가져온 것을 먹어보았다. "진짜 맛있지? 시우 생각나서 가져왔어. 바로 먹으면 더 맛있는데." 하고 말하던 새은이 생각난다. 간만에 와인을 마셔야겠다.

"이 양송이 구이는 와인이랑 정말 잘 어울려."

시우는 편의점에 들러서 와인을 둘러보다가 프랑스 와인을 한 병 구매했다.

"이렇게 완벽한 프랑스 소설을 읽으면서 와인을 마시지 않는 것은 최악처럼 느껴지잖아."

"잘난 척은."

"작가랑 동일한 공간에서 같은 생각과 같은 감정을 느끼고 싶단 말이야. 감정이 막 밀려오는 것처럼."

새은은 몰두하는 것을 잘했다. 그 주제가 너무나도 다양해서 써먹을 수 없는 취미 같은 것들이 많았지만. 목공을 배우는 일도 생각해보면 전혀 쓸데가 없었다. 언제 한번은 프랑스 작가의 책을 읽고 와인이 좋아졌다면서 와인을 배우겠다고 하기도 했다. 새은은 책을 읽으면서 혼자 소리 내어 웃었다. 시우도 새은 옆에 앉아 함께 책을 펼쳐 읽다 보면 광대의 근육을 잔뜩 끌어 올려 미소를 짓는 자신의 모습에 흠칫 놀라기도 했었다.

은하의 집으로 돌아와서 시우는 새은처럼 책을 펴고 와인을 한 잔 따랐다. 혼자서 와인을 마시면서 책을 읽는 것은 처음이었다. 와인의 마력은 대단했다. 아침에 읽었을 때 느꼈던 두통이 아닌 소설 속의 주인공이 경험하는 외로움과 혼란스러움을 동시에 느끼며 글을 읽을 수 있었다. 감정이 밀려온다. 한참을 혼자서 미소 지으면서 진심으로 집중하니 기분이 좋아졌다. 모든 것이 괜찮아지고 더 나아진다. 시우는 그것에 감각을 빼앗겼다. 모든 감각, 그러니까 정말로 모든 것을 빼앗겼다. 새은이 그랬던 것처럼. 시각은 당연하고 청각, 주변의 소리도 들리지 않았다. 촉각과 후각까지도 그것에 빼앗겼다. 시우는 아주 이상한 입 모양을 하고 와인을 마셨다. 아주 적게 벌린 입술을 입안으로 밀어 넣어 와인 잔 안에 입술을 가져다 댔다. 그것은 기쁨을 숨기는 표정이었다.

"왜 그래?"
"응? 왜?"
"왜 그렇게 이상한 표정을 하는 거야."
"너무 기뻐서. 나도 모르게 숨겼나 봐."
"뭐가 그렇게 기쁜데?"
"나랑 완전 동일한 생각을 하고 있는 책을 만난 것."
"진짜. 새은이는 좀 이상해."
"고마워."

이해할 수 있을 것 같다. 시우는 그때의 새은의 말을 떠올리면서 이제는 이해할 수 있다고 생각했다. 그것이 마시는 와인

때문인지 아니면 자신과 완전 동일한 책을 만나서인지는 알
수 없다. 지금 누구라도 끌어안고 키스를 해주고 싶은 마음을
느낀다. 그리고 시우는 그렇게 생각했다. 역시나 새은은 자신
을 잘 알고 있다고. 새은이 선물해준 책이 자신과 아주 잘 어
울린다고. 예전에는 늘 새은이 강요해서 책을 읽었다고 생각
했는데. 시우는 은하가 들어오는 소리도 듣지 못하고 책에 집
중해 있었다.

"나 왔어."
"응."
"책 읽어?"
"응."
"처음 보는 모습이네?"
"나 책 읽는 거 좋아해."

은하는 시우가 앉아있는 책상 앞에 앉았다. 그리고 할 말이
있다는 듯이 시우를 빤히 쳐다보았다. 은하는 술을 잘 못 마신
다. 조금만 마셔도 온몸이 전부 빨개진다. 잔주름도 없이 곱게
펴진 어린 은하의 얼굴. 시우는 싱긋 웃으며 할 말이 있냐고

물었다. 책 속에는 열렬한 사랑의 이야기가 나왔다. 그런 충동은 이제 새은과는 나눌 수 없었다. 부글부글 끓어오르는 감정의 혼란은 은하와 나눌 수 있는 것이었다. 강렬하고 애타는 아쉬움. 본능적인 느낌. 불안과 불신. 누구와 만났는지. 자신에게 거짓을 말하지 않았는지. 누군가 그녀를 소유하고 싶어 하지는 않는지. 그런 내용이 책에 나왔다. 시우는 눈앞의 은하를 보면서 책과 동일한 감정을 느낌과 동시에 자신만 은하를 소유하고 싶고 그 누구와도 나누고 싶지 않다는 생각이 들었다.

"나 오빠 전 여자친구 봤어."

"응? 어디서?"

"오빠 예전 집 근처에 와인바에서."

"…"

"분위기도 좋고 양송이 구이가 특히 맛있던데. 몰라?"

시우는 곧바로 그곳이 소행성이라는 것을 알았다. 은하가 어째서 새은이 사는 동네에 갔을까. 물론 가까운 곳이니까 갈 수도 있겠지만 하필이면 소행성으로 갔다는 점과 그 동네에서 더욱 번화가 쪽이 아닌 새은의 집 근처에 갔다는 것도 의뭉스러웠다. 그리고 만일 자신이 오늘 소행성 근처를 지나갔다면 은하와 새은을 동시에 마주했을 수도 있었다는 상상을 하자 뒷목이 오싹해졌다.

"글쎄."
"어떤 남자랑 있던데."
"그래."
"관심 없어?"
"응."

시우는 지금 은하의 행동 외에는 그 모든 것에 관심을 둘 수 가 없었다. 은하는 시우가 손에 잡은 책을 빼앗아 시우의 무릎 위에 올라타고 책을 몇 장 읽어보는 척하더니 금세 덮어버렸 다. 그리고 시우의 얼굴을 매만지면서 사탕을 원하는 아이 같 은 표정을 지어 보였다.

"그 언니는 모르지?"
"뭐가?"
"오빠가 나 때문에 그 언니를 버린 거."

"…그렇지."

"이럴 수가. 불쌍하네."

어째서 그런 이야기를 하는지는 전혀 중요하지 않았다. 어떤 목적을 가지고 이야기를 하는지도. 은하가 시우의 몸을 조금씩 만지기 시작하면서부터는 무슨 이야기를 하는지 잘 들리지도 않았다. 시우는 덮어진 책의 표지처럼 와인과 자신에게 꼭 맞는 책과 새은에 대한 복잡한 생각들은 접어버릴 수 있었다. 이 순간 새은을 생각하며 사거리에서 갈 곳을 잃었던 자신의 모습은 없는 사람처럼 멀리 치워버렸다. 은하가 새은을 불쌍하다고 말한 것은 마음껏 은하를 안고 나서야 생각이 났다. 은하는 옆에서 조용히 매끄러운 몸을 뽐내며 잠들어있고 시우는 말똥하게 눈을 뜨고 은하가 했던 말들을 곱씹어 보았다.

불쌍하다. 그런 감정은 자신보다 무언가를 덜 가진 사람에게나 쓰는 말이 아니었던가. 안타까운 감정을 느끼는 이유는 다양하다. 그 사람의 마음에 공감해서일 수도 있고 단순히 마음이 착해서일 수도 있다. 여러 가지 이유가 있겠지만 은하의 말투에는 새은이 자신보다 더 낮은. 더 부족한. 더 불행한 처지에 놓여 있음을 단정하는 느낌이 담겨있었다.

 기분이 나쁘다. 시우가 은하를 선택한 것과 별개로 새은은
좋은 사람이었다. 새은은 멋진 사람이었고 은하에게 그런 비
아냥을 들을 이유가 없는 여자였다. 게다가 새은과 함께 있는
그 남자는 누구일까. 그 남자와는 무슨 관계일까. 태성과 함께
있는 것을 은하가 착각한 것은 아니었을까.

 시우는 잠들어있는 은하의 어깨를 흔들어 깨웠다. 은하는 춥
고 졸린다는 듯이 이불을 더욱 끌어안으며 일어날 생각을 하
지 않았다. 시우는 침대에서 일어나 옷을 입고 밖으로 나가 담
배를 피우고 들어왔다. 은하는 조금 놀란 듯이 깨어서 시우를
쳐다봤다.

"어디 갔다 왔어?"
"담배 피우고 왔어."
"뭐, 화났어?"
"아니. 근데, 새은이랑 같이 있었다는 남자 몸집이 컸어?"
"응?"

"몸집이 크고 턱수염이 있는 곰 같은 스타일이었어?"

"아니. 전혀 아닌데."

"그럼?"

"무슨 모델 같이 생겼어. 키도 엄청 크고."

키가 크고 모델같이 생긴 남자. 시우가 알고 있는 새은의 지인 중에는 그런 사람이 없었다. 그러니까 시우와 헤어지고 새롭게 만난 남자일 것이다. 시우는 새은과 만나는 동안 새은이 알고 있는 모든 생물학적인 남자들과 연락할 수 없게 했기 때문에 분명 그 남자는 자신과 헤어지고 만난 남자일 것이다. 무엇을 하다가 알게 된 사람일까. 그리고 왜 둘이 함께 와인을 마시고 있었을까. 시우는 자신이 사거리에 멈춰 서서 새은을 생각하던 그 시간에 새은이 다른 남자와 함께 즐거운 시간을 보내고 있었다는 것을 알자, 마음속에서 큰불이 나는 것처럼 증오가 느껴졌다. 시우는 새은 때문에 힘들어하고 있었다. 자신의 행동에 대해 미안해하면서도 새은을 버리고 온 것과 새은과의 시간을 모두 없던 일로 만들어버린 것에 대한 엄청난 죄책감과 돌이킬 수 없다는 무기력함을 느끼고 있었다. 이런 감정을 분명히 새은도 느끼고 있을 것이라고. 분명히 새은도 후회하지는 않아도 매일이 괴롭고 무기력할 것이라고. 자신보다 더할 것이라고 생각했다. 그것이 제일 미안했었다. 하지만 아니었다. 시우만 힘들고 새은은 멀쩡하게 다른 남자와 시간을 보내고 있었다. 이번에도. 이번에도 새은은 이기적이었다.

"그게 왜 궁금해?"
"담배 좀 피우고 올게."
"또? 그게 왜 궁금하냐고."

은하는 황급하게 옷을 입고 계속해서 따져 물으며 시우의 뒤를 따랐다. 시우는 지금은 은하의 투정을 들어줄 수 없었다. 시우는 옷을 입고 밖으로 나가 무작정 택시를 탔다. 은하의 집으로 다시 돌아가면 기분 나쁜 티를 내고 있는 은하를 다독여 주어야 할 것이 뻔했다. 시우는 은하가 기분이 나쁜 이유를 확실하게 알 수 있었다. 하지만 그것이 자신의 잘못은 아니라는 생각이 들었다. 질문이 잘못을 아니니까. 그리고 그 대답을 듣고 기분이 나쁜 것은 당연한 부분이다. 은하가 조금만 성숙했다면. 조금만 생각이 있었다면. 조금만 배려가 있었다면. 애초에 그곳에 가지도 않았을 것이고 돌아와서 새은의 이야기를 꺼내지도 않았을 것이다. 헤어진 여자친구의, 그것도 은하 때문에 헤어지게 된, 전 연인의 이야기는 그 누구도 듣고 싶지 않을 것이라고 시우는 생각했다. 굳이 그 이야기를 꺼내서 자신의 기분을 망쳐 놓은 은하가 아주 부족한 사람처럼 느껴졌다. 시우는 지금 은하의 마음을 다독여줄 진정한 이유를 찾지 못했고 그러면 은하는 더 기분 나쁜 티를 내면서 시우를 숨 막히게 할 것이었다. 이런 상태로는 대화를 나눠도 대화가 되지 않을 것이고 폭발하듯이 싸움이 일어날 것이다. 어린 시절 새은과 그랬던 것처럼. 시우는 그러고 싶지 않았다. 자신의 감정을 다독이기도 힘들었다.

 택시를 타고 집으로 가면서 새은의 메시지 프로필을 찾아보았다. 달라진 것은 아무것도 없었다. 시우의 사진들이 삭제된 것만 빼고. 시우는 새은의 SNS도 들어가 보았다. 역시 새롭게 업로드 된 것은 없었다. 계속해서 새은과 연결되어있는 사람들의 모든 계정을 들어가 보면서 스스로가 광적인 집착에 시달리고 있음을 느꼈다. 새은이 다른 남자를 만나는 것은 시우가 더 이상 관여할 바가 아니다. 하지만 새은은 다른 사람에게 쉽게 마음을 여는 사람이 아니었다. 이렇게 빨리 다른 남자를 만날 수 있는 그런 여자가 아니었다.

시우는 의미 없는 행동을 멈추고 눈을 감았다. 피곤하다. 은
하에게 전화가 왔다. 받을까 고민하는 사이에 전화벨이 멈췄
다. 새벽의 택시는 열심히 움직이고 도시의 불빛들이 눈부시
게 스쳤다. 새은이 좋아하는 밤의 강. 강물에 비치는 불빛. 여
름이 되면 함께 강가에서 돗자리를 펴고 누워있었는데. 새은
이 좋아하는 과일을 예쁘게 도시락에 담고 시우가 하나씩 빼
먹고. 사이 좋게 양손 가득 짐을 들고. 모기가 많아도 새은은
개의치 않았다. 여름이면 항상 다리에 모기가 잔뜩 물려있었
다. 간지럽다며 밤새 종아리로 손을 가져다 대면 시우가 바르
는 약을 가져다주었다. 선풍기를 틀어놓고 거실 바닥에 시원
한 여름 이불을 펴고 제제와 함께 셋이 누워 천천히 잠들던 어
느 평범한 여름밤. 시우는 그 강에 비친 불빛 하나를 보고 그
평범한 날들을 떠올렸다.

행복했다. 어떤 의심 없이 행복했다.

시우는 새은을 만나고 싶었다. 자신이 잃어버린 것. 새은을

떠나면서 시우가 잃어버린 것. 그것이 제제도 새은도 아닌 자신의 모습이었음을 깨달은 지 오래였다. 그동안 오래도록 어딘가로 돌아가고 싶은 것. 품에 안겨 쉬고 싶은 것. 그것은 잃어버린 자신의 과거였다. 시우는 후회하지 않는다고 다시 한 번 중얼거렸다. 후회하지 않는다. 후회하지 않는다.

집으로 돌아와 누웠다. 아무것도 하지 않고 하루 종일 누워만 있었다. 침대에 꼼짝하지 않고 누워서 아무 생각도 하지 않았다. 작업을 하는 것도. 밥을 먹는 것도. 어떤 자극도 느끼지 않았다.

"모든 사람은 적당히 알아야 매력이 있다."

회의론자처럼 이야기하던 새은의 모습이 생각난다. 어쩌면 맞는 말일지도 모른다고 생각한다. 시우의 생각은 자꾸만 길게 늘어졌다. 은하는 왜 그런 행동을 했을까. 그리고 모든 것에 비관적으로 생각하게 되었다. 새은의 이야기를 듣고는 무슨 말이냐며 이해하기 어려운 말은 하지 말라고 반박했던 것 같은데. 생각해보면 맞는 말이었다. 식물이나 동물은 자세히 보아야 예쁜 것들이 더 많은데 인간은 자세히 볼수록 더욱 추악한 모습을 가지고 있었다. 밖에서 초등학생 아이들의 떠드는 소리가 들렸다.

시우는 순수했던 어린 시절로 돌아가고 싶다고 생각했다. 어린아이인 시절이 그리웠다. 꾸밈없다. 천 원짜리 지폐를 몇 장 들고 신이 나서 햄버거를 사 먹으러 달려가던 그 발걸음. 어린 시절 햄버거 단품은 몇천 원 언저리의 가격이었다. 시우는 몇백 원을 남기려고 엄마가 준 돈을 손에 움켜쥐고 콜라도 없이 햄버거를 꾸역꾸역 입안 가득 베어 물고 우물거렸다. 입안에 퍼지는 그 퍽퍽함. 식도를 가득 메우는 그 빽빽한 행복. 지금은 무엇을 먹어도 그때와 같은 행복감을 느낄 수 없었다. 누군가가 맛있는 음식을 사준다고 하더라도 그다지 새롭게 맛있지도 않았고 받은 만큼 돌려줘야 할 것 같은 생각을 하면 가슴이 답답했다.

어린 시절은 단순했다. 누군가를 좋아하는 것이 부끄러워서 장난을 친다든가. 선생님에게 자신이 더 예쁨 받고 싶어서 숙제를 하지 않은 친구를 이른다든가. 그것은 계산적인 행동이 아니다. 미숙한 행동이 오히려 더 투명하게 느껴졌다. 간사하더라도 차라리 무지하다. 모든 것을 알고도 틀린 선택을 하는 것은 어린아이가 아니라 머리는 다 커버린 어른이라는 칭호를 받은 사람들이 그러했다. 은하는 처음부터 모든 것을 알고 있으면서, 새은의 존재에 대해 알고 있었으면서 단순히 소유욕과 외로움 때문에 자신을 새은에게서 떼어내려고 했다. 자신이 더 우위에 있는 사람이라고 인정받고 싶어서 새은의 이야기를 꺼냈다. 온전히 자신만을 위한 이기적인 행동. 그것은 절대로 사랑이 아니었다.

"사람은 누구나 다 외로워."

새은의 그 목소리가 머릿속에서 유난히 떠다니듯 들렸다. 지금의 시우는 외로운 것이 아니라 무감동적인 사람이 된 것 같다고 생각했다. 모든 것에 덤덤한 마음이 드는 것이 시우를 외롭게 했다. 처음 보았던 커다란 모래 산의 웅장함에 다시 한번 감탄해보고 싶었고 난생처음 새은과 홀딱 비를 맞으며 걸었던 그 행복을, 순수했던 사랑의 감정을 온전히 만끽하고 싶었다. 크게 놀라고 크게 화가 나고 크게 기쁘고 무조건적인 사랑을 하는 그런 백지 같은 사람이 되고 싶었다. 지금의 시우의 마음속에서는 어떤 새로운 생명력을 피워낼 수 있는 육지 같은 것은 없었다. 모든 것을 느껴보고 경험해보고 시들어버려 말라버린 땅 같았다.

은하와 같은 사람들은 타인을 이용하기 위해 느끼지 않았던 감정을 남발한다. 이를테면 감사의 표현, 사랑의 표현 등을 말이다. 그 목적은 다양하다. 본인의 욕구를 채우기 위해. 본인이 원하는 바를 얻기 위해. 시우는 한참을 은하의 잘못된 점을 생각했다. 그러면서도 은하를 진심으로 싫어할 수는 없었다. 그러지 못했다. 누군가를 사랑하는 것에 어떤 목적을 가지는 것은 잘못된 일일까. 시우는 자신이 은하와 다를 것 없음을 알고 있었다. 언제나 떳떳한 삶을 살고 싶었는데 그러지 못하는 순간이 많아지고 있었다. 머리가 아팠다.

시우가 연락을 하지 않으니 은하도 연락을 하지 않았다. 그러면서도 시우가 보란 듯이 SNS 업로드는 빼놓지 않았다. 분위기가 좋은 레스토랑에 간 것 같은 사진이 올라왔다. 남자일까. 시우는 의심이 들었다. 남자와 간 것이 분명하다. 시우는 확신했다. 시우는 은하와 싸우고 싶지 않았다. 은하가 시우의 곁에 없다고 해도 불행할 것 같지 않았다. 시끄러운 위층의 소음, 갈 곳도, 만날 사람도 없는 상황. 여동생은 밤이 늦었는데 아직도 들어오지 않았다. 처음에는 몇 번 경고를 줬지만 이제는 신경 쓰지 않기로 했다. 시우도 은하네 집에서 머물 때 동생에게 말하지 않았으니까.

그러니까 시우는 지금 완벽하게 혼자라고 느꼈다. 은하에게 전화를 걸어보았다. 받지 않았다. 어떤 점이 서운했다고 이야기하는 새은의 목소리가 듣기 싫었지만 이제는 그런 대화라도 나누는 것이 얼마나 대단한 것이었는지 깨달을 수 있었다.

시우는 은하에게 메시지를 보냈다. 그만 만나자는 연락이었다. 시우는 이 모든 것을 바로 잡기 위해서는 자신이 새은에게 돌아가야만 한다고 생각했다. 새은과 제제가 있는 집으로. 자신의 오랜 안식처로 돌아가야 한다. 모든 문제는 새은을 떠나면서 자신이 떠맡았다. 시우는 새은의 집이 그리웠다. 그 포근한 햇살이 들어오는 소파와 나무 식탁. 그리고 제제도. 새은이 다른 남자를 만나는 것이 아니어야만 한다. 새은은 자신을 떠날 수 없다. 어떤 상황이 되어도 결국에는 서로가 함께할 것이다. 새은도 그것을 알고 있고 시우도 마찬가지다. 시우는 생각했다.

22

"정리할 사진이 많이 없는 것은 어떻게 보면 다행이야."
"응?"

미영은 새은의 뜬금없는 말을 듣고 자신의 휴대폰을 떠올려 보았다. 태성의 사진을 몇 개 가지고 있나. 사진을 많이 가지고 있는 것이 사랑을 기억하는 것에 도움이 되려나. 휴대폰에 사진 자체가 많이 없었다. 미영은 사진 찍는 것을 즐기지 않았다. 딱히 관심이 없었다. 그래서 그나마 있는 사진들은 미영이 맛있는 음식을 먹고 행복해하는 모습을 태성이 찍은 것. 길을 이상한 포즈로 크게 걷는 미영의 모습. 제제와 화분. 그런 사진밖에는 떠오르지 않았다. 특히 태성의 사진은 많이 없었다. 미영은 어쩐지 미안한 마음이 들었다. 그리고 엉뚱한 걱정이 되었다. 태성이 그럴 리는 없겠지만 연락이 잘 되지 않는 오지에 간다면, 만약에 그렇게 되어서 영상통화도 하지 못하는 상황이 온다면. 미영이 볼 수 있는 태성의 사진은 극히 적었으니까. 아무도 없는 정글에 갇혀서 자신을 그리워할 사진이 많이 없다는 것을 알고 시무룩해할 태성의 얼굴을 머릿속으로 그려보자 조금 귀여우면서도 딱한 마음이 들었다. 그런 대비를 해두지 못해서 존재할 리 없는 미래의 자신에게까지 미안한 감정이 들었다.

"사진이 왜 많이 없어? 사진 찍히는 거 좋아하잖아."

"옛날에는 엄청 많았는데. 휴대폰 한 번 잃어버리고 옛날 사진이 다 없어지고 시우랑 맨날 집에만 있으니까 최근 사진은 거의 없어. 사진 찍을 일이 없으니까."

"그래서 남은 사진들은 다 정리해버렸어?"

"응. 다 지워버렸어."

단호한 부분이 있다. 새은은 은근히 단호한 부분이 있었다.

"그래서 저번에 같이 온 남자는 누구야?"

"누구?"

"키 크고 엄청 잘생긴 사람."

새은이 대답 없이 싱긋 웃는 것은 좋은 징조일 것이다.

"그냥. 아무 사이 아니야."

아무 사이 아닌 사람을 생각하면서 저런 표정이 나올 수 있는 것일까. 혹시 그때 말한 목공방의 남자는 아닐까, 미영은 생각했다. 기분 좋아 보이는 새은을 내버려 두기로 하며 요리를 했다. 미영은 커다란 팬에 볶아지는 야채를 보며 지난번에 새은이 그 일곱 번째 남자와 두 번째로 매장을 찾아왔을 때, 시우가 만나는 그 여자가 매장에 왔다는 사실은 전하지 않기로 했다. 그 여자가 주문한 요리에 침을 뱉어줄까 고민했지만 그만두었다는 말도. 새은은 그 여자를 보지 못했다. 그 여자가 오고 곧바로 새은이 자리를 떠난 것이 정말 다행이었다. 미영은 이상하게도 그 여자의 SNS 계정을 몇 번 염탐했다. 새은이 슬쩍 보여주었을 때 빠르게 아이디를 외워버렸고 두어 번 검색해보았다. 화가 나려고 그러는 것일까. 처음에 그 여자가 왔을 때 한눈에 알아보진 못했다. 그런데 어딘가 익숙한 얼굴과 스타일에 이상하다는 생각이 들어 휴대폰을 열어 그 여자가 맞는지 확인해봤다. 그때 미영은 왜 이런 행동을 하는지, 스스로가 무섭게 느껴지기도 했지만 누가 시키기라도 하듯 그렇게 행동하게 되었다. 미영은 새은이 더 이상 시우를 신경 쓰지 말아야 한다는 것을 알고 있었다. 예전에 새은이 "만에 하나 시우와 헤어져도 신경 안 쓰고 싶고 안 쓸 것 같아."라고 이야기했으니까. 굳이 지금의 새은에게 시우를 상기시켜줄 필요는 없을 것이다. 어차피 이제 새은이 상관할 일이 아니기도 하니까.

미영은 오리와 야채 볶음을 새은에게 만들어주었다. 새은은 기분 좋게 먹더니 미영에게 그 일곱 번째 남자에 대한 이야기를 해주었다. 이름은 건하. 역시 같은 목공소에서 만난 새은을 째려보는 그 남자였다. 새은 보다 한 살 나이가 많았지만 생일이 빨라서 동갑처럼 느껴진다고 했다. 건하는 무척이나 성실한 사람이었다. 성실한 남자는 멋지다. 건하는 아침에 일어나서 매일 운동을 가고 목공소도 주에 4일은 출근하고 개인적인 작업도 하고 아버지의 사업도 도와준다고 했다. 새은이 자랑아닌 자랑을 하는 얼굴을 보니 미영은 마음이 놓였다. 사람을 잊는 것에는 새로운 사람을 만나는 일이 가장 빠르고 쉬운 일이라는, 사람들의 말이 정말 맞는 것일까.

"데이트 좀 했어?"

"응."

"즐거웠어?"

"응."

"다행이다."

미영은 정말로 다행이라고 생각했다. 얼마 전에 산부인과 검
진 결과를 받았다. 아이를 갖는 것은 아주 아주 어려울 것이라
고 의사는 말했다. 불가능하다고 이야기하지 않아서 다행이려
나. 확률이 아주 낮다고 했으니까 아예 없는 것은 아니다. 미
영은 딱히 아이를 갖고 싶은 것은 아니었다고 생각했다. 다만
태성의 아이라면. 태성의 사랑스러운 부분을 전부 닮은 아이
라면 행복할 것 같다고 생각했다. 하지만 그 모든 일은 일어나
지 않을 것이다. 태성의 매력적인 눈매를 닮고. 미영이 얼굴
에서 그나마 자신이 있어 하는 부드러운 턱선을 닮고. 딸은 고
모를 닮으니까 새은의 예쁜 얼굴을 빼닮은 아이. 미영이 좋아
하는 녹색의 귀여운 아이 양말을 마련하는 그런 일들은 벌어
지지 않을 것이다.

태성은 요즘 미영의 기분이 그다지 좋지 않다는 것을 알고 있

었다. 아마도 매장에서 일하면서 너무 지쳤기 때문일 수도 있다. 둘이 보내는 시간이 늘어났지만 정말로 단둘이 보낼 수 있는 시간은 많이 줄어들었고 그 때문에 미영이 서운할 수도 있을 것 같다는 생각을 했다.

"내일은 재즈바에 가자."
"재즈바?"
"응. 이미 예약해둬서 취소할 수 없어."
"너무 좋지. 내가 오빠 사진 많이 찍어줄게."

매장을 정식 오픈하고 어느 정도 안정이 되었다. 미영과 태성이 처음 맞는 휴무일이었다. 간만에 동네를 벗어나서 재즈바에 가기로 했다. 태성이 예약한 재즈바는 아주 클래식하고 유명한 곳이었다. 붉은색의 벽지와 아티스트들의 사진들이 벽면 곳곳에 붙어있었다. 급하게 잡은 예약이라서 바 테이블밖에 자리가 없었지만 "오히려 높아서 좋은데."하며 미영은 웃으며 말했다. 그리고 마치 사진작가가 된 것처럼 태성의 사진을 찍었다. 태성은 처음에는 부끄러워하다가 어느새 사진 찍히는 것을 즐기고 있었다. 미영은 태성에게 이런 모습이 있었는지.

또다시 새로운 발견을 했다는 생각이 들었다.

미영은 마가리타 칵테일을 주문했고 태성은 드라이 마티니를 한 잔 주문했다. 재즈바에 들어오기 전에 이미 맛있는 퓨전 음식을 먹고 들어왔기 때문에 간단히 칵테일만 마시기로 했다. 공연이 시작되고 낮고 작은 무대에 연주자와 가수가 올라왔다. 노란색의 핀 조명이 환하게 무대를 비췄다. 미영은 그 무대에 올라온 여가수를 바라보면서 새은을 생각했다. 새은의 얼굴. 예술가가 되고 싶다는 이야기를 눈을 반짝이며 말했던 교복을 입은 새은의 맑은 얼굴. 그리곤 갑자기 꿈에 대한 이야기는 일절 하지 않기로 약속한 것처럼 행동했던 그때.

"나는 늘 내가 하고 싶은 것들을 숨기고 참고 사는 것 같아."

새은은 언제 자신이 되고 싶은 것과 하고 싶은 것들을 모두 잊은 것일까. 미영은 실패를 하는 것보다 실패를 마주하는 것이 더 힘들 것 같다고 이야기했던 새은의 얼굴을 떠올렸다.

하얀 얼굴. 하얀 드레스가 더욱 무대 위를 빛나게 해주었다. 연주가 시작되고 기타와 피아노 드럼이 리듬을 맞췄다. 흘러

가듯 자연스러운 강물 위의 나룻배에 올라타는 것처럼 여가수의 청량하고 아름다운 목소리가 울려 퍼졌다. 새은도 노래를 정말 잘 불렀다. 미영은 무대 위에 있는 가수가 새은의 어린 시절의 얼굴과 닮은 부분이 있다고 느꼈다. 그 어리고 어린 얼굴이. 그 여가수의 얼굴 위에 덮어져 미영은 지금 새은이 노래를 부르고 있는 것처럼 느꼈다. 유명한 노래를 부르기도 하고. 아예 처음 듣는 노래를 부르기도 했다. 방금 들었던 음악의 제목을 알아보려다가 그저 지금이 즐거우면 그만이지, 하고는 그만두었다. 다른 곳에서 다시 듣는다고 해도 지금처럼 좋을 리 없다.

무대 위의 사람들은 지칠 줄 모르고. 자신의 연주에 더욱 빠져들었다. 어린 시절 보았던 영화 〈찰리와 초콜릿 공장〉의 초콜릿 강에 빠지고 싶다는 생각을 한 적이 있었다. 달콤한 초콜릿 강물에 온몸을 던지면 어떨까. 미영은 지금, 마치 깊고 진득한 초콜릿 강물에서 둥둥 떠다니는 것 같았다. 빠져든다. 완전하게 그들에게 마음과 눈을 빼앗겼다. 심장이 뛰고 눈물이 날 것 같았다. 눈물이 많은 편은 아니라고 생각하지만 적은 편도 아니었다. 알 수 없는 일이었다. 슬프지 않은데 눈물이 난다. 그렇지만 울지는 않았다. 코 쪽이 시큰해지는 정도였다. 나란히 앉은 태성도 훌쩍이는 소리를 냈다. 미영이 태성을 돌아보자 태성의 눈 앞머리에서 눈물이 한 방울 떨어지고 있었다.

"울어?"하고 귀엽게 놀리듯이 물었지만 미영은 기뻤다. 같은 것을 보고 같은 감정을 느낀다. 붉어진 눈시울로 서로를 마주보면서. 이 사람은 나와 같은 감정을 느끼고 있구나. 같은 마음을 가지고 있구나. 감정의 동요. 감정의 동조. 감정의 공감. 미영이 태성에게 늘 느끼는 부분이었다.

"눈물이 났어?"
"저 사람이 상실을 느끼고 있는 것 같아서."
"나도 그랬어."

슬픈 노래가 아닐 수도 있다. 상실을 말하는 노래가 아닐 수도 있다. 지금 미영의 상황이, 아니면 올려다보고 있는 저 가수가 미영이 마음속에 품었던 어떤 상실의 감정을 떠올리게 해서일 수도 있었다. 무대를 바라보는 모든 사람의 뒷모습이 어둑한 그림자처럼 느껴졌다. 실제 사람은 아무도 없고 그림자만 남은 사람들처럼. 그렇게 미영과 태성, 그리고 무대 위의 사람들만. 그렇게만 남아있는 것 같다고 미영은 생각했다.

좋은 영화를 보면 여운이 오래가서 영화관에서 나와서도 그 감정을 쉽게 떨쳐내지 못한다고 새은은 이야기했었다. 미영에게 오늘의 재즈 공연은 좋은 영화와 같았다. 밖으로 나왔는데도 쉽게 그 여운을 떨치지 못했다. 태성도 그러했다. 그들은 길을 걸었다.

봄과 여름의 중간이었다.

미영은 태성의 손끝을 잡고 팔을 쭉 폈다. 아무도 없는 길거리에서 봄과 여름 사이를 걸었다. 태성도 나란하게 손을 뻗어서 미영과 태성이 맞잡은 손이 공중으로 떠올라왔다. 미영은 뻗은 팔을 향해. 태성을 향해 몸을 말아 풀썩 안겼다. 마치 스탠더드 댄스를 추는 것처럼. 경쾌한 발의 움직임을 태성은 곧바로 받아 이어나갔다. 자연스럽게 미영의 몸을 받아 허리를 젖혀 주었다. 미영이 허리가 구부러진 채 웃음을 터뜨리기 전까지는 꽤 괜찮은 춤이었다고 태성은 말했다. 미영은 허리가 다친 것 같다고 다시는 하지 말자고 말했다.

23

건하는 새은이 그려놓은 도면에 괄호로 자신이 생각하는 수정사항을 꼼꼼하게 적어주었다. 참 섬세한 사람이다. 시우와는 정반대로. 신기할 정도로 예쁜 손. 한 번도 힘든 일을 해본 적이 없는 것 같은 부드러운 손이었다. 시우와 비슷하게 예쁜 손을 가지고 있다. 새은은 자신의 못난 두 손을 꽉 쥐어 최대한 숨겨보았다. 약간은 힘줄이 올라온 건하의 손을 보면서 새은은 차 안의 상황을 떠올렸다. 다시 그날로 돌아간다면, 건하의 손을 잡았을지도 모른다. 당연히 그러지 않았겠지만, 지금은 눈앞의 건하의 손을 보면 그런 마음이 들었다. 당장 건하의 손에 자신의 손을 가져다 대고 싶었다. 그런 새은의 시선을 느끼지 못했는지 건하는 한참을 연못에 헤엄치는 금붕어처럼 자유롭게 손을 왔다갔다했다.

시우. 시우와 그 여자. 은하. 시우와 은하가 생각날 때면 새은은 의도적으로 생각을 차단하려고 노력했다. 건하와 함께 시간을 보내는 것은 시우와 관련된 생각을 하지 않는 것에 아주 큰 도움이 되었다. 목공소에 나가면 건하를 볼 수 있었고 목공소에 나가지 않아도 건하를 만났다. 건하는 끊임없이 새은에게 무언가를 하자고 이야기했다. "맛있는 저녁을 먹자."라든가 새은이 제제를 키운다는 것을 알고는 개를 좋아한다고 생각했는지 강아지가 주인공인 예술 영화를 차를 타고 한참이나 가서 보고 오기도 했다. "오늘은 야근을 해야 해서."라고 이야기하면 일이 끝난 새은을 데리러 가 함께 야경을 보러 갔다. 이상하게도 새은은 그 모든 일정이 전혀 피곤하지 않았다. 매일 같이 건하를 보는 것이 오히려 좋았다. 시우와 함께하면서 해보지 못했던 것들. 시우와 가지 않았던 공간. 시우와 나누지 못했던 생각들을 나누면서 새은은 집착적으로 시우와 그 여자를 생각하는 것을 멈출 수 있었다.

건하의 작업대는 새은의 작업 테이블에서 한눈에 보이는 곳에 있었다. 새은이 고개를 살짝만 들어도 건하가 보였다. 새은은 의자를 만들기 위해 디자인 스케치를 하고 있었다. 기술적인 부분을 어떻게 해야 할지 고민하던 차에 건하의 향이 느

껴졌다. 건하가 자연스럽게 새은의 옆으로 왔다. 그리고 새은
과 똑같은, 팔짱을 끼고 고개를 살짝 숙이는, 자세로 새은을
빤히 쳐다봤다.

"뭐가 잘 안 돼요?"
"아. 네. 이 소파 허리 부분, 이렇게 만들면 편할까요?"
"잘 모를 때는 합판 같은 거나 저기 버려진 나무로 대충 만들
어보면 도움이 돼요."
"대충요?"
"오늘은 시간이 끝났으니까 다음 주까지 제가 만들어 놓을
게요."

목공소에서는 티를 내지 않으려고 했지만 건하는 타인의 시
선을 신경 쓰지 않는 사람처럼 새은과 짧아진 간격을 표현하
고 싶어 했다. 장난을 치거나, 다른 사람들이 있는 곳에서 둘
만 점심을 먹으러 가자고 하거나, 새은이 좋아한다는 간식들
을 챙겨주었다. 새은을 쳐다보다가 몇 번이나 시선을 들켰고
가끔은 대놓고 빤히 쳐다보았다. 목공소에서는 새은이 건하의
마음을 일방적으로 모른 체하기는 했지만 밖에서는 아니었다.

건하를 데리고 소행성에 가기도 했다. 그리고 그곳이 친오빠가 운영하는 매장이지만 서로 모르는 척하기로 했다는 비밀을 솔직하게 털어놓기도 했다.

"차 안에서 더 이야기하고 가요."

새은은 건하의 그런 말투가 좋았다. 거절할 수 없는 확신의 말투. 함께 더 시간을 보내고 싶어 하는 진한 녹갈색의 그 눈동자에는, 살짝 올라간 입꼬리 위에 가려진 볼의 상처에는 새은을 원하는 태도가 진하게 묻어나고 있었다. 서로가 눈을 집중해서 본다. 이야기하며 그런 눈빛을 나누었던 게 얼마 만이었던가. 포근한 우드 향이 가득 찬 그의 차 안. 건하는 새은이 좋아하는 취향의 음악을 틀어주었다. 몇 번이나 같은 노래가 나왔지만 지겹다는 내색을 하지 않았다. 집 안에서 스피커로 끊임없이 반복되는 노래를 틀어놓으면 시우는 지겨워 죽겠다는 태도로 스피커의 전원을 꺼버렸는데. 건하는 그러지 않았다.

날씨가 꽤 따뜻해졌다. 봄의 밤 공기가 기분 좋을 만큼만 시원했다. 새은은 건하에게 산책하자고 말했다. 시우와 늘 걸었던 길과 반대로 밤의 산책로를 가볍게 걸었다. 무엇이라도 다시 시작할 수 있을 것 같은 밤이다. 건하의 눈동자와 비슷한 노란 가로등. 많은 이야기. 웃음을 나누었다. 새은은 쉴새 없이 앞을 보며 조잘거렸고 건하는 잘 들어주었다. 새은이 무엇을 하든 귀엽다는 듯이 웃었다. 그러고는 빤히 쳐다보다가. 새은과 눈이 마주치면 부끄러워 움직임이 어색해졌다. 뭐든지 거침없이 행동하는 사람이라고 생각했는데 그 어색해 보이는 태도의 떨림을 새은은 확실히 느낄 수 있었다.

시우가 아닌 다른 누군가도 새은을 보며 이런 두근거림을 느끼고, 새은이 지나가는 듯이 한 말 하나, 하나를 신경 써서 담으려고 한다는 것이 좋았다. 건하를 만나면 귀중한 사람. 값진 사람이 된 것 같았다.

건하는 시우와는 완전히 다른 사람이었다. 좋고 싫은 것이 뚜렷하고 솔직했다. 무엇보다 확실한 사람이었다. 새은은 우유부단한 시우의 모습이 가장 싫었는데 건하는 결정하는 것에 망설임이 없었다. 그리고 모르는 것은 모른다고 이야기했다. 시우는 자기가 잘 모르는 내용도 종종 아는 척하고 싶어했다. 모른다는 것을 들키기 싫어했다. 그래서 이야기를 계속 나누다 보면 이상한 점을 발견할 수 있었다. "그게 아니라 내가 말한 건 이건데."라고 이야기하면 "다른 거 말하는 줄 알았어." 할 뿐이었다. 하지만 건하는 "그건 뭐예요?"하며 질문을 해줬다. 그래서 새은은 오히려 신이 나서 잔뜩 설명을 해주었다. 끊임없이 이야기를 해도 30년 이상의 인생을 전부 나눌 수 없었다. 새은과 건하는 함께 있는 시간이 늘 부족하게 느껴졌다. 그의 입에서 나오는 지난날들. 그의 생각과 가치관. 선호하는 것들. 처음 듣는 이야기들이 끝도 없이 새롭게 나왔다. 건하는 새뜻하고 고유했다. 아주 다양한 경험들을 해봤고 더 넓은 세상을 관찰했다. 그리고 무엇보다 서로의 취향이 너무나 닮아 있었다. 이렇게까지 비슷한 사람이 있을까. 새은은 건하의 생각과 자신의 삶이 옷감의 차이만 있을 뿐 비슷한 옷과 같다고 느끼기도 했다. 건하는 책을 읽는 것도 좋아했다. 새은이 읽어본 책은 거의 다 읽어본 것 같았다. 차 안에 늘 책을 한 권씩 싣고 다녔다. 갑자기 약속이 취소되어 애매하게 시간이 비거나 새은이 없는 목공소의 점심시간에는 책을 읽는다고 했다. 다 읽은 책은 새은도 읽어보라고 빌려주었다. 같은 취미를 공유하는 것이 오히려 그 영역을 더 넓혀준다는 것을 알게 되었다. 둘은 음식 취향도 비슷했다. 건강하고 신선한 음식을 좋아했고 그것에 대한 표현도 풍부했다. 시우는 좋은 것이나 싫은 것 모두 "흠, 괜찮네."정도의 표현만 해서 새은이 더는 어떤 이야기도 할 수 없게 만들었지만, 건하는 어떤 점이 특별히 맛있고 어떤 재료가 들어갔는지, 레스토랑의 분위기가 어떤지 자세히 표현했다. 마지막에는 항상 "너무 맛있어서 행복해요. 새은 씨랑 먹으니까 더 좋아요."라고 말했다.

새은은 늘 건하와 조금 더. 조금 더 함께 있고 싶었지만 항상 일찍 집에 가겠다고 했다. 생각해보면 시우도 처음에는 그 누구보다 다정했다. 새은이 원하는 것은 모든 들어주었다. 건하도 언젠가는 그렇게 변할까. 건하도 언제 새은을 사랑했냐는 듯이 새은을 사랑하지 않는다고 말하게 될까.

"바람피워 본 적 있어요?"

엉뚱한 질문을 건넸을 때 건하는 "아니요. 그래 보여요? 절대 안 되죠."라고 대답했다. 그 대답이 마음에 들었지만, 완전하게 믿을 수 없다고 생각했다. 사람 일은 전혀 알 수 없다. 예전에 시우와 함께 영화를 볼 때 나누었던 대화를 떠올려보면 시우가 그럴 것이라고 전혀 예상치 못한 것처럼. 영화의 내용은 바람을 피우는 남녀가 나오는 이야기였다. 그때의 시우는 새은이 바람을 피운다면 자신은 죽어버릴 것이라고 했다. 그리고 새은과 바람을 피운 상대도 죽일 것이라고. 물론 장난식으로 이야기한 말이었지만 그만큼 바람피우는 것은 말도 안 되는 일이라고 반응했던 시우였다. 절대로 다른 여자는 눈에 들어오지 않는다고 말했던 시우. 그런 시우도 바람을 피웠다. 아무도 확신할 수 없다.

 그래도 조금씩 나아지고 있었다. 점점 더 괜찮아지고 있었다. 그날은 평소처럼 퇴근을 하고 건하를 만났다. 와인을 꽤 마신 금요일이었다. 집 문을 열고 들어왔는데 시우가 있었다. 전혀 예상하지 못했던 일이었다. 시우가 집 안에 있다. 간신히 시우와 관련된 생각을 하지 않으려고 노력했던 날들을 무시하듯 평소처럼 시우가 거실 소파에 앉아 제제와 함께 있었다. 이제야 조금은 편안해졌는데. 어쩌면 시우를 완전히 잊고 건하와 사랑을 할 수도 있을 것이라는 희망을 가지고 있었다. 4개월 만이다. 4개월 만에 보는 시우의 얼굴이었다. 많이 야위었다. 온몸이 떨리는듯하다. 감당할 수 없다. 꿈을 꾸고 있는 듯이 몽롱하고 안개가 잔뜩 껴있는 것 같았다. 그러면서 즉각적으로 건하가 생각나는 스스로의 마음이 당황스러웠다. 시우가 집 밖에 있지 않아서 다행이다. 건하가 시우를 보지 못해서 다행이다. 시우가 건하를 보지 않아서 다행이다.

"지금 여기서 뭐 하는 거야?"
"제제가 보고 싶어서."
"뭐?"

시우는 초라한 강아지처럼 몸을 움츠렸다. 새은은 터무니없는 시우의 말에 어떻게 반응해야 할지 고민했다. 무슨 헛소리를 하는 것일까. 그렇지만 새은은 시우가 집 안에 있는 이 상황이 어색하지 않게 느껴졌다.

"연락을 좀. 하던가. 이렇게 불쑥 집에 오면 어떡해."
"밖에서 한참을 기다리다가. 미안해. 핸드폰 전원이 꺼져있어서. 혹시 몰라서 메시지도 남겼는데."

미안하다. 그 말이 분명 새은이 원하는 것에 대한 사과가 아니었음을 알고 있었다. 새은은 아무 말도 하지 못했다. 닫아두었던 감정의 문이, 막아두었던 시우가, 틈새를 만들어 비집고 흘러나오고 있었다. 그리고 슬픔이 천천히 새은을 커다란 커튼으로 감싸 숨이 막히게 가두는듯했다.

"미안해."
"…."
"보고 싶었어. 미안해."

미안하다. 이제 와서 어떤 것이 미안하다는 것일까. 새은을 그렇게 버리고 떠난 것. 새은이 아닌 다른 여자를 선택한 것. 새은이 무엇을 알고 있다고 생각해서 사과하는 것일까. 시우가 미안하다고 이야기하자 새은이 울 것 같은 표정으로 시우를 쳐다봤다. 시우는 새은이 자신을 받아줄 것을 알고 있다는 표정이었다. 정말로 듣고 싶은 말이었다. 시우에게 다른 긴 설명보다도 미안하다는 말을 정말로 듣고 싶었다. 새은은 절대로 그 긴 시간을 거절하지 못한다. 와인의 기운 때문일까. 하지 못했던 말을 하기 시작했다.

"뭐가 미안해? 제제를 그냥 나한테 버리고 가버린 거? 아니면 이렇게 갑자기 제제가 보고 싶었다면서 마음대로 내 집에 들어온 거? 넌 네가 뭐가 미안한지 제대로 알고 사과하는 거야? 네가 다 망쳐버렸잖아. 제제를 그렇게 버리고 가버렸으면서 이제 서야 보고 싶어?"

새은은 화를 내본 적 없는 사람처럼 계속해서 말문이 막혔다. 눈물이 나오려는 것을 참으려면 목소리도 나오지 않았다. 이상하게 소리를 내려고 하면 눈물이 흘러내릴 것 같았다. 시우의 고통받는 얼굴을 보고 싶지 않았다. 늘 시우의 웃는 얼굴만 보고 싶었는데, 어쩌다가 이렇게 되어버린 것일까. 새은은 끝없이 흐르는 눈물을 손과 손목을 이용해서 닦아내며 주저앉아버렸다.

"제제 보고 싶다는 거 아니야."
"…"
"새은이 네가 보고 싶었어."

새은은 어이없는 헛웃음이 나왔다.

"새은이 네가 너무 보고 싶었어. 미안해."

새은은 울고 있는 시우의 얼굴을 보았다. 자신도 시우와 같은 얼굴을 하고 있을 것을 알았다. 이렇게까지 이기적인 사람을 사랑했던가. 시우를 마주하자, 오히려 긴 시간 동안 쌓아왔던 애정이 한순간에 무너지는 듯한 기분과 정말로 시우가 그리웠던 과거의 감정이 복합적으로 엉키며 이리저리 뒤섞였다. 시우가 울고 있는 새은의 손을 끌어 자신의 얼굴에 가져다 댔다. 새은의 얼굴에 흐르는 눈물을 닦아주었다. 새은은 시우의 눈에서 진실을 찾으려고 했다. 시우는 어떤 가면도 쓰지 않고 있었다. 그 마음이. 보고 싶었다는 그 단순한 말이. 새은의 머릿속에 있던 복잡한 생각들을 모두 지워버렸다. 아무 것도 떠오르지 않았고 자신도 시우를 보고 싶었다는. 잃어버린 시간을 되찾고 싶다는 생각만 들어 "나도 보고 싶었어."라고 말해버렸다.

시우에게서 술 냄새가 난다. 담배 냄새도 많이 난다. 가시덩굴이 무너지듯이 시우는 새은에게 넘어졌다. 시우의 그 익숙한 손길이, 뾰족하고 날카로운 가시가 돋은 줄기에 감싸지듯이 새은을 상처 내고 있다. 그 익숙했던 시우의 입술에서 새은은 어떤 갈증을 잊고자 했던 것일까. 아무 생각이 들지 않은 상태로 시우의 호흡을 느꼈다. 어둠 속에서 새은은 시우의 형태를 살피면서 문득 건하를 떠올렸다. 건하에게 연락이 올 것이다. 건하는 늘 집에 가는 길에 새은에게 전화를 했으니까. 건하는. 건하에게는. 누구에게 무엇을 채우고 싶은 것일까. 어떤 것을 보상받고 싶었던 것일까.

"잠깐만."

시우는 새은의 말을 무시했다.

"하지 마."

마침내 시우에게서 벗어나자 새은은 숨을 쉴 수 있었다. 한동안 정적이 흘렀다. 황급하게 어떤 변명을 해서라도 이 상황을 벗어나고 싶었다. 새은이 한참을 화장실에서 있다가 방으로 돌아가자 시우는 태평하게 엎드려 누워 잠을 자고 있었다. 새은은 자신의 침대 구석에 누워 잠을 청했다.

건하는 작은 합판 조각들을 가지고 새은이 만들려고 하는 소
파와 비슷한 사이즈의 의자를 만들어냈다. 한번 앉아보라고
하며 등받이의 기울기가 적합한지, 앉았을 때의 높이가 적당
한지 물어보았다. 서로가 어색하게 대하고 있다. 서먹한 공기
가 흐른다. 새은은 건하가 만든 의자에 앉아보았다. 단순하게
만든 그 의자는 불편해 보이는 직각의 형태였으나 신기하게도
나름 편안했다. 새은은 그 의자에 앉아도 보고 누워도 보고 이
리저리 자세를 바꾸어보면서 편안하다고 느꼈다.

"괜찮은데요?"
"제가 한번 앉아 볼게요."

그러더니 건하도 새은과 같이 앉아보고 누워보았다.

"나무로만 만드는 소파는 조금 어려울 수 있어요. 나중에 방
석도 둘 거예요?"
"방석은 생각 안 해봤는데…"
"앉는 부분을 이렇게 만들면 방석을 둬야 편해요. 방석 두께
를 생각해서 의자 높이도 조절해야 하고요."

"음. 두는 게 좋을까요?"

"아무래도 그렇죠. 등받이 높이도 제 생각에는 더 올리는 게 좋을 것 같고."

친절하지만 무뚝뚝한 건하의 모습. 새은은 건하가 쌀쌀한 이유를 알 것만 같았다. 한동안 의도적으로 새은이 건하를 피해 다녔기 때문이었다. 시우가 새은에게 돌아온 밤. 새은은 건하의 전화를 받을 수가 없었다. 그리고 예전처럼 아무 일 없다는 듯이 편안하게 건하를 대할 수도 없었다. 건하에게 미안한 마음이 들었다. 시우가 돌아온 날은 금요일이었다. 그리고 그 주말에는 몸이 아프다며 목공방에 나가지 않았다. 건하가 아닌 다른 사람에게 말을 했는데, 건하는 새은이 많이 아픈지 걱정된다며 연락을 해왔다. 새은은 그저 괜찮다는 무미건조한 대답을 했다. 짙은 수증기에 갇혀버린 것처럼 아무것도 보이지 않는다. 손을 허공에 휘저어도 손에 닿는 것이 없는 것만 같다. 빛과 어둠만이 존재하고 무엇도 인식할 수 없는 뿌연 증기 속에서 새은은 어떻게 행동해야 하는지 몰랐다. 시우를 생각해도 건하를 생각해도. 산소가 부족해져서 숨을 쉬기 어려웠다. 시우와도 그날 이후로 제대로 된 대화를 나누어보지 못했다. 새은이 피하듯이 아침 일찍 집 밖으로 나가버렸다. 스스로도 시우에게 느껴지는 증오와 배신감 그리고 애정 중 어떤 것을 선택해야 할지 혼란스러웠다. 그날 이후로 시우는 아무것도 변한 것이 없는 사람처럼 행동했다. 예전처럼 일어났다는 말과 작업을 하고 있다는 연락이 가끔 왔다. 아무 말이 없이 새은의 집에서 새은을 기다리고 있는 날도 있었다. 시우가 집에 있는 것이 불편하고 어색하다. 집에 들어가기 전에 거실에 불이 켜져 있는지, 시우가 있는지, 확인해본 적이 몇 번이나 있었다. 역시나 아무 말도 꺼내지 않으면 아무 일도 없었던 것이라고 생각하는 것일까.

어떨 때는 견딜 수 없을 만큼 시우가 역겨웠다. 은하를 만났던 것을 모를 거라는 천진무구한 표정으로 입꼬리를 살짝 올리고 아무 말 없이 자신의 침대에 들어가 눕는다. 그리고 새은을 기다린다. 새은은 한참을 거실에서, 주방에서, 화장실에서 서성이다가 침대에 들어가 잠이 들었다. 잠이 들면 시우가 그 여자와 함께 시간을 보내는 꿈을 다시 꾸었다. 시우가 새은을 떠났을 때 일주일 넘게 꾸었던 꿈이었다. 건하를 만나면서 꾸지 않게 되었던 꿈이었다. 숨이 막히고 소리를 질러보지만 새은은 은하와 시우를 떼어놓을 수 없었다. 새은은 그 끔찍한 꿈을 다시 꾸었다. 울면서 깨어났을 때 아무 감정 없는 표정으로, 심지어는 평온하게 잠들어 있는 시우를 마구 때리고 내쫓고 싶었던 적이 한 두 번이 아니었다. 그러다가 어떨 때는 시우를 사랑하는 감정이 여전하다고, 그래서 그를 용서할 수 있을 것 같은 기분이 들기도 했다. 시우가 싫다. 시우가 그립다. 시우가 어쩔 수 없는 이유로 새은의 인생에서 사라져버렸으면 좋겠다. 운 좋게 유학을 갈 수 있게 되었거나 아주 먼 지역에 있는 직장에 취직하게 되는 그런 상상을 하면서 은하에 대해 찾아보려다가 모든 불안을 그만두고 집으로 돌아가 시우를 끌어안으며 위로받고 싶었다. 모든 것을 사실대로 이야기하고 잘못했다며 용서를 빌어주었으면 좋겠다. 예전에도 지금도 새은을 제일 사랑한다고 말해주면 좋겠다. 사실대로 이야기하고 용서를 빈다면 시우를 용서할 수 있을지도 모른다. 그러다가 아직도 시우가 은하를 만나는 것은 아닐까 의심했다. 시우가 새은의 집으로 오지 않는 날, 연락이 없는 밤, 통화 중인 휴대폰. 그런 것들을 경험할 때면 새은은 시우가 은하, 혹은 그 외에 다른 여자를 만나고 있는 것은 아닐지 의심했다. 그런 생각들로 새은은 하루하루 미쳐버릴 것만 같았다. 시우가 집으로 오지 않았으면 좋겠다. 이렇게 건하를 마주할 수도 없다.

새은이 원하는 디자인의 소파를 만들려면 나무판 세 개를 이어붙여야 했다. 두께가 3.5cm 폭이 20cm, 높이가 70cm 정도 되는 나무 조각을 붙이는 것은 혼자서는 할 수 없는 작업이었다. 두 사람이 같이 동작을 맞춰 움직여야 한다. 댄스 스포츠와 같았다. 스텝이 꼬이거나 손이 꼬이면 다음 동작을 망쳐버릴 수도 있다. 물론 섬세한 건하가 있으니 작업을 망칠 것이라는 생각은 들지 않지만 예민하게 나무를 만져야겠다고 생각했다.

건하와 새은은 오랜만에 마주 보고 섰다. 겸연쩍다. 새은은 일부로 건하의 눈을 피하고 건하의 말을 모른 척했다. 둘은 큰 나무를 작업대 위에 올려두고 두고 3.5cm 부분의 좁은 폭에 목공용 본드를 잔뜩 발랐다. 쭉 짜낸 것들을 골고루 펴주기 위해 손과 붓을 이용했다. 발리지 않은 곳은 없는지 손가락으로 만져보았다. 같은 목적을 가지고 빠르게 손을 움직였다. 큰 두 나무를 면이 맞닿게 붙이고 꾹 누르자 본드들이 밀려 올라왔다. 올록볼록 올라온 목공풀을 물티슈로 닦은 후에 서로 뒤틀리게 붙지는 않았는지 단차를 확인했다. 손끝으로 섬세하게 나무를 만지는 건하의 손. 끈적하게 본드가 달라붙은 새은의 손. 목공은 섬세하면서도 힘이 필요한 일이었다. 큰 나무를 작게 나눌 때는 강한 힘으로 나무를 제압해야 했고 샌딩과 밴딩을 할 때는 손의 감각으로 나무들을 하나씩 매만져야 했다. 손끝의 감각이 섬세한 남자는 많이 없다. 건하는 새은보다도 정확하게 단차를 찾아냈다. 손에서 미끈하며 자연스럽게 움직이는 나무를 보면서 그가 여자를 대할 때는 어떨까를 생각했다. 나무를 대할 때처럼 부드럽고 강하게. 아니면 부족한 부분을 메꾸어나가듯 손끝으로 섬세하게. 부드럽게 유영하는 그의 손. 끈적하게 본드가 발리어진 손. 새은은 그의 손끝을 따라 눈을 움직였다. 건하와의 춤은 합이 잘 맞는다. 새은은 그렇게 생각하다가 시우의 손이 생각이 나고 얼마 전 시우가 새은을 만지는 불쾌한 방식이 떠올라 고개를 흔들었다.

"새은."

"응?"

"오늘 저녁도 바빠?"

"아니요."

"그럼 나랑 저녁 먹어요."

확신하면서 소망하면서 거절당할까 두려운 듯이. 아니면 수줍은 듯이 눈을 아래로 내리고 새은의 대답을 기다린다. "응." 새은은 대답했다. 이제는 건하를 피할 수 없다. 새은이 건하와 더는 시간을 보내지 못할 것이고 그 이유가 있음을 확실하게 전달해야 할 때였다. 앞으로 시우와 다시 만나지 않게 되더라도 새은은 건하를 만날 수 없을 것 같았다. 어차피 건하는 새은과 다른 범주의 사람이다. 무엇보다 새은은 소화가 되는 시간이 필요했다. 넘치는 부정적인 감정, 증오와 원망, 배신감과 사랑. 이 모든 것을 가지고 건하를 만날 순 없었다. 그건 건하에게 다친 자신의 마음을 치유해달라는 것과 다르지 않다고 생각했다.

건하는 새은과 함께 근사한 레스토랑에 갔다. 이번에도 시우라면 절대 알고 있지도, 함께 가자고 하지도 않았을 종류의 식당이었다. 드라마에서 본 듯한 반짝거리는 레스토랑. 새은은 옷차림이 조금 후줄근한 것은 아닐까 걱정이 되었다. 나무 먼지들을 묻히고 이런 곳에 올 줄은 몰랐다는 생각이 들었다. 주변을 둘러보자 자신처럼 입고 있는 사람은 아무도 없었다.

"뭐가 마음에 안 들어요?"

"아니. 내가 너무 허름해서."

"예쁜데."

　새은은 파스타를 먹겠다고 말했다. 건하는 맨 앞 장에 있는 코스 요리로 파스타와 스테이크를 주문했다. 깜짝 놀랄 만큼 비싸다. 한 명의 식삿값이 새은의 적은 월급에서는 하루하고도 반나절은 일해야 벌 수 있는 금액이었다. 레스토랑을 둘러보면 꽤 많은 사람으로 붐비었다. 이렇게 많은 사람이 한 끼식사에 이런 금액을 지불할 수 있다는 사실이 놀라웠다. 건하는 주문하면서 와인을 추천해달라고 했다. 새은은 그 와인의 가격이 얼마인지는 알고 싶지도 않았다. 레스토랑의 분위기와 가격에 압도되어 몸이 움츠러드는 것 같다. 어디에서도 움츠러든 적이 없었는데. 이런 곳도 와본 사람이 익숙한 것인가 생각했다. 이번 저녁은 새은이 사야겠다고 다짐하고 있었다. 이번 주에는 소비를 줄여야 할 것 같다. 처음 나온 음식은 큰 그릇에 들어간 작은 핑거디쉬였다. 새은은 그것을 손으로 들고 한입에 먹어야 하는지 포크와 나이프를 이용해서 잘라 먹어야 하는지 헷갈렸다. 종업원이 분명 손으로 먹으라고 했지만 레스토랑에서 손으로 음식을 먹어본 적이 없었다. 아마도 이럴 때 시우는 "무슨 음식을 손으로 먹냐."라고 불평을 했을 것 같다. 건하를 쳐다보자 건하는 아주 자연스럽게 손으로 그것을 들어 입에 넣고 새은을 쳐다보고 음식의 맛에 대해 생각을 이야기했다. 새은은 머리가 복잡해서 건하와의 대화에 잘 집중할 수 없었다. 휘황찬란하고 불편하고 설명이 긴 음식 때문에. 그리고 계속해서 떠오른 시우 생각 때문에. 시우에 대한 이야기를 꺼내야 하는데 언제 꺼내는 것이 맞을까. 샐러드가 나왔을 때, 아니면 메인 디쉬, 아니면 식사를 모두 마치고 나서. 새은이 고민을 하는 사이에 샐러드가 나왔다. 샐러드라고 부르기 어색할 정도로 동그랗고 작은 모양에 육안으로 보아서는 야채 같은 것이 보이지 않는 샐러드가 나왔다. 불투명하고 붉은색의 젤리 같은 것이 위에 덮여 있는 처음 보는 모양의 음식이었다. 샐러드를 먹을 때는 어떤 포크를 잡아야 하는지. 스테이크를 먹을 때는 칼을 왼손으로 잡아야 하는지. 오른손에 잡아야 하는지. 기억을 더듬어보면 고등학생 때 교과 과정에서 배운 적이 있었는데, 왜 이런 것을 알려주는지 그때는 모르겠다고 생각했는데, 그 선생님의 노력이 무색하게 새은은 아무것도 기억하지 못했다. 시우에 대한 이야기는 역시 모든 음식을 먹고 나서 해야겠다. 건하와 나눌 수 있는, 마지막이 될 수도 있는 순간. 앞으로는 건하와 이런 시간을 보낼 수 없다고 생각하자 새은은 음식을 먹고 있음에도 허기짐을 느꼈다. 모든 불편함을 떨치고 나오는 음식들의 맛에 집중해보았다. 음식들은 아주 작은 접시에 담겨 조금씩 나왔고 처음 먹어보는 맛이 많았다. 작고 잘 깨지며 부드럽게 입안에서 감겼다. 이해도 되지 않는 긴 설명을 종업원이 해주면 그냥 웃는 얼굴을 하고 잘 듣지 않았다. 처음에는 열심히 이해해보려고 노력했지만 들어도 알고 있는 재료가 없었고 서서히 기억도 나지 않았다. "모르는 것을 입 밖으로 꺼내지 않으면 아는 것처럼 보여." 라는 시우의 말이 생각났다. 새은은 그냥 "너무 맛있어요."라는 말만 연발할 뿐이었다.

건하는 아주 자연스러워 보였다. "제가 좋아하는 매장이에요."라는 말을 들으며 건하가 이곳에 누구와 왔을지를 자연스럽게 떠올려봤다. 건하의 이전 연애들. 건하는 많은 연애를 했을 것 같다. 모든 것이 익숙해 보이니까.

건하는 건하와 닮은 사람들만을 만나 왔을 것 같다. 포멀하고 능숙한 여자들. 이 레스토랑에서 자신을 제외한 모든 사람과 같이, 고급 실크 옷을 입은 여자들. 촌스러운 자신과는 다르게 건하의 움직임은 우아하고 천천히 사람의 이목을 집중시키는 무언가가 있다. 특별한 행동을 하지 않아도 어느새 새은은 건하에게만 집중해 있다. 새은이 머리카락에 잔뜩 먼지를 묻히고 건하에게 시우에 대한 이야기를 숨기고 있는 것. 어울리지도 않는 곳에서 이름도 잘 기억 안 나는 음식을 먹는 것. 그리고 시우가 새은을 찾을지도 모른다는 생각들은 중요하지 않았다. 건하가 그녀의 생각과 정신을 빼앗아 버렸기 때문이었다.

"사실 설명해줄 때마다 잘 못 알아듣겠어요."
"저도 그래요."

웃는 새은을 멍하니 보던 건하는 "웃는 게 정말 이뻐요."라고 말했다. 건하는 가끔 아무런 맥락 없이 칭찬하는 것을 좋아했고 무방비하게 칭찬을 받은 새은은 어색해서 농담으로 넘겨버리곤 했다.

"안 웃는 거는요?"라고 물으면 건하는 당황하지 않고 "너무 좋아요."라고 말했다.

 맛있는 음식과 따뜻한 공기. 텁텁하지 않게 입안에서 자연스럽게 움직이는 피노 누아 와인이 가볍게 혀끝을 스쳤다. 새은이 좋아하는 건하의 표정. 습관처럼 새은은 앞에 있는 사람의 표정을 따라 지어 보였다.

 계산을 하려고 분주하게 일어나는 그에게 "이번엔 제가 살게요."라며 카드를 꺼냈다. 그는 새은의 카드를 받고 "카드 두 장 중에서 마음에 드는 카드를 직원분이 골라서 결제해달라고 하죠."라며 계산대로 갔다. 그리고 아무런 말 없이 자기 카드를 내밀어 결제를 했다.

"내가 사고 싶었는데."
"여긴 내가 오자고 한 우리 동네니까. 다음에."
"그래요."
"조금만 산책하고 갈까?"
"응."
 초여름이 다 되어가는데도 저녁이 되자 약간은 선선한 바람이 느껴졌다. 건하는 자신의 커다란 재킷을 내주었다. 몸에 열 감이 많은 건하가 입지도 않았던 겉옷을 계속 손에 들고 다녔 던 것은 언제나 서늘하다 느끼는 새은을 위해서일 테다. 새은은 그 부드러운 감촉 속에 얼굴을 묻어보았다. 이렇게 부드럽고 가벼운 코트가 있다는 것이 신기했다. 새은은 자신의 겨울을 기억했다. 자신이 가진 겨울 코트를 떠올려보았다. 겨울이 싫은 이유 중 하나는 겉옷을 입으면 몸이 무겁기 때문이었다. 솜으로 가득 찬 새은의 패딩만 해도 그랬다. 솜털과 오리털 같은 것이 자꾸만 패딩 밖으로 삐져나와 팔목을 찔러 따가웠다. 그런 옷들은 아무리 껴입어도 추웠기 때문에 새은은 겨울이 제일 싫었다. 하지만 건하의 겨울은 새은의 겨울과 다를 것 같다. 건하의 겨울 코트는 지금 새은이 걸친 봄 재킷처럼 가볍고 포근할 것이다. 건하의 차 안은 항상 따뜻하다. 그러니 얼굴이 시렵게 버스를 기다릴 필요도 없을 것이다. 어쩌면 새은의 겨울이 추웠던 것은 새은에게 그런 것들이 없어서이지 않았을까.

조금 걸으니 술기운이 올랐던 정신이 명료해지는 것 같았다. 가로등이 밝게 켜져 있었지만 길거리에는 사람이 아무도 없었다. 깊고 어두운 숲을 걷는 것 같다. 6월에 피튜니아 꽃이 화단에 잔뜩 피어있었다. 새은의 동네에는 작은 강이 흐르는 길도 없고 길가에 이렇게 예쁜 꽃이 잘 가꾸어져 있지도 않았다. 길가를 따라 일렬로 높게 피어나 있는 피튜니아 꽃이 자주색인 듯 보라색인 듯한 묘한 색을 띠고 있었다. 새은은 그것들을 손으로 하나씩 스치며 걸었다. 손바닥에서 꽃향기가 났다. 달콤하고 부드러운 향.

"손바닥에서 꽃향기가 나."

새은이 말했다. 그 별것 아닌 말에도 건하는 신기하다는 듯이 반응해주었다. 어떤 사람과 함께 시간을 보내느냐에 따라 스스로 느껴지는 자신의 모습에 차이가 있다고 새은은 생각했다. 새은은 시우와 있을 때면 항상 자신이 시우에게 무조건적인 이해를 해줘야만 한다고 생각했다. 늘 모범이 되고 바르고 정직한 모습을 보여줘야 한다고. 하지만 건하와 시간을 보낼 때면 새은은 자신이 천진하고 어리광을 부리는 아이가 되는 것 같은 느낌을 자주 받았다. 건하는 자신을 아껴주고 예뻐해준다. 그럴 때면 새은은 새롭고 신기한 것이 많은 사람이 된 것 같았다. 건하와 함께할 때면 새은은 주저 없이 행복했다. 집으로 돌아가면 시우가 있을까. 시우와 함께 있으면 이전처럼 행복하지 않을 것 같다. 시우를 보면 마음이 불편하다.

건하는 새은의 손을 잡아 얼굴 가까이에 가져다 댔다. 덧없이 새은의 손이 건하에게 붙잡혔다. 그리고 계속해서 손에 묻은 꽃향기를 맡아보았다. 작은 얼굴이 그녀의 손으로 가리어지는 것 같았다. 건하는 지그시 눈을 감았다가 떴다. 표정이 보이지 않지만 그의 눈이 무슨 말을 하려는지 알 것 같았다. 그는 아무 말 없이 그녀에게 말을 걸고 있었다.

"좋아해."
"나를요?"
"그럼 누구겠어."

그는 함박웃음을 지었다. 그 예쁜 웃음. 새은은 시우가 생각났다.

"음."
"새은은?"

건하는 잡고 있던 손에 깍지를 껴서 코트 안에 집어넣었다. 붉어진 그의 코와 귀. 서늘한 듯 차가워진 몸. 그는 진심을 전하고 있구나. 그리고 그 진심을 전하는 것에 상당한 어려움을 겪고 있구나. 새은은 한 손을 빼서 건하가 메고 있는 자신의 가방에 손을 넣어 사탕을 꺼내 먹었다. 달콤한 자두 맛의 사탕이 입안에서 데구르르 굴렀다. 피튜니아 향과 건하의 향기, 혀 속에서 느껴지는 자두 맛 사탕, 손에 번지는 부드럽고 예쁜 건하의 손. 손가락에서 뛰는 맥박. 모든 것이 완벽했다. 딱 한 가지. 건하와 입을 맞추고 싶다는 생각을 빼면. 시우가 돌아오지 않았다면 새은은 어떻게 행동했을까. 건하에게 오늘을 마지막으로 다시는 만나지 말자는 말을 전해야 한다고. 시우가 돌아오지 않았다면, 건하에게 그 말을 전해야만 한다고 다짐했을까. 시우에게 돌아가고 싶은 것일까. 새은은 건하의 얼굴을 손으로 감쌌다. 그리고 사늘하게 비어있는 목덜미를 만져보았다. 그의 얇은 피부는 마음을 감추지 못한다. 그 뛰어오르는 심장에서 건하를 느낀다. 그리고 새은 자신을 느꼈다. 그와 그녀. 그들이 하나의 맥박을 공유한 것처럼 일정한 운율로 속도를 내며 뛰고 있었다. 아직도 싸늘한 봄의 밤에서. 차가워진 건하의 얼굴과 사늘한 뒷목에 그녀의 손도 같이 녹아 하나로 물들어가고 있었다. 새은은 확실하게 알 수 있을 것 같았다.

"추워? 얼굴이 차가워."
"아니. 괜찮아. 심장이 뛰어서 그래."

심장이 뛰면 온몸이 서늘해지는 사람. 차가워지는 몸. 눈 내리던 스물한 살의 겨울. 시우와 새은이 첫사랑을 시작했던 그때, 태성이 해주었던 말 때문에 새은은 그날을 절대로 잊을 수 없었다.

"그 친구가 너 많이 좋아하나 보다."
"왜?"
"네 어깨에 쌓인 눈을 계속해서 맨손으로 털어주잖아. 눈사람처럼 자기 어깨에는 눈이 산처럼 쌓였는데."

차가웠던 시우의 손. 그리고 순수한 눈동자. 새은은 그 사랑의 결정체를 잊지 못하고 늘 그리워했다. 늘 그리웠다. 사랑이. 어떤 고통도 없이 불순물이 첨가되지 않았던 그때의 그 사랑이. 눈앞의 건하의 차가운 목덜미. 6월의 눈사람 같다. 눈이 많이 오던 어린 시절 추운 줄도 모르고 작은 눈덩이를 불려 커다랗게 만든 눈사람. 작은 얼음결정이었던 눈송이가 어느샌가 크기를 키워, 커지고 커져서 터져버릴 것처럼 새은의 마음 한켠을 가득 채워버렸다. 새은의 마음에 눈이 내렸다. 눈이 쌓였다. 그녀는 건하라는 눈사람을 만들었고 말랑하고 차갑고도 빨간 심장을 느꼈다. 그를 보며 생각했다. 오늘은 시우와 그 여자가 보냈을 행복한 하루를 상상해보아도 전혀 마음이 아프지 않다고. 지금은 시우와의 추억을 떠올려도 슬프지 않다고. 건하의 얼굴을 마음대로 이리저리 뭉개어 보면서 눈사람에게 온기를 불어넣는다. 따뜻하게 데워주고 싶은 일종의 책임감과 미안함을 느끼면서 정말로 살아나고 있는 것은 자신이라고 새은은 생각했다. 입술을 질끈 물면 느껴지는 촉촉하고 말랑한 감촉처럼. 건하의 입술도 그러할까.

"맛있어?"
"사탕?"
"응."

아마도 건하와 처음 이야기를 나눈 순간부터 이렇게 될 것을 알고 있었을지도 모른다. 새은은 건하의 얼굴을 끌어당겼다. 그리고 그에게 입을 맞췄다. 먹고 있던 사탕을 그의 입속으로 넘겨줬다. 건하는 깜짝 놀라는 표정을 짓더니 볼 한쪽으로 사탕을 밀어 넣었다. 그러고는 다시 그녀의 입술을 보고. 새은의 얼굴을 커다랗고 예쁜 손으로 감싸서 끌어당겼다. 아무도 없는 길. 가로등만 밝게 빛나는 길. 길 위에 커다란 달이 보였다. 달이 새은의 눈동자 안에서 빠져나가고 있었다. 달이 새은의 눈동자를 벗어난다. 새은은 떠나는 달을 보고 건하의 입술의 감촉을 느꼈다. 이제는 건하에게서도 달콤한 자두 맛이 느껴진다. 입술에 끈적하게 사탕이 묻어났다. 달콤함. 황홀감. 그의 숨과 그녀의 숨이. 서로의 온몸과 손끝을 오갔다. 그들은 마주 보고 웃었다. 그리고 아무런 말 없이 서로를 바라보았다. 생각만큼. 역시나 그의 입술은 부드러웠다.

24

시우는 새은의 침대에서 눈을 떴다. 아직은 새벽이다. 시우는 옆에 누워있는 새은의 뒷모습을 보았다. 어둠이 얕게 거치고 새은의 부스스한 검은 머리카락과 부드러운 능선과 같은 곡선이 어깨와 허리, 골반으로 길게 이어져 있었다. 시우는 조용히 양손을 모아 얼굴 가까이 가져와 본격적으로 새은의 뒷모습을 관찰했다. 믿기 어렵지만 정말로 자신이 새은을 되찾은 것이다. 익숙하게 느껴지는 샴푸의 향기. 조용한 숨소리를 내쉬며 언제나처럼 평온한 잠들어 있는 모습. 시우는 다시는 새은을 놓지 않을 것이라고 다짐했다. 새은을 잃어버린 후에야 그것이 얼마나 값진 것이었는지 깨달았다. 시우는 그동안 자신이 새은을 어떻게 대했는지를 곰곰이 생각했다. 자신이 얼마나 새은을 당연하게 생각했던가. 새은이 볼품없어진 것이 아니라 스스로가 새은을 낡고 오래된 가구처럼 생각했다. 시우는 다시 눈을 감고 잠을 청했다. 밤이다. 아직 아침이 오지 않았다. 아직은 달의 시간이었다.

예전으로 돌아간다. 그럴 수 있을까.

시우는 새은이 들려주었던 한 신화가 생각났다. 제우스를 도와주었던 가난한 노부부 이야기. 그 노부부는 초라한 행색을 하고 나타난 제우스를 도와준 마을의 유일한 집이었다. 제우

스는 그들에게 보상을 하나 해주겠다고 했고 그 부부는 같은 날 한시에 서로 죽음을 맞이할 수 있게 해달라고 했다. 그렇게 시간이 흐르고 어느 날 그들 몸에 잎사귀가 돋아나기 시작했다. 그들은 서로를 보며 돋아나는 잎사귀를 끌어안고 나무로 변했다는 이야기였다. 그러면서 마치 자신들의 이야기 같지 않냐고 새은은 웃으며 물었다. 시우는 그 생각을 하자 갑자기 목의 뒷덜미에 싹이 돋아나는 것처럼 간지러웠다. 꿈속에서 나무로 변한 새은의 모습이 보였다. 그렇게 하나의 나무처럼, 그 노부부처럼 될 수 있을까. 잎사귀에 뒤덮여 하나의 나무가 되는 것처럼.

아직은 해결해야 할 것들이 많지만, 시우는 천천히 해결해 나갈 수 있다고 자신했다. 새은에게 프러포즈를 할 생각이었다. 그러려면 은하를 만났다는 사실을 절대로 새은이 알아서는 안 된다. 은하는 가끔 새벽에 술을 마시고 시우에게 전화를 했다. 그럴 때면 시우는 철저하게 무시했다. 전화를 차단했더니 은하는 새은에게 연락하겠다는 끔찍한 메신저를 보내왔다. 협박 당하는 사람들의 마음이 이러할까. 변해버린 모습으로 자신을 귀찮아하던 것은 은하였다. 마지막 순간들에는 은하는 시우를 함부로 대했던 기억밖에는 없었다. 시우는 은하가 받은 상처를 떠올리면 미안한 마음이 들었지만, 자신도 상처받았다는 것을 다시금 상기했다. 동시에 정말로 모든 사실을 새은에게 말해버릴까 봐 무섭고 불안했다. 시우는 은하가 이렇게 행동할 것이라고 전혀 예상하지 못했다. 하루는 제제를 산책시키던 도중에 모르는 번호로 온 전화를 받았더니 은하였던 적도 있었다. 친구 휴대폰을 빌려 전화를 걸었다고 이야기했다.

"왜 그렇게 사람을 무시해버리는 거예요?"

"헤어지자고 하니까 알겠다며."

"그래도 전화는 받을 수 있는 거 아니에요?"

"무슨 말이 하고 싶은데."

"날 사랑한다면서. 어떻게 이렇게 떠날 수가 있어?"

"우리가 무슨 대단한 사랑을 했는데?"

"…."

"우리가 대단한 사랑을 했어?"

"…오빠 그 여자 다시 만나?"

"미안해. 끊을게. 연락하지 말아 주라."

은하는 충분히 귀엽고 매력적이고 젊으니까 금방 또 다른 사람을 만날 수 있을 것이다. 시우는 은하가 이렇게 행동하는 것이 안쓰러웠다. 시간이 지나면 은하의 감정도 점점 무뎌질 것이다. 그리고 시우는 생각도 나지 않을 만큼 좋은 사람을 만나서 행복하길 진심으로 바랐다. 시우가 은하를 좋아했던 것은 사실이었다. 그래서 시우는 은하가 언젠가는 진짜 사랑을 할 수 있기를 바랐다. 시우와 새은이 나누었던 것과 같은. 그런 진짜 사랑을. 시우와의 사랑을 엄청난 사랑으로 받아들인 것은 은하의 착각일 것이다. 시우는 마음을 차분히 하고 은하에게 장문의 메시지를 남겼다. 그래도 은하를 통해 자신이 새은을 얼마나 사랑했었는지. 변함없이 자신을 이해해주고 자신의 본 모습을 사랑해주는 사람은 새은 뿐이라는 사실을 확실히 알게 되었다. 그리고 메울 수 없는 오랜 사랑이 얼마나 귀중한지 깨달았다. 시우는 스스로 성장할 수 있었다고 생각한다. 은하가 없었다면 시우는 여전히 어린 아이처럼 자신이 가진 행복을 모르고 불만을 토로했을 수도 있다. 물론 그런 이야기는 하지 않았다. 시우는 은하의 어떤 점이 좋았는지. 그리고 자신도 지금 은하가 힘든 것처럼 얼마나 그동안 고뇌하며 지내왔는지. 은하와 함께했던 시간이 모두 진심이었음을. 다만 그보다 더 긴 시간을 함께한 사람을 끝내는 저버릴 수 없었다는 말도. 최대한 이해할 수 있게 적어 내려갔다. 조금이나마 은하가 받은 상처가 오래가지 않기를. 금방 아물었으면 좋겠다고 생각했다. 진심으로 은하에게 미안한 마음과 은하로 인해 새은이 모든 사실을 알게 될까 봐 불안한 마음이 공존했다.

시우에게는 또 다른 문제가 하나 더 있었다. 은하로부터 들었던 이야기. 새은과 함께 다녀갔다던 소행성의 그 남자.

새은에게 직접적으로 그 남자에 대해 물어보지 않았다. 새은의 어색한 태도와 반응 때문에 제대로 대화도 할 수 없었다. 새은은 이전보다 늦게 퇴근했고 어디서 무엇을 하는지 알려주지 않았다. 그래도 집에 들어와 앉아있는 시우를 내쫓지 않는 것을 생각해보면 새은도 여전히 자신을 사랑하고 용서해주기 위한 시간이 필요함을 알았다. 그 생각이 꽤 큰 위안이 되었다.

새은과 연락이 되지 않는다. 모든 것이 괜찮아질 것이라고 생각한 주말이었다. 저번 주말에는 목공방에 간 줄로만 알았던 새은이 소행성에서 있었다. 그러니까 이번에도 목공방에

간 것이 아니라 다른 곳, 소행성 말고는 딱히 생각이 나지는 않지만, 시우가 없는 4개월 만에 알게 된 공간에 갔을 수도 있다. 벌써 밤 열두 시였다. 열두 시는 새은이 잠드는 평균적인 시간이었다. 아침 일찍부터 일어나서 이런저런 것을 하길 좋아하는 새은이 아직까지 연락도 되지 않는 것은 이상한 일이다. 누구와 있는 것일까. 시우는 일곱 시부터 새은에게 계속 전화를 걸었다. 기분이 나쁘다. 새은도 자신이 전화를 받지 않을 때면 이런 기분이 들었을까. 새은의 집으로 가볼까 했지만 그러지 않았다. 어쩌면 집에서 자고 있을 수도 있을 테다. 어쩌면 목공이 끝나고 너무 피곤해서 연락을 못 하고 바로 잠들었을 수도 있다. 한 번도 그런 적이 없지만.

다음 날이 되고 그다음 날이 되어도 새은은 연락을 받지 않았다. 이상한 의심은 어느새 확신이 되어 있었다. 새은이 자신의 연락을 보고도 대답하지 않는다는 것을 알고 있다. 시우는 스물한 살로 돌아간 것처럼 애가 탔다. 이렇게까지 모든 연락을 무시한 적은 없었다. 이번에는 아무 일 없었던 것처럼 새은의 집으로 찾아가서는 안 될 것 같았다. 그렇게 집 안으로 들어가도 새은의 마음을 돌이킬 수 없다. 오히려 자신을 더욱 밀어내는 나쁜 결과가 시우를 마주할 것 같았다. 어떤 사건이 생긴 것이다. 새은에게 시우를 밀어내는 어떤 사건. 혹시 시우에게 은하가 생긴 것과 같은 일이 새은에게도 생긴 것은 아닐까 걱정이 되었다. 은하가 봤다던 그 남자 때문일까. 하지만 그렇게 심각한 문제는 아닐 것이다. 아직 시우는 자신의 마음을 온전하게 전하지 못했다. 새은을 잃어보고 나서야 소중함을 알았다고. 새은에게 결혼하자고 말하면 그 어떤 사건이 있었다고 해도 다시 새은의 마음이 돌아올지도 모른다. 시우는 새은에게 소행성에서 기다리고 있겠다고 연락을 남겼다. 이번에도 답장은 없었지만 기다리기로 했다. 새은과 헤어지고 처음으로 소행성에 가는 것이다. 그동안 미영과 태성도 그리웠다.

시우가 매장 문을 열고 들어가자 미영이 인상을 찌푸렸다. 보지 못할 것을 본 사람처럼 짜증이 난 것 같은 표정이었다. 아마도 새은에게 아무런 연락도 받지 못한 모양이었다.

"무슨 일이야?"
"오랜만이네."
"그래. 오랜만이네."

"잘 지냈어?"

"어."

시우는 주위를 두리번거렸다. 새은은 그 어디에도 없었다.

"새은이 없어."

"그래? 오늘 7시 30분에 여기서 보자고 했는데."

미영은 시우의 행동을 이해해보려고 노력했지만 결국 끝내 이해하지 못했다는 표정을 지어 보였다. 아마도 미영은 대뜸 소행성에 나타난 시우가 조금 이상하다고 생각하고 말았을 것이다. 새은이 미영에게는 자신과 다시 만나는 것을 알리지 않았을 테니. 시우에게는 물을 것이 없다는 듯한 미영의 얼굴을 보고 그렇게 생각했다. 이번에도 역시 위스키 한 잔을 니트로 주문했다. 일곱 시 삼십 분. 일곱 시 사십 분. 새은이 나타났다. 미영은 새은에게 걱정스러운 눈인사를 보냈고 새은은 괜찮다는 눈빛으로 화답했다. 시우는 미영이 보이지 않게 구석 자리로 새은을 데리고 갔지만 자꾸만 쳐다보는 미영의 시선이 신경 쓰였다.

예전으로 돌아갈 수 없는 것일까. 새은의 표정은 어두웠다. 다만 이곳에 이렇게 나와준 것. 그것만으로도 시우는 충분히 새은의 마음을 되돌릴 수 있을 거라고, 긍정적인 믿음을 가지려고 노력했다. 새은이 좋아하는 방식의 사과를 시우는 충분히 알고 있었다. 잘못한 일을 정확하게 인지하고 사과를 전하면 된다.

"요즘 바빴어?"

시우는 흔들리는 음성으로 새은에게 질문했다. 자신을 보지 않는 새은의 눈. 어떤 감정도 느껴지지 않는 듯한 표정의 새은을 보며 지금 무슨 생각을 하는 것인지 궁금했다.

"응."

새은은 지금 어떤 마음인 걸까. 이렇게까지 새은의 마음을 전혀 모르겠다고 느낀 적은 처음이었다. 시우는 셔츠 안에서, 목 뒤에서 새싹이 돋아나는 것처럼 소름이 돋았다. 심장이 크게 뛰고 위스키 잔을 집어 든 손이 미세하게 흔들리고 있었다.

새은은 뻣뻣하게 허리를 곧게 세우고 아무것도 주문하지 않았다. 어서 빨리 일어나려는 사람처럼. 흐트러짐이 없는 모습이었다. 시우는 그 차가운 새은의 모습을 보면서 자신이 알고 있는 새은이 아닌 것 같은 생경함을 느꼈다. 그렇게 긴 세월 사랑을 나누었던 새은이 아닌 다른 모르는 여자가 눈앞에 앉아 있는 것만 같았다.

25

건하에게 작별을 말해야 한다고 생각하고도 마지막을 전하지 못했다. 오히려 그렇게 잡아보고 싶었던 건하의 손마디와 입술에 입을 맞춘 그 주말 이후로, 새은은 또다시 건하를 멀리할 수밖에는 없었다. 건하의 얼굴을 보고. 그 눈을 보고 이별을 고하는 일은 불가능한 일인 것만 같았다. 건하의 얼굴을 보면 그 어떤 부정의 말도 꺼낼 수가 없다. 새은은 바보처럼 그가 이끄는 대로 휘둘리게 될 뿐이었다.

퇴근길에 건하에게 전화가 왔다. 받지 않아야 한다고 생각했다. 하지만 악의없는 새은의 손은 건하의 전화로 향했다. 그

리고 건하의 낮고 부드러운 목소리를 듣고 마음이 새어나오
듯이 보고 싶다는 말을 해버렸다. 그 말밖에는 할 말이 없었
기 때문이었다.

"뭐예요."
"도망가는 거예요."
"왜요?"

보고 싶다는 말을 기다렸다는 사람처럼 건하는 새은에게 왔
다. 건하의 얼굴을 보자 새은은 저항 없이 그동안의 마음을 전
부 다 말해버리고 싶어졌다. 사실대로 말해야 할까. 시우에 대
해. 있는 그대로 말하면 새은을 이해할 수 있을까. 건하다. 건
하는 그럴 수 있을 것만 같았다. 새은을 이해해줄 수 있을 것만
같다. 다시 건하의 향기다. 얼마나 그리웠던 향기였던가. 또다
시 시우의 모든 것을 머릿속에서 지워버리는 그 향기가 났다.
길가에서 비슷한 향기를 맡을 때면 건하를 떠올렸고 그날 그
들이 함께 나눴던 꽃의 향기가 매일 새은을 괴롭혔다.

언제였던가, 스물여섯 살이었나. 정확히는 스물다섯 살의 12

월쯤이었을 것이다. 시우와 다시 연애를 시작하고 처음으로 함께 여행을 간 적이 있었다. 유명 관광지가 아닌 한적한 도시의 온천이 있는 작은 도시였다. 온천에서 운행하는 셔틀버스를 타고 한참을 언덕을 오르고 나면 커다랗고 오래된 건물이 나왔다. 사람은 전혀 없을 것 같은 구석의 온천 호텔 주차장에 차가 가득 차 있었다. 건물 안을 돌아다니면서 새은은 그곳이 버려진 놀이동산 같다고 생각했다. 이상한 곳이다. 불 꺼진 상점 안에는 취향이 없는 도자기들이 길게 늘어져 있고. 큰 창이 나 있는 작은 레스토랑에 사람은 없었다. 저 수많은 차를 타고 온 사람들은 모두 어디로 간 것일까. 새은과 시우는 조용히 가운으로 갈아입고 목욕을 하러 갔다. 여탕에 들어가자 사람들이 그림자처럼 색깔 없이 탕 안에 앉아있었다. 새은도 따뜻한 욕탕에 앉아 추운 겨울에 굳은 몸을 풀었다. 표정 없이 아무런 대화도 나누지 않는 사람들을 보면서 새은도 아무 표정 없이 익숙하다는 듯 목욕을 했다. 만족하는 표정이라든가, 욕탕 안에서 우유를 마신다거나, 하는 그런 눈에 띌 행동은 아무도 하지 않았다. 몸 안에 혈액이 돈다. 뜨겁고 말랑하게 익어버린 무처럼 새은은 기분이 좋았다. 새은은 방 안으로 돌아왔고 아이처럼 벌게진 뺨을 하고 뽀송하게 누워있는 시우 옆에 누웠다.

"있지, 여기 좀 이상하지 않아?"

"이상해."

"그니까. 분명 사람들이 되게 많은 거 같은데, 우리밖에 없는 것 같아."

"응. 우리밖에 없는 것 같아."

그렇게 이야기하고 시우는 새은에게 입을 맞추고 사랑한다고 이야기했다. 목욕탕에서 풍기던 꿉꿉한 듯 따뜻한 증기의 향. 새은은 그날 처음으로 자신이 시우를 진정으로 사랑하고 있다고 생각했다. 그렇게까지 시우를 원하는지 몰랐다고. 자신의 마음을 아예 모르고 있었다고 느꼈다. 사랑이다. 완전하게 팽팽하게 당겨져 곧 불안하게 펑 소리를 내고 터져버릴 것 같은 사랑이다. 다시는 느끼지 못할 감정이다. 시우가 아닌 그 누구도 평생 사랑하지 못할 것이다.

스물다섯 살의 그때. 새은은 정확히 그때와 같은 감정을 느끼고 있는 것만 같았다. 건하를 보면서. 시우가 아닌 그 누구도 평생 사랑하지 못할 거라고 확언했던, 확신했던 과거의 어린 그때가 얼마나 어리석었는지 생각했다. 이렇게 건하를 원하는 마음도 그때처럼 다시는 느낄 수 없는 사랑일까. 아닐까.
알 수 없다. 알 수 없는 것이 그녀를 이끈다. 지구에게 당겨지
는 달처럼. 끝없이 건하를 원하고 있었다.

건하의 손이 새은을 집 안으로 이끌었다. 자연스럽게 아무런
말 없이 그를 따라왔다. 피튜니아 꽃의 붉은색이 그들을 따라
왔다. 그의 귓불. 그보다 더 붉은 입술. 그리고 끝내지 못한 키
스를 마저 했다. 초콜릿색의 그의 볼이 어떻게 할 때 더욱 붉
어지는지. 그의 모든 것을 탐험하고 싶었다.

"새은."

그가 그녀의 이름을 불렀고, 그의 목소리와 집에서 진동하는
그 향기에, 더욱 정신을 차릴 수 없이, 대답하지 못하고 건하
의 목에 입술을 가져다 댔다.

"새은."

그가 한 번 더 단호하게 불렀고 새은은 건하를 쳐다볼 수밖
에 없었다.

"나를 사랑해?"

"…."

사랑. 사랑은 시우와만 나눌 수 있다고 다짐하고 있던 것이 아니었던가. 어떤 생각의 흐름을 거치지 않고 그런 생각이 났다. 시우가 아닌 다른 사람에게 사랑을 말할 수 있을까. 정신을 차리듯 고개를 돌리자 건하가 새은을 붙잡았다. 너무나 부끄러워 움직일 줄 모르는 사람처럼 그녀의 손길을 기다리던 건하가 언제 그랬냐는 듯이 능숙하고 부드럽게 움직였다. 달다. 초콜릿처럼 달다. 막대사탕처럼 달고 끈끈하다.

"새은."

"응?"

"나 사랑해?"

건하는 강건한 목소리로 물어보았다. 대답하지 않을 수 없었다. 그는 상당히 단호한 표정을 짓고 있다.

"응."

새은은 건하가 원하는 대답을 들려주었다. 시우가 아닌 다른 사람의 살갗. 새은은 건하의 팔뚝을 세게 붙잡았다. 죄책감이 느껴지는 만큼 더욱 세게 쥐었다. 시우가 아닌 다른 사람은 처음이었다. 이제는 정말이지. 이전과는 똑같을 수 없을 것이다.

 아침이 되었다. "일어났어?"하며 웃던 스물한 살의 여름, 시우와 처음 맞이했던 그날의 아침이 떠올랐다. "일어났어?"하고 묻던 시우의 목소리가 들리는 듯했다. 새은은 오른쪽으로 가만히 누워 미동조차 하지 않았다. 왼쪽에서 오른쪽으로, 눈에서 눈으로 눈물이 자꾸만 굴러떨어졌다. 소리 없이 어떤 힘도 쓰지 않고 가만히. 눈물이 흘러나왔다. 정말로 끝이구나. 새은은 다시금 시우와의 이별을 직감했다.

 건하는 방 안에 없었다. 커다랗고 부드러운 침대. 가볍고 두꺼운 이불이 잘 덮어져 있었다. 밖에서 작은 소리가 들려왔다. 새은은 몸을 일으켰고 건하의 침실을 둘러보았다. 하얗고 커다란 방. 원목의 가구들. 나뭇잎. 침대 옆에 편해 보이는 옷이 가지런하게 개어져 있었다. 아마도 건하가 준비한 것이 아닐까 하고 그것을 입었다. 밖으로 나가자 건하가 있었다.

"아. 깼어?"

"네."

"잘 잤어요?"

"응."

"커피?"

건하는 간단하게 먹을 것을 준비하고 있었다. 어쩌면 계란
국. 잔뜩 깨어진 계란 껍질이 주방에서 얼핏 보였다. 보글보글
끓는 소리. 맛있는 음식 냄새. 새은의 집에서는 야채를 다듬을
때면 작은 주방이 버거운지 야채들이 항상 옆으로 굴러떨어졌
다. 싱크대 옆으로 떨어진 파프리카. 그 진한 노란색이, 마치
회색의 싱크대 안에서 불만을 표현하는 것처럼 느껴졌다. 그
럴 때면 시우는 이상한 목소리로 굴러떨어진 파프리카를 주워
들고 "나를 존중해줘. 나는 더 넓은 곳에서 조각날 자격이 있
어."라고 말했다.

"파프리카 목소리가 그래?"하고 물으면

"말랑거리는 게 이런 목소리를 낼 것 같잖아."

"계란은 그럼 어떤 목소리야?"하면서 시답지 않게 주말 아침

을 맞이했었다. 좁고 복닥거리는 주방에서. 새은은 혼자가 된 주방에서 음식을 만들며 그날들을 떠올렸었다.

따뜻한 아메리카노를 손에 쥐고 건하의 주방을 한번 둘러보았다. 하얗고 커다란 부엌. 크고 깨끗하게 잘 정돈된 주방이었다. 거실에 있는 커다란 창에서 햇살이 가득 내리쬐고 있어 하얀 거실이 더욱 강조되었다. 날이 좋다. 정말로 봄이다. 거실 한가운데에는 커다란 그림이 있었다. 밝은 청록색의 배경과 하얀 피부의 여인이 황금색 무언가를 쥐고 소년과 입을 맞추고 있다. 앞에 있는 여인과 소년들과는 다르게 뒷 배경의 사람들은 끔찍한 고통을 경험하고 있는 것 같아 보이는데 그 괴리감이 계속해서 그림을 감상하게 만들었다. 압도되는. 오히려 거짓 없어 보이는 그림이다. 정말로 건하와 어울리는 집이다. 건하의 집과 어울리는 그림이다.

"비너스와 큐피드의 알레고리."
"응?"
"그림 제목. 저 여자는 아프로디테. 저 꼬맹이는 큐피드."
"예쁘다."

건하는 새은의 뒤에서 그녀를 끌어안았다. 아마도 어색하고 불편해 보이는 모습을 그에게 들킨 것 같았다. 그에게 도망가려는. 꿈에서 깨어나려는 그녀를 붙잡아 다시 이곳으로 되돌려 놓으려는 것 같았다. 새은은 끌어안은 건하에게 자연스럽게 빠져나와 무엇을 만들고 있었는지 물었다.

"계란국."
"오늘 우리 목공방 안 가요?"
"어떻게 하고 싶어?"

시간을 보니 이미 한참 늦었다. 건하는 자신은 가도 되고 안 가도 되기 때문에 편하게 새은이 결정하라고 했다.

"하루 빼먹지 뭐."
"그럼 나랑 종일 놀면 되겠다."

그와 종일 무얼 하면서 놀 수 있을까. 집으로 이만 돌아가 봐야 한다는 생각이 들었다. 제제가 기다리고 있을 것이다. 자동 급식기가 있으니까 밥은 제때 먹었겠지만 걱정된다. 그리

고 혹시나 시우가 또 자신을 기다리고 있을지도 모른다. 새은
은 곧바로 말도 안 되는 생각이라고 단정한다. 집으로 돌아가
고 싶었던 가장 큰 이유는 새은이 자신보다 건하를 더 사랑하
게 될까 봐 걱정되었기 때문이었다. 아직 사랑할 준비가 되지
않았다. 건하와 계속해서 함께 시간을 보낸다면 새은은 분명
히 건하를 사랑하고 또 넘치게 사랑해서 끝없이 건하만을 원
하게 될 것이다. 스스로를 잊을 만큼. 건하는 기념일 같은 사
람이다. 마음 한켠에서는 그에게 완전히 젖어들어서는 안 된
다고 생각했다. 기념일은 어쩌다 한 번 돌아오니까. 그 반짝
거림. 즐거움. 흥분되는 고조감. 특별하지만 일상이 될 수 없
는 것. 매일을 기념일처럼 살 수는 없다. 한 달도 되지 않아 파
산하고 말 테니까.

건하는 아무 대답 없는 새은의 대답을 긍정으로 받아들인 것
같았다. 함께 아침을 먹으면서 오늘 하루 무엇을 하고 싶은지
물었다. 새은은 딱히 하고 싶은 것이 없다고 대답했다. 건하가
끓인 계란국은 매우 맛있었다. 아주 정형화된 정직한 계란국
이다. 시우는 그런 것을 만들지 못한다. 계란국에서 시원하고
칼칼한 맛이 느껴졌다. 건하는 재미있는 이야기를 했고 새은

은 웃지 않을 수 없었다. 역시나 사람을 편안하게 풀어주는 방법을 잘 알고 있는 사람이었다.

건하는 새은이 듣고 싶다고 이야기했던 LP 플레이어로 음악을 틀어주었다. 그리곤 따뜻한 차 한 잔을 내려서 손에 쥐여주었다. 처음 마셔보는 듯한 향의 계피 맛, 자몽의 향, 특이하고 부드러운 맛이 느껴졌다. 약간은 회색과 갈색 빛이 도는 가죽 소파에 앉았다. 소파는 새은을 부드럽게 감싸주었고 건하는 간단하게 먹을 수 있는 요리를 내주었다. 그것들을 손으로 집어 먹으며 건하의 옆에 앉아 음악을 들었다. 아주 오래된 레코드판에서 커다랗게 지지직거리는 소리가 나더니 음악이 들렸다. 민트색 배경에 금발의 푸른 눈을 가진 여자가 어딘가를 멍하니 응시하는 앨범 표지가 마음에 들었다.

"제목이 뭐예요?"
"Cry me a river."

천천히 노래가 흘러나왔다.

Now you say you love me. Well, just to prove you do.
Cry me a river.

새은은 편안한 소파에 기대어 하얀 건하의 천장을 올려다보
았다. 사랑 노래가 들리면 항상 시우가 생각난다. 영화를 봐도
항상 시우가 생각난다. 시우가 좋은 음악을 들으며 긍정의 반
응을 보이는 모습이 눈에 선명하게 보이는 듯했다. 또다시. 또
다시 눈물이 날 것만 같다. 왜 아직도 눈물이 날 것만 같을까.
추억은 추억으로 덮어지지 않는다.

시우와 처음 사랑을 시작했을 때. 서로가 옆에 있다는 사실
이 부끄러워 손 하나, 숨결 하나 쉽게 뻗지 못했다. 가지런하
고 바르게 앉아서 각자의 존재를 인지하지만 곁눈질로만 서로
의 숨소리를 들었다. 그 가볍게 뻗어지는 숨소리만으로도 서
로의 심장을 떨리게 만들어 줄 수 있었다. 어떠한 특별함 없이
서로의 작은 행동들이 특별했다. 어느 정도 시간이 흘렀을 땐
서로에게 잠시도 떨어질 수 없다는 듯이 부둥켜안고 소파에
앉았다. 목과 어깨 그리고 다리까지도 서로에게 떨어질 수 없
다는 듯이 붙어있었었다. 가장 최근에는 어땠는지. 아마도 처

음 만났을 때처럼 서로의 자리를 지키고 있었던 것 같다. 심지어는 무엇을 했는지도 잘 기억이 나지 않았다. 영화였나, 예능을 본 것 같다. 복잡한 것은 보고 싶지 않다는 시우의 말. 시간을 때우는 의미 없는 영화를 틀어 놓고. 서로 양옆으로 떨어져 소파의 팔걸이 부분에 누워 휴대폰을 하면서 영화를 봤다. 어쩌면 각자의 시간을 보내고 싶은 것을 이야기할 수 없어 영화를 틀어놓은 것처럼. 서로에게도, 영화에게도 관심이 없었다.

건하는 옆에 앉은 그녀를 자연스럽게 끌어안았다. 그 몸의 향기가 자신만의 특권이라는 것을 아는 것처럼. 건하는 그녀를 끌어안고. 새은은 점점 더 건하의 촉각에 몰입되었다. 모든 감각에서 그가 느껴진다. 덕분에 갑자기 새은의 모든 행동이 건하에게 집중되어지는 것처럼 심장이 떨렸다. 하나하나 샅샅이 건하가 자신을 관찰하고 있다. 팔도 다리도 그에게 모두 묶여서 움직일 수 없었다. 새은은 자신의 볼록 튀어나온 배가 모나진 않았는지. 자신의 몸에서 나는 향이 건하의 향기보다 나쁘지는 않은지. 피부에 작게 돋아난 뾰루지를 건하가 보지는 않는지 걱정스러웠다. 건하는 새은의 작은 솜털까지도 모조리 다 관찰하고서야 적성이 풀리는 것처럼 새은을 응시했다.

"왜 음악 안 들어요."

건하는 새은을 올려다보았고 새은이 부끄러워 고개를 돌리자 가만히 웃었다. 확실히 시우와는 다르다. 건하의 여유에 새은은 초조해졌다. 그들은 어제보다 더 자연스럽게 키스했다. 당연한 연인들의 행위와도 같은 익숙한 키스였다. 어제는 새은이 건하의 입술을 자꾸만 깨물었고 그러는 그녀의 마음을 안다는 듯이, 건하는 행동했다. 건하는 어떤 불안감도 조급함도 없는 사람처럼. 새은이 그의 곁에 있는 것이 당연한 사건처럼 보였다. 새은은 건하와는 달랐다. 이상한 일이지만, 어제 시우 꿈을 꿨다. 건하의 집에서 곤히 잠들어있는 새은을 시우가 가만히 내려다보았다. 그렇게 무서운 표정을 하고 있는 시우가 나오는 꿈은 처음이었다. 늘 이렇게 되는 것일까. 누구를 만나도 누구와 함께해도 시우가 따라다니게 되는 것일까. 새은은 건하의 두툼한 아랫입술에 입을 맞추면서 눈을 뜨고 레코드판에 그려진 여자의 눈을 보았다. 이상하다. 'Now you say you love me'하고 애절하게 부르는 저 곡이 끊임없이 반복되고 있었다.

건하는 전시회를 보러 가자고 했다. 시우에게 보자고 이야기 했었던 전시회였다. 1년이나 하는 전시니까 언제든지 시우와 볼 수 있겠다고 생각했다. 시우는 나중에 시간이 맞으면 가자고 말했었다. 분명히 잊어버렸겠지만. 오늘이 전시의 마지막 날이었다. 신기하게도 건하가 먼저 보고 싶다고 이야기해주었다. 새은은 전시회는 좋지만 집에 잠시 들렀다 나와야 한다고 말했다. 가서 제제를 챙겨주어야 한다고. 사실 미영에게 부탁해두었지만, 꼭 집으로 돌아가야만 했다. 돌아가서 두 눈으로 집을 확인을 해보고 싶었다. 눈으로 직접 확인해서 말도 안 되는 이 불안한 감정의 정답도 알고 싶었다.

건하에게는 "옷도 더 예쁜 것으로 갈아입고 싶어서."라고 말했다.

건하는 새은을 데려다 주고 아래에서 기다리겠다고 했다. 전시회가 여덟 시에는 닫으니까 적어도 다섯 시에는 나와야 한다는 말도 잊지 않았다. 새은은 현관문 앞에서 문을 열기를 망설였다. 시우가 그 꿈속에서처럼 무서운 표정으로 자신을 쳐다보고 있을 것만 같았다. "어디 갔다 왔어?"하고 매섭게 따져 물을 것만 같았다.

하지만 그럴 리 없다. 새은은 자신이 건하와 시간을 보낸 것을 왜 시우가 몰랐으면 좋겠는지 모르겠다는 생각이 들었다. 잘못한 사람처럼 행동하는 스스로가 이상하다. 아니면 아직도 꿈을 꾸고 있는 것일까. 그것도 아니면 사실은 시우가 집에서 무서운 얼굴로 자신을 기다리고 있기를 바라는 것일까. 꿈속에 나온 시우는 새은이 원하는 모습의 거울이었을지도 모른다는 생각이 들었다. 아니다. 아닐 것이다, 생각하며 현관문을 열었다.

집 안에는 아무도 없었다. 다행이다. 주어진 시간이 많이 없었다. 제제의 밥과 물이 잘 있는지 확인하고 장난감을 던져주었지만 역시 제제는 관심도 없었다. "좀 있다가 미영 누나가 또 올 거야. 그때 산책 가자."라고 말해지만, 제제는 산책이나 간식 같은 단어에 별다른 흥미가 없는 특이한 강아지였다. 싫어하는 단어는 표현이 확실한데. 머리를 하고 화장을 하고 어울리는 옷을 골랐다. 새은은 꾸밀 수 있는 최고의 옷과 화장을 하고 오랜만에 높은 구두를 신고 나갔다. 높은 굽의 구두를 신으면 키가 비슷해진다며 시우는 싫어했다. 그래서 그동안 중요한 날에만 신고 간직해두었던 반짝거리는 새 구두였다. 좋은 구두를 신어야 한다며 미영이 사주었던 구두. 새은은 또각 거리는 구두를 신고 빌라의 계단을 내려갔다. 항상 걸어 내려가는 길. 구두를 신자 행동이 조심스러워졌다. 그 길의 끝에 건하가 새은을 기다리고 있었다. 붉은색의 장미를 들고 새은을 기다리고 있었다.

"여기 앞에 꽃 트럭이 있길래."
"고마워."

꽃다발을 끌어안아 보았다. 생각해보니, 새은은 시우에게 장미꽃을 받은 적이 있었다. 로즈데이, 그런 이상한 명칭이 있는 날이었을 것이다. 스물한 살. 새은이 친구들과 놀고 집으로 돌아가는 길에 시우가 있었다. 화단에서 꺾은 것 같은 줄기가 짧은 야생 장미 한 송이를 들고 서 있었다.

"꽃집이 문을 닫아서."

꽃잎이 시든 야생 장미꽃을 받아들며 새은은 그 어떤 꽃다발도 부럽지 않다고 생각했었다. 시우가 준 한 송이의 꽃이 새은의 온몸을 휘감아 둥실 떠오르게 했다. 밤 열 시가 가까운 시간이었지만 하나도 피곤하지 않았다. 시험공부를 해야 했지만 시우와 떨어지기는 싫었다. 전공 책을 가지고 24시간 열려있는 맥도날드였나, 카페였나, 하는 곳에 앉아서 첫차가 뜰 때까지 함께 있었다. 피곤함을 이기지 못한 시우는 살짝 졸기까지 했다. 새은은 그때의 자신을 떠올리면서 시우를 사랑하지 않은 순간이 단 한 번도 없었다는 것을 깨달았다. 사랑을 몰랐던 것이 사랑하지 않았던 것은 아니었다. 새은은 그 어린 날의 시우가 늘 마음속에 있어서 시우를 사랑했다. 무지하고 요령이 없어 서투르지만 한순간도 거짓일 리 없는 날의 시우의 모습이, 늘 푸릇하게 뾰족 머리를 촌스럽게 비쭉이며 서 있는 시우의 모습이. 언제나 마음 깊숙이 자리해서 지금의 시우를 사랑했다. 다 커버린 제제를 봐도 언제나 새끼 때의 모습이 생각나면서 마음 한켠이 저린 것처럼. 서른셋의 새은은 이제는 화단에서 장미꽃을 꺾어주는 남자는 만나지 못할 것임을 당연하게 알고 있었다. 그때 받은 장미와는 다르게 빳빳하고 싱싱한 꽃잎의 장미 꽃다발. 그 꽃을 소중하게 끌어안고 건하의 차에 올라탔다. 차를 타고 삼십 분도 걸리지 않는 이곳에 어째서 시우와는 그렇게 오랫동안 오지 못했을까. 생각하면 약간은 슬펐다.

왜 자신일까. 건하는 왜 자신에게 사랑한다고 이야기하는 것일까. 건하처럼 완벽한, 흠잡을 것이 없는 사람이 새은을 사랑한다고 이야기했다. 자신은 건하에게 부족한 사람이었다. 시우와의 관계를 이야기하지도 않았고 건하와 마음을 나누고도 다시 돌아온 시우를 거절하지도 못했다. 문제를 피해버리는 시우의 모습이 싫다고 했으면서 건하의 연락을 받지 않고 도망쳤다. 어른이 되었다고 생각한 것은 착각이었을까. 새은은 건하에게 여전히 미숙한 사람처럼 행동했다. 건하는 더 나은 대우를 받을 자격이 있다. 누구라도 건하를 좋아할 것이다. 그럴 수밖에 없다. 사칙연산처럼 간단한 것이었다. 건하는 매력적인 사람이었고 작은 틈과 균열을 알아채는 섬세함도 지닌 사람이었다. 건하가 이렇게 문제가 많은 자신을 좋아한다는 것이 유일한 오점 같이 느껴졌다. 그런 새은의 마음을 모르는 건하는 끝없이 자신에게 사랑을 표현한다. 마치 그들이 원래 사랑하던 사이였던 것처럼. 당연한 관계처럼.

"나를 왜 사랑해?" 예전에 새은은 시우에게 물었다.

"나를 사랑하는 이유 세 가지만 말해 봐."

사실 정답은 알고 있었다. 시우가 그녀를 사랑하는 세 가지. 새은은 그 세 가지를 손가락을 세어가며 정직하게 대답하는 시우를 보았고, 그 세 가지는 늘 달랐다. 그러나 나중에는 질문 자체를 무시하는 시우였다. 그럴 때면 마음 한켠에 매끈하지 않은 작은 알사탕이 입안에 상처를 내어 비린 피 맛이 느껴지는 것처럼 불만스러웠다. 늘 언제나 이유 없이 좋다는 이야기를 듣고 싶었다.

"이유 없이 무얼 해도 좋다고 말해!"
"정답이 정해져 있으면 왜 물어보는 거야."

새은은 이번에는 건하에게 물어봤다.

"내가 왜 좋아요? 좋은 이유 세 개만 말해 봐."

그러자 건하는 정답을 알고 있는 사람처럼 웃으면서 대답했다.

"아무 이유 없어요. 그냥 보기만 해도 좋아."

건하는 언제나 그렇게 대답했다. 질문을 하면 올바른 대답을 해주는 사람. 그러니까 새은은 그렇게 느꼈다. 건하는 새은이 원하는 정답을 알고 있고 그 대답을 해줄 수 있다고. 그러나 시우는 그렇지 않다고. 만약에 자신이 실수로 접시를 깬다면 시우는 새은이 좋아하는 방식의 반응을 알면서도 자신을 쳐다보고 한숨을 쉬며, "그럴 줄 알았다. 항상 조심 좀 하라니까."라고 말하며 그릇을 묵묵히 치울 것 같았고. 건하는 놀란 눈으로 다가와 자신을 소파에 앉히고 "괜찮아? 안 다쳤어? 손 봐봐. 조심하지."라고 말할 것 같다고. 그러니까 결국 건하와 시우 모두 새은을 걱정하는 마음은 똑같을지 몰라도. 그 사랑이 동일할지 몰라도. 누군가에게는 시우의 사랑이 더 좋을지 몰라도. 새은에게는 건하의 사랑이 더욱 안정감을 준다는 것을. 심지어는 그 둘의 사랑의 그 방식이 새은에게는 비난 혹은 위로와 같은 아예 다른 차원으로 다가오는 것 같다고.

26

사람이 사람을 소유한다는 것. 그것은 어떤 것일까. 새로 바꾼 최신형 휴대폰을 얻은 기분과 같은 것일까. 은하는 가지고 있는 물건에 관심이 없었다. 관심이 있었다고 해도 사고 나면 늘 그만이었다. 내가 그 물건을 가졌다는 것. 그것은 그럴만한 무언가를 지불했다는 것이기 때문에. 스스로가 그것에 대가를 충분히 치렀다고 생각했다. 그러므로 이미 가져버린 것은 매력이 없었다. 처음에야 신이 나서 매만지고 속속들이 관심을 가지지만 그 관심은 오래가지 않았다.

 은하는 자신이 그런 사람인 것에 대한 이유는 딱히 생각하지 않았다. 어쩌면 은하가 만났던 남자들을 탓하기도 했다. 그들이 사랑을 그런 것이라고 알려줬기 때문에. 변해서. 매력이 없어서. 너무 쉬워서. 단순해서. 시우를 만나면 다를까 했지만. 이번에도 역시 아니었다. 은하는 이번에도 시우를 만나면서 설명할 수 없는 불안과 불만족을 느꼈다. 이번에도 역시 시우는 은하의 외로움을 벗어나게 해주지 못했다.

 시우에게 연락이 와있었다. 헤어지자는 메시지였다. 전화 한 통 받지 않았다고 이러다니. 갑자기 나가서 들어오지도 않고 연락도 한 통 없어 시우도 짜증을 느껴보길 바라는 마음에 무시했을 뿐이었다. 그런데 이렇게 일방적인 이별 통보라니. 어이없는 결말이다. 그렇지만 어느 정도 예상이 되는 결말이었다. 은하는 예상했던 결과였음에도 슬픈 감정이 들었다. 이상하게도 바로 다른 사람을 만날 준비가 되어있지 않으면 이별을 견디기 어려웠다. 시우는 그 여자에게 갈까. 은하는 생각했다. 그리고 속이 타는 것처럼 화가 났다. 결국 시우는 새은에게 가는구나. 자신을 혼자 내버려두고.

 마음이 공허했다. 자꾸만 밖으로 나가서 모르는 사람들을 만나고 싶었다. 억지라도 누군가와 함께 있고 싶었다. 그래서 그동안 은하에게 연락을 하던 모든 남자들을 찾아내서 만났다. 그 사람들과 함께 술을 마시고 웃고 떠들고 집으로 돌아가면서. 은하는 높은 굽의 구두 때문에 까진 뒤꿈치가 아프다고 생각했다. 생각해보면 자신은 그런 것들을 좋아하지 않았다. 두껍고 작고 귀여운 것들을 잔뜩 올린 손톱, 높은 구두, 파스텔 컬러의 딱 붙는 치마. 네일을 바르면 손톱은 답답했고 구두를 신으면 발이 아팠다.

"여자는 손톱을 잘 관리해야 돼."

 첫 남자친구는 말했다. 은하의 머리를 쓰다듬으면서. 은하는 그 사람을 무척이나 사랑했지만 헤어질 수밖에는 없었다. 그 사람은 은하에게 여자라면 어때야 하는지를 하나씩 알려주었고, 지금 은하의 모습을 만들어주었다. 그 남자의 말이 자꾸만 머릿속에 맴돌 때면 은하는 그가 꽉 쥐어 자주 멍이 들었던 오른쪽 팔뚝 안이 욱신거리는 것 같았다. 이상하다. 외로웠다. 구두를 신고 혼자 발을 절뚝이며 밤길을 걷고 싶지 않았다.

어떤 것이 은하를 그렇게 만들었는지 모르겠지만, 은하는 그렇게까지 못된 사람은 아니었다. 그런데도 새은의 계정을 찾아내서 새은에게 연락을 했다. 술기운이 올랐다. 하고 싶은 말이 있으니 연락처를 알려달라고 했다. 새은에게 답장이 올지는 미지수였다. 다행히도 새은은 은하에게 연락처를 알려줬고 은하는 곧바로 전화를 걸었다.

"무슨 이야기가 듣고 싶어서 그러세요?"
"시우 오빠 다시 만나세요?"

자신이 하고 싶은 말을 직설적으로 한다. 대화의 기술이 부족해서 그런 것일 수도 있고 여유가 없어서 그럴 수도 있다. 새은은 "그렇다."라고 말했다.

"저, 오빠랑 언니 사귀고 있을 때부터 만났어요. 아세요?"
"알아요."

은하가 생각한 대답은 아니었다.

"상관없으세요?"
"없어요. 어차피 은하 씨랑 나눈 건 사랑 아니니까요."
"아니요. 저희 집에서 맨날 같이 살았는데요. 오빠가 저를
얼마나 사랑했는지 모르시잖아요. 그쪽을 버릴 만큼 사랑했
는데."
"…진짜 안타까운 사람이네."
"뭐라고요?"
"시우를 사랑했어요?"
"네?"
"시우를 사랑하셨냐고요."

은하는 간단한 질문에도 대답하지 못했다.

"은하 씨는 스스로를 먼저 사랑해야 될 것 같네요."

은하는 아무 대답도 하지 못했다. 새은은 "더 할 말 없으면 전화 끊겠습니다."하고 전화를 뚝 끊어버렸다. 은하는 소리를 내지르면서 휴대폰을 바닥으로 던졌다. 그리고 한참을 쭈그려서 울었다. 못났다. 스스로 못났다고 생각했다. 따져 물어야 할 사람은 새은이 아니라 시우였다. 아니, 사실은 자기 자신이었다. 은하는 화살을 새은에게 돌리면서 스스로 갖지 못한 것에 대한 책임을 누군가에게 전가하려고 했다는 사실을 너무나도 명확하게 알았다. 그리고 자신의 어린 시절. 스물다섯 살. 그때에 비해 무엇이 달라졌는지 생각했다. 더 형편없어진 것 같았다. 인생의 근육을 키우지 못하고 지방만 남아 더욱 볼품없는 형상을 한 어른이 되었다. 밤새도록 불도 켜지 않은 방안에서 차갑게 쭈그려 앉아 생각했다. 온몸의 근육이 잔뜩 수축해서 몸이 아팠다. 누군가를 질투하고 미워한 결과는 잔뜩 짧아진 어깨 근육의 통증을 느끼는 것이었다. 침대에 눕고 싶지도 않았다. 다리를 양팔로 꽉 끌어안으면서 은하는 자신이 이렇게 불안하고 화가 나는 이유를 고민했다. 스스로 잘한 것도 하나 없으면서. 시우를 정말로 사랑했던 것도 아니면서. 누군가가 가진 단단한 사랑이 탐났을 뿐이었다.

　사랑받고 싶었다. 언제나 누군가에게 제일 많이 사랑받고 싶었다. 그것을 인정하는 게 제일 힘들었다. 사랑받고 싶어서 안달이 났다. 은하는 사랑하는 사람의 이름을 불러보고 싶었다. 무언가 사랑하는 사람의 이름을 입 밖으로 내뱉으면 마음이 조금은 허전하지 않을 것 같았다. 채워질 것 같았다. 시우를 불러야 할까. 아니면 시우를 만나기 전에 집에 내쫓았던 그 사람. 아니면 은하의 첫사랑. 은하는 스스로의 아랫입술을 한참이나 깨물었지만, 결국 아무 이름도 부르지 못했다.
　아무 말도 못 하는 사람처럼 입안에서 내뱉고 싶은 단어를 그저 이상한 탄식으로 내뱉으면서 은하는 본인이 시우를 사랑하지 않는다는 것을. 그리고 동시에 그 누구도 사랑하지 않았다는 것을 깨달았다. 은하가 그토록 채우고 싶었던 것은 실은 다른 사람에게 얻을 수 없는 것이었다. 외로움이라는 것은 타인에 의해 덜어지는 것이 아니었다. 누군가를 또 만나는 것은 쉬운 일이다. 그렇지만 누군가를 또 만나고 헤어지면 더욱 갈증이 났다. 앞으로도 그럴 것이다. 계속해서 자신을 타인에 의한 사랑으로만 채우려고 한다면, 어쩌면 지금보다 더 심각하

게 갈증이 날 것이다. 커피를 잔뜩 마신 것처럼. 조금씩 말라
가는 입술에 차가운 얼음 커피를 붓는다고 해결되는 것은 아
니었다. 허전하고 쓰린 몸 안의 공간. 비어있는 것을 스스로
도 채우지 못하면서 사랑을 도구로 사용했다. 친절과 즐거움
을 주는 도구. 공허하고 외롭고 혼자가 되는 것이 싫어서. 계
속해서 새로운 사랑을 찾으면 찾을수록 외려 스스로 더욱 텅
텅 비어버린 소리를 내었다.

"외로운 사람은 티가 나." 은하의 첫사랑은 말했다.
"어떻게?"
"텅 빈 소리를 내면서 돌아다니거든. 사랑해달라고."

그때. 은하는 그 사랑하는 이의 양쪽 눈동자를 한쪽씩 차분
히 보았다. 놀란 눈을 뜨고 자신에게도 그런 소리가 나는지 묻
고 싶었다. 하지만 그러지 않았다. 그 사람이 무슨 말을 하는
지 충분히 알아들었으니까. 은하보다 한참 나이가 많았던 그
사람의 말은 항상 맞았으니까. 늘 은하가 틀렸고 그 사람이 맞
았으니까. 은하를 함부로 대하는 것도 그 남자가 나쁜 사람이
어서가 아니었다. 그는 정말로 좋은 사람이었다. 굉장히 유능

한 사람이었고 신사적인 사람이었다. 처음에는 온 세상을 줄 것처럼 친절했던 그를, 끝없이 다정했던 그를. 다만 은하가 그렇게 화나게 만들었을 뿐이었다. 은하의 말은 항상 논리가 없고 사랑받을만한 행동을 하지 못했으니까. 그 남자가 그렇게 행동할 수밖에는 없었던 것이었다. 언제 한번은 남자는 물건을 부수는 것이 아니라 은하를 부수었다. 그리고 은하가 좋아하지 않는 과분한 것들을 선물해줬다. "사랑받을 자격이 없는 너를 사랑해주는 내 사랑이 얼마나 대단한 것인지 생각해봐." 라고 말했다. 사랑받을 자격이 없다. 은하는 그 사람을 화나지 않게 하려면 가능한 모든 것을 사과해야 한다고 생각했다. 그리고 언젠가부터는 정말로 모든 것이 자신이 잘못했기 때문에 그가 했던 행동들이 모두 합당하다는 생각까지 들었다. 새은에게 들었던 말은 그 사람에게 먼저 들었던 말이었다.

사랑받고 싶으면 자기 자신을 가장 사랑할 줄 알아야 한다.

은하는 텅 빈 자신의 마음을 들킨 것이 부끄러웠다. 아무도 보지 못하게 꼭꼭 숨겨두었는데. 티가 나나. 은하는 생각했다.

그렇게 받고 싶었던 사랑을 은하는 누군가에게 주었던가. 자신에게는 충분히 주었는가. 콩쥐 팥쥐에 나오는 항아리. 은하는 자신이 그 항아리를 가지고 있는 것처럼 느껴졌다. 밑 빠진 독에 물을 채워 넣을 때. 깨진 부분을 막아줄 두꺼비를 찾아 헤맸다. 두꺼비는 어디 있는 것일까. 두꺼비는 나타나지 않는 것일까. 은하는 두꺼비를 기다렸다. 물을 채워야 하니까. 깨진 부분을 막아줄 두꺼비가 나타나지 않으면 물을 채울 수 없다. 그러다가 은하는 문득 그 두꺼비는 누구인 걸까, 생각했다. 두꺼비를 기다리는 일이 맞는 것일까. 오기는 하는 것일까. 은하는 자신의 깨진 부분이 사람들에게 너무나도 훤하게 보인다는 것을 알았다. 새은이 그것을 알아본 것이다.

단편적인 즐거움을 추구하고. 반복되는 의미 없는 만남으로 시간을 보내고. 이미 끝나버린 사랑을 생각하지 않으려고 몰입하기 쉬운 것, 단순하고 반복되는 게임에 몰두했던 삶. 그런데 정말 그것이 은하가 원하는 것이었나. 은하는 문득 자신의 삶이 안개를 잔뜩 끌어안고 있었던 것처럼 느껴졌다. 스스로 서 있을 줄 알아야만 했다. 그것이 중요했다. 중요한 것은, 비어있는 마음은 누구를 만나도 해결되는 것이 아니었다. 두꺼비는 오지 않을 것이다. 애초부터 두꺼비는 다른 곳에서 존재하는 것이 아니었으니까.

  은하는 그동안 생각하지 않으려고 외면했던, 노력을 해야겠다고 다짐만을 하며 묻어두었던 자신의 삶을 떠올렸다. 자신이 그토록 간절하게 바라던 삶은 무엇이었을까. 얼마 지나지 않아 공허한 마음이 어디서 비롯되었는지 알 수 있었다. 은하는 평생을 자신의 삶을 스스로가 통제할 수 없다고 느꼈다. 그 무기력감에서 오는 좌절이 자신을 얼마나 힘들게 했고 게으르게 만들었는지 알 수 있었다. 은하는 가수가 되고 싶었다. 가수가 되고 싶다는 생각은 언제부터 했었을까. 왜 했을까. 생각해보니 은하는 자신이 그저 가수가 되어야만 한다고 결정해두고 생각을 멈췄다. 정말로 되고 싶은 것인지. 정말로 어떤 삶을 살고 싶은 것인지 생각해보지 않았다. 스스로를 사랑하는 것은 어찌 보면 간단한 일이었다. 삶을 외면하지 않는 것. 생각을 멈추지 않는 것. 하루를 허비하지 않는 것.

  은하는 앞으로도 자신이 어떤 인생을 살 것이라고 장담할 수는 없었다. 또다시 외로움 때문에 누군가를 만나면서 자신을 잊을 수도 있을 것이다. 그렇지만 최선을 다할 것이다. 스스로 두꺼비가 되어서 항아리의 깨진 부분을 막을 것이다. 그때는 물을 채워도 아무 소용없이 흘러나가지 않을 것이다. 스스로를 위해 혼자가 되어야겠다. 혼자가 되어서 스스로의 삶을 먼저 책임질 수 있는 사람이 되어야만 하겠다. 누군가의 사랑을 갈구하지 않아도 충분한 행복감을 느낄 수 있는 사람이 되어 스물다섯 살의 그때, 소속사 사무실을 박차고 나왔던 그때처럼. 자신의 결단에 확신하는 힘을 가져야겠다고 생각했다.

27

"저거 타는 거 아니야?"

미영은 순간적으로 정신을 차리며 가스레인지 불을 껐다.

"왜 그래."
"응? 아니 좀 피곤해서."
"간만에 쉬는 날인데 내가 괜히 왔나?"

"아냐, 잘 왔어."

"언제 돌아온다고?"

"화요일 저녁쯤에. 오자마자 데리러 올게. 부탁해."

새은은 제제를 보고 아기를 다루는듯한 말투로 "엄마보다
아줌마가 더 좋아도 어쩔 수 없어."라고 말했다. 미영은 곧바
로 "아줌마라니."라고 말했다. "그럼 이모."하며 제제의 소품
이 들어있는 가방 안에서 물건을 꺼냈다. 새은은 잠시 여행
을 다녀온다고 했다. 아주 간만에 여행을 가고 싶어 하는 새
은이 제제를 걱정하자 미영이 먼저 제제를 봐주겠다고 했다.
요즘에 몸이 좋지 않지만 단순히 조금 무리해서 그럴 것이다.

재즈바에 갔던 날. 태성과 미영은 소행성으로 돌아와 둘만의
시간을 보냈다. 멀리까지 나갔지만 역시 마음이 편한 곳은 그
들의 동네였다. 미영이 아이를 갖는 것이 힘들 것 같다고 이야
기하자 태성은 곧바로 미영의 눈치를 살폈다. 미영은 "난 괜
찮아."라고 이야기했지만 어쩐지 가질 수 없다고 말하니까 이
상하게 가지고 싶다는 생각이 들었다. 그러면서도 미영은 "
우리도 강아지 한 마리, 제제는 원래 우리 아기나 다름없으니

까. 아니, 두 마리? 아이 대신 키우지 뭐."라고 이야기했다. 태성은 "그래. 아니면 햄스터를 키워볼까?"라고 웃으며 대답했다. "이참에 동물원을 차려보는 것도 좋겠다."라는 농담도 놓치지 않았다.

미영은 그날 이후로 어딘가를 갈 때마다 자꾸만 아기와 관련된 물건들이 눈에 띄기 시작했다. 백화점의 귀여운 아기 옷. 길을 걸어 다니면 행복한 모녀의 모습. 초등학교가 끝나면 끝없이 내려오는 어린아이들의 행렬. 귀여운 표지판, 이것도 아이들을 위한 것인지 모르겠지만. 저출산 국가라더니 그것은 말뿐인가. 어딜 가나 아이와 관련된 것들이 넘쳐났고 미영은 그것들이 왜 이제야 조금 아쉬운지 모르겠다고 생각했다.

얼마 전에 매장에 온 손님이 미영과 태성을 보며 "부러워요. 완벽한 커플 같아 보여요."라고 이야기했다. 미영은 "감사합니다."하고 말했지만, 그것이 완전한 칭찬처럼 받아들여지지는 않았다. 완벽하다. 흠잡을 것이 없다. 태성은 그런 사람일지는 몰라도 자신은 아니었다. 자신은 태성에게 부족했다. 태성이 원하는 가족을 만들어줄 수 없으니까. 미영은 한 번도 그런 생각을 해본 적이 없었다. 스스로가 태성에게 미안함을 안고 살아야 할 것 같았다. 태성은 괜찮다고 했지만 그것으로 미영이 괜찮아지는 것은 아니었다. 미영은 늘 태성이 당연하게 가질 수 있는 것을 자신이 빼앗은 것 같은 기분이 들 것이고 평생 그런 죄책감을 안고 살아야 할 것 같았다. 태성은 분명 좋은 아버지가 될 것이다. 미영은 근래에 종종 그런 생각을 했다. 자신이 생각해놓고도 잘못된 생각처럼 느껴지는 생각. 세상의 나쁜 부모. 그러니까 부모가 되는 것에 자격이 필요하다면 그 자격시험에 매번 떨어질 것 같은 그런 나쁜 부모들이 아이를 가질 수 없는 것이 옳고, 자신과 태성처럼 이상적인 부모가 될 사람들이 아이를 갖는 것이 맞는데. 신이 존재한다면 이상한 방식으로 세상을 미워하는 마음을 표출하는 것은 아닐까. 가혹하다고 생각했다. 삶이라는 것은 정말 인간에게 가혹했다.

아무런 문제가 없는데도 아이가 생기지 않는 것이라면 상관없을 수도 있었다. 미영은 자신이 문제라는 것이 괴로웠다. 사람들이 결혼을 하고 아이를 낳고 함께 아이를 키우고, 싸우고 그러면서 부모가 되는 그 모든 과정을 태성에게서 강제로 빼앗아 버린 것이니까. 미영 때문에 태성이 부모가 될 수 있는 자격을 박탈당한 것 같다. 그때부터 미영은 마음이 불편했다. 태성을 보는 것도, 태성과 함께 시간을 보내는 것도. 태성의 아이를 가질 수 없다는 것. 미영은 아주 잠깐이지만 '이제라도 태성을 놓아줘야 하나.'하는 터무니없는 생각을 했다. 그렇기 때문에 자신은 완벽한 커플과는 거리가 멀었고 그 오점은 오직 본인 때문이라는 생각을 떨칠 수 없었다.

태성의 사랑을 의심해본 적은 없었지만, 이번 일로 태성이 자신에게 매력을 잃어버리면 어떻게 될까. 입장을 바꿔서 생각해본다면, 자신은 아이를 원하고 태성이 아이를 낳지 못하는 몸이라면 태성의 잘못은 아니라는 것을 알아도 실망할 수는 있지 않을까.

새은은 계속해서 무엇이라고 말하고 제제는 얼굴을 바닥에 붙이고 누워있다. 미영은 그런 둘을 보며 살짝 타버린 리소토를 입으로 쑤셔 넣고 있었다.

"정말 이상하네."

"응? 뭐가?"

"걱정 있어?"

"아니."라고 말했지만 새은은 분명히 미영이 무언가를 숨기고 있는 것을 알고 있다는 듯이 째려보았다. 역시 가족은 비슷하다. 태성도 그런 습관이 있다. 새은이 태성과 똑같은 표정, 똑같은 웃음소리를 낼 때 미영은 정말로 웃겼다.

"새은이는 아이를 낳고 싶다는 생각, 해본 적 없어?"
"아기? 언젠가 낳고 싶겠지. 근데 지금은 크게 생각해본 적 없어."
"그렇구나. 난 아이를 낳고 싶어."
"정말? 언제부터?"
"언제부터라니?"
"어릴 때 생각 안 나? 너는 항상 아이는 낳고 싶지 않았다고 그랬어."
"생각은 늘 바뀌니까."
"그렇다면 너 닮은 귀여운 딸을 낳아줘. 오빠 닮은 건 싫어."

생각해보면 정말로 그랬다. 미영은 정말로 아이는 낳고 싶지 않았다. 분만의 고통을 생각하면 끔찍했고 아이를 낳고 생기는 신체의 변화들도 싫었다. 생각은 너무나도 쉽게 변했다.

썩어 없어지는 것은 탄생과 성장, 그리고 죽음을 경험하는 생물들에게만 해당되는 것이 아니었다. 생각도 언젠가는 썩어서 없어졌다.

미영은 조금씩 자주 걱정의 늪으로 빠져들었다. 사람들은 쉽게 미영이 행복한 사람이라고 착각하곤 했다. 감정의 동요가 크지 않은 것과 항상 행복한 것은 큰 차이가 있었다. 그 기대들 때문인지 미영은 슬픔에 빠져드는 것이 잘못된 것처럼 느껴졌고 막상 그런 감정들이 당도할 때면 어떻게 해결해야 할지 혼란스러웠다.

태성은 점점 더 미영이 걱정스러웠다. 힘을 잃어가는 모습이. 조금씩 어두워지는 표정이. 어딘가 무기력해지는 태도가. 시들어가는 것 같다고 느꼈다. 태성은 미영을 위해 스스로가 어떤 것을 노력할 수 있을까 고민했다. 미영의 슬픔은 본인의 슬픔이었고 미영의 고통은 태성에게는 재앙이었다. 본인이 괜한 이야기를 해서 미영을 고통스럽게 한 것처럼 느껴졌고 미영이 이런 슬픔을 경험하는 것은 모두 자신 때문인 것 같았다. 미영은 어릴 때부터 아이를 낳고 싶지 않다고 이야기했었다.

태성은 그것을 잘 알고 있었다. 미영이 아기를 가지기 어려울 수 있다는 것도 모두 알고 있었지만 태성에게는 아무런 문제도 되지 않았다. 미영이 자신에게 미안한 감정을 느끼는 것. 그리고 어쩔 수 없는 상황 때문에 괴로워한다는 것이 무엇보다 힘들었다. 미영의 잘못이 아니다. 그녀가 부족한 게 아니었다. 서로가 모든 것을 알 만큼 가까워도 어떤 감정들은 이야기하지 않으면 알 수 없다. 태성은 미영과 좀 더 대화를 나눌 수 있는 자리를 준비해야겠다고 생각했다.

태성은 미영을 위해 저녁을 준비했다. 미영이 좋아하는 음식들을 준비하기로 했다. 미영은 태성이 만드는 한식을 좋아했다. 부드러운 고기가 씹히는 보쌈과 굴을 넣어 만든 김치. 그리고 각종 나물과 와인을 함께 준비하기 위해 일찍부터 마트에 다녀왔다. 저녁이 되면 미영이 맛있는 것을 먹고 행복한 표정을 지을 것이다. 좋은 음식을 먹을 때 나오는 특유의 어깨를 움직이는 동작도 반드시 보여줄 것이다.

태성은 미영을 제제와 산책을 보내고 음식을 열심히 준비했다. 몰래 가지고 들어오기 위해 장바구니에 꾸겨 넣은 꽃다발을 꺼냈다. 꽃잎들이 조금 구부러졌지만 잘 정돈해서 꽃병에 꽂아 넣었다. 미영이 좋아하는 그릇에 음식을 옮겨 담았다.

"행복해." 미영은 음식을 맛있게 먹으면서 역시 어깨춤을 췄다.

"귀여워." 태성은 행복했다. 음식을 크게 한입에 넣어 오물거리는 모습도, 큰 눈망울도 모두 변함없이 사랑스러웠다.

"요즘 자기가 많이 힘들어 보였어."

미영이 큰 눈으로 태성을 빤히 쳐다보았다. '어떻게 알았지?'라고 말하는 눈빛이다. 다음 말을 기다린다. 미영은 태성의 말을 차분히 기다리면서 대화를 이어 나갈 줄 아는 사람이었다.

"나는 정말로 우리 둘이 이렇게 사는 게 행복해."
"정말로?"
"응."
"갑자기 미안한 마음이 들었어. 오빠가 당연히 누려야 하는 행복을 내가 뺏은 것 같다는 생각이 들더라고."
"절대. 난 너와 있는 게 당연한 행복이야. 행복의 모양은 다

양하잖아. 우리가 쌓아온 행복이 나는 너무 예쁜 모양이라고
생각하는데."

"아이가 있어야 완벽한 가족이잖아."

"난 네가 있는 게 완벽한 가족이야. 네가 있어서 이미 완벽
해. 그리고 생각해보면 아이들이 생긴다고 하면 그 아이들한
테 미안할 것 같아. 내가 너무 엄마만 사랑해서 그 아이들이
불쌍해질 것 같아."

"오빠는 정말로 이대로 괜찮아?"

"괜찮은 정도가 아니야. 최고로 행복해. 난 너무 행운아야."

미영은 완벽하게 행복하다는 태성의 눈에서 진실을 읽었다.
언제나 항상 이렇게 자신을 보고 있었구나. 대화라는 것은 단
순히 내용의 의미가 전부가 아니었다. 상대의 눈과 몸짓을 통
해 완성되는 것이었다. 미영은 정말로 행복해하는 그의 눈동
자에 비친 자신의 모습도 보았다. 맑고 투명한 물체에서 반사
되어 비치는 행복한 얼굴의 자신을 보았다.

사랑이라는 것은 형태가 다양하고 각기 다른 아름다움을 가
지고 있었다. 미영과 태성 역시도 일반적인 것, 혹은 완벽한

것과는 차이가 있을지 몰라도 충분한 행복을 느끼고 있다는 것은 너무나도 자명했다. 사람이 누군가를 만나고 그 누군가를 진심을 다해 사랑하는 것. 그것에 완벽이라는 것은 애초에 존재하지 않는 것이 아닌가. 흠이 없는 사랑이라는 것은 존재할 수 없는 것이 아닐까. 미영은 생각했다. 자신의 단단한 울타리가 있어 너무나도 든든하다고. 이 사람은 언제나 자신을 사랑해줄 것이라는 믿음을 또 한 번 확신했다. 태성이 있어 행복하다. 사랑은 즐거운 것이며. 언제나처럼 이렇게 함께 행복할 것이라고. 미영은 그렇게 사랑이라는 무한한 신뢰를 태성이 만들어준 음식과 함께 잔뜩 입안으로 밀어 넣었다. 그것들은 미영에게 양분이 되어 언제나 좌절하지 않을 용기를 가져다줄 것임을 알 수 있었다.

28

새은은 건하를 끌어안았다. 건하의 차에 올라탔다. 바다의 풍경이 보이기 시작했다. 정말로 오랜만에 보는 바다의 푸름이다. 창문과 선루프를 열자 새은의 모든 면에서 바람이 불어오기 시작했다. 거대한 공기가 나선의 모양을 만들면서 새은과 건하를 감싸고 회전한다.

노래를 크게 틀고 시원하게 앞으로 나갔다. 도로에는 그들밖에 없다. 바람에게도 소리가 있다. 크고 시원한 소리가 노래와 섞이면서 거대한 공연장에 온 것 같은 느낌이 들었다. 새은은 즐거움 속에서 알 수 없는 불편함을 느꼈다. 건하를 만나고 건하를 점점 더 사랑하게 되는 만큼 줄어들지 않고 점점 커져가는 이 불편함. 건하의 손을 잡고 건하의 입술에 입을 맞추는 일이 왜인지 무언가 어긋나는 것처럼 느껴졌다.

건하는 시우가 아니다. 그렇지만 언젠가는 시우처럼 될 수도 있다. 하지만 건하는 시우가 아니다. 새은은 그것을 알고 있으면서도 아직은 온전하게 건하만을 볼 수가 없었다. 시우를 떼어놓고 진짜 건하만의 모습을 보고 믿음을 가질 수 있을까. 그전까지는 건하를 온전하게 사랑할 수 없을 것 같았다. 아직은 안정감이 느껴지지 않는 관계다.

바다에 들어가서 수영하는 일은 마음의 준비가 필요한 일이었다. 모래는 씻어내도 머리카락 사이에서, 수영복 사이에서 끝없이 나오는 것이었다. 날이 좋은 아침에 바다에 들어가서 수영하면 저녁까지 모래가 찝찝하게 남은 머리카락을 털어내야 하는 것처럼 새은은 끝없이 시우의 생각을 털어내고 있었다. 그런 마음을 가지고 다시 바다를 마주하려면 어떤 결심이 반드시 필요했다.

시우와 소행성에서의 마지막이 생각난다. 새은이 건하와 키스를 한 날 밤. 새은은 생각을 정리할 공간이 필요했다. 정말로 시우와 함께할 때 행복한 것인지. 시우를 사랑하는 것인지. 아니면 과거에 나누었던 사랑을 사랑하는 것인지. 그리고 무엇보다 시우가 다른 여자와 사랑을 했다는 사실을 평생 기억하지 않을 수 있을지. 그래서 아무 연락도 받지 않았다. 시우의 연락을 무시한 지 삼 일쯤 되었을 때 시우로부터 소행성에서 만나자고 통보에 가까운 연락이 왔다. 자신이 나오지 않았을 때 미영과 태성이 곤란할 것을 알기 때문에 그렇게 한 것이라는 생각이 들자, 더욱 시우가 보고 싶지 않았지만 나갈 수밖에는 없었다. 자신이 사랑했던 사람. 자신을 사랑했던 사람. 어린 시절의 새은의 모습을 모두 기억하고 있는 사람. 처음에는 시우가 미웠다. 너무도 미워서 사라져버렸으면 좋겠다고까지 생각했었다. 그렇지만 시우를 미워하는 것은 새은에게 아무런 도움도 되지 않았다. 자신의 모든 과거를 미워할 수는 없는 것이었다. 결국 새은은 시우를 미워할 수도 없었다. 부정할 수도 없었다. 분노는 그녀에게 어떤 힘도 되지 않는다는 것을 알아버렸기 때문이었다. 시우는 여전히, 이전보다 더 그녀를 사랑한다고 말했다. 새은은 시우에게 모든 것을 알고 있었다고 이야기할지 고민했다. 그리고 심지어는 아무에게도 말하지 못했지만. 모든 것을 알고 있으면서도 돌아올 것이라고 기대하며 기다렸다는 어리석은 생각이 들었다는 것도.

새은은 바다가 보이는 캠핑장에서 건하와 함께 바비큐를 준비했다. 한 번도 캠핑을 와보지 않았다는 말에 건하가 곧바로 새은을 위해 준비한 여행이었다. 건하는 그런 사람이었다. 어떤 말을 하면 반드시 해내는 사람. 모든 것에 부지런하고 진심인 사람. 새은은 그것이 고마웠고 과분했다. 건하가 좋은 사람이어서. 너무 멋진 사람이어서. 자신에서 너무나 다정한 사람이어서. 그럴 일은 없겠지만 혹시나. 아주, 만에 하나. 건하도 다른 사람을 사랑한다며 새은을 떠나면 새은은 어떻게 될까. 새은의 마음은 얼마나 더 망가질까. 아마도 그런 일이 벌어진다면 모든 이유가 본인에게 있을 것이라고 확신했다. 어쩌면 다시는 누군가를 사랑하지 못할지도 모른다. 그렇기에 새은은 자신이 방어적인 태도가 나온다는 것을 너무나 잘 알고 있었다. 건하는 늘, 매번 그랬듯이 새은의 감정을 신경 써줬고 기분이 좋을 때나 나쁠 때나 일관적인 태도로 새은을 대했다. 한 번도 감정을 이유로 새은에게 함부로 이야기하지 않았다. 연인이 서로를 이해한다는 것은 일반적인 관계에서 서로를 알아가는 것과는 매우 다른 일이었다. 좋은 사람이어도 좋은 연인은 아닐 수 있다. 건하가 어떤 사람인지는 아직 정확하게 파악하지 못했지만 건하는 좋은 연인이었다. 차분하게 이야기할 수 있는 연인이었고 새은에게 이해를 강요하지도 않았다. 사랑이 넘치는 순간에만 사랑을 말하는 것이 아니라 기분이 상한 때에도 사랑을 말하는 사람이었다.

날은 점점 더 어두워졌고 도시와 다르게 모든 불빛은 식어갔다. 고기와 야채를 구워 먹고 모닥불을 피고 와인을 한잔 마시면서 새은은 청록색의 하늘에 익숙해지기를 기다렸다. 불의 모양은 자유로웠다. 그리고 건하처럼 다정하게 따뜻했다. 붉은 모닥불의 불빛에 물들어가는 건하의 손과 얼굴이 보였다.

새은은 시우를 생각했다. 건하의 손을 잡았다. 새은은 여전히 시우를 사랑하고 있다고 생각했다. 곧 있으면 여름이다. 새은이 가장 좋아하는 여름이 벌써 오고 있었다. 건하와 처음 맞는 여름이었다. 아주 오랜만에 시우와 함께하지 않는 여름이었다. 아주 오랜만에 새은은 이번 여름을 즐길 수 있을 것 같다고 생각했다. 그 붉고 노란 모닥불의 사이에서 건하에게 입을 맞췄다.

노란 조명의 소행성에서 시우를 다시 맞이한 날. 시우는 계속해서 새은에게 이런저런 말들을 늘어놓았다. 어쩐지 반대가 된 것 같다고 생각하자 긴장이 풀어졌다. 원래 말을 더 많이 하는 사람은 항상 새은이었는데 반대가 되었다. 시우에게 이런 어린 시우의 모습이 여전히 남아있구나. 그리고 그 모습은 여전히. 웃기게도. 사랑스러웠다. 새은은 조용히 시우의 말을 듣다가 입을 떼었다.

"나도 여전히 너를 사랑하고 있어."

안도하는 시우를 보면서 새은은 용기를 내었다.

"얼마 전에 옷방을 화실로 만들었어."

"화실?"

"기억 안 나? 나 고등학생 때부터 그림 그리고 싶었다고 했잖아. 그래서 너한테 조금 알려달라고 했었는데."

"언제 그랬지."

"꽤 오래전이긴 하지. 한 번도 안 알려줬었고."

"그랬나."

"응. 어쨌든, 옷방을 정리하면서 양말을 개는 법을 새로 배웠거든. 발뒤꿈치가 뒤로 가게 쫙 펴고 두 짝을 겹쳐 놓고, 십자가 모양으로, 그리고 포개듯이 접은 다음에 안에다가 넣는 거야. 그렇게 하니까 서랍장 안에서 안 흐트러지고 예쁘게 차곡차곡 쌓이더라."

"잘했네."

"양말을 개면서 그런 생각이 들더라고. 분명히 예쁘게 개려고 노력했는데, 가끔 삐뚤게 개어지는 양말이 있었어. 다시 풀어보고 예쁘게 해보려고 해도 한두 개의 양말은 안 예쁘게 개어지더라고."

시우는 여전히 알아들을 수 없는 이야기를 한다는 표정으로 그녀를 쳐다보고 있었다.

"그래도 서랍장 안은 예전보다 훨씬 깔끔해졌어. 한두 개씩 안 예쁘게 개어지는 양말이 있다고 전부가 엉망인 건 아니잖아. 전체적으로 보면 이전보다 훨씬 깔끔하고 예쁘잖아. 서랍장 안에 양말을 깨끗하게 접어서 넣으려는 그 노력 자체가 결국에는 의미 없는 것은 아니었어."

"그렇지."

"우리가 다투고 화해하고 하는 과정들이 전부 의미 없는 건 아니었던 것처럼. 전체적으로 보면 예쁜 모양으로 남을 거야."

"응."

"정말 고마웠어. 덕분에 행복했어."

미소 짓는 시우를 보면서 새은은 여전히 시우가 자신의 말을 이해하지 못하고 있다고 생각했다.

"시우야."

"응?"

"앞으로는 작은 것들도 소중하게 생각하면서 살 거야. 신경 쓰지 않고 방치하지 않을 거야."

"무슨 말이야?"

"이제 나아가야 한다는 말이야."

"왜?"

"그래야만 하니까."

"왜?"

시우는 계속해서 이해할 수 없다는 얼굴을 하고 물었다. 어째서 사랑하지만 함께할 수 없다는 것인지. 새은은 계속해서 그렇게 해야만 한다고 대답했다. 은하의 이야기는 하지 않는 것으로 선택했다. 어차피 의미가 없어진 이야기였다. 시우가 떠난 그 순간부터 분노했고 슬펐고 원망했던 그 모든 감정만을 안고 사는 것보다 그동안 나누었던 사랑을 선택했다. 그 사랑은 분명 새은의 마음속에 존재했고, 어쩌면 시우가 없었더라면 새은이 평생 느끼지 못했을 수도 있는 감정이었다. 가슴이 아리게, 자신보다 더 타인을 사랑했던, 그 마음이 무척이나 고마웠음을. 그 감정만을 남겨 두기로 결정했다. 아름다운 사랑이었다. 어떠한 결말이 되었어도 과정은 분명히 아름다웠다. 어린 시절. 그 푸릇한 나무 잎사귀들 밑에서 반짝이는 초록색들이 붉은색으로 물들어 결국에는 하얀색이 되는 것을 몇 번이나 함께 보았다. 다시 돌아갈 수는 없어도 분명하게 아름다운 것이었다. 새은은 그것을 받아들였다. 다른 누구도 아닌 본인을 위해.

"우리가 어떻게 헤어져. 우리가 과거에 어떤 사랑을 했는데."

시우는 말했다. 시우는 언제나 과거가 중요하다고 이야기하면서 현재를 살았고 새은은 현재가 중요하다고 이야기하면서 과거에 살았다. 그들의 서랍장은 이미 무너졌다. 사랑은 상대를 믿지 않고서는 불가능한 것이었다. 양말을 예쁘게 개는 일도, 못나게 찌그러지게 개는 일도 모두 넣을 공간이 없으면 불가능한 일이었다. 새은에게는 더 이상 시우와의 사랑을 꾸려나갈 수 있는 마음의 공간이 없어졌고, 더는 시우를 신뢰할 수 없을 것 같았다. 그렇게 이야기하는 것도. 그런 거절을 계속해서 해나가는 것도 새은에게는 힘든 일이었다. 시우는 당황하더니 끝내 눈물을 보였다. 새은은 울지 않았다.

"이제야 안녕을 말할 수 있을 것 같아. 어떻게 보면 너무 오

래 걸렸다. 긴 시간 동안 우리 너무 고생했어. 내가 지난 12
년 동안 부족했다면, 미안해. 나는 시우 덕분에 행복했어. 고
마웠어."

"그럼, 우리 영원히 헤어지는 거야?"

"응."

"많이 보고 싶을 것 같아."

"나도."

"보고 싶을 때 연락해도 돼?"

"안 돼."

"왜 안 돼?"

"알잖아."

새은은 하고 싶은 말을 모두 꾹 눌러 담아 직선적으로 전달
했다. 훗날 이 순간을 떠올려보았을 때 아쉽지 않게. 전하지
못한 말들을 혼자서 되뇌지 않게. 그리고 시우를 가만히 기다
려주었다. 무너지듯 쓰러지듯 우는 시우를 보면 마음이 너무
아파서 내뱉었던 모든 말들을 취소할지도 모른다고 생각했었
다. 조용하고도 서럽게 우는 시우를 보면 세상에서 가장 잘못
된 행동을 한 것 같은 미안함에 끝내는 시우를 안아주고 달래

주고 싶을 것만 같다고. 지금까지 늘 그랬던 것처럼. 이번에도 그럴 것이라고 새은은 생각했었다. 새은은 항상 시우가 알에 갇혀있다고 생각했었다. 스스로를 깨고 나오지 못한다고. 그런데 과연. 새은은. 자신의 알을 깨었던가. 알은 세계다. 그리고 새은은 알에서 나오기 위해 노력하고 있었다. 이별에도 용기가 필요했다. 그리고 시우를 사랑하지 않을 수는 없다는 것을 받아들이는 일에도 용기가 필요했다. 앞으로도 평생 시우를 사랑할 것이다. 새은은 그것을 알았다. 확실하게 알 수 있었다. 그리고 마음속으로 다시 한번, 시우에게 영원한 안녕을 고했다. 푸른 잿빛 하늘을 맞이할 것이다.

캠핑 의자에 편하게 기대어 누웠다. 건하는 부드럽고 편안하게 새은과의 대화에 집중했다. 여전히 어색하고 불편하다. 건하와의 사랑도 언젠가는 시우와 새은이 나눈 사랑의 모습이 될 수도 있다. 건하도 언젠가는 새은의 모든 말을 지겨워하고 새은의 모든 행동을 귀찮아할 수도 있다. 서로를 사랑하다가 싸우고 힘을 잃고 언제 그랬냐는 듯이 화해하고 다시 미워하고 외면하다가 차갑게 식어버릴 수 있을 것이다. 누군가를 또 다시 믿고 그 사람을 사랑하는 것. 다시 사랑을 한다는 것. 그 사랑의 모양이 이전과 같지 않을 수도 있고 같을 수도 있다는 것. 아무도 알 수 없는 일이다. 사람의 감정은 그 누구도 알 수 없는 것이다. 그럼에도 새은은 지금 눈앞에 있는 상상을 믿어보기로 결정했다. 그것이 한낱 거짓에 불과하다는 결말이 나올지라도. 단지 모든 것은 자신이 건하에게 갖게 된 환상에 불과할지라도. 언젠가는 아무것도 남길 수 없을지 몰라도, 다시는 사랑을 하지 않고는 살 수 없다는 것을 알기 때문에.

새은의 마음에는 숲이 있었다. 그 숲이 한때는 시우의 것이라고. 숲에 살고 있는 주인은 시우라고 생각했다. 가볍게 흔들리는 나뭇가지의 모양도 그 안에 나이테를 그려가는 나무의 껍질도. 모든 것이 시우와 함께 만들어낸 것이라고 믿었다. 푸른 잎사귀가 시들어갈 때마다 새은은 숲이 점점 더 텅 비어간다고 느꼈다. 텅 비어 아무것도 남기지 못할 것처럼 초조했다. 시우를 떠나보내고 새은은 자신의 마음속의 숲이 어떤 의미인지 깨닫게 되었다. 그 숲은 그 누구의 것도 아니었다. 그저 새은의 숲이다. 오롯이 새은의 것, 새은만의 것이었다. 나무가 썩은 자리는 더 이상 공허하지 않았다. 새은은 더는 무섭지 않았다.

장작불에 나무가 타들어 가는 소리가 일정한 듯 불규칙하게 들렸고 초여름의 풀벌레 소리. 흙과 나무에서 느껴지는 푸릇한 향을 느꼈다. 새은은 입술을 살짝 깨물었다. 바다 소금의 짭조름한 맛이 느껴지는 것 같았다. 조용히 주위를 둘러보다가 가장 비현실적인 건하의 모습을 보았다. 건하는 새은과 눈을 맞추고 아주 작게 속삭였다.

"사랑해."

그 누구도 들을 수 없게 새은의 귓가에 울리는 작은 음성이, 파도 소리를 뚫고. 바람 소리를 뚫고. 풀벌레 소리를 뚫고. 여름 공기들의 그 많은 소리를 뚫고 가장 크게 들렸다.

여름의 밤바다가 눈앞에 넓게 펼쳐졌다. 지평선을 나누는 청록색의 하늘과 바다의 모양을 구분할 수 없을 만큼 길게 펼쳐졌다. 새은이 바다 같은 하늘을 올려다보자 건하도 하늘을 보았다. 건하의 눈에 하늘이 비쳤다. 그 안에 투명하고 하얀 별이 보였다. 별이 아주 밝게 빛났다. 부드러운 곡선을 만들며 별 하나가 떨어졌다. 어린 시절 보았던 별똥별처럼.

별똥별을 본 것은 착각일까. 사실은 별똥별을 보지 못한 것은 아닐까. 마치 투명한 물컵에서 반짝이는 기름이 한 방울 떨어지는 것처럼. 일정한 모양으로 반원을 그리듯이 예쁘게. 떨어지는 별을 보았다. 천천히 낙하는 별을 보았다. 그렇게 믿었다.

작가의 말

 잠들기 전에 베개에 머리를 누이면 침전되어있던 생각들이 머릿속을 부유해 무엇이라도 적어야만 했다. 마음의 뿌리를 모르겠다는 공허한 마음이 들 때면 전하지 못하는 수많은 편지들을 미숙하게 글로 적어보았다. 하지 못하면 안 되는 말들은 끝내 전해지고 마는구나, 하고 생각한다.

 『사랑과 시간의 알레고리』는 원래 단편소설집에 수록될 소설 중 하나였다. 마지막 부분을 장식하면 좋겠다고 생각했었는데, 방대한 분량으로 인해 이렇게 한 권의 책으로 나오게 되었다. 아마도 적어야 했던, 전달하지 못했던 말들이 무척이나 많았던 것 같다. 제목의 영감이 된 〈비너스와 큐피드의 알레고리〉 그림은 5년 전 홀로 떠난 유럽에서 만난 그림이었다. 그림을 보며 묘한 어긋남에 빠져 언젠가는 이런 글을, 인물들이 먼저 보이는 이야기를 적어보고 싶다고 생각했다. 그렇게 새은과 시우 그리고 건하, 미영, 태성, 은하라는 인물들이 이야기의 대변인이 되어주었다. 소설을 먼저 읽어본 지인들은 이 많은 인물 중에서 누가 '나'일지 궁금해하며 찾아보곤 했다. "이 인물이 너랑 제일 닮은 것 같아.", "이 인물은 아닌 것 같은데.", "이 사람은 나를 모델로 쓴 거야?"라는 식의 이야기를 들을 때면 내용은 허상일지라도 '그러게. 이들 중에 나는 누구일까. 그리고 이 인물들은 내가 만난 누군가에게서 나온 걸까.' 하는 궁금증이 들었다. 스스로 결론을 내리기로는 이 인물들은 모두 나이고 또 모두가 나에게 머물렀던 사람들이었다. 그리고 어쩌면 길을 걷다 스치듯 지나가는 모르는 타인과도 비슷하지 않을까 생각한다. 글로 사람들과 연결되고 싶은 사람이라면 누구든 공감하는 마음이 아닐까. 이 소설의 인물들이 독자의 아주 개인적인 모습과도 닮아있었으면 좋겠다. 사랑하고 실망하고 기대하면서. 그래서 여러 가지 감정과 생각이 밀려와 끝없이 종결되지 않는 이야기가 되기를 바란다.

내가 사랑하는 모든 사람들, 내 긴 글을 전부 읽어보고 의견을 말해준 친구, 많은 도움을 주신 출판사 분들과 늘 고마운 엄마 복실 씨. 그리고 책 읽기를 좋아했던 나의 아빠 이용원 씨에게 이 책을 바치며.

사랑과 시간의 알레고리

초판 1쇄 인쇄	2025년 1월 16일
초판 1쇄 발행	2025년 1월 22일

지은이	고은영
펴낸이	이장우
책임편집	송세아
표지 디자인	손진웅
편집 제작	안소라 김소은
관리	김한다 한주연
인쇄	KUMBI PNP
펴낸곳	도서출판 꿈공장플러스
출판등록	제 406-2017-000160호
주소	서울시 성북구 보국문로 16가길 43-20 꿈공장 1층
이메일	ceo@dreambooks.kr
홈페이지	www.dreambooks.kr
인스타그램	@dreambooks.ceo
전화번호	02-6012-2734
팩스	031-624-4527

* 저자 고유의 '글맛'을 위해 맞춤법 및 표현 등은 저자의 스타일을 따릅니다.

ISBN	979-11-92134-85-7
정가	17,800원